엄마의 세월

# 엄마의 세월

펴낸날 ‖ 2025년 5월 15일 초판 발행

지은이 ‖ 탁환호

펴낸이 ‖ 유영일

펴낸곳 ‖ 올리브나무  출판등록 제2002-000042호

경기도 고양시 일산동구 정발산로 82번길 10, 705-101

전화 031-905-8469, 010-7755-2261

팩스 031-629-6983    E메일 yoyoyi91@naver.com

대표 · 이순임

ⓒ  탁환호, 2025

ISBN 979-11-91860-45-0  03810

값  18,000원

엄마의 세월

탁환호 장편소설

올리브
나무

# 작가의 말

　우리가 속해 있는 우주에는 태양을 중심으로 9개의 행성이 있다. 그중 세 번째 행성이 지구다. 지구상에는 200여 개의 나라가 있는데, 우리나라는 아시아 대륙의 북동쪽에 위치하고 있다. 호랑이 같기도 하고 토끼 같기도 한, 이 조그마한 나라에 7,700만여 명의 사람이 살고 있다. 그것도 남북으로 갈라진 채. 서쪽과 북쪽에는 중국과 러시아가 우리를 노려보고, 동남쪽에는 일본이라는 나라가 이 나라를 얕보고 있다. 이런 지정학적인 구도에서 북한이라는 또 다른 적성 국가가 70년째 우리 대한민국을 위협하고 있는 형국이다.

　반만년의 역사를 돌이켜 보면 우리 민족은 한 많은 민족이다. 단군 이래 수천 년 동안 그 얼마나 많은 외침을 받았던가! 그야말로 민족의 맥은 풍전등화와 흥망성쇠의 바퀴에서 벗어날 줄을 몰랐다. 모질고 긴 세월이 흘러 마침내 21세기를 맞이하였다. 이젠 세계 10대 경제 대국의 반열에 올랐으니 이 얼마나 위대한 민족이냐!

지난 세월 옛 시인의 말대로 소쩍새가 그렇게도 모질게 울더니 이제야 한 송이의 국화꽃이 피었으니 참으로 꿈같은 현실이다. 그러나 과거 없는 현재가 없듯이, 불과 70여 년 전 한반도에는 동족상잔이라는 피바람이 삼천리강산을 휘몰아쳤다. 이로 인하여 백만이 넘는 사상자가 발생하였으며, 천만의 이산가족과 수많은 문화재가 포화에 사라져 갔다.

　　한반도 남쪽의 지리산 산간마을도 전쟁의 참화를 피해 가지 못했다. 이곳에서 한창 연분홍빛 꿈을 꾸며 행복한 노래를 부르던 앳된 부부의 인생이 한 많은 역사 속으로 사라져가고 말았으니, 이 얼마나 애달프고 슬픈 인생사인가! 자, 이제 70여 년 전 그 한 많은 인생의 뒤안길을 경호강(鏡湖江)을 따라 거슬러 가보자!

2025년 봄날에

탁환호

차례

# 1

# 산새도 슬피 울고

2006년 10월 26일

뿌연 황토 먼지 속에 꽃상여 하나가 산마루를 넘어간다. 상여소리도 없고 상여 앞에서 요령을 흔들며 소리를 하는 종구쟁이도 없다. 상여가 지나간 자리에는 하얀 억새풀만 허공에 휘날릴 뿐, 새소리 물소리도 적막에 잠겨 있다.

이따금 쌀쌀한 늦가을 바람이 푸른 솔가지만 흔든다. 정들었던 사람을 떠나보낸 이웃 할머니들이 굽은 허리를 지팡이에 의지하고 하나둘씩 빈집으로 들어왔다. 모두들 주름진 얼굴에 눈가가 젖어 있다.

"아이구! 생초 할매가 떠났으니 우리도 얼매 안 남았는갑다."

"며칠 전에 생초 할매집 근처에서 혼불이 날라갔다카더마는 그 불이 생초 할매 혼이구나."

"시집올 때는 꽃가매 타고 왔다가 갈 때는 꽃생이 타고 가니 사람 팔자 참말로 기구하대이."

"저승 가서 그렇게 기다리던 신랑이나 만나믄 좋을낀대."

"신랑이 뭐꼬! 지금 살았시믄 팔십이 훨씬 넘었지."

"생초 할매가 올해 딱 팔십이니 마이 살았다아이가."

"오래 살믄 뭐하노! 팔자가 기구한데."

"아이구! 살아 있는 우리도 별로 좋은 세상 못 봤다 아이가."

이웃 할머니들은 망자의 집에서 눈물을 닦으며 지난날 생초 할머니의 안타까운 인생사를 회상하고 있었다. 한 많은 인생살이 부처에게 의지하면서 보고 싶은 낭군소식 달님에게 물었지만 무심한 세월은 생초 할매만 데려갔단다. 대부분 나이가 팔십이 넘은 할머니들이다.

"며칠 전까지 짱짱하던 할매가 간밤에 갔삐리다니! 쯧쯧……."

"아침에 동식이 할매가 안 가봤으면 우짤번했노."

"이번 공일날 아들 온다고 자랑해 쌌더니만."

"우짜면 고생 안 하고 잘 갔는지도 모른다."

"참말로 모진 세월 팔자도 기구하대이! 쯧쯧……."

"아마도 영감이 좋은 곳에 데리고 갔을끼거마는."

"우리도 죽을 때 고상 안 하고 저리 갔으면 얼매나 좋을고."

"죽을 때까지 신랑이 죽었는지 살았는지도 모르고 살아왔으니 지난 세월이 얼매나 기가 찼을꼬."

"글쎄! 그때가 언제고! 육이오 사변 나고 몇십 년이 흘렀노? 참으로 긴 세월 모질게 살다갔대이."

"그게 청상과부 팔자 아이가! 쯧쯧."

"그나저나 하나둘 세상을 떠나니 골짜기에 빈집만 느는구나."

오봉마을의 할머니들이 망자가 살던 집 마루에 걸터앉아 먼 산을 바라보면서 한숨들을 토했다. 생초 할머니가 살았던 집에는 늦가을 햇살이 마루 깊숙이 들어왔다. 마루에는 생전에 걸레질을 얼마나 하였던지 나이테가 옻칠한 듯 선명히 드러나 있었다.

마당 한쪽에는 백일홍이 서리에 맞아 반쯤 시들어 있고, 헛간 모퉁이에는 검은 고양이 한 마리가 할머니를 찾는지 주변을 두리번거렸다. 또 아래채 헛간에는 호미와 낫, 쇠스랑이 가지런히 걸려 있어 생전에 정갈했던 생초 할매의 생활상을 보여주는 듯했다.

벽에는 사모관대(紗帽冠帶) 차림의 신랑과 색동옷을 입고 수줍어하는 신부의 흑백 사진이 무상한 세월 속에 빛이 바랜 채로 걸려 있었다.

어디선가 산새 울음이 쓸쓸한 바람을 타고 아련히 들려왔다. 파란 하늘에는 하얀 조각구름이 그림처럼 흘러가지만, 마루에 앉은 할머니들의 얼굴에는 태평양 전쟁, 정신대 징발, 8.15해방, 6.25전쟁, 산청 양민 학살사건, 4.19혁명, 5.16군사혁명, 이승만 대통령 서거, 육 여사 피격, 박정희 대통령 서거, 광주 5.18항쟁 등 역사의 소용돌이가 갯골 같은 주름살만 만들어 놓았다.

경상남도 산청군 금서면 오봉리(慶尙南道 山靑郡 今西面 五峰里). 함양 유림에서 엄천강을 건너 화계리에서 서쪽으로 십 리쯤 가다 보면, 좌측에 지리산의 뒷면에서 발원한 오봉천이라는 깊은 계곡이 나온다. 이 계곡을 따라 계속 올라가면, 방곡리란 제법 큰 마을이 동쪽을 향해 형성되어 있다. 이곳에는 6.25 전쟁 중에 영문도 모르고 사라진 넋을 기리기 위해, '산청 함양사건 추모공원'이 조성되어 있다.

이 마을을 지나 더 올라가다 보면, 좌측으로 가현마을 입구가 보이고, 조금 더 들어가면 청비리 골을 거쳐 중창한 지 얼마 되지 않은 화림사(花林寺)란 사찰이 나온다. 여기서 산속을 향해 더 깊숙이 들어가면 오른편 산기슭에 조그만 마을이 단풍 속에 숨어 있다. 이 마을이 바로 산청군 금서면 오봉리다. 지금은 옛날처럼 흙담 벽에 초가지붕이 옹기종기 모여 있는 정다운 풍경은 찾을 수가 없고, 현대풍 건물 사이로 군데군데 허물어진 돌담만이 눈에 뜨일 뿐, 산천은 의구한데 옛사람들은 간 곳이 없다. 천년을 흘러도 오봉리 물소리는 여전한데 지은대(智隱臺) 바위 위에 쓰러진 고목들은 타는 속을 달래다 못해 차가운 황토 바닥에 드러누워 비통한 이 마을의 역사를 토하듯 썩어가고 있다.

# 2
# 8.15해방

1945년 8월 21일

"복자야! 내일 산청 장날인데 안 따라갈래?"

저녁을 먹던 어머니가 갑자기 내일 장에 가자니 복자는 깜짝 놀랐다. 어쩐 일인지 평소에 집 밖에도 못 나가게 하던 엄마가 산청 장에 가잔다. 꿈인지 생시인지 참으로 신나는 일이다.

"엄마! 일본 순사가 잡아가면 우짤라꼬?"

"사람들이 일본 놈들이 다 도망갔다며 춤추고 난리란다."

"그기 무슨 소리고? 엊그제까지 면 직원이 남자는 징용, 여자는 정신대 지원하라고 막 돌아다니던데 세상이 뒤집어진 거 아이가?"

산청군 생초면 계남리(山靑郡 生草面 桂南里). 산청면에서 북서쪽 삼십 리쯤에 생초면이 있고, 여기서 북쪽 산골을 십오 리쯤 들어가면 산 좋고 물 맑은 계남리라는 마을이 있다. 이십여 호 집들이 초가지붕을 맞대고 이웃 간에 한 집안같이 정겹게 살고 있는 산촌 마을이다. 바깥세상이 어수선하고 모든 것이 궁색하여도, 이웃 간에 서로 도우며 화목하게 살고 있는 전형적인 시골 마을이다.

13

고복자(高福子)는 이 마을에서 5대째 살아오는 고명달(高明達)의 외동딸이다. 아버지는 서당에서 한학을 수학하고 마을에서 유지로 통하고, 논농사로 넉넉지는 않지만 소박한 가정에서 자란 무남독녀. 아버지는 가끔 마을에 아기가 탄생하면 아이 이름도 지어주고, 관혼상제에 자문역할도 하여 집에는 술이나 계란이 답례품으로 들어오곤 하였다. 더러는 씨암탉을 잡아 오는 이들도 있었다. 이런 경우는 대개 비문(碑文)을 지어주시는 때였다. 그러나 워낙 산골이라 바깥소식은 다른 지역에 비해 상당히 더뎠다. 전기와 라디오가 없어 세상 소식은 5일에 한 번 열리는 산청면 장터에나 가야 전해 들을 수 있었다.

태평양 전쟁을 일으킨 일본은 1941년 후반부터 정신대란 미명 아래 일본군 위안부를 강제 동원하기 위하여 전국을 훑고 있었다. 과년한 딸자식이 있는 부모들은 딸을 조혼시키거나 남몰래 집안에 숨겼다. 일본의 감언이설에 속아 자식을 이역만리 전장으로 보낸 집안도 있었다. 급기야는 전쟁이 막바지에 접어든 1943년경, 근로정신대란 이름으로 도, 군, 면장 책임하에 강제 동원이 절정에 이르렀다.

복자도 낮에는 집 뒤 대밭 굴에서 하루를 보내는 일이 거의 일과처럼 되었다. 면에서 사람이 나오면 어머니는 딸이 병을 고치러 멀리 피접(避接) 갔다고 둘러대며 굴 밖을 절대로 나오지 못하게 하였다. 장성한 자식을 가진 부모들은 마을 입구 고갯길에 낯선 사람 그림자만 나타나도 비상이 걸렸다.

내일 장에 간다니 복자는 기분이 너무 좋았다. 하늘도 맑았다. 그런데 날씨가 너무 더웠다. 뒷산 플라타너스 나무에서 우는 꾀꼬리 소리는 오늘따라 더 청아하게 들려왔다.

"구기~ 구기~ 구게오~."

저녁밥을 먹은 복자는 달이 뜬 마당에서 양팔을 하늘로 휘저으며 토끼뜀을 뛰고 있었다. 집 앞의 논에서는 개구리들이 리듬 없이 제멋대로 울어대고 맹꽁이와 풀벌레도 따라 울었다. 밤이 되어 소쩍새까지 울어대니 마치 온 산마을이 오케스트라를 연주하는 듯 시끌벅적 왁자지껄하였다. 한낮에 감나무에서 입이 째지도록 울어대던 참매미는 밤이 되어 잠이 들었는지 조용하기 그지없고, 칡꽃 향기를 품은 후덥지근한 바람은 계남리 골목을 휘돌고 다녔다. 달빛 어린 지붕에는 하얀 박꽃이 도깨비불같이 피어 있고, 앞산의 소나무에는 음력 칠월 백중달이 요상하게 앉아 있는가 하면, 은빛 가루를 뿌린 듯 하이얀 은하수는 서쪽 하늘로 살짝 기울어져 있었다.

집에서 산청면 장터까지는 생초면 소재지를 거쳐서 삼사십 리나 걸어가야 한다.

"일찍 자야 하는데 저놈의 개구리 소리 때문에……."

복자는 오랜만에 장에 간다는 설렘에 좀처럼 잠이 오질 않았다.

아침 일찍 서두르면 두세 시간 후에 산청 장에 도착할 수 있다.

"복자야, 얼른 일어나거라! 다른 사람들은 벌써 장으로 가고 있단다."

날이 밝았다. 복자는 비몽사몽간에 어머니의 깨우는 소리에 눈을 부스스 떴다. 복자 어머니는 꼭두새벽부터 무얼 챙기는지 분주하게 움직였다. 복자 아버지도 벌써 누렁이에게 여물을 퍼주고 있었다. 안개가 앞산을 희끄머니 감도는 걸 보니 오늘도 무척 더울 것 같았다.

복자는 오랜만에 아침 일찍 어머니와 함께 산청 장을 향해 집을 나섰다. 경호강을 따라 산청 장으로 가는 중에 시원한 강바람이 복자의 무명치마를 펄럭이게 했다.

마침 옆집의 길녀(吉女)도 할머니를 따라 같이 가고 있었다. 복자보다 한 살 아래다.

"길녀야! 니 일본이 망했다 쿠는데 무슨 일인지 아나?"

"나는 무슨 말인지 하나도 모르것다. 우리 아버지가 옆집 용배 아버지한테 들었다 쿠는데 일본 놈들이 도망갔다 쿠더라!"

"니 아버지는 그 소문 어데서 들었는데?"

"모르것다."

스무 살 처녀들은 그저 모른다는 질문과 대답뿐이다. 복자와 길녀는 재잘거리며 장터를 향해 자갈길을 즐겁게 걸어가고 있었다. 복자의 머리 위에는 호랑나비 한 마리가 나풀나풀 춤을 추며 꽃댕기를 따라 날았다. 엊그제 내린 많은 비로 경호강은 황토 물결이 무섭게 굽이치고 제비들은 강물 위에 곤두박질치며 비행기같이 날아다녔다.

장터가 가까워질수록 길에는 사람들이 많이 몰리기 시작했다. 돼지 새끼를 지게에 메고 가는 사람, 아기를 업고 함지 위에 채소를 이고 가는 아낙네, 찐 옥수수를 광주리에 이고 땀을 팥죽같이 흘리는 새댁, 소를 끌고 가는 노인, 수박 참외를 가득 실은 우마차, 모두들 얼굴에 흙땀이 줄줄 흘러내렸다. 어제 비가 왔다지만 금방 땅이 말라서 지나가 는 트럭이 스컹크 방귀 내뿜듯 흙먼지를 일으키며 달려갔다.

"복자야, 안 덥나?"

"덥다……."

복자가 엄마를 쳐다보니 삼베적삼은 등에 붙고 땀은 얼굴을 타고 흘러내렸다. 한여름의 뙤약볕이 정수리에 내려앉았다. 길옆 참깨밭에 는 벌들이 연두색 꽃 속을 쉬지 않고 들락거리고, 호박잎은 더위에 축 늘어져 있었다. 복자 엄마는 머리에 아카시아꿀 두 되를 마술사처럼 이고 걸었다. 꿀이란 부피는 작아도 무게를 우습게 보면 큰코다친다.

"이제 장터가 얼마 안 남았으니 좀 쉬었다 가자."

복자 엄마는 꿀단지를 머리에서 내려 팔에 안고, 길옆 느티나무 밑에 앉았다. 길녀도 할머니와 함께 따라 앉았다.

"일본 사람이 도망가면 우리는 우찌 되는기고?"

길녀 할머니가 복자 엄마에게 물었다.

"지가 우찌 압니꺼. 서울에는 똑똑한 사람 천지라 카던데 그 사람들이 알아서 하것지예."

그런데 오늘따라 장으로 가는 사람이 유난히 많아 보였다. 남자들은 하얀 무명 바지저고리에 보릿대 모자를 쓰고, 여자들도 얇은 무명 적삼에 긴 치마가 무척 더워 보였다. 산청의 특산품인 도자기를 지고 가는 사람, 소를 팔러 가는 사람, 강아지 새끼를 팔러 가는 할머니, 사방팔방에서 산청면 장터로 가는 사람들이 더위도 아랑곳없이 구름같이 몰려오고 있었다. 벌써부터 장터에 온 기분이다.

"복자, 니는 장에 가서 뭐 살 끼고?"

길녀가 검정 고무신에 흙을 닦으면서 복자에게 물어본다.

"나는 어제 밤새도록 생각했는데 꽃신, 머리핀, 자수(刺繡) 놓을 꽃실, 또 새로 나온 거울 살 끼다. 니는 뭐 살 끼고?"

"몰라! 우리 할매가 사 줄란가 모르것다마는, 추석에 신거로 검정 고무신 새것 하나 사달라고 할 끼다. 이거는 다 떨어졌다 아이가?"

길녀의 고무신은 옆면을 몇 번이나 실로 꿰맨 다 해진 신발이었다.

"굴속에 있어서 그런지 복자 얼굴이 하얀 쌀 강생이(복슬강아지) 같다."

길녀 할머니가 복자 이마의 땀을 닦아 주면서 안타까운 듯 바라보았다.

"험한 세상 만나서 아이들 고생이 말이 아입니더."

"우짜든지 다시는 나라를 뺏기서는 절대로 안 될 끼다. 자, 어서 가자."

길녀 할머니가 길을 재촉했다. 버드나무 가로수에서 매미소리가 시끄럽게 들려왔다. 모두들 조금 쉬고 나니 몸이 한결 가벼웠다. 복자의 꽃댕기가 바람에 팔랑거렸다.

"대한독립 만세! 만세! 만세! 해방이다! 여러분! 우리 조선이 일본으로부터 해방이 되었습니다. 이제 우리는 자유를 찾았습니다. 만세! 만세!"

이게 무슨 소리인가? 장터가 가까워지자 사람들이 태극기를 손에 쥐고, 목청이 터지게 만세를 부르고 있지 않은가! 태극기가 없는 사람은 맨손으로, 혹은 물건을 손에 든 채 힘차게 만세를 부르며 장터를 빙빙 돌고 있었다. 복자도, 길녀도, 복자 엄마와 길녀 할머니도, 다함께 만세 대열에 휩싸였다. 그저 목이 터져라 만세를 불렀다. 참으로 감격스럽고 기쁜 날이다.

"여러분! 8월 15일, 드디어 일본 천황이 미국에 항복을 했습니다. 이제는 우리 조선 사람끼리 민주 정부를 세울 것입니다. 대한독립 만세."

누군지 모르지만 학식이 꽤 든 듯한 말쑥하게 생긴 하얀 청년이, 달구지 위에 올라가 연설을 하고 있었다. 해방이 된 후 며칠이 지나서야 일본의 항복 소식을 듣게 된 셈이었다.

어쨌든 바깥에 마음대로 나올 수 있다니 복자는 그저 좋기만 하였다. 오늘따라 꿀도 빨리 팔렸다. 사고 싶은 것도 다 샀다. 복자 엄마는 자반고등어 몇 마리와 말린 갈치, 그리고 엽연초를 잘게 썰어 말린 복자 아버지의 풍년초 봉지 담배도 함께 샀다. 참 기분 좋은 날이다.

저만치서 길녀가 달려왔다. 생글생글 웃는 걸 보니 아마 할머니가 추석 신발을 사 주신 모양이다. 손에는 눈깔사탕도 들고 있었다. 뒤따라오는 길녀 할머니의 손에는 길녀 어머니 약첩이 들려 있었다.

"복자야! 아나! 아미다마(사탕) 하나 묵어라! 맛이 희한하다. 히히."

인정 많은 길녀가 소 눈깔 크기의 사탕 한 개를 준다. 둥근 사탕의 색동무늬가 고왔다.

"참 달다! 나는 점심때 우무 한 그릇 묵었다. 참말로 맛있더라! 니는 뭐 먹었노?"

"우리 할매하고 국시 묵었다. 니 아까 만세 부르는 모습이, 꼭 가을 논에 참새 쫓는 것 같더라. 히히."

"남 말하고 있다. 니는 무당 살풀이하는 것 같더라! 가시내야."

"해방이 되면 우리는 우찌되는 긴데?"

"사실 나는 잘 모르것다. 아마 우리 아버지가 시집가라 할 끼다."

복자의 얼굴에 약간 우울한 빛이 감돌았다.

"신랑감 있나?"

길녀가 해죽이 웃으면서 물었다.

"우리 시집가면 다시 만날 수 있을까?"

복자가 허공을 보고 덧없이 물어본다.

"참말로 여자 팔자 물 팔자데이! 한번 흘러가면 돌아올 수 없으니."

길녀가 서글픈 여자의 팔자를 말하면서 얼굴에 수심이 가득했다.

"우리 어디로 시집을 가더라도 연락은 자주하고 살자! 알것제?"

벌써 오후 세 시경이다. 조금 선선해진 강바람이 이마에 감돌았다. 부지런히 걸으면 해지기 전에 집에 다다를 수 있을 것이다. 시계가 없으니 해 높이로 시간을 짐작하는 수밖에 없었다. 복자의 일행은 장터를 떠났다.

"동~해애~물과   배액~두사~안~이 마아르고~"

장터 쪽에서 애국가가 애잔하게 들려왔다.

한여름 매미도 따라 부른다. "매~애~애얨~."

# 3

# 복사꽃이 피던 날

1946년 4월

화사한 봄볕에 온 산마을이 꽃 천지를 이루었다. 살구꽃, 복사꽃, 앵두꽃, 진달래꽃……. 산에도, 들에도, 집 마당에도 온통 꽃 세상이다. 살구꽃은 벌써 떨어져 개울물 따라 하얗게 떠내려갔다.

음력으로 춘삼월, 파릇한 보리밭에는 아지랑이가 피어오르고, 뒷산에는 뻐꾸기가 울고, 개울에는 산개구리가 짝을 지어 물 따라 흘러오는 꽃잎을 뒷발질하고 있다. 해방된 강산에는 봄도 일찍 오는지 파릇파릇 솟아나는 새싹들이 새롭게 보였다. 용배아이는 물오른 버들피리를 희한하게 불면서 골목길을 신나게 돌아다녔다.

복자는 봄이 되니 마음이 이상해짐을 느꼈다. 노랑나비 한 마리가 황토담 너머에서 나풀나풀 날아와 텃밭의 장다리꽃에 내려앉았다. 그런데 수벌이 나비를 집적이니 나비는 다른 꽃으로 날아가 버렸다.

마침 옆집에서 길녀가 자기 집에 놀러 오라고, 개나리꽃을 꺾어 들고 담장 위에서 고개를 내밀고 알랑거렸다. 길녀의 어머니는 가슴앓이를 한 지 오래되어 얼굴이 창백하였다. 그래도 복자가 놀러 가면 핏기 없는 얼굴에 늘 웃음을 잃지 않았다.

진주에 큰 병원이 있지만 살림이 넉넉하지 못해 산청면 한의원에서 지어준 한약을 쓰고 있으나 별반 차도가 없었다. 길녀도 학교에 갈 처지가 못 되어 소학교를 다니지 못했다. 그래도 용하게 정신근로대 징발은 피했다. 남동생은 소학교를 마치고 진주에 있는 양복점에서 재단 일을 배우고 있단다.

할머니는 봄나물 캐러 뒷산에 가시고, 아버지는 산청장에 용배네 소 팔러 따라가셨단다. 길녀네 마당에는 암탉 두 마리가 장닭의 호위를 받으며, 개나리나무 밑에 주둥이를 박고 먹이를 찾고 있다.

"길녀야! 니는 봄이 되니 마음이 싱숭생숭 안 하나?"

"복자, 니 봄을 타는 가베! 나는 이 산속을 떠나고 싶다. 우리 엄마 때문에 못 가서 그렇지!"

"……."

"우리 엄마는 내 업시믄 하루도 못 산다."

"해방이 되었다케도 우리 집은 하나도 변한 게 없다. 복자 너 집은 우떻노?"

"우리 아버지 눈치가 아무래도 나를 시집보낼라고 하시는 것 같다."

복자가 고무신을 땅에 비비면서 무심하게 말한다.

"여자 팔자 뒴박(뒤웅박) 팔자라고 남자를 잘 만나야 한다는데, 요새 그런 총각이 있나? 벌써부터 나라가 두 패로 갈라졌다는데 큰일이 구나."

복자는 땅에다 동그라미를 그리며 혼자서 중얼거렸다. 길녀는 개나 리꽃을 머리에 꽂고 먼 산을 바라보고 있다.

"꼬끼요~오~오"

수탉이 날갯짓을 하며 봄노래를 부르니 암탉이 '구~구~' 하며 먹이가 있다는 신호를 보낸다. 빨랫줄에는 무명옷 빨래들이 봄바람에 춤을 추고, 대나무는 간드러지게 좌우로 흔들거린다. 길녀의 할머니가 산에서 내려왔다. 쑥이랑 냉이랑 달래가 소쿠리에 가득하다.

"복자 왔나? 봄나물 하고 저녁 묵고 가거라!"

"오데예! 오늘 저녁에 어머이가 일찍 오라고 했심더!"

"와! 복자, 니 시집보낼라 카는갑다."

길녀 할머니가 미리 짐작하여 말을 했다. 이때 복자 엄마가 옆집에서 크게 복자를 부른다.

"복자야! 아버지가 부르신다. 저녁 먹고 할 말이 있으시단다. 얼른 오이라~아."

복자의 아버지는 하얀 무명 한복에 장죽을 물고, 소 마구간을 기웃거리고 있다.

"아부지! 뭐 하시는데예?"

"니 시집보낼라카몬 누렁이를 팔아야 안 되것나?"

복자는 그냥 아버지한테 무심히 물어본 말인데 아버지의 대답은 의외였다.

"복자야! 이제 해방도 되었고 니 나이도 스무 살이 되었으니 이제 시집을 가야 안 되것나?"

'드디어 올 것이 오고야 말았구나. 요즈음 아버지와 어머니가 늘비(생초의 옛 지명)와 산청면으로 자주 나가시더니, 내 선보러 다니셨구나…….'

복자는 지레짐작은 하고 있었지만 무언가 빠르게 진행되는 분위기를 느꼈다.

"복자야! 니 당숙이 부산 부두에서 하역 노무자로 일할 때, 같이 일하던 총각이 금서면이 집인데, 인물도 괜찮고, 마음씨도 착하다 캐서 지난 화계 장에서 당숙하고 한번 만나 봤는데 총각 괜찮더라. ……사는 곳이 너무 산골이라, 마음에 좀 걸린다마는, 본인 말로는 결혼 후 머지않아, 전에 다니던 진주의 한약방 부근으로 이사할 끼라 큰께네 쪼깬만 고생하면 될 끼다.”

“몇 살인데예?”

“올해 갑자생 쥐띠 스물두 살인데 인동 장씨, 이름은 강호란다.”

장강호(張康虎), 1924년 아버지 장기태와 어머니 진주 정씨 사이에서 둘째로 태어났으나, 큰아들은 어릴 때 홍역에 걸려 죽고 사실상 외동아들이다. 금서공립(今西公立) 보통학교(금서공립심상보통학교)를 졸업하고 진주 한약방에서 약제 일을 하였으나, 일제의 징용을 피해 부산 연락선 부두에서 노농자로 일하던 중, 해방과 함께 고향으로 돌아온 청년이다.

“니 엄마가 고모하고, 어서리(於西里)의 용한 천산보살한테 궁합도 보았는데 찹쌀 궁합이라 카드라!”

“아부지! 찹쌀 궁합이 뭔데예?”

“양쪽이 찰떡같이 착 달라붙는 기가 막힌 궁합이란다. ……그리고 궁합보는 김에 혼인 날짜도 잡았단다. 병술년 음력 오월 초이틀, 일진은 병오(丙午) 황도일(黃道日), 길일로 정했으니 행실을 조심하도록 하여라. 앞으로 달포 조금 더 남았다.”

복자는 아버지의 일방적인 통보에 머리가 멍했다. 그러나 할 수 없는 노릇이다. 부모가 정하면 따라가야 하는 것이 조선의 결혼 풍습이기 때문이다. 그래도 한 가지 위안이 되는 것은 진주에서 살아갈 예정이라니 기대도 되었다.

복자는 개구리 소리와 복잡한 마음에 잠이 오질 않았다.

'아까 아버지한테 못 물어 본 것이 많다. 직업이 무엇이며 키는 큰지, 시부모가 계신지, 농토는 많은지, 부산에서 돈은 좀 벌었는지, 날이 새면 엄마한테 다시 물어봐야지⋯⋯.'

복자는 혼자서 중얼거리다가 진달래꽃 속으로 나비춤을 추며, 총각의 얼굴을 꿈속에서 아물아물 그려 본다.

# 4
# 화혼(華婚)의 꽃구름
### 1946년 5월 31일(음력 5월 1일)

아침부터 아카시아 향기가 온 마을을 감싸고 돈다. 산골이라 아카시아꽃이 조금 늦게 피었다. 담장 옆의 오동나무에서는 까치가 요란하게 울고 있다. 외양간에는 복돌이가 누렁이 대신 들어온 어린 송아지를 코앞에서 약을 올리고 있고, 석류나무 가지 사이에 이슬 맺힌 거미줄은 햇빛에 아롱아롱 무지갯빛을 띠고 있다.

결혼식을 하루 앞둔 복자의 집안은 아침부터 부산하였다. 복돌이는 마당에서 축담(築臺)으로 뛰어다니며 목이 터지게 짖다가는 뒤로 빠지고 이젠 꼬리가 빠지도록 흔들어댄다.

산청면에 사는 고모와 막내 당숙이 오는가 했더니, 길녀의 할머니와 길녀도 왔다. 예전에도 집안의 큰일 때마다 제일 먼저 오는 사람은 이웃에 사는 길녀 할머니다. 복자 아버지는 길녀 아버지와 함께 마당 한 편에 가마솥을 걸기 위해 황토로 아궁이를 만들고 있다. 함양 유림에 사는 복자 이모는 메밀묵 함지를 머리에 이고 멀리서 왔다.

용배 아버지는 생초면 소재지에서 참기름 짜는 도구와 돼지 한 마리를 달구지에 싣고 왔다. 복자 아버지는 형제가 없어 큰일 때는 항상 이웃 사람들이 한 집안같이 일을 도와주곤 하였다. 복자의 어머니는 정신이 없다.

"길녀야! 다라이에 물 좀 마이 퍼나라."

복자 엄마는 길녀를 딸같이 부리고 있었다. 동네 아주머니들이 일손을 도우러 거의 다 왔다. 집안이 갑자기 난리법석이다. 복자는 인사하기도 바빴다. 모두들 무명 치마저고리에 팔을 동동 걷어 올리고 이리저리 바쁘게 움직였다.

가마솥에는 참깨가 고소한 냄새를 풍기며 장작불 위에서 뱅글뱅글 돌고, 돌담 밖의 논에는 용배 아버지와 길녀 아버지가 돼지 잡을 준비에 걸음이 바빴다. 벌써 주변에는 용배와 동네 아이들이 돼지 오줌통을 얻기 위해 빙 둘러앉아 저희들끼리 킥킥거리며 웃고들 있었다. 조금 떨어진 빈터에는 기름틀을 설치하고 참기름 짤 준비가 한창이다.

"동네 아지매들은 다 정지(부엌) 앞에 모여보이소."

경험 많은 길녀 할머니가 동네 아낙들을 부엌 앞으로 불러 모은다. 길녀 할머니는 비록 옷은 남루한 무명옷을 입었지만, 차림새는 항상 정갈했다.

"자! 지금부터 잔치에 쓰일 음식을 종류별로 맡길 테니까, 맛있고 야무지게 만들어 주이소."

"돼지와 참기름은 남자들이 하고, 제일 먼저 쌀을 물에 불려 시루떡 만들기는 함양띠하고 덕산띠, 잡채는 동식이 할매와 단성띠, 인절미는 순식이 고모하고 유림띠, 두부는 수동띠하고 본동띠, 단술과 강정은 용배 에미하고 춘자네, 유과, 나물, 과일은 마천띠하고 동식이 옴메, 제일 중요한 이바지 음식은, 내하고 복자 에미가 만들 테니까 정성을 다해 주이소. ……그리고 생선과 전은 복자 이모가 좀 도와주이소."

주로 아주머니들의 호칭은 친정 택호로 자연스럽게 불렸다. 대부분 산청 이웃 마을 아니면 가까운 함양에서 시집을 왔기 때문이다.

동네 어디를 가나 그 마을에는 으뜸 어른이 한 분씩은 계신다지만, 길녀 할머니는 칠십을 갓 넘긴 나이에도 참으로 군대 지휘관 같은 카리스마와 기풍이 있는 분이다. 모두들 군소리 없이 일사분란하게 움직였다. 마을의 오랜 전통이자 관습이기 때문이다.

"으~웩~에~에~에~"

담장 밖의 논에서 돼지 목따는 소리가 들려왔다. 참기름 틀에서는 황갈색의 고운 기름이 고소하게 흘러내리며 냄새가 코를 즐겁게 한다. 생선 굽는 냄새와 전 부치는 냄새, 돼지 삶는 냄새와 떡메 치는 소리가 뒤엉켜 온 마을이 흥분과 축제의 분위기로 무르익었다. 또 산골에서 불어오는 아카시아 향기가 더욱 향기로웠다.

용배 아버지와 길녀 아버지는 벌써 얼굴에 막걸리의 효과가 나타났는지 노래가 가락을 타기 시작했다.

"도~오라~아지~ 도~오라~아지~ 백도~오~라~아~지~."

"얼씨구 조~오~타."

용배 아버지가 도라지 타령을 선창하자 길녀 아버지가 추임새를 넣는다.

"용배 아버지는 죽으나 사나 도라지밖에 모르는가베."

"아이다. 지난번 춘자 시집갈 때는 두만강 불렀다."

"그래도 우리 마을에서 노래는 용배 아버지가 최고 아이가?"

"길녀 아버지는 작년에 모심을 때, '상사 디여'를 불렀는데 너무 좋더라! 올해도 모심을 때 꼭 불러주이소."

동네 아낙들의 희롱반 칭찬반 농담을 주고받으며 잔치 분위기는 점점 무르익어 갔다. 복자 어머니는 땀을 뻘뻘 흘리면서도 웃음을 입에 달고 부엌에서 바깥으로 왔다갔다 분주하기 그지없었다.

용배는 왼손에 바람 넣은 돼지 오줌통을 들고, 뭘 얻어먹었는지 입안이 볼록하여 우물우물 씹고 있었다. 엄마 따라온 아이들도 전 조각을 입에 물고 흥얼흥얼 뛰어다녔다.

복돌이도 청마루 밑에서 무언가를 씹고 있었다. 집 뒤 대밭에서는 아침부터 비둘기들이 '구~구~구'하며 흥을 돋우었다. 복자는 안방에서 고모로부터 '결혼이란 무엇인가?'란 인생 강의를 듣다가 잠시 밖으로 나와 부엌으로 갔다. 앞산의 해가 중천까지 올라와 있었다.

"옴마! 묵을 거 없나?"

"니 내일 시집 갈 낀데 마이 묵고 탈 나면 큰일난다."

복자 엄마가 딸을 보고 염려스러운 핀잔을 준다.

"복자야! 내일은 변소 갈 시간도 없다. 우짜든지 묵고 싶은 걸 참아야 된다이. 특히 물은 절대로 마이 마시면 낭패를 본다."

용배 어머니가 딸 같은 복자에게 충고를 해준다.

"그나저나 복자 내일 밤에 신랑한테 우짤 낀지 모르제."

동네 제일 윗집의 마천댁이 걱정스런 농을 던진다.

"첫날밤에 우짜면 되는데예?"

우물에서 물을 긷던 길녀가 해죽이 웃으면서 요상한 질문을 한다.

"길녀는 다음에 시집갈 때 복자한테 물어보면 되것다."

"아이들한테 별소리를 다한다."

길녀 할머니가 동네 아주머니들의 농을 정리하였다. 초여름의 싱그러운 바람이 보리 익는 냄새를 몰고 온다. 이윽고 해가 서산으로 기우니 아카시아 향기가 산마을에 짙게 깔리고, 앞산의 대숲이 바람에 신나게 일렁거린다. 잔치 일 도우러 왔던 동네 사람들은 대부분 집으로 돌아가고 고모와 당숙, 그리고 친척들이 마루에 앉아 모두들 지난 왜정 때 겪었던 고초와 나라의 앞날을 이야기한다. 마을 앞의 개울에서는 개구리 소리가 잔잔하게 들려온다. 복자 아버지는 말이 없다.

"우리 복자 시집가고 나면 쓸쓸한 집안을 우찌 할꼬."

복자 어머니가 앞산을 바라보며 멍하니 혼자서 중얼거린다.

'여자란 태어나서 부모 밑에서 집안일 도우고 배우다가, 때가 되면 좋은 사람 만나 시집가서 사주팔자대로 사는 것이 인생 아이가?'

복자 고모가 인생의 흐름을 쉽고도 어렵게 풀이한다. 복자 아버지는 엽연초를 장죽에 다져 넣는다. 담배 연기가 다른 때보다 더 멀리 뿜어져 나온다. 동구 밖에서 개 짖는 소리가 골짜기를 타고 아련히 들려온다.

"복자야! 나중에 이 집하고 논밭은 다 니 것이다. 이 아버지가 니한테 줄 끼라곤 이것뿐이다. 우리 죽고 나면 자주 와서 집하고 논밭을 보살피거라."

주춧돌에 장죽을 두들기는 복자 아버지의 말에 쓸쓸함이 묻어난다.

"아부지! 걱정하지 마이소. 시집갔다가 신랑 살살 꼬아서 우리 집으로 이사와 어므이하고 아부지하고 같이 살낍니더."

"아이구! 내일 시집갈 아이가 저리도 철이 없으니, 쯔쯔."

복자 어머니가 애처롭게 딸을 바라본다. 이때, 마당에 반듯이 누워 꼬리를 살랑살랑 흔들던 복돌이가, 갑자기 대문 밖으로 뛰어나간다. 동네 개들도 요란하게 짖기 시작한다. 갑자기 바깥이 소란스러워진다. 복돌이의 입이 째진다. 멍! 멍! 멍!

"함 사이소! 함!"

막내 당숙이 갑자기 호롱불을 들고 대문 밖으로 뛰쳐나간다.

"어! 함재비가 왔다. 큰일났다. 빨리 마루에 돗자리 깔고, 뒤에는 병풍치고, 상에 떡시루 놓고, 행님하고 행수는 얼른 옷 갈아 입어이소! 복자, 니도 어서 옷 갈아입으라."

갑자기 집안이 정신없이 바빠지기 시작한다. 며칠 전에 많은 비로 경호강이 범람하여 곰네의 나룻배가 오전까지 못 다닌다고 하여 함을 기다리지 않았는데 갑자기 함진아비가 고함을 치니, 식구들이 당황할 수밖에 없는 노릇이다.

"아이구! 경호강이 넘쳐 함이 올 거라곤 생각도 못 했는데, 그 멀리서 이곳까지 오시느라고, 올매나 고생이 많으셨소! 일단 집안으로 들어오이소."

"복자 이모요! 여기 술상 좀 빨리 차려 오이소."

복자의 막내 당숙이 제법 능숙하게 함진아비를 구슬린다.

"아이고! 배도 고프고, 술도 고프고, 우선에 묵을 것부터 좀 주이소"

함진아비 중에 제법 키가 크고 양복을 입은 말쑥하게 생긴 청년이 장기전 태세로 한 수 놓았다. 겉모습이 신랑의 친구들같이 보인다. 세 사람 중 한 사람은 양복을 입고 두 사람은 무명 한복을 입었다.

얼굴에 검은 숯검정을 바르고 키가 땅땅한 청년이 맨 뒤에서 함을 지고 있고, 앞의 두 사람은 대문에서 거리를 두고 함을 어르고 있다.

복자의 집 앞 골목이 시끌벅적하니 금세 이웃 사람들이 몰려든다.

"신부집에 함이 왔는갑다."

"뭣시라! 경호강물이 넘쳤다 카던데 우찌 왔을꼬?"

"오늘 신부집 함값 제법 나가것다."

"함잽이들 보니 오늘 신부집 대반(對盤) 머리좀 쓰야 되것는데!"

동네 사람들이 양쪽 운동선수 평하듯 함맞이 분석이 분분하다.

"어두운데 밖에 서 있지 마시고 얼른 들어오이소! 그리고 오늘 잡은 돼지고기가 아직도 김이 모락모락 나고 있는데, 막걸리 한 사발

하면 피로가 싹 풀릴 깁니더. 어서 들어오이소예."

"아! 그리고 인사가 늦었심니데이, 저는 신부측 접대 일을 맡은 대반 고명수(高明守)라고 하며, 신부의 당숙 되는 사람입니더."

복자의 당숙이 제법 경험이 있는 듯 능숙하게 인사를 한다. 마당 한가운데는 벌써 멍석이 깔리고 사각 상 위에 떡과 술, 그리고 돼지고기가 냄새 솔솔 풍기며 대문 밖의 손님을 유혹하고 있다. 호롱의 심지 불꽃도 어서 들어오란 듯 야릇하게 살랑거린다. 대반은 함꾼 한번 보고, 술상 한번 보고, 눈을 껌벅이며 몸 아량을 다 떨고 있다. 대반을 맡은 복자 당숙은 애가 탄다.

"신부가 직접 와서 함을 받으라 카이소."

"예? 그건 예법에 어긋나는 깁니더. 신부는 절대 밖에 나오면 안 됩니더."

양복을 입은 신랑 친구와 대반이 고무줄처럼 당겼다 놓았다 하면서 서로 입실랑이가 한창이다.

"그라모 좋심니더. 우리는 신부를 봐야 되것고, 신부는 밖에 못 나온다 카이 한 가지 제안을 하겠심니더."

양복 입은 함진아비 친구가 타협점을 내놓는다.

"얼른 말씀해 보이소."

신부 측 대반이 호롱불을 치켜들며 반색을 한다.

"에~ 간단한 깁니더. 신부가 밖에 안 나와도 좋은께네 신부가 집안에서 노래 한자락 하면, 우리가 두말없이 함을 내려놓겠심니더."

"야~ 그거 참 좋다. 우리도 난생 처음 신부 노래 한번 들어보자."

구경나온 동네 사람들이 갑자기 신랑 편으로 돌변한다.

"그라모 잠깐만 기다려 보이소! 안에 들어가서 한번 물어보고 오것 심니더."

사십대 초반의 복자 당숙은 제법 손님을 능숙하게 대하며 집안으로 들어가더니 한참 후에 싱글벙글 웃으며 밖으로 나온다.

"에~ 그 멀리서 어두운데 이곳까지 함을 지고 오셨으니 얼매나 힘들고 시장하십니꺼? 그래서 여러분들을 너무 오래 바깥에 세워두는 것도 예의가 아니고 해서, 딸 하나 시집 보내는데 뭐 못할 끼 있십니꺼? 쪼깬만 기다리시면, 신부가 노래 한자락을 기차게 부를 낍니다. 쪼매만 기다려 주이소."

"야! 나카무라상! 그리고 왕산아! 우리 작전이 성공했다. 이때 아니몬 온제 신부 노래 한번 들어보겠나! 히히~ 쉿, 조용."

양복 입은 청년이 함진아비와 친구에게 작전 성공을 알린다. 함진아비가 왕산인 것 같고, 또 한 사람은 별명이 나카무라로 불리는 모양이다.

"봐라! 양생원! 니 오늘 양복 잘 입고 왔다. 신부 쪽에서 우릴 우습게 보는 것 같지는 않은 것 같다."

나카무라라는 청년이 어깨를 으쓱하면서 대문 안을 쳐다본다. 희미한 호롱불 아래 치마저고리를 입은 처녀 하나가 나풀나풀 마당으로 걸어오고 있다.

"어이~ 온다, 온다~ 쉿! 얼굴은 잘 안 보인다."

" 자, 그럼 약속대로 신부가 노래를 부르겠심더, 그 대신 대문은 닫고 목소리만 들어 주이소! 앙콜은 없심니데이."

" 자, 신부 노래 나갑니다. 하나, 둘, 셋, 시작~."

대반의 기막힌 사회가 시작되었다.


"찌~이~ㄹ~레꽃 붉게 피~이~는 남쪽나라 내~ 고오향~

어~언덕 위에 초오~가 사~암간 그리~ㅍ 습~니~이~다.

자~주 고오~름 입에 무~울고~오 눈물~에~ 저~어 저~
이~별가를 불~러 주~우~던 못잊을 사~아~라~ㅁ~아~."


"앵콜! 야~ 노래 잘한다. 생초에 명가수다."

"우리 고생하면서 여기까지 함지고 오길 잘했다."

"강호 장가 참 잘 간다. 신부 목소리도 쥑인다야."

함진아비 일행이 새색시 노랫소리에 칭찬을 쏟아내고 야단이다.

"한 곡 더 들어 봤으면 좋겠는데, 아까 약속 때문에 틀렸고, 자,
이제 안에 들어가서 배고픈데 술이나 한잔 묵자."

함을 지고 온 왕산이란 청년이 아쉬운 듯 제일 먼저 대문 앞에
선다. 이때 대문이 활짝 열리고 복자의 어머니가 손님을 맞이한다.

"먼 데서 오시느라고 올매나 고생이 많았십니꺼? 어서 안으로 들어
오이소."

함을 진 청년이 마당에 엎어놓은 박을 팍 밟고 들어선다. 복자의
어머니가 함을 공손히 내려 받고 병풍을 친 마루에 봉치떡을 시루에
얹어놓는다. 복자의 아버지가 시루를 향해 두 번 절을 하고 잠시
후 복자의 어머니가 함을 개방해 혼서지를 꺼낸 후, 함을 들고 신부
일행이 있는 방으로 들어간다. 방안에서는 작은 실랑이가 일고 있었다.
문틈으로 바깥세상을 구경하던 복자가 갑자기 얼굴빛이 변한다.

"야! 길녀야! 니 우짤라고 노래를 '찔레꽃'으로 불렀노?"

"와? 내 노래 잘하더라 아이가! 밖에서 사람들이 내 노래 잘한다고
난리법석을 떠는 소리 못 들었나?"

"그기 아이고, 노래 가사 중에 맨 끝이 '못 잊을 사람아', 이기
있다 아이가?"

"큰일났네! 까딱하면 신부가 다른 남자가 있는 줄 오해하것다."

길녀가 이제야 상황 판단이 되는 모양이었다.

"그 많은 노래 중에 하필이면 찔레꽃을 불렀나? 이제 와서 내가 안 불렀다고 할 수도 없고 우짜면 좋누?"

복자는 애가 탄다.

"내 잠깐, 밖에 나갔다 올게."

길녀가 무슨 생각을 했는지 갑자기 문을 열고 다시 나간다.

"와! 길녀 누야 노래 너무 잘하더라."

느닷없이 놀러 왔던 용배가 한방을 날렸다.

"이기 무신 소리고? 신부 이름이 복잔데 길녀는 누고?"

술잔을 기울이던 양복 입은 청년이 눈을 커다랗게 뜨고 입을 벌린다.

"아임니더. 아까 노래 불렀던 사람은 신부가 아이고 저기 길녀 누나입니더. 헤헤."

"용배야! 니 와 이라노! 저리 가서 떡이나 먹어라."

두루뭉실 넘기려고 나왔던 길녀는 용배 때문에 산통이 다 깨지고 말았다.

"으하하하."

갑자기 대반을 맡았던 신부의 당숙이 파안대소를 한다.

"아이고! 그라모 대반이 우릴 속였단 말입니꺼? "

나카무라상이 어이없어 묻는다.

"안 되것다. 새로 하자. 함 우쨌노?"

양복 입은 청년이 하얀 와이셔츠의 깃이 달빛에 반사되면서, 자리를 박차고 일어난다.

"낙장불입(落張不入)! 한번 놓은 패는 물리면 안 됩니더. 이미 함은 개봉되었고 오늘 작전은 신부측 승리로 끝났심니더. 허허허!"

대반의 너스레에 함진아비들은 입안의 씁쓸함을 느끼며 자리에

도로 앉는다.

"와, 신부 당숙의 고단수에 우리가 속았다. 할 수 없다. 술이나 먹자. 하하."

나카무라상이 패배를 인정하고 장내를 정리한다.

"나는 처음부터 좀 이상하다 켔다 아이가! 아니 신부가 결혼을 앞두고 '못 잊을 사람아'라니, 이기 말이 되는 소리가? 내 말 맞제?"

함을 지고 온 왕산이는 혼자 뭔가 낌새를 차렸다고 주장하지만 이미 연극은 끝나버린 상황이었다. 함을 가져온 사람들은 노래는 노래고 멀리서 반나절을 걸어왔기 때문에 우선 허기를 달래느라 정신이 없었다.

왕산(王山), 땅땅한 체격에 신랑 강호와는 이웃에 사는 죽마지우다. 본명은 강태산(姜太山)이며, 지리산에서 약초를 캐러 다닌다. 친구들은 가락국 마지막 임금 구형왕(仇衡王)이 잠들어 있는 금서면의 왕산을, 그의 별명으로 지어주었다. 어릴 때부터 약초 캐는 할아버지를 따라다 녀 지리산은 손바닥에 손금 보듯 훤하였다. 학교에 다니지 않아 한글은 깨치지 못하였으나 인정 많고 의리가 있어, 강호와는 약초에 관한 의견을 교환하면서 자주 만나는 친구이다. 나이는 강호와 동갑이다. 산을 많이 다녀 다리에 힘이 좋을 뿐만 아니라, 밤낮 구별 없이 주변 지리에 밝아, 함을 태산에게 지게 한 것이다.

"야, 술맛 조오타! 생초 막걸리가 오봉리 약술보다 더 좋은 것 같다."

나카무라상이 약간 혀가 꼬부라지면서 술맛을 비교한다.

"뭐라카노! 오봉리 술은 물부터 다르다. 생초는 경호강 물이고, 우리 오봉천은 바로 지리산 산삼이 우러나온 물이다. 그리고, 오봉약술은 그 약초를 내가 대부분 지리산에서 캐 온기다. 내 말이 틀리나?"

　나카무라상, 본명은 방준식(方俊植)이고 나이는 23살이다. 신랑 장강호와는 한 살 위지만 금서 공립학교 동창이다. 오봉리와 가까운 이웃 가현리에 살며, 어릴 때 학교를 마치면 둘이서 산길을 갈림길까지 함께 걸어다녔던 친구다. 마을의 특산물을 수집하여 산청 또는 진주 장에 갖다 팔아 제법 장사의 이문을 남기곤 하였다. 그런데 1943년 산청 장에 갔다가 일본 관리에게 속아, 남양군도 키리바시 타라와 지역까지 끌려갔다. 그곳에서 비행장 건설 노무자로 강제노역에 종사하다가 사이판에 있던 일본 태평양 사령부의 함락으로 미군 포로가 되었다. 그 후 징용으로 간 지 3년 만인 1946년 2월 2일 일본 구제항(吳港)에서 대우환(大隅丸)을 타고 부산으로 귀국한 지 이제 석 달밖에 되지 않는다. 아직 현실 적응이 원만치 않은 상태다. 친구들은 일본에 갔다 왔다고 '나카무라상'이라고 부르지만, 망국의 서러움을 뼈저리게 겪었기에 애국심이 대단한 청년이다.

　"아까 찔레꽃 불렀던 가짜 신부 벌칙으로 노래 한 곡 더 하이소."
　방준식이 오랜만에 듣는 우리 가요가 정겨워 다시 한 곡을 요청한다.
　"맞다. 가짜 신부 노릇을 하였으니 당연히 벌을 받아야지."
　양복 입은 청년의 추상같은 법적 대응이다. 청년의 본명은 양정태(梁正泰), 나이는 스물두 살, 신랑 강호와 동갑이다. 장강호, 방준식과 함께 금서공립보통학교 동창이며 진주 중학을 나왔다. 집안이 부유하여 일찍이 진주로 유학하였으며, 징용을 피하여 일본 중앙대학 법학부에 다니던 선배 하준수를 따라 지리산으로 들어갔다가, 지금은 여운형이 이끄는 남조선 노동당 창당 작업을 하고 있단다. 방곡 아래 상촌(上村) 부농 집안에서 태어났으며, 성품이 점잖고 지적으로 생겼다고 친구들이 양생원이라고 부른다. 키도 적당하여 양복이 잘 어울리는 스타일이다. 아버지에게 활동 자금을 얻으러 상촌에 왔다가 결혼 소식을 듣고, 함진아비의 일행에 합류한 것이다. 집에 오면 강호에게 자주 놀러 와, 이웃에 있는 태산이와는 자연스럽게 친해지게 되었다.

" 에~ 여러분! 아까 우리가 분명히 신부가 노래를 하면 함을 내려놓는 다고 하였습니다. 그래서 쌍방 합의하에 신부가 노래를 불렀고, 우리는 조건 없이 함을 신부측에 넘겼습니다. 그러나 노래를 불렀던 사람은 신부가 아니고 신부 친구였습니다. 이는 분명히 신부 측에서 우리를 기만하였으며, 엄연히 합의사항에 위배되는 처사로서 그냥 묵과할 수 없는 사실입니다."

"와, 양생원이 서울말로 한께네, 법정에 검사같다야. 겁나네."

"저 양복 입은 총각 너무 유식하데이……."

친구들이 정태를 치켜세우고, 동네 구경꾼이 정태의 언변술에 놀라는 모습들이다.

"저 사람 어디서 보았는데……."

"작년에 해방되었을 때 산청 장에서 연설하던 청년 같은데, 밤이라서 잘 모르것다."

동네 사람들이 정태를 구면이라고 수군거린다. 신부측 대반은 얼굴 색이 변하여 다음 말을 긴장하여 기다리는 중이다.

"에~, 그래서, 양가가 인연을 맺는 경사스러운 날에, 특히 우리 신랑 측에서 분위기를 흐리게 한다는 것은, 우리 친구 강호의 체면을 욕되게 하는 일이므로, 양측 분위기를 살리는 의미에서 아까 그 아가씨의 노래를 한 곡 더 정중하게 청하는 바입니다."

"옳소! 와~ 정태, 니 최고다. 우리 친구인 것이 자랑스럽다."

태산이 감격하여 술잔을 들이켠다.

"휴~우! 사실 나는 무슨 말이 나올지 가슴이 조마조마했심더."

대반을 맡은 복자 당숙 얼굴에 화색이 돈다.

"길녀야 ! 한 곡 더 했삐라! 요번에는 니가 최고로 잘하는 곡으로 해라."

복자 당숙이 기가 올라 길녀를 조른다.

"저~어예~ 노래 잘 못하는데 예~."

길녀가 별빛에 얼굴을 감추고 내외를 한다.

"길녀야! 니 오늘 노래 잘하믄 여기 총각 한 사람 소개시켜 줄게."

복자 당숙이 옆에서 바람을 넣는다.

"아이~ 몰라예! 그라모예~ 한 곡만 딱 부를께예."

"오늘 우리 복 터졌다. 노래를 두 곡씩이나 들으니 말이다. 안 그렀나?"

태산이는 술기운에 얼굴이 연신 싱글벙글이다.

"다 이기 양생원 덕이다. 내 말이 맞제?"

준식이도 얼굴이 불그스레 기분이 최고조에 달해 있다.

"쿵짝 쿵짝 짜자작짜~ 노래 시~이작~"

태산의 촌스런 반주가 노래를 유도한다.


　　"노~오들 강~아~안~변 봄버어~들~

　　훼훼 늘어~진 가지에~다가~

　　무저어~ㅇ 세~월 하늘에 치잉~칭 맺어나 보올까

　　에~헤요~ 보옴버어들도 못 잊으~ㄹ까 하아~노오라~."


"와~ 박수! 박수! 짝 짝 짝 우~우."

길녀의 꾀꼬리 같은 노래가 끝나자 신랑 친구를 비롯한 동네 사람들이 난리가 났다.

"와~ 아까보다 더 잘한다. 길녀 노래 어데서 배웠노."

처음 들어본 길녀의 노랫소리에 동네 아낙들의 칭찬이 자자하다.

"아깝다! 저런 가수가 이런 산골에 있다니! 우리 손 한번 잡아 보입시더! 헤헤."

태산이 부끄러움을 타면서 길녀에게 손을 내민다. 길녀가 볼그레한 얼굴을 숙이면서 태산의 손을 잡는 둥 마는 둥 부끄럼을 탄다. 복자는 함에는 관심이 없고 마당에서 벌어지는 광경에, 문틈에서 눈을 떼지 못했다. 한 청년은 땅땅한 키에 한복 입은 모습이 시골 농사꾼 같고, 옆에 앉은 사람은 나이가 조금 들어 보이며, 보통 키에 이마가 좁은 데다 가리마를 가운데로 질러 일본 사람과 비슷하다.

길녀는 마치 자기가 시집가는 주인공처럼 모두의 시선을 받고 있었다. 복자는 질투심이 일어났다. 지금 자리에서 일어나는 양복 입은 청년은 얼굴이 갸름하고, 테가 둥근 검은색 안경을 썼다. 양복이 몸에 어울리며 지적인 면모가 보였다. 어디서 본 듯한 얼굴이다.

"에~ 여러분! 오늘 저녁 과분한 접대에 너무 고맙습니다. 이 모든 것이 즐거운 혼사를 위한 전야 행사이므로, 무례가 있었다면 용서하시고 저희들은 내일을 위해 이 자리를 떠나고자 합니다. 신부 아버님! 그리고 어머님! 대반 어르신! 길녀 아가씨, 오늘 후의에 감사드립니다."

# 5
# 시집가는 날
### 1946년 6월 1일(음력 5월 2일)

　복자는 평소보다 일찍 일어났다. 밖에 나오니 아버지와 어머니가
먼저 집안의 설거지를 끝내고, 마당도 깨끗이 쓸어 놓았다. 초여름의
바람이 싱그럽게 불어온다. 날씨도 맑다. 앞산의 밤꽃도 피기 시작했
다. 보리가 제법 익어가고, 찔레꽃 향기가 더욱 짙게 풍겨온다. 꾀꼬리
는 오동나무에서 뭐가 좋은지 목청이 어제보다 더 곱게 들린다. 노고지
리는 아침부터 하늘 가운데 올라 알쏭달쏭 요들송을 부르고, 황새는
개울에서 무엇을 보았는지 연신 고개를 갸우뚱거리며 한쪽 다리를
들고 있다.

　복자는 갑자기 이런 풍경이 슬프게 느껴진다. 오늘 결혼식이 끝나고
삼 일이 지나면, 정든 집을 떠나야 한다. 어제저녁 아버지의 말씀이
자꾸 가슴을 저미어 온다. 부모님 곁을 떠난다는 것은 상상하기도
싫다.

　'왜 여자는 신랑집으로 가야만 하는가? 여기서 살면 안 될까? 내가
떠나면 우리 부모님은 얼마나 외로우실까? 또 친정에 자주 올 수

있을까? 금서면 오봉리는 여기서 얼마나 멀까?'

"복자야! 거기서 뭐하노? 얼른 밥 먹고 몸단장 해야제."

멍하니 마루에 앉아 있는 복자를, 엄마가 부르면서 정신을 일깨워 준다. 벌써 마당에는 용배 아버지와 길녀 아버지가 멍석을 깔고 그 위에 혼례상 차리기에 여념이 없다.

동네 아주머니들이 하나둘 모여들기 시작한다. 소쿠리에 접시를 담아 오는 사람, 또 상(床)을 들고 오는 사람, 모두 오늘 사용할 잔치용이다. 길녀의 할머니는 이미 부엌에 와 있었다. 당숙은 신랑 측 손님 접대에 긴장이 되는지 아침부터 샘물을 한 바가지 들이켠다.

복자 아버지와 어머니는 한복을 곱게 차려입고, 혼례 준비에 만전을 기했다. 어서리(於西里)에서 먼 친척 어른이 집례자(執禮者)로 왔다. 육십이 넘은 나이에 한복을 깨끗이 입고 갓을 쓴 모습이 한학자(漢學者)의 기품을 풍긴다.

혼례상에는 촛대와 쌀, 밤, 대추, 술잔 가래떡을 둘둘 말은 용(龍)떡이 진설(陳設)되고, 쌀을 담은 그릇 앞에는 어제까지 길녀네 집에서 놀던 장닭이 눈을 꺼먹럭거리며 사방을 둘러보고 있다.

신부방에선 고모와 이모, 동네 수모(手母) 들이 신부의 머리와 옷단장을 마친 후 복자의 얼굴에 연지곤지를 찍었다, 지웠다를 반복한다. 웃음소리가 문밖까지 흘러나온다. 아마도 공주를 만드는 모양이다. 길녀도 옆에서 거들고 있다. 그때 밖에 있든 용배가 대문 안으로 뛰어 들어온다.

"신랑이 오고 있심니더."

"오대 짬 오고 있대?" 대반의 목소리가 빨라진다.

"동네 입구 정자나무까지 왔심니더."

갑자기 집안이 술렁이기 시작한다. 복자도 가슴이 설레었다. 드디어 신랑 일행이 가까이 오고 있는 모양이다. 복자 엄마는 옷깃을 여미고 대문 쪽으로 눈길을 돌린다. 대반인 복자 당숙은 한복을 말끔히 다려입고, 신랑 일행을 맞으려 집 밖을 나선다. 벌써 신랑 일행이 옥수수밭을 지나 보리밭 사잇길로 걸어오고 있다. 언뜻 보아 대여섯 명쯤 되어 보인다.

한복을 입고 맨 앞에 키 큰 사람이 신랑인 것 같고, 흰 두루마기 한복에 갓을 쓰고 뒤따라오는 사람이 상객(上客)인 신랑의 아버지 일행으로 짐작되었다. 후행(後行)에는 어제 함 팔러 왔던 우인들이 보무도 당당히 걸어오고 있다.

일행이 점점 가까이 오자 상객의 한복 옷고름이 수양버들처럼 바람에 나부끼는 것이 완연히 보인다. 대반은 점잖게 신랑의 일행 앞으로 다가간다.

"어서 오이소! 저는 신부 측 대반인 고명수라고 합니더. 멀리서 오시느라 얼매나 고생이 많았심꺼? 자, 저기 보이는 집으로 잠깐 들어가셔서, 우선 요기라도 하시고 조금 쉬도록 하입시더."

대반은 최대한 예의를 갖추면서, 신랑의 일행에게 최선의 안내를 한다.

"아이구! 바쁘신데 여기까지 마중을 나오시다니 미안하기 짝이 없심니더."

아마도 신랑의 아버지 되는 듯싶은 사람이 답례 인사를 한다.

"아저씨, 오늘 욕보시네예."

신랑이 복자 당숙에게 인사를 하며 손을 내민다.

"뭘! 아무튼 축하한다. 먼 길 온다고 고생 많았제?"

두 사람은 이미 지난날 부산에서 잘 알던 사이였으나 오늘은 더 반가웠다.

"대반 어른! 어제저녁에 욕봤지예! 미안심니더, 다 재미로 한번 해본 긴데 용서하이소."

태산이 머리를 긁적거리며 부끄러운 얼굴로 인사를 한다.

"아이다. 함 팔 때 그 정도는 약과다. 다른 집에서는 싸움도 일어난단다."

"죄송합니다."

양정태도 인사를 공손히 한다. 일행은 신부 바로 앞집의 임시로 마련한 정방(停房)에서 약간의 음식을 먹고 잠깐 휴식을 취하였다. 잠시 후 신랑은 마을에서 공동으로 사용하는 사모관대(紗帽冠帶) 차림에 목화(木靴)를 신고 나무 기러기를 안은 채, 대반의 안내를 따라 신부집으로 향한다.

이윽고 집례자(執禮者)의 홀기(笏記) 부름에 따라 전안지례(奠雁之禮)가 시작된다.

"주인영서우문외"(主人迎婿于門外): 혼주가 나아가 신랑을 맞이한다.

"서읍양이입"(婿揖讓以入): 신랑이 절하고 들어온다.

"시자집안이종"(侍者執雁以從): 하인이 나무 기러기를 가지고 신랑을 자리로 안내한다.

"포안우좌기수"(抱雁于左其首): 신랑이 기러기의 머리를 왼쪽으로 가도록 안는다.

"북향궤치안우지"(北向跪置雁于地): 북쪽을 향해 꿇어앉아 기러기를 소반 위에 올려놓는다.

"소퇴재배"(小退再拜): 약간 뒤로 물러나 두 번 절한다.

집례자의 점잖은 목청에 따라 나무기러기를 맞이하는 전안례가 끝나고 신부의 등장순서가 되었다. 복자는 신방에서 다홍치마와 색동무늬가 새겨진 연두색 저고리를 입고 칠보족두리를 머리에 얹고,

한삼(汗衫)으로 얼굴을 가린 채, 수모(手母)의 부축을 받으며 문턱을 넘어선다.

"신부출"(新婦出): 신부가 등장한다.

하객들이 술렁이다 이내 조용해진다. 복자는 긴장된 얼굴에 고개를 숙인 채 마루 아래로 내려선다. 모두가 자기를 보는 것 같아 부끄럽고 볼에 열기가 도는 것 같다. 이때 수모가 '만월표' 흰 고무신을 버선발 아래 갖다 놓는다.

"서동부서"(婿東婦西): 신랑은 동편에 신부는 서편에서 초례상을 중앙에 두고 마주 선다.

"와~ 신부 곱다."

"복자 누야 마이 예쁘다."

"오늘은 더 이쁘다."

동네 아낙들과 용배가 찬사를 보낸다. 신랑이 신부를 슬쩍 훔쳐보며 얼굴에 희색이 감돌았다.

"어! 신랑이 씨~익 웃었다."

우인으로 따라온 태산이가 농을 던진다. 신랑 신부가 각각 가볍게 물에 손을 씻은 후, 이어서

"부선재배"(蚨蟬再拜): 신부가 먼저 두 번 절한다.

신부가 두 손을 이마에 올리고 큰절을 두 번 한다. 옆에서 수모가 자세를 바로잡아 주었다. 구경 온 사람들이 옆에서 킥킥 웃고들 있다.

"신랑이 코도 크고, 키도 큰기 옛날 남자 안것다."

"어제 함 팔러 온 우인들보다 인물이 낫다."

동네 아주머니들의 새신랑 품평회가 시작되었다. 복자는 긴장 속에서도 아주머니들의 수군거리는 소리가 귀에 다 들렸다.

"서답일배"(婿答一拜): 신랑이 답례로 한 번 절한다.

주변 사람들의 속삭임에도 불구하고, 집례자의 홀기(笏記) 부름은 계속되었다. 복자는 신랑의 절하는 모습을 살짝 곁눈으로 본다. 아뿔사! 타이밍이 맞질 않았다. 신랑의 엎드린 등판만 보인다. 신랑 신부의 절하기와 술 따르기가 계속된다.

"거배상호서상부하각거음"(擧盃相互婿上婦下各擧飮): 신랑 신부 서로 술잔을 바꾸어 술을 마신다.

끝으로 신랑 신부는 수모가 주는 술잔에 술을 따라 서로 바꿔 마시는 척했다.

"예필철상"(禮畢撤床): 예식을 끝내고 상을 치운다.

드디어 교배례(交拜禮)가 끝나고 주위 사람들이 상을 치우기 시작한다. 신부는 신랑이 앞에서 꼿꼿한 자세로 서 있어, 부끄러워 얼굴을 들지도 못하였다.

"각종기소"(各從其所): 신랑 신부 각자의 처소로 돌아간다.

이윽고 집례자의 마지막 홀기 부름이 끝나자 신랑 신부는 안내자를 따라 각자의 방으로 들어갔다. 복자는 아직도 가슴이 두근두근하여 마치 꿈속에 있는 것 같다. 길녀가 옆에서 신랑이 잘생겼다고 일러주니 기분이 좋았다.

혼례식과 사진 촬영이 끝난 후 상객과 우인들은 사랑방에서 신부댁 어른들과 푸짐한 접대를 받고, 상호간에 인사를 나눈 후 얼마간 머물다가 집으로 돌아갔다. 복자도 시어른을 배웅한 후 방안에서 조그만 다과상에 친지들과 소담을 나누다 어느덧 저녁 무렵이 다 되었다.

"어이, 신랑 나오시오."

갑자기 마루에서 먼 친척 오빠와 동네 청년들이 신랑을 호출한다.

결혼식 때 신부집에서 신랑을 다루는 동상례(東床禮)가 막 시작될 모양이다. 청년들은 흰 광목천과 빨랫방망이, 놋숟가락, 마른 명태 등을 들고 히죽히죽 웃고 있다. 완전 무장이다.

"신랑 동작 봐라! 아직 발바닥이 멀쩡한 모양인데."

"아제요! 빨리 신랑 데리고 나오이소."

머슴같이 생긴 청년이, 대반인 복자 당숙을 재촉한다. 모두들 술기운이 불그스레 올라 사기가 충전되어 있다.

"우리 동네에서 제일 알짜배기를 빼가믄, 우리는 장개를 누구한테 가란 말이고! 안 그렇나?"

"니 말이 맞다. 세상에 공짜는 없다. 다른 처자를 하나 데려오든지, 아니면 우리들 중신을 하든지, 둘 중에 하나 결판을 봐야 되것다."

"맞다! 오늘 잘하면 처자 하나 소개받을는지 모르것다. 히히."

모두들 동상례 준비를 단단히 한 모양이다.

이윽고 대반이 신랑을 데리고 마루로 나왔다.

"행님들! 안녕하십니꺼? 인사가 늦었심더. 저는 금서면에 사는 장강호라고 합니더! 이제 저는 생초 사람 아입니꺼? 잘 부탁합니더."

"뭐시라! 생초 사람! 야, 신랑이 우리를 살살 갖고 노네. 니 온제 우릴 봤는데?"

강호는 분위기를 직감하고 최대한 자세를 낮춰 오늘 고역을 피하고자 하였으나 청년들의 준비된 행동에 난감할 따름이다. 여기는 아무도 자기를 도와줄 사람이 없었다. 그렇다고 신부가 나올 리 만무했다.

"아~들아! 살살 해라! 너무 심하면 밤에 신부만 욕본다."

무슨 뜻인지 신부 당숙이 알쏭달쏭한 언사를 던지고 뒷방으로 들어가 버렸다.

"자, 그라모 우리도 사람인께, 신사적으로 하입시더."

"에~ 왜정 때 부산에서 일본 배 짐 날랐다 쿤께네, 우리한테 일본말로 인사 한번 해보이소"

강호는 이 정도는 별로 어려운 말이 아니라 생각하고, 목소리를 가다듬어 일본말로 한마디 한다.

"오하이오 고자이마쓰! 와따시와 장강호 도요마레마쓰. 고데가라 요로시꾸 네가이시마스." (안녕하십니까? 저는 장강호라고 합니다. 앞으로 잘 부탁드립니다.)

"저 사람이 뭐라카노! 해방된 지가 언젠데, 공자 앞에 문자 쓰노? 안 되것다. 일단 벌주로 막걸리 한 사발 믹이라."

"조선 사람이 줏대도 없이 시키믄 시키는 대로 하다 나라가 망한 거 아이가?"

" 에~ 이번에는 내가 질문을 하것소! 신랑 올해 몇 살이나 됩니꺼?"

얼굴빛이 시커먼 사내가 엉뚱한 질문을 던진다. 강호는 난감했다. 나이를 왜 묻는지 알 수가 없다.

"저 스물두 살입니더."

"뭣이라! 스물두 살? 나는 스물네 살인데도 아직 장개를 못 갔는데, 행님보다 여자 꼬시는 재주가 보통이 아이구나. 오늘 맛 좀 봐라! 신랑 한 잔 더 믹이라."

소주 한 잔이 아니다. 막걸리 두 사발이다. 강호는 벌써 배에 포만감을 느꼈다.

"자, 이번에는 아주 쉬운 긴데, 미리 막걸리 한 사발 더하고 살살 하입시더."

또 다른 청년이 아주 쉽다고 하니 더 걱정된다.

"아~들아 신랑 배 터질라! 엔가이 믹이라."

복자 당숙이 말리는 척한다. 어제 함진아비한테 시달린 일을 신랑에게 되갚음하는 것 같다.

"걱정하지 마이소! 우리도 다 생각이 있은께예."

"자, 지금까지 잘해 왔심니더! 앞으로도 우리 시키는 대로만 하면 조용히 신고식이 끝날 깁니더."

강호는 막걸리 세 사발에 벌써 천정이 해리해리하게 보이기 시작했다.

"에~ 이번에는 우리 생초 촌놈들을 위해서 큰 배를 한번 보여주이소. 우리는 산골에서 배를 한 번도 못 봐신께, 쉽게 말해 쇠배가 물 우에 떠 있는 모습을 보여주이소."

"신랑은 부산에서 마이 봤다 아입니꺼?"

"마루에서 우찌 배를 볼낍니꺼? 배를 볼라카면 삼천포나 부산으로 가야 됩니더."

강호가 답답하여 청년들에게 되묻는다.

"신랑이 저리 머리가 안 돌아가니, 우찌 신부를 데리고 살 것나? 한 잔 더 믹이라!"

"아이고 배가 불러 인자 더 못 묵것심니더."

"묵고 못 묵고는 신랑의 권한이 아니라, 우리 시키는 대로 하면 조용히 끝난다고 아까부터 이야기해도…… 그라모 슬슬 달아맬까요?"

"아, 아입니더. 시키는 대로 하겠심니더. 우짜면 됩니꺼?"

강호는 끝이 없는 고문에 당황스럽기 그지없다.

"자, 그라모 슬슬 배를 띄워 보겠심니더. 제일 먼저 신랑은 청바닥에 배를 대고 엎드려 보이소."

참 기괴한 동작이다. 남들도 장가갈 때 신부집에서 신고식을 한다고 들었지만, 이것은 좀 별다르다. 친구들과 집에서 예행연습을 했는데 예상과는 완전히 빗나갔다. 강호는 하는 수 없이 마루에 엎드렸다. 동네 구경꾼들은 우스워 죽겠다는 표정들이다.

"자, 고개는 하늘로 보고, 폴(팔)은 뒤로 젖히고, 두 다리는 발바닥이 하늘이 보이그로 높이 치켜올리소."

강호는 술 먹은 배가 아래로 쳐져 복부 압박감에, 발바닥과 고개를 위로 올리려니 도저히 자세가 나오질 않았다. 이때 한 청년이 "이기 뭐꼬? 배가? 통나무가?" 하면서 발바닥을 명태로 때린다. 또 한 청년은 다른 발바닥을 놋숟가락으로 긁는다.

"아이고, 죽것다. 고만 하이소. 아이구 간지럽다."

강호는 양 발바닥의 고문에 그만 비명을 지르고 말았다.

"아이구! 그만해라! 사람 잡것다. 그 먼 데서 새벽부터 걸어온 사람한테 너들 너무 한다 아이가?"

구세주가 나타났다. 장모다.

"아이구, 장모님! 저 좀 살려주이소! 배가 터질라캅니더! 이건 너무합니더. 숟가락 갖고 발바닥 긁는 것은 진짜 몬 참겠심니더."

새신랑 강호는 진정으로 장모에게 구원을 요청했다.

"야~ 이 사람들아! 너~들은 후제 장개 갈 때 우짤라고 이리 심하게 하노! 이제 고만해라! 내 맛있는 음식 마이 채리줄게."

장모의 말이 끝나기 전에 푸짐하게 차린 음식상이 들어왔다. 그런데 청년들이 갑자기 신랑에게 달려들어 신랑의 등에 올라타고는, 발바닥을 몽둥이로 때리는가 하면, 숟가락으로 긁고, 마른 명태 등으로 종아리와 발바닥을 사정없이 공격하기 시작한다. 강호는 미칠 지경이었다. 배는 부르고, 한쪽 발바닥은 아프고, 또 다른 발바닥은 간지럽고, 그저 최후의 비명을 질러댈 뿐이다.

"아이구, 죽것다. 너들 장개 갈 때 보자! 내 비행기를 타고라도 꼭 올끼다. 아이구, 장모님! 당숙 어른! 좀 말리주이소! 내 뭣이든지 할 낀께 좀 살려주이소."

신랑의 비명소리에 복자는 안방에서 안절부절하였다. 동네 청년들이 너무한다 싶다. 그러나 뛰쳐나갈 수도 없고, 연신 엉덩이를 들었다

놓았다 하였다.

"우리 옴마하고, 당숙은 뭐하고 있노."

"자, 이제 됐다. 고만해라! 음식 식는다. 잘하면 신랑 쥑이것다."

마침내 신부 당숙의 한마디에 지루하고 고통스러운 동상례(東床禮)가 끝이 났다. 신랑 강호는 아직도 얼얼한 발바닥을 만지며, 낮술에 정신마저 몽롱함을 느꼈다. 마음속으로는 두 번 장가갈 것이 못 된다고 생각하였다. 당숙이 강호를 처음 있던 방으로 안내하였다. 밖에서는 동네 청년들의 작전 성공 소리가 시끄럽게 들려왔다.

"야! 우리가 좀 심했나?"

한 청년이 조금 미안한 마음이 드는 모양이다.

"춘삼이 너는 숟가락을 너무 쎄게 긁었제! 신랑 발바닥 괜찮을란가 모르것다."

놋숟가락으로 긁은 사람의 이름이 춘삼인 모양이다.

"아이다. 원래는 광목으로 다리를 묶어 매달아 놓고 시작해야 하는데, 우리가 마이 봐준 기다."

동네 청년들은 술상을 마주하고 동상례에 대한 승리의 자축을 한다. 날이 어두워졌다. 밖은 아직 동네 아주머니들의 웃음소리와 수다가 그칠 줄을 몰랐다. 복자는 신방에서 몸 단장을 하고 머리에는 족두리를 얹은 채, 주안상을 앞에 놓고 신랑을 기다리고 있었다.

제법 시간이 흐른 후 문밖에서 인기척이 나며 창호지 문에 그림자가 어른거렸다. 문고리 잡는 소리가 나더니 드디어 신랑이 신부 방에 들어온다. 신부는 얼른 일어나서 신랑을 맞이한다. 그제야 촛불에 처음 본 신랑의 얼굴은 술이 덜 깼는지 약간 부스스하고 피곤해 보인다.

"마이 기다렸지예."

신랑이 방바닥에 앉으면서 하는 첫마디다.

"오데예! 쪼깬 밖에 안 기다렸심니더. 아까 영 욕봤지예?"

신부가 약간 부끄러운 목소리로 신랑을 쳐다보며 눈웃음을 짓는다.

주안상이 새로 들어왔다.

"시장할 낀데, 음식 좀 드이소!"

복자는 잔에 술을 따르며 신랑을 살며시 쳐다본다. 순하게 생긴 얼굴이다. 눈썹이 가지런하고 눈도 날카롭지 않았다. 코는 동네 아주머니 말대로 제법 큰 편에 속했다. 말씨도 잔잔하여 정감 있게 들렸다.

"와따, 아까 동네 청년들이 숟가락 갖고 발바닥 긁는 거는 진짜 못참것데예!"

신랑은 술잔을 기울이며 아까 동상례의 악몽을 떠올린다.

"동네 오빠들이 좀 심했심니더. 저도 방안에서 미칠 것 같데예."

"집에서 오늘 신고식을 예상하고, 노래 연습만 실컷 했는데 다 틀렸버렸심니더. 허허허……"

두 사람이 도란도란 이야기를 주고받는 모습이 제법 정다워 보인다. 밖에서는 초여름의 풀벌레 소리가 쉼 없이 들려왔다.

"오데 다친 데는 없어예?"

복자가 염려되어 신랑에게 물어본다.

"당숙이 미워 죽겠데예."

벌써부터 복자는 신랑 편에 섰다.

"괜찮심니더. 다음에 내가 두 배로 갚아 줄낍니더. 허허."

"아버님하고 친구분들은 잘 가셨을까예?"

"조금 일찍 나섰기 때문에 아마 집에 도착했실낍니더."

"여기 생초는 처음이지예?"

"경호강 옆에 어서리는 옛날에 지나가 봤는데 여기는 처음입니더."

"금서면 오봉리는 여기서 멀어예?"

"여기서는 서너 시간 걸어야 될낍니더."

신랑 신부가 기우는 술잔 속에 제법 조잘조잘 정답게 속삭이고 있었다. 밤이 깊었다. 신랑이 자꾸 하품을 한다. 복자는 얼른 주안상을 치웠다.

"피곤하지예! 이불 깔 낀께네 얼른 주무시이소."

"아침 새벽에 출발했더니 좀 피곤도 하고 술도 취하고 그렇네예."

"말씀 나차 하이소. 제가 나이도 어린데예."

신랑이 복자를 뚫어지게 바라본다. 복자는 갑자기 부끄러움을 느꼈다. 신랑이 살며시 복자의 손을 잡아끈다. 복자는 갑자기 얼굴이 달아올랐다. 신부는 부끄러워 눈을 살며시 뜨고 신랑을 바라보니 마치 큰 황소가 자기 얼굴 앞에 있는 것 같다.

신랑이 복자 머리 위에 족두리를 벗겨 방 한쪽에 내려놓고 신부를 살며시 끌어안으며 촛불을 끈다. 복자는 난생처음 사내의 품에 안기니 가슴이 두근거리고 정신이 혼미하여 꿈속에서 꽃구름을 탄 것 같았다. 신랑의 입술이 술 냄새를 풍기며 복자의 귀에서 입으로 내려왔다. 복자는 온몸이 찌릿찌릿하고 전신에 힘이 빠져 금침 위에 드러누워 버렸다. 상체가 허전해지는 것을 어렴풋이 느꼈다.

그런데 이때, 갑자기 조용하던 바깥에서 문 창호지가 뚫리고, 여자들의 웃음소리가 들리는가 싶더니, 문 앞에 세워둔 병풍이 신랑 신부를 덮쳤다. 누군가가 밖에서 막대기를 밀어 넣은 모양이다.

"엄마야! 이 무슨 난리고."

복자는 깜짝 놀라 비명을 지른다. 밖에서는 아낙네들의 웃음소리가 자지러진다. 복자는 얼른 윗저고리를 걸쳐 입는다.

"보소! 너무 심하다 아이가! 작대기로 문을 쑤시믄 우짜노?"

고모의 목소리다.

"아이구! 우리가 너무 일찍 서둘렀다. 다 틀렸다. 인자 집에 가자."

아낙들의 웃음소리가 대문 쪽으로 서서히 멀어져 간다.

복자는 주변을 정리하고 병풍을 문에서 조금 떨어지게 세우고, 문틈을 통해 밖의 동향을 살폈다. 모두들 집으로 돌아가고, 잔잔한 풀벌레 소리에 소쩍새 울음만 간간이 들려온다. 복자는 살며시 촛불을 켠다.

"옴메! 벌써 잠이 들었네예! 우짜꼬."

신랑은 벌써 잠이 들어 세상천지를 모르고 코를 골고 있다. 옷도 벗는 둥 마는 둥 방바닥을 가로로 누워 자기 집 안방이나 된 듯이 자고 있다. 입에서는 막걸리 냄새가 술술 풍겨왔다.

"이 일을 우짜몬 좋노! 옷을 벳기야 되나? 그냥 놔둬야 되나! 세상에."

복자는 우선 신랑의 목양말을 벗긴다. 발고랑 냄새가 코를 찌른다. 한복 윗도리를 억지로 벗긴다. 신랑의 속옷이 딸려 올라가 사내의 가슴 털이 보이자 복자는 기겁을 한다. 이어서 물수건으로 얼굴과 발을 대강 닦아 주고, 다리를 당겨 겨우 이불 위에 끌어 올린다.

힘에 부대껴 신랑의 몸뚱이에 몇 번인가 쓰러졌는데 남자의 단단한 근육이 희한하게 느껴졌다. 또 재미도 있었다.

"남자들은 씨름을 이런 맛에 하는가……"

복자는 혼자서 중얼거리며 신랑 곁에 어설프게 눕는다. 사나이의 숨결 소리가 야릇하게 들리는 밤이었다.

# 6
# 서방님 따라 강물 따라

　복자는 아침 일찍 눈을 떴다. 꿈같은 사흘이 지나고 시댁으로 가는 날이 밝았다. 아침 해가 구름 속에 희미하게 보였다. 오늘따라 앞산의 뻐꾸기 소리마저 구슬프게 들려온다. 앵두나무 가지 사이에는 뱁새 무리가 수없이 날아다녔다. 복돌이는 복자를 보는 둥 마는 둥 배를 땅바닥에 붙이고 꼬리만 까닥까닥 흔들어댄다.

　하늘을 보니 낮은 안개구름이 앞산을 가려 밤나무 숲이 희뿌옇게 보인다. 돌담 밑에 함초롬히 피어 있던 접시꽃은 어느덧 꽃잎을 떨구기 시작했다. 대문 옆의 오동나무 잎은 바람에 너울너울 부채춤을 추고, 처마를 받친 석가래는 연기에 그을려 예스러움이 돋보였다. 모두가 정겨운 풍경이다.

　아버지는 송아지에게 여물을 주고 어머니는 말없이 돌샘에서 물을 긷고 있다. 마루 기둥에 매달린 호롱은 바람에 덜렁덜렁 집안의 적막을 깨고, 어디서 왔는지 호랑나비 한 마리가 담장을 넘어와 나리꽃 위에서 날개를 펄럭인다. 동쪽 담장에서 또 한 마리의 호랑나비가 날아든다. 두 마리는 위로 갔다 아래로 갔다 잠시 춤을 추는 듯 뱅뱅 돌다가,

덩굴장미가 피어 있는 담장 너머로 모두 사라져 버렸다.

복자도 나비같이 신랑을 따라가야 한다. 부모님은 외로운 나리꽃 신세가 되어 이 집을 떠날 수 없다. 그날이 오늘이다. 벌써부터 복자의 마음은 울컥해졌다. 뻐꾸기 소리가 뒷산에서 아련히 들려온다.

조반을 먹고 나니 아버지가 면 소재지의 김약국 집에 부탁한 꽃가마와 가마꾼 두 명이 대문을 들어서고, 고모와 유림에 사는 이모도 뒤따라온다. 길녀 할머니와 길녀는 복자의 떠나는 모습을 보고자 아침 일찍부터 복자네 집에 와 있었다. 용배 어머니도 용배와 같이 복자네 마루에 앉아 있다. 모두들 별말이 없다.

신랑 장강호는 무엇이 그리 좋은지 아침부터 싱글벙글거리며 마당을 왔다갔다 하였다. 용배 아버지와 길녀 아버지는 장롱과 신접살림에 필요한 세간을 싣기 위해 소와 달구지를 구해 왔다. 산청면에 사는 당숙도 상객으로 가기 위해 급히 도착했다.

복자 아버지는 하얀 무명 한복을 입고, 탕건에 갓을 쓰고 출발을 서두르는가 하면, 복자 어머니는 길녀의 할머니와 함께 시댁 어른께 바칠 이바지 음식을 정성스럽게 광주리에 넣고, 붉은 보자기로 곱게 싸서 달구지에 싣고 있었다.

복자는 눈이 충혈되어 말없이 마루에 앉아 있다. 길녀가 뭐라 속삭이건만, 멍하니 딴 데만 바라본다. 복자 어머니가 딸을 애처로이 쳐다보았다. 애지중지 키운 자식을 이곳보다 더 깊은 산골짜기로 보내자니 가슴이 저미어 말이 나오지 않는 모양이다.

"복자야! 우짜든지 시댁 부모 잘 모시고, 행복하게 살아야 한다. 그기는 여기보다 산이 깊다고 하는데 몸조심하고, 니가 보고 싶으면 아부지하고 내가 갈낀께네, 고생스럽그로 친정에 자주 올 생각을 말아라. ……친정 생각 너무 하면 시부모가 안 좋다 칸다. 장서방을 며칠 겪어보니 마음씨가 좋아 보이더라! 우짜든지 서로서로 의논하고, 의지하여라. 집안의 우애는 여자 하기에 달렸단다."

"엄마아!"

복자는 어머니의 품에 안겨 흐르는 눈물을 손등으로 훔친다.

"아이구, 우리 복자! 아기 데리고 오는 모습을 보고 죽어야 될 낀데……"

갑자기 길녀 할머니가 서글픈 푸념을 한다.

"아이고! 길녀 할매도 별소리를 다하십니더. 아직도 짱짱하신데 아이들 듣는데 죽는다는 말이 무신 말입니꺼."

용배 어머니도 눈시울이 붉어지며 길녀 할머니에게 위로의 말을 건넨다. 복자와 이별을 앞두고 모두들 숙연하여 눈시울이 젖어 있었다.

"장 서방! 우짜든지 우리 복자 아껴주게! 참말로 곱게 자란 내 새끼라네."

"장모님! 너무 걱정하지 마이소! 복자 씨는 제가 평생 돌봐 줄께예! 그라고 이번 추석 때는 장인어른과 장모님 뵈러 꼭 오겟심니더."

장모와 사위 간에 정겨운 작별 인사가 오갔다.

"길녀야! 니도 얼른 시집가거라! 그래야 내년에 니하고 내하고 나란히 고향 땅에 애기 업고 와서 만날 수 있다 아이가."

"그래 복자야! 그런데 내 시집갈 때는 나 대신 노래 불러줄 사람이 없어 큰일이다. 나는 말은 이리 해도 속은 서운해 죽것다. 복자야."

길녀와 복자는 두 손목을 부여잡고 흐르는 눈물을 서로 닦아주며 울고 또 울었다.

"자, 이제 가자! 지금 가도 점심때가 훨씬 지나 도착할 낀데 빨리 서두르자."

복자 아버지가 나지막한 음성으로 출발을 독려했다. 드디어 복자는 가마에 올랐다.

신랑 장강호는 맨 앞에 서고, 뒤를 이어 신부측 상객인 아버지와 당숙 그리고 가마 뒤에는 웃각시 역할을 하기 위해 고모와 이모, 복자 엄마가 경호강 나루터까지만 간다며 일행과 함께 가고 있었다. 맨 뒤에는 신접살림을 실은 달구지를 따라 용배 아버지와 길녀 아버지가 소와 발맞춤을 하며 걸어가고 있었다.

마을 어귀에는 길녀 할머니와 길녀, 용배와 그의 어머니, 동네 아낙들이 서운한 표정으로 떠나가는 복자의 일행에 손을 흔들어 주었다.

"잘 가이소! 누야."

용배도 손을 흔들고 있었다. 열 살 치고는 제법 어른스러워 보였다. 흰 저고리에 검정치마를 입은 길녀는 가마가 보이지 않을 때까지 손을 흔든다.

"복자야! 잘 살아야 덴데이."

길녀가 울먹이다가 돌담으로 고개를 돌리니 길게 땋은 댕기머리가 처량하게 따라 돌았다.

복자가 고향집을 돌아다보니 초가지붕은 감나무 숲속에 아른거리고, 길녀와 달래순 따러 다니던 뒷산의 오솔길은 소나무 숲에 가려 보일락 말락 하였다. 한겨울에 함박눈이 내리면 활같이 휘어지던 대나무 숲은 푸른빛을 더하고, 밤꽃 향기는 오늘따라 더 진하게 풍겨왔다. 하늘 중간에 날고 있는 종달새는 복자에게 이별가를 부르는지 열심히 지저귀고 다슬기 잡던 개울물은 경호강을 향하여 유유히 흐르고 있었다. 복자의 우귀(于歸) 행렬은 동구 밖 느티나무를 지나 늘비에 다다랐다. 복자는 점점 멀어져 가는 고향 산하를 바라보며 눈시울을 적셨다. 모두가 정겹고 그리워질 풍경들이다.

간혹 들일을 하는 마을 사람들이 복자의 우귀 행렬에 손을 흔들어 주었다. 복자도 가마에서 손을 흔들었다. 복돌이는 어디를 가는지도 모르고 아까부터 가마를 졸졸 따라왔다. 소는 큰 눈을 꺼머럭거리며 황톳길에 달구지를 열심히 끌고 갔다.

드디어 생초와 금서면 보전마을을 잇는 곰네나루에 다다랐다. 벌써 십 리를 더 걸어왔다. 금서면 오봉리에 가려면 눈앞의 경호강을 건너야 한다.

남덕유산에서 발원하여 생초면 강정마을의 엄천강과 합수되어, 산청면을 가로질러 진주 남강까지 팔십여 리를 거울같이 맑게 흐른다 하여 경호강(鏡湖江)이라 한다. 나루터에서 마주 보면 왕산(王山)이 보이고 필봉(筆峰)도 구름 속에 아스라이 보였다.

함양과 산청 사람들은 서울이나 부산 등 타지로 떠날 때는 반드시 경호강을 따라 기차역이 있는 진주를 거쳐야 한다. 산청군 생초면은 경호강변에 있다.

이 길은 희망의 길이며, 또한 애달픈 길이다. 그 옛날 가락국의 마지막 임금 구형왕이 쓸쓸히 행차하던 길이고, 임진왜란을 일으킨 왜적이 강변을 따라 한양으로 침공한 원한의 길이다. 신랑 친구 방준식이 산청 장에서 망국의 한을 안고 남양군도로 끌려갔던 슬픈 길이며, 복자의 고모가 시집갔던 희망의 길이다. 신랑 강호도 이 길을 따라 한약방이 있는 진주와, 부산의 연락선 부두로 떠났던 애달픈 길이다.

복자는 이 한 많고 사연 많은 경호강을 건너려 하고 있다. 아니 건너야만 한다. 경호강은 말이 없다. 수천 년 수만 년 세월 동안 흘렀던 것처럼 지금도 변함없이 흐르고 있다. 선조들의 애환이 건너간 저곳을, 복자도 서방님 따라 건너야 한다. 나룻배가 우귀 행렬을 기다리고 있었다. 사공은 뱃전에 신선같이 앉아 일행을 물끄러미 쳐다보고 있었다. 강변의 황새는 소를 보자 놀랐는지 강 건너 숲속으로 사정없이 날아갔다.

"자, 가마를 내려놓거라."

복자 아버지가 갓끈을 만지면서 가마꾼에게 가마를 내리라고 하였다. 복자는 가마에서 내려 사방을 둘러본다. 처녀 때 아름답게 보였던 강변이 오늘은 별로 감흥이 일지 않았다.

복자는 엄마의 손을 잡고 또 운다. 복돌이는 복자 주변을 맴돌고, 소는 파리를 쫓는지 누런 꼬리를 팔자로 흔들며 코를 강물에 대고 씰룩거린다. 강변에는 이름 모를 풀꽃들이 무성하게 피어 있다.

"복자야! 이제 엄마는 더 이상 못 간다. 우짜든지 잘 살아야 된다. 알것제!"

"엄마! 추석이 넉 달밖에 안 남았으니, 그때는 꼭 올께. 너무 서운하게 생각하지 마이소."

용배 아버지와 길녀 아버지가 소에서 달구지를 분리하여 소를 먼저 배 위로 끌었다. 그런데 소가 강물을 보고 겁에 질려 좀처럼 배에 오르지 아니하였다. 하는 수 없이 사람들이 먼저 나룻배에 올랐다. 그때야 소가 안심하고 배에 오른다. 원래 소는 겁이 많은 동물이라 낯선 길이나, 돌다리는 사람이 앞장서야 뒤따르는 습성이 있다. 그래서 옛사람들이 소를 비유하여, 눈이 크면 간이 작다고 했다.

이제 모두들 나룻배에 몸을 실었다. 사공이 서서히 긴 대나무로 배의 뒤쪽에서 강바닥을 찍었다. 물살이 제법 세다. 사공이 쓰고 있는 삿갓 같은 볏짚 모자가 물속에 솥뚜껑같이 비쳐 보인다.

복자는 앞머리가 강바람에 휘날리며 멀어지는 엄마에게 손을 흔들었다. 복자 엄마도 떠나가는 딸에게 두어 번 손을 힘없이 내저었다. 강의 물비린내가 물씬 풍겨온다. 사공도 말이 없고, 소도 말이 없다.

모두들 강물만 바라보고 우두거니 앉아 있다. 강호와 당숙은 무슨 이야기를 하는지 소근거리는 모습이 아마도 부산의 영도다리 이야기를 하는 성싶다.

복자 어머니는 강변에 홀로 서서 무정하게 떠나가는 나룻배를 안타깝게 보고 있다. 하얀 무명 치마저고리를 입은 모습이 마치 망부석 같다. 물잠자리 한 마리가 사공의 삿갓 모자에 앉았다가 바람결에 멀리 날아간다.

"어이구! 지 새끼 떠나보내니 복자 에미 마음이 오죽하겠나! 이제 집에 돌아가면 얼매나 쓸쓸할꼬."

복자 고모가 보다못해 말문을 열었다.

"인생사 이별로 시작해서 이별로 끝나는 것 같십니더!"

"저는 시집가서 좋은 일보다, 안 좋은 일을 너무 많이 겪었심니더. 시집간 그해에 시부모 다 세상 떠나고, 시동생 징용 가서 죽고 남편마저 객사하고, 애 하나는 장질부사에 걸려 죽고, 남은 머슴아 하나 겨우 소학교 마치고 타지에 나가 있다 아입니꺼."

복자 이모가 지난 세월의 아픔을 서럽게 이야기하며 옷고름으로 눈물을 찍었다. 드디어 나룻배가 보전(甫田) 마을 나루터에 닿았다. 강 건너 복자의 어머니가 강둑을 넘어가는 모습이 아련히 보였다. 복돌이도 느리게 따라가고 있다.

일행은 강 건너 생초마을을 한번 바라보고 다시 갈 길을 재촉한다.

길은 평탄하고, 들판이 아주 넓다. 토질도 계남리와 달리 부드럽고 기름진 흙이다. 사방이 보리밭, 양파밭, 마늘밭, 감자밭이다. 밭고랑을 타고 오는 시원한 바람에 보리 익는 냄새와 양파 냄새가 물씬물씬 코끝을 스친다. 24절기 중 망종(芒種)이 얼마 남지 않았다. 보리가 한창 익어가는 시절이다. 일행은 계속 강변을 가다가 하촌, 구기,

화계리, 주상리를 거쳐 상촌마을의 오래된 정자나무 밑에서 잠시 쉬었다 가기로 하였다. 수백 년 묵은 느티나무가 길손을 포근히 감싸듯 아래로 축 늘어져 그늘을 드리우고 있다. 해는 뭉게구름 사이로 왔다 갔다 하면서 마치 숨바꼭질을 하는 것 같다. 그래도 햇볕은 따갑다. 신랑 강호는 이제 자기 집이 얼마 남지 않았다며, 지금껏 걸어온 강변이 엄천강(嚴川江)이라고 한다.

나무 밑에 쉬고 있던 동네 할머니들이 궁금한 기색으로 어디에서 누구한테 시집오느냐고 정답게 물어보곤 한다. 각시가 곱다고 덕담도 건넨다.

지리산 북쪽의 뱀사골과 백무동 골짜기의 물이 마천(馬川)에서 합수되어 산허리를 감싸며 칠선계곡과 어우러져 용유담(龍遊潭)을 이루고, 심산유곡을 굽이치며 산청군 금서면 주상리, 화계리를 거쳐 생초까지 흐르는 강이 곧 엄천강이다. 여기서부터 경호강과 합수되어 진주 남강까지 정답게 흘러간다. 복자 일행은 벌써 강 따라 물 따라 수십 리 길을 걸어온 셈이다. 일행은 이곳 정자나무 아래에서 요기를 하고 소에게 물을 먹인 후 다시 오봉리를 향해 출발한다.

가마꾼들은 지친 표정에 땀을 많이 흘리고 있다. 복자도 좁은 공간에 앉아 있자니 갑갑하고 지루하여, 가마 문짝을 열고 바깥세상을 바라본다. 보이는 산들은 높고도 무슨 괴물같이 보여 무서운 마음이 들기까지 한다.

'시댁도 저리 높은 산 속에 있을까?'

이렇게 높은 산을 가까이서 보는 것은 태어나서 처음이다. 신랑은 왼쪽의 큰 산을 가리키며 저 산속에 오봉리가 있단다. 한참을 강을 따라가다가 좌측 계곡 옆으로 진로가 바뀐다. 조금 더 들어가니 칠십여 호의 초가집들이 옹기종기 산간마을을 이루고 논도 계곡 옆에 제법

보인다. 여기가 방실마을이며, 마을 앞을 흐르는 물이 오봉천이라고
하며, 원류가 지리산 왕등재란다.

신랑 강호는 집이 가까워오자 신이 나서 이 산 저 산 주변 지형을
열심히 설명하는 모습이 마치 어린아이 같아 보인다. 그런데 조금
더 골짜기를 올라가다가 이제부터 길이 좁고 험난하여 달구지가
갈 수 없다고 한다.

하는 수 없이 좌측 가현마을로 가는 갈림길에서 소를 멈춰 세울
수밖에 없다. 달구지에서 내린 장롱은 길녀 아버지가, 다른 세간은
용배 아버지가 지게에 지고 가기로 한다. 소와 달구지는 강호가 방실의
아는 사람한테 잠시 부탁하였다. 소는 드디어 해방이 되었다. 소
등에서 질매(길마)를 내리자 소가 입을 크게 벌리며 헤헤 웃는 표정으
로 꼬리를 요리조리 팔자로 흔든다. 집에 갈 때는 빈 달구지로 가니
좋기도 하겠다.

이제 좁은 산길을 일렬종대로 가야 한다. 숲이 울창하고 산세가
험하여 주변의 형세는 보이지 않았다. 복자의 아버지도 지리산을
가까이서 바라보자니 복자의 앞날이 걱정되는지 자꾸 산만 쳐다본다.
계곡의 물소리가 점점 크게 들려온다. 오솔길은 개울을 건너고 산길을
올랐다 내렸다 하면서 계속 깊은 골짜기로 하염없이 이어진다. 숲이
우거져 하늘은 보이지도 않고 가끔 이상한 새 울음소리만이 들려온다.
"우~ 하하하하…… 우~ 하하하하……"

강호도 새 이름은 잘 모른다며 스님들은 그냥 '목탁새'라 부른다고
하였다. 여름이면 저렇게 웃다가 겨울이면 나무 쪼는 소리가 마치
목탁을 두드리는 소리와 같단다.

산이 깊어 철이 늦었는지 찔레꽃 향기가 바람결에 물씬물씬 풍겨왔
다. 밤꽃은 아직 이른 모양이다. 이곳은 청비리골이란다. 복자는 생전

처음 들어보는 지명이 새롭기만 하였다. 산길이 조금 평탄해지더니, 화림사(花林寺)란 절이 보인다. 언뜻 보아도 꽤 오래된 절같이 기와지붕에는 와초가 자라고 있고, 돌담에는 오래된 이끼가 세월을 말해주고 있다. 절을 지나니 또 오르막이 나타난다. 이제는 물소리, 바람소리, 새소리밖에 들리지 않는다. 계곡 물소리는 골짜기를 크게 울리고 있다. 모두들 먼 길을 걸어온 탓에 숨소리가 목까지 찼다. 가마꾼들도 고생이 이만저만이 아니었다.

조금 더 오르니 갑자기 하늘이 훤히 보이며, 우측 산마루에 마을이 희미하게 보인다. 20여 호의 집들이 초가집과 달리 억새지붕을 이고, 옹기종기 동쪽을 향해 앉아 있다. 때마침 계곡으로 놀러 가던 꼬마들이 가마를 발견하자 쏜살같이 마을을 향해 달음박질을 치며 산비탈을 올라갔다. 마침내 산 넘고 물 건너 오봉리에 다다른 모양이다. 마을로 가기 위해 우측 계곡을 건너니, 큰 바위에 '智隱臺'라고 새겨놓은 글이 보였다.

"지은대라! 음, 슬기로움이 숨어 있는 곳인가 보군."

복자 아버지는 나름대로 지은대를 풀이한다. 일본 식민지 시절 식자들이 이곳 심산유곡으로 피신했던 모양이다. 부근에는 오래된 고목이 시집오는 새색시의 행렬을 무심히 지켜보고 있다. 마을을 오르는 길이 갑자기 가팔라졌다. 복자는 가마에서 내려 걷기로 한다. 아침에 찌푸렸던 날씨는 맑게 개이고 사방이 산으로 둘러싸인 오봉리의 하늘은 물방울같이 동그랗게 뚫려 있다. 집들이 모여 있는 뒷산에 다섯 개의 봉우리가 언뜻 보인다.

"와, 오봉리의 지명이 저 봉우리에서 유래되었는갑다."

복자 당숙이 마을 이름을 나름대로 해석한다. 멀지 않은 토담집에서는 마을 사람들이 복자 일행을 내려다보고 있다. 하얀 한복을 입은 중년의 남녀 두 사람이 급히 아래로 내려오고 있었다. 강호 아버지, 어머니인 모양이다. 그 사이로 청년 두 사람이 길녀 아버지와 용배 아버지 앞으로 쏜살같이 달려온다.

"어르신! 지게 제가 지고 갈께예! 이리 주이소."

가까이 보니 신랑 친구 태산이와, 조금 어려 보이는 청년이 지게를 이어받았다. 태산이 지고 가는 석 자×다섯 자짜리 장롱의 백동장석이 햇볕에 반짝거린다.

"아이구! 사돈어른! 여기까지 오시느라고 얼매나 고생이 많았십니꺼."

강호 부모가 복자 아버지와 고모 일행 앞에서 공손히 절을 한다. 복자도 고개를 크게 숙이고 웃어른께 인사를 드린다.

"기다리시게 해서 미안심니더. 그래도 산속이라 마이 덥지는 않네예!"

사돈 간에 겸손한 인사가 오가고, 잠시 후 복자 일행은 시댁으로 들어갔다. 집은 황토와 볏짚을 섞어 벽을 쌓은 후, 지붕에는 억새를 엮어서 얹어놓은 초가집 형태로, 세 칸 집이었다. 논이 없어 볏짚을 구하기 어렵기 때문인지 지붕이 억새와 산죽으로 덮여 있었다. 방은 안방과 작은방이 나란히 붙어 있었고, 부엌은 서쪽 방향에 있었다. 마루는 소나무 재질에다 나이테가 선명하게 윤이 났으며, 마당에서 우측으로 동향인 조그마한 한 칸짜리 아래채가 아담하게 햇볕을 받고 있었는데, 시골 어디에서나 볼 수 있는 전형적인 농촌 주택이었다. 옆에는 헛간도 붙어 있고, 북쪽으로는 화장실이 돌담 밑에 따로 떨어져 있어 안방에서는 조금 걸어가야 하는 구조다.

강호와 복자의 신방은 아래채에 차려져 있었다. 태산이와 동네 청년은 지고 온 농과 짐을 낑낑거리며 방안으로 들여놓으면서 땀을 많이 흘리고 있었다.

마당 한 편의 양지바른 담장 밑에는 자그마한 돌샘에서 물이 철철 넘치고 있다. 대문은 없고 입구에는 감나무꽃이 하얗게 떨어져 있다.

마당에서 앞산을 바라보니 지리산 줄기인 왕등재라고 하는 능선이 또렷이 보인다.

복자는 큰방에서 친정어머니가 준비한 이바지 음식과 대추, 술 등을 차려놓고 시댁 어른들에게 인사드리는 현구고례(見舅姑禮)를 치르고 있다. 웃각시로 같이 간 복자의 고모와 이모가 옆에서 도와주고 있다. 간혹 웃음소리가 새어 나온다. 현구고례가 끝나자 양가의 남녀가 다른 방에서 웃음과 덕담을 나눈다. 신부맞이 분위기가 점점 무르익어 가고 있다.

신랑 강호는 밖에 나와 멍석 깔린 마당에서, 태산이와 마을 청년들이 지난번 함 팔러 갔던 일화를 주고받으며 웃음꽃을 피운다. 안방에는 양측 바깥사돈과 남자 일행이 자리를 차지하고, 작은방에는 시어머니 또래 되는 이웃 아낙들이 복자에게 말을 건네면서 연신 웃음소리가 그칠 줄을 몰랐다. 복자는 얌전히 앉아 질문에 공손히 대답하며 가끔 눈웃음도 지었다.

밖에는 또 이상한 새 울음이 크게 들렸다.

'우~ 하하하하. 우~ 하하하하……'

아마 짝을 찾는지 배가 가려운지 처음 들어보는 희한한 새소리에 복자는 신기하기만 하다.

시간이 제법 흘렀다. 복자 아버지가 갓끈을 고쳐 매며, 방에서 축담(丑臺)으로 내려오니 길녀의 아버지와 용배 아버지도 뒤따라 방에 서 나온다. 연이어 고모와 이모, 모두 떠날 채비를 한다.

산속은 해가 빨리 지므로 저물기 전에 산을 벗어나야 한다. 시계가 없어 해 높이를 보고 하루의 일정을 조절해야 한다. 오후 세 시가 조금 지난 것 같았다. 부지런히 걸어야 어둡기 전에 경호강 나룻배를 탈 수 있을 것이다.

강호와 강호의 부모님 그리고 복자는 마을 입구의 지은대 바위까지 친정 식구들을 배웅차 마을 아래로 내려갔다. 가마꾼들은 빈 가마를 어깨에 메고, 길녀와 용배 아버지는 빈 지게를 지고 말없이 마을 아래로 내려갔다. 갑자기 복자 아버지가 걸음을 멈추고 뒤를 돌아보며, 사돈에게 두 손을 잡고 정감 어린 목소리로 부탁의 말을 한다.

"사돈어른! 아무쪼록 우리 복자 잘 부탁합니더. 어릴 때부터 자식이라곤 저 아이 하나뿐이라서, 유리그릇같이 조심스럽게 키웠심니더. 아직 모든 것이 서툴지만 마음씨는 참말로 착한 아이임니더. 장 서방! 부부는 일심동체이니라! 서로서로 의지하고 아끼고 의논하여 이 험한 세상을 슬기롭게 헤쳐 나가도록 하여라."

복자 아버지는 사돈과 사위에게 딸의 앞날을 부탁했다. 일행은 어느덧 오봉천 아래 지은대 바위까지 내려왔다.

"복자야! 이 아부지는 이제 가야 한다. 주변 산세가 험하니 몸조심하고, 건강에 유의하도록 하여라! 모든 일은 신랑과 의논하고, 시부모님 잘 모시고 부디 행복하게 살아라!"

아버지는 딸의 어깨를 어루만지며 헤어짐을 아쉬워한다.

"아부지! 너무 걱정하지 마이소! 이제 저도 어른입니더! 추석에 꼭 갈낀께네 옴마하고 몸 건강 하이소."

복자 아버지는 먼 산으로 이슬 맺힌 눈을 돌린다. 복자도 눈물이 하염없이 흐른다. 복자 고모와 이모도 복자의 등을 어루만지며 눈물의 작별 인사를 하고는 개울을 건넜다.

"모두들 안녕히 잘 계시이소."

"사돈어른 잘 가입시더."

"장인어른 살펴서 잘 가입시더. 멀리 안 나갑니더."

"아부지! 잘 가이소."

인생사 새옹지마라고 애지중지하던 딸을 불과 몇 달 사이에 혼담 끝에 결혼까지 시켰으나, 깊고 깊은 산간 오지에 자식을 두고 떠나는 복자 아버지는 만감이 교차한다.

일행의 모습은 벌써 계곡을 돌아 숲속으로 사라지고 없다.

뻐꾸기 소리도 물 따라 흘러간다.

"아~버~지! 잘 가이~소오~."

복자가 아버지에게 건넨 마지막 인사가 오봉천을 맴돌았다.

# 7

# 꿈같은 세월

6월이 지나고 7월에 접어드니 장마가 시작되었다. 장마 때는 오봉천이 넘쳐 바깥세상 출입이 거의 불가능하다. 여름이라고 하지만 산속의 하루해는 짧기만 하다. 산이 높으니 아침 해가 열 시쯤 떴다가 오후 서너 시경 서산으로 넘어가기 때문이다. 더군다나 장맛비가 추적추적 내리는 산속 마을의 밤 기온은 이불 없이는 잠자기가 어렵다. 다행히도 땔감은 풍부하여 방은 항상 훈기를 유지했다.

복자가 이곳으로 시집온 지도 벌써 달포가 지났다. 주변 환경에 어느 정도 익숙해져서, 마을 사람들과도 인사를 주고받고 점점 산속 생활에 동화되어 가고 있다.

강호는 복자에게 각별한 애정을 보여주었다. 금서면 화계리 장날에는 둘이 같이 시장에 가든 시부모님을 시장에 보내든, 거의 하루종일 붙어다니다시피 하였다. 강호와 복자는 화계리 장날인 4일 9일이 아주 기다려졌다. 시부모가 장에 가시면, 둘은 감자를 간식으로 보자기에 싸서 부근 산으로 약초를 캔다는 핑계로 이산 저산 산보를 다녔다. 이때는 시부모 식사 걱정을 하지 않아도 되며, 둘만의 시간이기 때문이다. 덕분에 복자는 더덕, 구기자, 삼백초, 둥글레 등 몇몇 약초는 이제 제법 분간할 줄 아는 단계에 이르렀다. 마을에선 금실 좋은 원앙새 부부라고 칭찬인지 질투인지 말들이 무성하다. 그래도 둘만이 다니는 것은 일찍이 느껴보지 못한 기쁨이고 즐거움이다.

오늘도 비가 부슬부슬 내리며 많이 오는 비는 아니지만, 날씨가 약간 으스스하게 한기가 느껴진다. 시아버지가 도롱이를 등에 쓰고 뒷밭에서 늦감자를 캐 오셨다. 풋고추와 부추도 함께 소쿠리에 담아 오셨다.

"아가야!"

"예, 어머님."

"비도 오고 시아버지가 입이 땡긴다 하시니, 감자 삶고 고치전 부치 묵자."

"예, 어머님."

시어머니 말이 떨어짐과 동시에 긍정적인 대답이 자동으로 나온다. 복자는 어느새 며느리로서도 자리를 잡아가고 있다. 강호가 부엌의 솥을 떼어내고 뚜껑을 뒤집어 놓는다. 곧 장작불이 붙여지고 들기름이 솥뚜껑 주위로 뱅 돌더니 고추전의 부침이 시작된다. 삼합이 척척 맞아 돌아간다.

장마철과 눈이 많이 오는 겨울에는 항상 주, 부식을 확보해 놓는 것이 이곳 사람들의 생활 지혜다. 부침개 냄새가 구름이 낮게 깔려 아랫집으로 흘러갔는지, 태산이 술병을 들고 비를 맞으며, 끼웃끼웃 집안으로 들어선다.

"새신랑 있나! 행님 왔다."

"동생 왔나! 어서 오이라."

강호와 태산이는 서로 생일을 속이며 옛날부터 서로 형이라 우기고 있었다.

"아이구, 제수씨! 시숙님 묵을 것 장만한다고 욕보시네예."

"어서 오이소! 안 그래도 신랑이 데릴러 갈라 켔는데."

복자는 태산의 농담에도 익숙해 있었다.

"어머이예! 내 태산임니더! 여기 더덕술 한 병 갖고 왔심니더! 마이 잡수이소."

"오냐! 고맙다. 태산이 덕분에 강호 아버지 오늘 복 터졌다. 고맙대이."

태산이는 강호 어머님께 손수 담은 더덕주를 한 병 드렸다. 자주 있는 일이라 강호는 싱긋 웃기만 한다. 강호와 태산은 아래채 신혼 방으로 들어간다. 이윽고 조그만 소반 위에 부침개와 술이 들어왔다. 두 친구는 서로의 잔에 술을 따라 "짱!"을 한다. 태산은 무어라 중얼거리며 단번에 마셔버린다. 옥수수로 담은 막걸리가 싸아 하니 목구멍에 넘어가니 태산의 눈알이 꺼머럭거린다.

태산이는 방아잎이 들어간 고추전을 찢어 입에 넣기가 바쁘게 감탄한다.

"와, 이거 구수한 게 진짜 맛있다. 제수씨 솜씨가 보통이 아이다. 허허."

그냥 입에 발린 말이 아니다. 비가 오는 날에 구수한 부추전과 함께하는 술맛, 더구나 술시에 먹는 술맛이란 평소와는 달리 진미가 특출하기 때문이다.

강호는 어쨌건 아내 음식 솜씨가 좋다고 하니 기분이 좋다. 곧이어 복자가 감자를 삶아 방으로 들어온다. 밖에는 비가 점점 세게 내리고 있다. 마당에는 매일 같은 시각에 짚신보다 큰 두꺼비가 기어 나와 물줄기 옆의 지렁이를 노려보고 있다.

"제수씨도 한 잔 하이소!"

"입에 술 냄새 나면 어머님한테 욕먹는데예."

"술이 아니고 보약 먹었다 카이소. 이거는 술이 아니고 약입니더. 안 그렇나, 강호야!"

"태산이 너 구실도 좋다. 그래, 맞다. 약이다. 허허."

"그라고! 제수씨! 이거는 좀 부끄러운 이야기인데예, 그때 찔레꽃 부른 제수씨 친구 말입니더, 나에 대한 이야기 없던가예?"

"우리 친구 길녀한테 마음이 있어예?"

"하, 요새 강호 깨 쏟아지는 것 본께네, 나도 얼른 장개를 가기는 가야 되것는데……"

"그라모예! 이번 추석 때 가서 이야기 한번 해볼께예."

"아이구, 고맙심니더. 행수님."

"와, 이제야 제대로 행수라 부리는구나. 니가 뛰봐야 벼룩이다. 하하하."

강호가 시원한 포를 한 방 날리니 태산이는 금방 꼬리를 내리고 만다. 복자는 한잔 술에 얼굴이 불그스레 홍조를 띠고, 새색시의 부끄러움이 되살아나는지 자꾸만 고개를 숙인다.

"야! 강호야! 앞으로 우리나라가 우찌되는 기고? 양생원은 조선 인민당인지, 남조선 신민당인지 정치 바닥에 뛰어들었다 카는데, 그기는 뭐하는 데고?!"

태산은 약초 팔러 산청 장에 갔다가 지금 남한은 미군이 다스리고 있고, 여운형인가 하는 조선 사람이 건국준비위원회를 해산하고 남조선 노동당을 만든다는 소문을 들었는데, 도무지 무슨 말인지 이해가 되질 않았다.

"글쎄! 나도 산속에 있어서 나라 정세를 알 길이 없다. 장마가 끝나면 진주에 한번 갔다 와야 되것다."

"진주에 가서 세상이 어떻게 돌아가는지 상세히 알아보고, 내한테 좀 쉽게 설명을 해다오."

태산이는 술잔을 들이키며 진정 나랏일을 걱정하는 모습이다.

강호와 태산이가 주고받는 술잔 속에 어느덧 날이 저물었다. 태산이 뒷밭의 토란잎을 잘라 머리에 쓰고 엉거적엉거적 마당을 걸어 자기 집으로 간다.

"행수! 강호야! 오늘 잘 먹었데이. 간다이."

검정 고무신에 핫바지를 걷어 올린 왕산의 장딴지가 박달나무같이 단단해 보인다. 빗소리는 더욱 거세진다. 억새 지붕을 타고 수직으로 떨어지는 빗줄기가 앞산을 흐릿하게 가려 버렸다.

복자는 식구들의 저녁 식사를 칼국수로 해결하고 방안으로 들어왔다. 강호는 희미한 등잔불 아래 약초 관련 서적을 뒤적이고 있다.

구름이 짙게 깔리고 비가 오니 산속의 바깥은 깜깜하다. 갑자기 번개가 치더니 천둥소리가 요란하다. 산속의 천둥소리는 평야와 달리 산이 막혀 굉장한 폭음을 낸다. 복자는 무서워 강호의 품속으로 파고든다. 강호도 등잔불을 끄고 방바닥에 눕는다. 문밖에는 번개의 섬광과 벼락소리가 천지개벽을 하는 것처럼 요란하고, 창호지를 바른 방문에는 갑자기 번쩍번쩍 감나무 그림자가 어른거리다 이내 깜깜해진다. 감나무 잎에 떨어지는 빗소리가 마치 장구 치는 소리 같다.

낮술로 인해 알딸딸해진 복자는 벼락소리에 자꾸만 신랑의 품속으로 파고든다. 신랑의 따뜻한 살냄새가 복자를 포근하게 감싸고 돈다.

모기 한 마리가 비에 쫓겨 왔는지 복자의 얼굴 위에서 계속 맴돈다.

"위~이~잉~ 윙~! 이~에~엥 ~엥~."

"모깃소리를 들으니 제법 큰 모기다. 잡아야겠다."

복자는 모기가 얼굴 가까이 오기를 기다렸다가 뺨 가까이 오자 사정없이 내려친다.

"아야."

"뭐하노?"

신랑이 '딱!' 소리를 듣고 복자에게 묻는다.

"큰 모기가 자꾸 얼굴에 뺑뺑 돌아예!"

"잡았나?"

"몰라예! 지금은 조용합니더."

모기가 죽었는가 싶었는데 이번에는 손등을 물었다. 근질근질해 온다.

"아이! 모기 때문에 잠을 잘 수가 없네예."

강호는 한 손으론 복자를 끌어안고 또 다른 손으로 허공을 내젓기 시작하였다.

"모기의 공습으로부터 복자를 사수하라."

이것이 오늘 밤에 사랑하는 신부를 지켜주기 위한 강호의 마음속 명령이었다. 빗소리는 아직도 요란스레 들린다. 장맛비치고는 꽤 많이 오고 있다.

"보이소."

강호의 가슴에 얼굴을 파묻은 복자가 갑자기 남편을 부드럽게 부른다.

"아직 안 자나?"

"우리 언제까지 이곳에서 살낀데예?"

"와? 여기가 싫나?"

강호가 부드러운 복자의 엉덩이를 어루만지면서 정답게 되묻는다.

"여기는 산골짜기가 너무 깊어 무서워 죽겄어예! 우리 동네도 산속이지마는 여기만큼 산이 높진 않아예."

"여기도 정들면 살 만하다. 우리 아버지 어머니도 이곳에서 살고 계시지 않소."

"그래도 나는 싫어예! 친구도 없고, 친정에 한번 갈려면 산 넘고 물 건너 몇십 리를 걸어가야 되는데, 우리 도시로 나가 사입시더."

"글쎄! 나도 여기 오래 살지는 않을 생각이요. 장차 아이들의 교육문제도 있고, 첫째는 사람이란 보고 듣는 게 있어야 발전이 있는 기라."

"……"

"대원군이 와 나라를 망하게 했노? 그놈의 쇄국정책인가 뭔가 하면서 나라 문을 걸어 잠그고 바깥세상을 너무 몰랐던 거 아이가."

"그란께네 우리도 적당한 시기에 산청면이나 진주로 이사 가입시더."

복자는 강호의 가슴털이 따가운지 입으로 후후 불면서 신랑을 살살 꼬드긴다.

"그런데 지금은 시기가 아이다. 해방된 지가 아직 일 년도 안 되고, 나라의 중간이 삼팔선으로 갈라지고, 북에는 소련, 남한에는 미국이 다스리고 있단다. 빨리 우리 조선 사람들이 나라를 세우고, 정치가 안정이 돼야 우리도 서서히 움직일 끼다. 그때까지만 참고 기다리자."

"그런데 그때 가서 부모님은 우짤랍니꺼?"

"아마도 우리 아부지, 옴마는 여기에서 살끼다. 이 오봉리에 할아버지, 할머니 산소도 있고, 또 항상 이곳을 제일 살기 좋은 곳이라고 말씀하시니 별걱정 안 해도 될 끼다."

복자는 남편의 가슴에 그림을 그리는지 손톱으로 가슴살을 간지럽게 긁고 있다.

"그라모 우리 약속하는 기라예! 약속 어기면 저 벼락소리 들리지예.?"

비는 아까보다 잦아들었다. 복자는 사나이 품속에서 따뜻한 온기를 느끼며 행복한 꿈속에 젖어 든다.

하지(夏至)도 지나가고 지루한 장마도 끝이 났다. 중복이 지나고 말복 더위가 막바지에 다다른 팔월 초순, 강호는 오랜만에 바깥바람을 쐬기 위해 아침 일찍 집을 나섰다. 오랜 장마 동안 집안의 생필품도 떨어지고, 바깥소식도 궁금하여 진주로 가기로 했다. 8월 7일 오늘은 마침 진주 장날이라, 작년에 뜬 토종꿀 한 되와 그동안 말려서 보관한 각종 한약재를 등에 가득 지고 차를 타기 위해 함양 유림 쪽으로 갔다. 엄천강 징검다리를 건너 마천 쪽에서 나오는 트럭을 탈 요량이다. 마침 멀리서 먼지를 뽀얗게 휘날리며 달려오는 지엠씨 트럭이 보인다.

다행히도 차의 적재물이 많아 보이지 않아 손을 흔드니 차가 멈추어 선다. 운이 좋은 편이다. 트럭에는 겨울에 베었는지 껍질이 마른 소나무 수십 개가 실려 있다. 산청면까지 간단다. 운이 좋았다. 산청에서 진주 가는 버스를 타면 된다. 강호는 흙먼지 나는 트럭 위에 쪼그리고 앉아 주변의 풍경을 감상하며 명상에 잠긴다. 벼가 제법 자란 논에는 김을 매는지 농부들이 등에 대나무 가지를 꽂은 채 엎드려 농요를 부르고 있다. 여름 햇살이 무척 따가웠다. 트럭은 처갓집 마을 입구인 생초면을 지나갔다. 그때 강호는 혹시 결혼 때 자기 발바닥을 긁은 자가 있는지 부근을 유심히 살펴보았으나 비슷한 사람도 없었다. 경호강에는 장가갈 때 건넜던 나룻배가 한가로이 떠가고 있다.

햇볕은 따가워도 차량 위에 스치는 바람은 시원하다. 이윽고 트럭이 산청면에 도착하여 강호는 운전사에게 고맙다고 말하며 말린 석이버섯 한 주머니를 건네주고 차에서 내렸다. 절벽 바위에 붙어 있는 귀한 버섯이다.

함양에서 출발한 버스는 조금 기다려야 한다. 강호는 차부에 앉아 복자가 적어준 구입 품목을 하나하나 읽어 본다. 참빗 2개, 검정 고무신 2켤레, 소금 한 되, 밀가루, 들기름 1병, 벌꿀 비누, 개떡비누(빨랫비누), 석유, 담배 봉초 등 깨알같이 쓴 글씨에 오늘 사야 할 품목이 제법 많다. 빗과 고무신을 두 개씩 사는 이유는, 아직 사십 대에 불과한 강호의 어머니가 샘을 내는 눈치를 보이기 때문이다.

강호는 자기 아내가 글씨를 쓸 줄 안다는 것이 여간 자랑스럽지 않다. 보통 시골 마을에 여자가 언문을 깨우친다는 것은 극히 드문 일이며, 아직도 남존여비 사상이 짙게 깔려 있어 여자아이는 학교에 보내지 않는 가정이 대부분이다. 그런데 주변에 이상하게 소복을 입은 사람들이 눈에 많이 띈다. 모두들 얼굴이 침울해 보인다.

드디어 강호는 버스를 타고 진주에 도착했다. 남강변 대나무 숲은 여전히 푸르르고, 하얗게 빛나는 백사장에는 한여름의 뙤약볕이 사정없이 내리쬐고 있다. 남강에는 멱 감는 아이들이 오리같이 물속에서 머리만 나와 있고, 빨래하는 아낙들은 강가에서 방망이질에 여념이 없다. 강호는 머지않아 이곳 진주에서 살리라 생각하며, 예전에 다녔던 한의원을 향해 빠르게 걸어간다.

비봉산은 예나 지금이나 도시를 감싸안은 채, 찾아오는 강호를 반기듯 포근해 보이기만 하다.

"어~이! 이 사람이 누고! 강호 아이가! 더운데 우찌 여기까지 왔노. 어서 오이라!"

육십이 넘은 한의원 원장이 강호를 자식같이 반긴다.

"원장님! 저 왔십니더! 그동안 잘 계셨습니꺼?"

"그래, 오냐. 니 결혼 때 못가 봐서 미안타. 식은 잘 올렸나?"

"예! 그래도 원장님이 보내주신 축의금이 마이 보탬이 됐심더."

"아이구! 많이 못 줘서 미안타."

강호와 한의원 원장은 반가운 표정으로 서로의 안부를 물었다.

"여보! 여기 시원한 것 좀 가져오소! 새신랑 강호 왔다."

"예! 강호가 왔어예? 아이구 우짠 일이고."

원장 부인이 약제실에서 탕약을 끓이다 앞치마에 손을 훔치며 급히 나온다. 또 다른 방에서 예전에 같이 일하던 사람들이 우르르 몰려나온다. 모두들 반갑다며 인사를 나누며 덕담을 주고받는다.

"원장님! 그런데 산청에는 상복 입은 사람들이 많이 보이던데 무신 일이 있심니꺼?"

"아직 모르는 가베? 지금 남쪽 지방에 호열자가 퍼져 많은 사람이 죽어간다는 보도가 나왔단다."

"예? 호열자예? 그건 약도 없다 아입니꺼?"

"그러니까 큰일이지! 우리 한의원에도 호열자 약 구하러 오는 사람들이 문 앞에 줄을 선다마는 현재까지는 별다른 처방이 없어 마음만 안타까울 뿐이지."

"더군다나 이 호열자는 더울 때 더 심한기라! 좌우지간에 환자 옆에 안 가고, 음식 익혀 묵고, 맹물 마시지 말고, 손을 하루에 열두 번도 더 씻어야 한단다."

"강호야! 여기 시원한 오미자차 가져왔다. 천천히 마시거라."

인자하고 포근한 할머니 같은 원장 부인이 강호에게 차를 건넨다.

사전에 차를 끓여서 시원한 우물에 담가 두었다가 손님이 오면 한 잔씩 권하곤 한다.

"원장님! 저는 산속에 있어서 바깥세상 소식도 궁금하고, 원장님께 고맙다는 인사도 드릴 겸해서 이곳 진주까지 왔심더."

"그래, 잘 왔다. 조깬만 기다려라! 손님이 왔다. 또 호열자인 모양이다."

강호는 의자 옆에 놓여 있던 신문을 집어 들었다. 콜레라가 남부지방에 만연하여 많은 사람이 죽었으며, 계속 감염자가 증가하고 있다는 기사다. 특효약도 없고, 물은 끓여 먹어야 하며, 사람이 많은 곳은 피하고, 손발을 깨끗이 씻는 방법밖에는 특별한 비방이 없다는 기사가 대문짝만하게 실려 있었다.

강호는 신문을 보고 깜짝 놀라지 않을 수 없었다. 산속에는 신문도 없고 라디오도 없는 데다, 장마 때문에 마을 사람들이 산속에만 있어서 바깥소식을 전혀 몰랐기 때문이다.

"마이 기다렸제! 약을 지어주기는 했다마는 가망이 없는기라."

"나라에서는 우짠다 캅니꺼?"

"삼팔선 이남은 해방 후 지금까지 미국이 정치를 하는데, 전기, 통신, 교통, 병원 등 사회 기반 시설도 열악한 데다 질병에 관한 국민의 의식까지 바닥을 기고 있으니 설상가상(雪上加霜)이란다. 우선 국민들에게 전염 예방에 관한 교육과 계몽을 실시하여 더 이상 확산을 막는 수밖에 다른 방법이 없단다."

"큰일이네예! 진주도 피해가 큽니꺼?"

"진주라고 특별하나? 여기도 난리다. 매일 상여가 나간다."

"빨리 여름이 가고 시원한 바람이 불면 좀 사그라들낀데……"

"니가 있는 지리산은 괜찮나?"

"예! 그곳에는 사람들이 장마 동안 산속에 있어 아직은 아무 일이 없심니더."

"그래! 이럴 때는 어디 안 가는 기 최고다."

"그라고예! 나라정세는 우찌 돼가고 있심니꺼?!

강호는 진주에 온 김에 세상일을 조금 더 알고 싶어 원장에게 공손히 여쭙는다.

"궁금하제! 내 말 잘 들어라! 조금 설명이 길다. 오랜만에 왔으니, 내가 듣고 본대로 이야기해 주마."

한의원 원장은 바쁜데도 불구하고, 비교적 정치 상황을 조리 있게 알려주기 시작한다.

"강호, 니도 잘 알다시피, 해방 이후 남북으로 삼팔선이 가로질러, 나라가 두 동강이 났다 아이가? 그런데 북에는 소련이, 남한에는 지금까지 미국이 다스리고 안 있나! 미군정 장관에는 하지 중장이고, 민정장관은 아놀드라는 소장이란다."

"해방된 지 일 년이 지났는데, 우리나라에 정치할 사람이 없는가예?"

강호는 일 년이 넘도록 미국이 정치를 한다니 이해가 되지 않았다.

"글쎄! 36년간이나 일본의 압제하에 있다 보니, 체계적인 정부 수립이 쉽게 이루어지겠나?"

원장의 시국에 대한 진지한 설명에, 강호는 원장으로부터 정치가다운 면모를 느꼈다.

"여운형이라는 사람이 해방 후 '건국준비위원회'라는 조직을 만들어 활동하다 작년 9월에 해체되고, 지금은 조선인민당과 남조선신민당을 합쳐, 남조선노동당으로 통합한다는 말이 들린단다."

"이승만 박사와 상해 임시정부 주석인 김구 선생님은 뭘 하시는데예?"

한의원장과 강호는 진지한 표정으로 정세를 깊이 논하고 있었다.

"김구 선생님은 작년 11월에 귀국하여, 남북통일 정부를 주장하시고, 이승만 박사는 남한 단독정부라도 우선 수립하자고 하시니, 한양이 시끄러운 모양이다. 강호 니도 알다시피 금년 초에 전국적으로 신탁통

치 반대운동이 있었는데, 공산당인가 남로당인가 하는 단체가 처음에
는 신탁통치를 반대하더니 지금은 거꾸로 찬탁을 외치고 있단다.
민족 주체성이 뭔지 잘 모르는 집단이지."

"또 금년 3월에는 미·소 공동위원회가 열렸지만 결렬되었단다."

한의원 원장이 그동안의 대한민국 정세를 체계적으로 쉽게, 그리고
진지하게 설명해 주었다.

"해방이 되니까 니도 나도 정치할 끼라고 정당이 수십 개나 생겼는
가 하면, 국회가 있나? 정부가 있나? 이게 바로 국가적 모순 아이가?
전부가 자기가 애국자요, 우국지사라고 외쳐대며 떠들고 있으니 앞으
로 나라가 상당한 혼돈으로 빠질 것 같은 생각이 든다. 지난 5월까지는
대표적인 정당이 한국독립당, 조선국민당, 신한민족당, 한국민주당이
보수적인 당이고, 여운형과 허헌이 사회주의 이념의 조선공산당을
이끌고 있었단다."

"그라모 미국과 소련은 우리나라를 언제까지 군정정치를 할 낀
가예?"

"그래! 그거 잘 물었다. 미국은 4국이 미국 워싱턴에 모여, 자유선거
에 의한 남북 입법의원을 구성하여, 남북의 인구 비례에 의해서 대표를
선출한 후, 중앙입법의원(中央立法議院)을 조직하여 정부를 세우자는
주장이고, 몰로토프 소련 외상은 4국 회의를 거부하고 어디까지나
한국 문제는 미·소 공동위원회에서 해결하자고 고집하여, 아무래도
내년에 UN총회로 넘어갈 것 같다는 신문 보도가 있었단다."

"원장님 고맙심니더! 이제야 나라 정세를 조금 알 것 같네예."

"그리고 지리산에서 캔 한약재하고 토종꿀은 시장에서 팔려다가,
시간이 없어서 이리로 가져왔는데 원장님이 좀 사주이소."

"그래라! 앞으로도 이곳에 바로 가져오이라! 값은 싸게 줄끼네."

원장이 인자한 얼굴로 농담을 한다.

"참! 그라고 원장님! 우리 친구 양정태 요새 여기 안 왔심니꺼?"

양정태는 지난날 강호가 이곳에 있을 때, 자주 들러 원장은 정태를 잘 알고 있었다.

"아, 정태 말이가? 정태가 지난번 장마 오기 전에 자기 선배 하준수하고 여기 잠깐 왔다 갔다 아이가. 동료가 지리산에서 독사한테 물렸다면서 해독약을 지어갔는데, 여태까지 덕유산에 있다가 지리산으로 옮겨서 보광당인가 하는 결사단체를 만들었다고 하더라! 여운형을 만나러 한양에 간다고 했는데 다녀왔는지 모르것다."

양정태와 하준수는 진주중학교 선후배 사이다. 하준수는 1921년생으로 함양 병곡 출신이며, 정태보다 세 살 위다. 일본 중앙대학 법학부 재학 중, 학도병 지원을 거부하고 동조자 수십 명을 이끌고 지리산으로 은둔하였으며, 정태는 중학교 시절부터 준수와 서로 가깝게 지내는 사이이다. 정태도 지난날 징병, 징용에 시달리다 마침 준수의 입산 소식을 듣고 지리산으로 함께 들어가 버렸다.

요즈음은 조선인민당과 남조선신민당을 남조선노동당으로 통합하는 일에 관여한다는 풍문이 돌고 있다고 원장이 전한다. 강호는 뭔가 심상치 않은 주변 정세에 불안감을 느끼며, 한의원에서 점심 식사를 마친 후, 원장과 부인에게 작별 인사를 하고 진주 중앙시장으로 갔다.

오랜만에 장터에 오니 별 희한한 물건들이 많이 보였다. 아내와 같이 오지 않은 일이 잘한 것도 같고, 한편으론 아쉽기도 하였다. 이 좋은 시장 풍경을 혼자 보자니 좀 미안스럽고, 또 한편으로는 같이 왔으면 마음에 드는 것은 다 사달라고 졸랐을 터인데, 다행이라는 생각도 들었다.

# 8

# 오봉리의 여름밤

1946년의 여름이 막바지에 이를 무렵, 강호와 복자는 뒷산의 공개바위 방향으로 약초를 캐러 갔다.

"보이소! 공개바우가 어디에 있는데예?"

"뒷산으로 올라가서 한참 가면 베틀재가 나오는데 거기서 능선을 죽 타고 가면 바우가 희한하게 생긴 것이 공개바우란다."

"그라모 오늘 중에 갔다올 수 있을까예?"

"하모! 처음에는 먼 것 같아도 자꾸 다니면 별로 안 멀다."

"너무 늦게 오면 어머니한테 욕먹심니더."

강호는 한쪽 어깨에 망태를 메고, 복자는 몸뻬바지에 감자와 찐 옥수수, 열무김치를 보자기에 싸서 허리에 동여매고 강호를 뒤따른다.

산을 오르자 여름이라 숨이 목까지 찼다. 앞에 보이는 산은 왕등재라고 하며, 우측 능선은 왕등재 습지라고 한다. 길옆에는 칡넝쿨이 고로쇠나무를 타고 올라가 불그스레한 칡꽃이 아래로 늘어져 향기를 진하게 품고 있으며, 희미한 오솔길에는 산죽이 길을 막고 하늘을 가리고 있다. 사람이 잘 다니지 않는 곳이라야 약초가 많이 있다고 한다. 갑자기 싸릿나무 가지가 튕겨 복자의 얼굴에 붉은 줄을 그었다.

"아이구! 꼭 이런대로 가야 합니꺼?"

"원래는 방곡리에서 올라가야 하는데 약초도 캘 겸 일부러 이 길을 택했는데 힘드요?"

복자는 산길이 익숙지 않아 애를 먹고 있었다.

강호는 막대기로 돌을 두드리다가 고함도 지르고 하였다.

"보이소! 와 그리 고함을 지릅니꺼예?"

"아~ 이리해야 부근에 곰이나 짐승들이 미리 피한단다."

"땅 밑을 잘 봐라! 독사 밟을라."

"밟으면 우찌해야 되는데예?"

"죽는 수밖에 없지!"

"뭣이라예! 그라모 나는 내려갈랍니더."

강호는 복자에게 겁을 주었으나, 복자의 말은 한 수 위다.

"지금 내려가면 밑에 곰이 기다리고 있을낀데."

"몰라예! 괜히 따라왔다."

"그기 잠깐 서 보소! 어디서 더덕 냄새가 난다."

갑자기 강호가 코를 씰룩거린다.

"찾았심니꺼?"

"이 부근에 틀림없이 더덕이 있다. 숲이 너무 우거져서 잘 안 보이네."

강호가 막대기로 부근의 숲을 휘젓는다. 그러자 더덕 냄새가 더욱 짙게 풍겨온다.

"여기 있다!"

강호가 드디어 더덕을 찾았다. 잎이 네 개가 서로 대칭으로 달렸으며 마치 큰 네 잎 클로버 같은 모양에 단풍나무를 타고 오르고 있었다. 강호는 어깨에서 망태를 내려 더덕 주위의 흙을 호미로 살금살금

파 내려간다. 복자도 옆에 앉아 강호의 손놀림을 신기한 듯 바라보고 있다. 주변에는 단풍나무, 돌배나무, 철쭉, 떼죽나무들이 빽빽이 어우러져 바람 한 점 없이 무덥고 침침했다.

"한 이십 년은 된 것 같다."

더덕 냄새가 복자에게도 전해져 온다. 강호가 씨익 웃으면서 더덕을 뽑아 흔들어 보다가 냄새를 맡아보라며 복자의 코에다 갖다 댄다. 안에서 물소리도 들린단다. 희한한 냄새에 황토흙이 묻었지만 당근만 한 게 제법 커 보인다.

"이거 비싼 기라예?"

복자가 강호의 이마에 땀을 닦아 주며 값어치를 물어본다.

"제법 나가것는데……"

강호는 바위에 붙어 있는 이끼를 뜯어 정성스럽게 더덕을 감싼 후 망태에 넣었다.

강호와 복자는 부근에서 어른 손바닥보다 큰 영지버섯을 떡갈나무 고목에서 몇 개 더 땄다. 단단하고 검붉은 빛이 나는 걸 보니 상품이라고 한다. 오솔길 참나무에 붙어 있던 장수하늘소는 무슨 불만이 있는지 긴 더듬이를 삐딱하게 기울고 인간을 마냥 째려보고, 풀숲의 여치는 뭘 하다 놀랬는지 뒷다리를 쭉 뻗은 채, 횡으로 날아가는 모습이 마치 학(鶴)을 보는 것같이 신비롭기만 하다.

숲이 우거져 하늘은 잘 보이지 않지만, 강호는 이곳을 잘 알고 있었다. 어릴 때 태산이를 비롯하여 동무들과 어울려 많이 다녔기 때문이다.

강호 일행이 큰 참나무 옆을 돌아가니 이끼 낀 바위 밑에 조그마한 돌샘이 나타났다. 물은 맑고 차가웠으며, 물속에는 커다란 가재 두 마리가 집게 손을 치켜들고, 뒤로 갔다, 앞으로 갔다 일진일퇴(一進一退)

를 거듭하면서 작은놈이 연속 잽을 날리는 걸 보니 화가 많이 난 모양이다. 먹잇감 때문에 다투는지 영역 싸움을 하는 건지 인간이 가재의 마음을 어찌 알리오!

돌샘 주위에는 넓적한 돌들이 둥글게 깔려 있어 강호와 복자는 여기서 잠시 쉬어가기로 한다. 주변에는 어름이라는 큰 넝쿨나무가 거자수 나무를 칭칭 감아 구렁이같이 징그럽게 보이고, 위에는 새파란 열매들이 축 처진 채 매달려 있고, 사방에는 서어나무, 다래나무, 산수유, 굴참나무들이 하늘을 가려서 햇빛 한줄기도 들어오지 않는다.

땀이 식자 강호와 복자는 베틀재를 향해 다시 오르기 시작하였다.

"저기 새파란 은행잎 같은 기 개발딱지란 나물이다. 단디 봐라."

강호가 손으로 가리키는 곳에는 이상한 잎들이 새파랗게 군락을 이루고 있다.

"저 나물은 봄에 따야 맛있는데 시기가 늦었다."

"맛이 좋은가예?"

"봄에 연할 때 따서 살짝 기름에 볶아 무치면 맛도 있고 높은 산에만 있는 귀한 나물이란다."

"그라모 내년에 캐러 오입시더."

"모양이 개의 발바닥 같다고 사람들이 개발딱지라고 부른단다."

이때, 갑자기 강호가 발을 멈추고 복자를 등 뒤에 숨으라며 손가락을 입에 대고 '쉿' 하는 시늉을 하였다. 조용히 하라는 몸짓이다. 강호는 죽은 듯이 그 자리에 가만히 서 있었다. 복자도 꼼짝하지 않고 강호 뒤에 붙어 서 있다.

시끄럽게 울던 풀벌레 소리가 멈추고 주위가 조용하다 싶더니 때까치 한 마리가 비명을 지르며 앞산으로 날아갔다. 강호는 진땀을 흘리며 돌부처같이 계속 서 있기만 하였다. 그때 아주 가까운 숲속에서 시커먼 물체가 강호 일행을 노려보는 것을 복자는 뒤늦게 알았다. 복자는 사지가 굳어지는 것 같아 신랑의 등에 바짝 붙어 섰다. 강호가 복자에게 움직이지 말라며 등 뒤로 손짓을 한다. 갑자기 주위가 잠잠해지더니 바람결에 나뭇잎 소리와 매미소리, 물소리만 크게 들려온다. 가슴에 반달 같은 하얀 무늬가 선명히 보이는 곰이 이쪽을 째려보는 모습을 복자는 또렷이 보았다. 강호와 복자는 몸이 굳어 그 자리에 꼼짝하지 않고 곰을 뚫어지게 바라보고 있다.

얼마나 시간이 흘렀는지 곰은 서서히 다른 방향으로 사라지고, 강호는 복자에게 곰의 반대 방향으로 가자며 앞장을 선다. 나뭇가지를 피하고 발소리를 죽여가며 곰이 있던 곳을 벗어나자 복자는 그제서야 한숨을 길게 내쉰다.

"휴우~! 나는 오늘 죽는 줄 알았심니더."

복자가 얼굴색이 변하여 가슴을 쓸어내린다.

"아까 우리가 곰이 다니는 곳에 잘못 들어갔다."

"곰이 댕기는 길이 따로 있어예?"

"하모! 조금 전에 우리가 곰의 영역을 침범했단다. 까딱했으믄 오늘 곰한테 죽을 뻔했네! 허허."

"뭐 한다고 곰이 사는 곳에 들어 갔어예?"

"오늘 당신과 조금 편한 길로 갈려고 했는데, 하필 곰을 만났다 아이가."

"그런데 곰이 와 우리를 보고 가만히 있었는데예?"

"곰이 미련하다고 하지만 상대가 적인지 한참 생각하는 기라."

"그래서예?"

"자기를 해치지 않겠다 판단되면 그냥 간단다."

"그래서 우리가 꼼짝하지 않고 서있었어예?"

"곰과 마주쳤을 때는 절대 놀라거나 도망가면 안 되고, 눈을 크게 뜨고 곰과의 눈싸움에서 지면 그날이 제삿날이지."

"전에도 곰하고 마주친 적 있어예?'

"그때는 혼자가 아니고 친구들하고 여러 명이 있었는데, 곰이 먼저 도망을 갔삐리더라."

강호와 복자는 곰 연구가인지 무용담인지 잠시 전에 곰과 마주친 일을 숨 가쁘게 이야기하며 계속 산길을 오르고 있다.

"나는 이 산에 다시는 안올랍니더."

"와? 마이 놀랬나?"

"공개바운지 곰바운지 사람 잡겠심니더."

둘은 마음을 진정시키고 능선으로 올라왔다.

복자는 시커먼 바위만 보아도 곰인 양 깜짝깜짝 놀랐다.

"여기가 베틀재란다."

"무슨 뜻인데예?'

"나도 확실히는 모르것는데 아마도 능선이 멀리서 보면 베틀같이 보인다고 그리 부르는 갑더라."

"저기 앞에 보이는 봉우리가 솔봉, 왼쪽이 설봉, 그 뒤에 아득히 보이는 봉우리가 필봉, 매같이 생긴 봉우리가 매봉, 제일 오른쪽에 있는 산이 한 봉인데 그래서 우리 마을을 오봉리(五峰里)라고 부른단다."

"우리 집에서 보면 왕등재 하나밖에 안보이던데."

강호와 복자는 둘이서 주거니 받거니 정담을 나누다 어느덧 공개바위에 도착했다.

"와~ 희한하게 생겼다. 하나, 둘, 셋, 넷, 다섯."

복자는 공개바위를 보자 탄성을 지르며 쌓인 돌의 숫자를 세어본다.

"이기 우찌 안 넘어가고 삐딱하게 서 있노?"

"참말로 이상하데이."

공개바위를 처음 본 복자는 마냥 신기하기만 하다.

"와~ 내 키 두 질은 넘것다. 이걸 와 공개바우라 카는데예?"

복자는 신기한 것도 많고 질문도 많다.

"옛날에 지리산 마고할매가 공기놀이 하다가 바쁜 일이 있어서 돌 다섯 개를 그대로 쌓아놓고 갔다는 전설이 전해져 오고 있는 기라."

"와~ 마고할매 힘도 좋고 기술도 좋다야."

강호와 복자는 상기된 얼굴로 공개바위 주변을 뱅뱅 돌다가 편편한 소나무 밑에서 보자기에 싸온 감자와 옥수수를 꺼낸다.

"집에서 묵는 것보다 맛 있지예?"

"복자 씨하고 묵으니 더 맛있는 것 같다."

"아이구! 남자가 살랑거리기는예."

"진짜다. 참말이다."

"그래도 듣기는 좋네예! 호호."

참 정다운 모습이다. 둘은 연방 웃다가, 고개를 뒤로 젖혔다가, 등을 밀었다 하면서 즐거운 시간을 보내다가 점심때가 훨씬 지나 산을 내려오기 시작하였다.

"복자 씨! 아까 곰 봤다는 말 어머이한테 절대 말하면 안 돼요."

"와예?"

"그라모 앞으로 절대 우리 산에 못 간다. 내가 삼대 독자 아이가?"

"알았어예! 참 재미있는 이야기인데……"

둘은 빠른 걸음으로 산을 내려오고 있다. 이 길은 사람이 다녀서 칡넝쿨이 별로 없고, 가끔 시커먼 너구리 배설물이 무더기로 쌓인 모습이 보이기도 하였다.

"방곡마을 쪽으로 내려가면 편하긴 한데, 집에 가는 길은 화림사 쪽이 더 빠르다."

"화림사에는 자주 가나예?"

"어머니가 자주 가시고 나는 사월 초파일 말고는 별로 안 간다."

"화림사가 오래된 절인가예?"

"나도 확실히는 잘 모르지만 합천 해인사 말사라고도 하는데, 하여튼 오래된 절이라 쿠더라."

어느덧 둘은 화림사 앞마당을 거쳐 집이 있는 오봉리를 향해 간다.

"오봉계곡은 사시사철 물이 저렇게 많이 흘러예?"

"내 태어나서 이 골짝에 물 마른 거 본 적이 없다."

"내 시집올 때 물소리가 너무 커서 좀 무섭데예."

두 사람은 서로 재잘거리며 보리쌀 끓일 시간인 네 시쯤에야 집에 도착했다.

강호는 산에서 캔 더덕과 잡다한 약초들을 잘 정리하여 그늘진 곳에 늘어놓았다.

"어이~ 강호야, 내 왔다."

"어! 정태 아이가? 우짠 일이고! 어서 오이라."

뜻밖에 상촌에 사는 양정태가 강호의 집 마당으로 들어선다.

"니 혼자 오나?"

"아이다. 나카무라상은 오다가 왕산이 데불로 갔다."

"참말로 반갑데이! 안 그래도 요새 너희들 생각이 많이 나던데 잘 왔다."

"아이구! 어서 오이소! 더운데 여기까지 오신다고 욕봤지예?"

"제수씨! 이 산골짜기에서 얼매나 고생이 많심니꺼?"

정태도 복자보고 제수씨란다. 남편 친구들의 촌수가 희한하다.

복자는 보리쌀을 씻어서 우선 가마솥에 안치고 불부터 지핀다.

"어이! 새신랑 오랜만이다."

"이 사람이 누고! 나카무라상 아이가! 오늘 너희들끼리 우찌 이리다 만났노?"

"아~ 양 생원이 며칠 전에 강호 너 집에 같이 가자고 편지가 왔더라."

"잘 왔다. 참말로 반갑다. 그런데 왕산이는 집에 없더나?"

"아이다! 지금 막 산에서 내려왔다고 씻고 있더라. 그런데 오늘 우리 귀한 것 묵게 생겼다."

"뭣인데?"

강호가 정태와 준식이의 손을 잡으며, 반가운 표정으로 되묻는다.

"왕산이 오늘 산에 갔다가 산토끼 한 마리 잡았다더라."

"진짜가? 오늘 말복(末伏) 잔치 야무지게 하겠네."

강호는 오랜만에 찾아온 친구들을 보자 반가움에 연신 웃음을 잃지 않았다.

"제수씨! 많이 예뻐졌네예."

"아이구 놀리지 마이소! 햇빛을 못 봐서 동네 사람들이 좀 하얘졌다고 말하데예."

복자는 준식이의 덕담에 얼굴이 불그스레하여 기분이 좋은 눈치다.

"강호야! 니 오늘 오데 갔데?"

태산이가 검정고무신에 무명바지를 입고 산토끼 한 마리와 술병을 가지고 마당으로 들어선다.

"야! 크다. 니가 잡았나?"

"하모, 지난번 올가미를 살랑 옮겨 놓았더니 요놈이 딱 걸렸다 아이가!"

"나는 오늘 우리 집사람하고 공개바위 갔다 왔다."

"잘 논다. 내가 아까 같이 가자고 너 집에 온께네 아무도 없더라."

"아무튼 오늘 잘 왔다. 자~ 여기 앉거라!"

강호가 멍석을 감나무 아래에 깔면서 친구들에게 앉으라며 손짓을 한다.

"행수씨! 이기 뭔지 아십니꺼?"

태산이가 토끼를 뒤에 감추고 부엌에 있는 복자에게 머리를 삐쭘이 넣은 채 장난을 치고 있다.

"뭔데예? 묵는깁니꺼?"

"한번 맞추어 보이소! 그라모 오늘 음식 장만은 내가 할께예."

복자는 궁금하여 태산이 뒤를 쏜살같이 돌아보았다.

"옴마야! 저기 뭐꼬? 토끼 아이가! 저걸 오늘 묵을라꼬예?"

복자는 기겁을 하며 부엌 안으로 숨어 버린다.

정태 일행은 재미나 죽겠단다.

"그~ 얼른 치우이소! 나는 몬 산다. 저걸 우찌 묵는단 말이고! 사람도 아이다."

복자는 고개를 돌린 채 얼른 토끼를 치우라고 손을 내젓는다.

"야들아! 너거들 왔나? 아이구 정태, 준식이, 태산이하고 다 왔네."

"아이구! 어머니! 아버님! 오랜만에 뵙겠심더. 건강하시지예?"

"그래, 잘 왔다. 지난번 우리 아들 결혼식 때 큰 욕봤제."

"아입니더. 그날 강호가 처갓집 동상례(東床禮) 때 식겁 묵었는 갑데예."

복자의 시부모가 화계장에서 저녁 무렵 집에 들어서자, 아들 친구들을 보고는 반가워하며 서로 간의 안부를 묻고 덕담을 주고받는다.

"영감! 손발 깨끗이 씻으소! 바깥에는 호열자 때문에 사람이 많이 죽었다 안카요."

"아가야! 니도 손발 깨끗이 씻고, 음식 깨끗이 해라이."

"예! 어머이! 걱정하지 마이소."

강호의 아버지는 방으로 들어가고, 복자와 시어머니는 팔을 동동 걷어 올리고 음식준비에 들어간다.

태산은 담장 밖으로 나가 토끼를 깨끗이 장만해 왔다. 강호가 담장 밑에 모닥불을 피우고 쑥을 덮으니 은은한 쑥 향기가 마당 안을 감돌면서 여름밤의 운치가 한결 더하다.

태산이는 토끼탕이 전문이라며 온갖 양념을 정성스럽게 넣고 또 간도 보면서 무슨 주문을 외우는지 혼자서 중얼중얼하다가 또 다른 양념을 탕 속에 넣곤 한다.

"산토끼 요리는 양념을 잘못하면 냄새 때문에 못 묵는다 아이가."

"요전에도 왕산이 니가 끓인 토끼탕 진짜 맛있더라."

강호가 매운 연기 때문에 눈물 흘리는 태산이를 추켜세웠다.

정태와 준식이는 둥근 밥상을 멍석 위에 올려놓고, 술잔과 반찬들을 상 위에 갖다 날랐다.

"아이구! 그냥 앉아 계시이소! 지가 다 할께예."

복자가 미안해하며 남편 친구들을 그냥 앉아 있으라고 한다.

강호는 봄에 소나무 순으로 담근 송순주를 꺼내왔다.

이윽고 음식이 다 되었는지 복자는 네 다리 소반 위에 토끼탕과 감자전, 술 등을 시부모께 먼저 갖다 드리고, 나머지 음식들을 마당에 있는 상 위에다 차린다. 태산이는 목이 마른지 먼저 술 한 잔을 쭉 들이켜고는 풋고추를 된장에 찍어 입안으로 가져간다.

"캬~ 이 맛 참말로 쥑인다. 땀 흘리고 목간 후에 술 한 잔 묵어봐라! 이기 바로 진짜 술맛인기라."

말복(末伏)이라고 하지만 산속의 저녁은 크게 덥지는 않다. 하늘에는 뭉게구름이 석양에 붉게 피어오르고, 어디서 이름 모를 산새 소리가 바람결에 들려온다.

"야들아! 토끼탕 맛이 어떻노?"

"와~ 지난번 것보다 더 맛있다. 다음에도 왕산이 니가 요리해라."

태산이가 싱글벙글 자기의 요리솜씨를 은근히 뽐내자, 강호가 기분 좋게 받아주었다.

"자~ 우리 이리 모이기도 참 어려운데 오늘은 마음껏 마셔보자."

준식이가 친구들에게 술을 따르며 건배 제의를 한다.

"야! 정태, 니 말 잘하니까 한 말씀해라."

태산이 지난번 결혼식 때 정태의 말솜씨에 반한 모양이다.

"그래! 모두들 잔을 들어라! 우선 우리 친구 강호의 결혼을 축하하고 영원한 행복을 기원하며, 해방과 더불어 갈라진 남북한이 빨리 통일 정부를 세우도록 다함께 빌자. 건배!"

"건배!"

"자~ 마시자! 참말로 술맛 조오타."

정태의 건배사에 모두들 잔을 높이 들고 건배를 외치니, 오봉리의 밤하늘에 별들이 하나둘 빛을 발하기 시작한다. 밤이 되니 풀벌레 소리도 요란하게 들려온다.

"행수씨 이리 오이소."

"괜찮심니더. 저는 그저 여기에 있을꼐예."

"야! 왕산아! 니 우찌 행수가 생겼네?"

준식이가 의아해서 태산이에게 사연을 물었다.

"몰라도 된다. 그런 기 있다."

태산이의 능청에 정태가 정곡을 찔렀다.

"왕산이 니 혹시 지난번 생초에서 '찔레꽃' 부른 길녀란 아가씨 때문이제?"

"맞다! 그러면 그렇지, 왕산이가 제수씨한테 고분 고분하는기 이상하더라. 하하하……"

준식이가 어쩔 줄 모르는 태산이를 보고 놀려대기 시작했다.

"그라모 내 이리라도 해야 장개를 가지, 가만히 있으면 누가 내한테 처자 한 사람 데려다주겠나? 내 말 맞지요? 행수님."

"모두들 가만 있거래이! 오늘 이 자리에서 우리 촌수를 확실히 하자. 왕산아! 니 우리 집사람 보고 분명히 행수라 켔제? 그라모 내가 형님이다. 내 말이 맞제?"

"맞다. 확실히 왕산이 니가 강호 동생이다. 결론적으로 니가 막내다. 알았제?"

정태가 강호와 태산이 사이에 형, 동생을 확실히 구분지었다.

"에라 모리것다. 동생이든, 행이든 장개만 가몬 되지, 그기 뭐 중요한 기라고."

복자의 남편 친구들은 한 잔 두 잔 술을 권하며 옛날 일들을 떠올리기 시작했다.

"나카무라상! 니 일본에 징용 가서 무슨 일을 했는지 이야기 좀 해봐라."

산청면 장터밖에 나가보지 못한 태산이는 바깥세상이 궁금한지 일본에 갔다 온 준식이에게 먼 나라 이야기를 듣고 싶어 했다. 준식이는 갑자기 태산이의 요구에 술잔을 들다 말고 먼 산을 바라보며 한숨을 내뿜었다.

"친구들아! 지금은 우리 이렇게 모여서 술잔을 기울이고 있지마는, 내 지난 3년의 세월을 우찌 다 말로 하겠노."

갑자기 준식이의 눈가가 붉어졌다. 입에 물었던 담배 연기가 십 리나 날아갔다.

　"먼저 지난 이야기를 하기 전에 나라 없는 서러움이란 부모 없는 것보다 더하다는 것을 너희들은 알아야 된다."

　"그래서 우리는 지금 하나 된 통일 조국에 사회주의 건설을 하기 위해 여운형 선생님이 전국에 동지들을 규합하고 있단다."

　준식이의 애국적인 호소에 정태가 사회주의란 낯선 용어를 써가며 은근히 자기의 활동과 이념을 밝혔다.

　"정태야! 사회주의는 또 뭐꼬?"

　태산이 이번에는 정태에게 질문을 던진다.

　"야들아! 이왕 우리 이리 모였으니, 우리 친구들 이야기를 순서대로 들어보자. 그리고 오늘은 우리 집에서 밤새도록 묵고 놀자."

　강호가 느긋하게 분위기를 질서 있게 유도하였다.

　"좋다! 그라모 제일 먼저 질문을 받은 준식이 니부터 이야기해 봐라."

　정태가 준식이에게 자연스럽게 말문을 양보한다.

　해는 이미 서산으로 넘어가고 주위에 어둠이 깔리기 시작하자, 복자는 모깃불에 미리 베어 놓은 쑥을 듬뿍 올려놓는다. 그리고 호롱에 불을 붙여 감나무 가지에 걸어 놓고, 토끼탕을 다시 데워서 상 위에 갖다 놓은 후 강호 옆에 앉았다. 쑥 냄새가 은은하게 마당을 감돈다.

　"지금 생각하면 내가 그때 세상을 너무 몰랐던 기라. 일본에 갈 때까지는 그놈들의 말을 진짜 믿었다 아이가, 그런데……"

　"뭐라 켔는데?"

　태산이 침을 삼키며 준식이의 얼굴을 뚫어지게 쳐다보았다.

　"산청장에 약초 팔러 갔는데 낯선 사람 두 명이 내한테 와서는 한 달에 수입이 얼마냐고 묻는다 아이가. 자세히 보니 한 사람은 일본사람이고 또 한 사람은 조선사람인데 일본말을 통역하는 것 같더라.”

“그래서 뭐라 캤는데?”

강호가 궁금하여 묻는다.

“그건 와 묻십니까 했지.”

“그러니까 조선사람이 나를 유심히 보더니 앞날이 창창한 젊은 사람이 좁은 땅에서 약초나 팔러 다니지 말고, 넓은 세상에 나가서 돈도 벌고 공부도 하면 얼마나 좋으냐고 점잖게 이야기하더라 이 말이다.”

“그래서 니는 뭐라 캤노?”

정태는 이미 무엇을 안다는 듯이 준식이의 대답을 재촉한다.

“와, 다른 사람도 많은데 하필 내한테 이런 말을 합니까? 캤지.”

“그랬더니?”

“옆에 이분은 훌륭한 한국 청년들을 뽑아 일본에서 교육을 시키는 자선사업가이신데, 당신을 보니 적격자인 것 같아 특별히 권한다는 거야.”

“참! 준식이 니도 순진한 건지 바보인지 알 수가 없다. 일본놈들이 전국을 돌면서 감언이설로 우리 젊은이들을 올매나 잡아갔노? 그런데 생전 모르는 사람이 돈도 벌고 공부도 할 수 있다 카는데 니가 완전히 정신이 나갔구나.”

준식이의 말을 듣고 있던 정태가 약간 화난 투로 준식이를 나무랐다.

“정태, 니 말이 맞다. 그런데 나도 사실은 나중에 어찌되든 큰 세상으로 한번 나가고 싶은 마음이 전에부터 조금 있었다 아이가! 산속에서 맨날 약초나 수집하여 파는 내 인생이 앞으로 우찌될란지 비관적인 생각이 항상 나를 괴롭히고 있었단다."

"그래서 바로 따라갔나?"

태산이 술잔을 놓고 다음 이야기가 궁금한 모양이다.

"아이다. 면에 가서 서약서 쓰고, 용돈 조금 받고 뒷날 다시 만날 장소를 정하고 집에 왔지."

"그래, 부모님이 가라 쿠더나?"

강호가 진정으로 묻는다.

"부모님한테는 거짓말을 했지. 진주에 친한 친구가 일본으로 공부하러 떠나는데, 나도 일본에 가서 낮에는 일하고 밤에 학교에 갈끼라고 했지."

"그랬더니?"

이제는 정태가 누그럽게 되묻는다.

"처음에는 우리 아부지, 어머이는 펄쩍 뛰시면서, 고마 막무가내로 안 된다고 하시더라. 그래서 밤새도록 설득도 하고, 자식의 앞날을 생각하시라고 하였지."

"니는 불효자다."

강호가 간단하게 한마디 한다.

준식이는 술잔을 높이 기울인 후 이야기를 계속 이어갔다.

"나도 안다. 지금 생각하면 진짜 바보짓을 했구나! 또 불효를 했다는 죄책감을 떨칠 수가 없단다. 삼 년 만에 구사일생으로 집에 오니 아버지는 이미 세상을 떠나셨고, 어머니는 시름에 잠겨 삶의 의욕마저 잃고 우두커니 마루에 앉아 있는 모습을 보니 기가 차더라! 참말로 아버지 묘 앞에서 많이 울었다."

"됐다. 고만해라! 우리가 준식이 맘을 너무 아프게 했구나. 자, 술이나 한잔 해라."

정태는 준식이가 측은하여 위로의 술잔을 건네준다.

"이왕 말 나온 김에 내 말을 계속 들어봐라! 너희들은 죽었다 깨어나도 그런 곳에는 못 가 볼끼다."

"그라모 슬픈 이야기는 하지 말고 배 타고 간 이야기 한번 해봐라."

태산이는 준식이의 일본 이야기가 몹시 궁금한 모양이다.

"그래! 이제부터 재미나는 이야기할 테니 한번 들어봐라! 부산에서 관부 연락선을 타고 일본으로 안 갔나! 바닷물이 시커멓게 파도치는데 배가 일렁일렁하면서 꼬박 이틀 걸려서 시모노세키에 도착하니 온 사방이 벚꽃 천지인기라. 그런데 항구에 도착하자마자 일본놈들이 닛본도를 빼들고 겁을 주는데 구경이고 뭐고 안 맞으려면 눈치가 빠르게 움직이야 되는기라! 그기서 며칠 자고 커다란 수송선에 조선사람과 일본놈들을 태운 후, 어디를 가는지 가도 가도 바다만 보이는데 내 살아서 바다를 원도 한도 없이 봤다, 아이가."

"배 안에서 뭐했는데?"

강호가 선상생활이 궁금하여 물어본다.

"뭘 하긴, 반은 멀미하고 반은 토하고 죽다 살았지."

"한 스무 날 이상 배를 타고 갔는데, 갑자기 사람들이 술렁거리길래 밖으로 나가보니, 희한한 나무에 잎이 늘어져 있고 하얀 모래밭이 보이는 이상한 곳에 배가 닿았어."

"그기가 오덴데?"

태산이 흥미로운지 입맛을 다시며 말이 끝나기도 전에 자꾸 질문을 해댄다.

"그때는 오덴지 몰랐지. 나중에 알고 보니 일본에서 이만리 떨어진 남양군도(길버트 제도)라는 곳인데, 나라 이름이 '키리바시'라고 중심지는 '타라와'라는 작은 섬이란다."

"사람들이 새카맣고 눈이 크며, 배는 툭 튀어나오고, 머리는 곱슬곱슬한데다 반은 할딱 벗고 다니더라 아이가."

"그리 생긴 사람들이 다 있나?"

태산이 자꾸 묻는다.

"처음에는 사람 같지 않지만, 자꾸 보면 오히려 그기 더 편한 것 같더라."

"더버서 벗고 다니는 가베."

정태가 기후 탓이라고 하였다.

"아이다, 그렇게 덥지는 않고 비도 많이 안 온다. 그래서 물이 귀하더라."

"열대 지방이라 묵을 것은 많컸네?"

태산이가 이번에는 먹을것에 관심을 가지며 묻는다.

"해안가에는 전부 야자수이고 바나나, 코코낫, 이런 기 많다. 그런데 쥐와 뻘건 개미가 억수로 많은데 그놈의 개미한테 한번 물리면 사흘은 근지럽단다."

"와! 준식이 니는 좋았것다. 그런 거 다 묵어 보고 우리는 듣지도 보지도 못했다 아이가!"

태산이는 흥미진진하여 별것을 다 물어보고 있다.

"그런데 우리는 노역장에서 일한다고 자유가 없어서 생각보다 마이 못 묵었다."

"그곳에는 전투가 없었나?"

정태가 이야기의 방향을 돌렸다.

"자~ 이제부터 잘 들어봐라! 참말로 재미있다. 말이 조금 길데이. 그러니까, 1943년 11월 11일부터 열흘간 일본군하고 미국하고 붙었는데 그때 나도 죽는 줄 알았다. 그때 우리는 죽어라고 비행장 닦고,

일본군 대포진지, 토치카 작업에 참말로 뼈빠지게 강제노역을 하고 있었는데, 갑자기 하늘에서 미국 비행기가 새카맣게 날라오는데 마치 까마귀 떼같이 보이더라 말이다."

준식이는 술을 한잔 쫙 마시고 이야기를 계속 이어간다.

"그때 일본군들은 고사포와 기관총을 쏘면서 죽기를 각오하고 싸우는데 그 처절함은 지옥이 따로 있는 기 아니라 바로 내 눈앞이 지옥이었단다. 처음에는 바다에 있는 미국 군함에서 함포가 비 오듯 쏟아지더니 나중에는 하늘에서 비행기가 폭탄을 퍼붓는데 마치 돌덩어리가 굴러떨어지는 것같이 보이더라 말이다. 그러다가 갑자기 바다 쪽에서 대포소리, 총소리, 전차소리에 귀가 째지는가 싶더니 미군이 섬에 상륙했다는 기라. 그런데 이미 싸이판이 함락되어 타라와에는 일본의 보급선이 오질 못해 전쟁물자가 많이 부족한 판에 미군이 상륙했으니 일본군의 저항은 죽느냐, 사느냐 마지막 발악이었지!"

"그런데 그때까지 뭐 묵고 살았는데?"

강호도 숨을 죽이고 준식이의 말을 듣다가 반사적인 질문을 하였다.

"우짜끼고! 닥치는 대로 생명이 있는 거는 다 묵었지.도마뱀, 달팽이, 나무뿌리, 쥐, 굼벵이 안 묵어 본기 없다. 그래 갖고 며칠을 굴속에 숨어 있는데, 갑자기 일본놈들이 우리를 참호 밖으로 나가라 쿠는기라! 안 나가몬 대검으로 찔러 삔다는데 살기 위해서 밖으로 나왔지. 그때부터 죽기 아니면 살기로 숲속으로 튀었지. 그런데 알고 보니 일본놈들이 우리를 총알받이로 내보내 미군들의 시선을 다른 데로 돌린 기라. 그때 같이 도망갔던 한국 사람들은 거의 다 총에 맞아 죽고, 나는 할 수 없이 손들고 나갔지. 그곳에는 우리나라 사람 약 1,200여 명이 끌려왔는데, 일본군 열댓 명하고 조선인 120여 명만 살아남았단다. 나머지는 전부 다 죽었다 아이가."

"준식이는 참 운이 좋았구나! 천운이다."

강호가 준식이를 위로하면서 혀를 찬다.

"그때 일본군은 사세보 7특별육전대 제111 설영대라고 사령관은 시바사끼 소장인데 일본군 4,600여 명은 거의 다 죽었단다."

"와 다 죽었는데?"

태산이가 이상하다는 말투로 물어본다.

"뒤에 소문 들으니 살아남은 일본군은 대부분 자살 했삐맀다고 하더라."

"와~ 지독한 놈들이다."

"그기 일본사람들의 무모한 사무라이 정신 아이가."

태산이의 말에 정태는 사무라이라는 말을 곱게 표현하지 않았다.

"그때 미군도 많이 죽었다. 미군은 해병 제2사단인데 사령관은 스미스 소장이고 일만 육천 명 중에서 천여 명이나 죽었다 카더라."

"그래 미군한테 잡혀서 우찌 됐노?"

강호가 준식이의 포로생활이 궁금하였던 모양이다.

"말도 마라! 전투가 열흘 만에 끝나고 살아남은 사람들은 미군들과 함께 사망자의 시체를 파묻었다 아이가! 와~ 그 더운 나라에 몇천 구의 시신을 일주일간 묻는데 나도 땅속으로 들어가는 것 같더라! 미군 불도저가 구덩이를 파 놓으면 우리는 당카로 시신을 싣고 와서 구덩이에 던지거나 밀어 넣었단다. 그땐 살아있어도 지옥에 있는 것 같더라! 날씨는 가마솥같이 찌지, 땀은 비 오듯 하지, 시체 썩는 냄새가 천지를 진동하지, 시체에는 구더기가 철철 흘러내리지, 참말로 지옥이 따로 있는 기 아이더라! 그때 내 코도 같이 썩는 줄 알았단다. 그 후 포로로 취급되어 트럭 섬으로 이동하여 2년간 포로생활을 하다가 46년 2월달에 한국에 안 왔나."

"참말로 준식이는 고생을 많이 했구나. 그래도 살아 돌아와서 고맙고, 또 다행이다. 다시는 이런 일이 없도록 높은 사람들이 정치를 잘해야 될 낀데……"

강호가 준식이의 고생담을 듣고 안타까운 마음으로 준식이의 손을 잡은 채 눈물을 흘린다. 복자도 눈시울을 적시며 준식이의 이야기를 듣고 있었다.

"아이구! 그 먼데까지 가져서 얼매나 고생이 많았어예? 그래도 친구분들을 이리 만났으니, 조금이라도 마음에 위로가 되었으면 좋겠네예."

복자는 눈물을 훔치며 준식이에게 진정어린 위로의 말을 한다.

"자~ 이제 마음의 회한을 풀고 술 한잔 하자. 이기 다 저 일본놈들이 우리나라를 침략하지 않았으면 이런 뼈아픈 수모는 없었을끼라."

정태도 둥근 뿔테안경 속으로 눈물이 아른거린다.

"준식아 ! 이기 다 우리의 운명이라 생각하자! 그라고 살아서 집에 왔다 아이가! 그러니 과거에 너무 집착하지 말고 해방도 되었으니 새로운 인생을 향해 우리 열심히 살아보자! 자~ 그런 의미에서 우리 다 같이 한잔 하자."

태산이도 술 탓인지 처음과는 달리 훌쩍이고 있다. 이때 정태가 분위기 전환을 위하여 건배를 제의했다. 모두들 술잔을 채우고 한 잔씩 들이켰다.

밤이 되니 오봉천의 물소리는 더욱 크게 들리고, 바람 없는 모닥불은 봉홧불같이 수직으로 올라가니 산골의 여름밤은 점점 깊어만 갔다. 하늘에는 무수한 별들이 보석처럼 빛나고, 오늘따라 땅강아지의 울음소리는 풀벌레 소리를 훨씬 능가한다. 호롱의 심지불도 졸리는지 가물가물 고개를 젓는다.

감나무 밑 멍석에 둘러앉은 강호의 친구들은 지난날들을 회상하는
가 하면 안개 속 같은 현 시국에 열띤 토론을 주고받았다. 맑게 갠
밤하늘에는 북두칠성이 서쪽으로 기울고, 칠월 백중 달은 오늘따라
더욱 하얗게 보인다. 반딧불은 뿌연 불빛을 꽁무니에 달고 아래위로
허공에 그림을 그리며 날아다니고 있다.

　"생각하면 할수록 일본 놈들에 대한 원한을 떨칠 수가 없다 말이다."
　정태가 담배 연기를 하늘에 뿜으며 이를 갈았다.
　"다 우리나라 위정자들과 백성들이 못난 탓이지."
　강호가 나라 잃은 서러움을 내 탓으로 돌렸다.
　"아무리 우리가 못났다 해도 원한도 없는 이웃 나라를 침략한다는
것은 있을 수가 없는 일이다. 나는 망국의 서러움을 뼈저리게 느꼈다
아이가?"
　준식이가 일본에 대한 분노를 다시 한번 토로한다.
　"일본이라는 나라는 우리와는 불구대천(不俱戴天)인기라."
　정태가 일본에 대한 역사적 분노를 토했다.
　"너희들 함양에서 남원으로 가다 보면 인월이라는 곳에 '황산 대첩'
이라는 비석을 본 기억이 있을끼다. 이기 무슨 비석인지 아나?"
　"맞다. 보기는 봤다. 그런데 연유는 모른다."
　강호가 비석이 있음을 증언했다.
　"지금부터 내 말 잘 들어봐라! 그 비석은 고려 말에 왜구들이 영남과
호남 일대를 수도 없이 도둑질하고 약탈하여, 이성계 장군이 퉁두란
장군과 함께 군사를 지리산까지 이끌고 와서, 왜구의 적장 아지발도를
사살하고 토벌한 곳이란다."
　"와~ 이성계 장군이 이곳까지 내려왔다 말이가. 정태 니 마이
안다."

103

태산이가 정태의 역사 지식에 감탄한다.

"그것뿐만 아니다. 선조대왕 25년에 임진왜란이라는 전쟁에서 7년 동안 우리 조선은 온 나라가 성한 곳이 한 군데도 없었다. 그 귀중한 문화재, 도공, 우리 민족들을 얼마나 많이 살상하고 약탈해 갔노?"

"쥑일 놈들."

준식이가 이를 갈았다.

"그 이후로도 몇백 년간 우리나라 남부 지방을 계속 괴롭히고 분탕질을 했단다."

"참말로 나쁜 민족이네예."

조용히 듣고 있던 복자도 울분을 토한다.

"그 후 400년이 지난 1910년 한일합방이란 미명 아래 우리나라의 국권을 기어이 찬탈하고 말았다 아이가?"

"일본이라는 나라는 민족성에 문제가 있는 족속들이다."

강호도 분개하여 담배를 입에 물었다.

"한일합방 후 36년간 우리 민족이 겪은 고초는 이루 다 말로는 표현하기 어렵다. 결국 태평양전쟁을 일으켜 원자폭탄에 그 벌을 받았다 아이가. 이것이 인과응보(因果應報)란 것이다."

"오죽했으면 우리 안중근 의사가 '이토 히로부미'를 만주에서 사살했것나."

태산이가 분개하여 열을 올린다.

"그뿐만 아니다. 을미사변이라고 1895년에 우리 왕후를 시해하고 시신을 불태운 만행은 세계 역사에도 없단다. 준식이가 징용 간 것도, 강호가 부산 부두에서 노역한 것도, 또 내가 지리산에 들어간 것도, 다 일본 때문이다. 급기야는 우리나라를 남북으로 갈라지게 한 근본적인 원인이 다 일본 때문인 기라, 앞으로 우리들의 운명도 우찌 될런지 아무도 모른다. 현재 우리는 참말로 불확실한 시대를 살고 있다, 이 말이다."

정태가 앞으로의 정국에 무언가 심상치 않음을 느끼고 의미심장한 말을 하고 있다.

"생각할수록 일본에 대한 분한 마음을 떨칠 수가 없구나."

준식이가 씩씩거리며 지난 일이 다시 떠오르는 모양이었다.

모두들 자기의 처지가 일본과 연관되지 않는 사람이 없어 울분은 고조되어만 간다.

"자~ 마음을 조금 삭히그로 술 한잔 하자."

강호가 잔을 들고 분위기를 다소 가라앉혔다.

"정태야! 니는 밖에서 보고 들은 것이 많을 낀데 우리나라가 앞으로 어찌될 것 같누?"

이번에는 강호가 나라의 앞날에 대해 정태에게 진지하게 물어본다.

"해방은 되었지만, 조국의 앞날이 암담하단다."

밤하늘을 바라보는 정태의 둥근 테 안경이 콧잔등에 걸린 채, 넋두리를 토하는 얼굴에는 화기가 없어 보인다.

"해방이 되었으면 우리 민족끼리 좋은 사람 뽑아서 나라를 다스리면 되는데 뭐가 그리 어렵누?"

세상 물정 모르는 태산이 단순하면서도 사리에 맞는 말을 한다.

"해방 후 우리나라는 북위 38도선을 기준으로 북은 소련이, 남은 미국이 점령하여 서로 자기들에게 유리한 정치를 하려고 한다. 이기 바로 신탁통치(信託統治)인기라! 또 우리 국민들도 공산주의와 민주주의의 이념으로 분리될 조짐을 보이고 있는 기라! 북에는 김일성 장군이, 남에는 이승만 박사와 김구 선생이 남북한 통일 정부 수립을 주장하고 있지."

"정태, 너는 어느 쪽이고?"

강호가 단도직입적으로 정태를 보고 묻는다.

"나는 통일된 나라에 사회주의를 택하고 싶다."

"사회주의는 뭐하는 기고?"

태산이 궁금하여 바싹 다가앉는다.

"공산주의란 쉽게 설명하면 모든 재산을 민중이 공유하며, 즉 프롤레타리아라고 무산대중이 잘사는 계급 없는 사회주의를 말한단다."

"와~ 그런 사상이 다 있나? 그렇게 되면 나같이 못 배운 사람도 차별 없이 산다, 이 말이가?"

"그럼! 부르주아 지주들을 때려잡고 생산 수단을 사회화하여 자본주의 제도의 사회적, 경제적 모순을 극복하고 사회제도를 실현하려는 일명 평등주의 이념이라고 하는 기다."

"나는 정태 니 말이 어려워서 학실히는 모르겠지만 아무튼 모든 사람이 차별 없이 똑같이 묵고 똑같이 나눈다, 이거 아이가?"

"그렇다고 보면 된다."

"정태야! 정치란 말대로 쉬운 게 아니다. 민주주의나 사회주의나 나름대로 장단점은 다 있는 기다. 미국이나 영국, 프랑스 같은 나라는 민주주의 국가라도 별문제 없이 잘살고, 소련은 사회주의 국가라도 계층 간에 빈부의 차이는 심하다, 아이가."

강호가 정태의 지나친 사회주의 낙관을 경계하라는 언질을 주었다.

"그래도 나는 정태 니 말대로 공산주의에 마음이 끌린다. 내가 배운 기 있나, 재산이 많나, 맨날 산에서 약초나 캐러 다니는 산돼지 신세 아이가?"

"태산아! 앞으로 내가 잘되면 니 데리러 올게."

정태가 태산이의 어깨를 두드리며 한쪽 눈을 껌뻑한다.

"정태, 니는 지금 어디에서 누구하고 무슨 일을 하고 있노?"

말없이 듣고만 있던 준식이가 정태의 근황을 물어보았다.

"응! 나는 너희들이 알다시피 진주중학교 선배인 하준수 형하고 해방 전까지 지리산에서 보광당을 결성하여 왜정 때는 군사훈련을 실시하면서 경찰 주재소를 습격하다가, 요즈음은 여운형 선생님의 휘하에서 남조선 노동당 통합작업에 참여하고 있단다."

"정태야! 나라를 위하여 하는 일은 우리도 본받아야 하는데, 아직 국내외 정세가 불확실한 이때에, 너무 앞에 나가다가 잘못하면 제 발로 돌부리를 차는 경우가 생길지 염려스럽다."

강호가 정태의 빠른 정치 행보에 걱정스런 충고를 하였다.

"나도 강호와 같은 생각이다. 나는 3년간 일본에 끌려가 갖은 고생을 했는데, 그때 같은 조선 사람이 공산주의에 대해 많이 비판하는 것을 들었다. 아직 우리는 정치적인 판단을 하기에는 나이도 어리고 경험도 없으니, 나랏일에 너무 깊이 빠지지 말고 당분간 관망하는 기 좋을 것 같다."

"고맙다. 친구들아! 내 단디 할게. 너무 걱정하지 말게나."

강호에 이어 준식이까지 정태의 정치 활동에 걱정을 하니 정태가 친구들의 우정 어린 충고에 고맙다고 한다.

"나는 정치가 뭔지 잘 모르지마는 우리 같은 사람이 차별 없이 잘 산다 쿤께네, 정태의 하는 일이 마음에 든다."

태산이는 정태의 사회주의 이념에 상당히 호감을 느낀 모양이다.

한동안 만나보지 못한 네 사람이 오랜만에 만났으니, 온갖 이야기로 밤은 깊어만 가고 있다. 복자는 강호의 어깨에 기대어 졸고 있고, 모닥불도 화력을 다했는지 연기가 비실비실 힘을 잃어가고 있다.

"자~ 밤이 깊었는갑다. 이제 자러 가자! 오랜만에 술을 마이 묵었더

107

니 좀 취한다."

태산이 하품을 하며 피곤한 기색을 내비친다.

"그래! 아까 준식이 말대로 아직 세상일이 우찌 될지 모르니까 우리는 조금 더 기다려 보는 게 좋겠다. 오늘 너희들 만나서 허심탄회하게 이야기하니 진짜 기분이 좋다. 우짜든지 건강이 최고 아이가."

강호가 분위기를 정리하고 복자를 깨웠다.

"어이! 우리 집 방이 크다. 잠은 우리 집에 가서 자자!"

태산이 친구들을 자기 집으로 가자고 하였다.

"아이구! 제수씨! 밤늦게 미안심니더. 이제 고마 자로 갈랍니더."

준식이가 복자에게 미안하다면서 머리를 긁적인다.

"행수씨! 친구들은 우리 집에 데리고 갈 테니까 내일 아침 걱정은 안 해도 됩니더. 헤헤!"

"친구분들이 오랜만에 모여서 이렇게 정답게 이야기하는 걸 본께네, 제 마음이 너무 좋네예! 다음에도 자주 우리 집에 놀러 오이소."

"제수씨! 저는 앞으로 오기 어려울 낍니더. 생초에 길녀 아가씨와 태산이 잘되거로 도와주이소."

정태는 멀리 떠나는 사람처럼 작별인사가 진지하였다.

"이번 추석에 친정 가서 길녀 마음을 알아보고 올께예."

"아이구! 행수님! 길녀 씨 마음을 알아보는 기 아니고, 내한테로 확 돌려삐리야 되는 기라예. 안 그렇나, 친구들아! 헤헤."

태산이는 길녀에게 단단히 빠진 모양이다.

"자~ 어른들께서 주무시니 조용히 나가자! 강호야! 제수씨! 오늘 고맙고 잘 묵었심니더."

준식이가 말을 조용히 하면서 친구들과 집 밖으로 살금살금 걸어 나갔다. 오늘따라 밤하늘엔 은하수가 그림같이 보였다.

# 9

# 계남리(桂南里)의 통곡

추석을 한 달 앞둔 팔월 하순 복자 부부는 아침 일찍 일어났다. 처서(處暑)를 앞두고 뒷산의 화전(火田)에 무와 배추를 심는 날이다. 옛사람들은 처서가 지나면 땅 기운이 차가워 씨앗의 움이 트지 않는다고 하여 여름 채소를 걷어내고 적기에 김장 채소 씨앗을 심는다. 그렇기에 농촌은 무척 바쁜 시기이다.

하늘에는 아침부터 까마귀들이 기분 나쁘게 울면서 뒷산의 큰 소나무 주위를 빙빙 돌고 있다. 시아버지와 시어머니, 그리고 강호와 복자는 열심히 밭고랑을 왔다 갔다 하면서 거름과 인분을 땅에 뿌리고, 시아버지는 배추씨를 심는다. 밭두둑에 서서 발뒤꿈치로 땅을 적당히 찍은 다음, 한 손으론 그 구덩이에 씨를 슬쩍 뿌리고 다시 똑같은 발로 살짝 흙을 덮은 후, 다른 발로 같은 동작을 연속적으로 반복하면서 앞으로 나아가야 된다. 무, 배추 씨앗을 심는 방법은 상당히 숙달이 되고 손발의 균형이 맞아야 한다. 늦여름 뙤약볕에 네 사람은 땀을 팥죽같이 흘리고 있다.

말복은 지났지만, 더위는 아직도 한여름같이 덥기만 하다. 풀숲에서는 여치가 풀피리를 부는지 여러 가닥의 음률이 산속으로 울려 퍼진다. 매미도 참매미에서 막바지 여름에 우는 실룩 매미로 바뀌었다.

"씨~이~일 룩 씨~이~일~룩 찌~르~르~르~."

이제 머지않아 9월이고 곧 추석이 다가온다. 복자는 일을 하면서도 고향집에 갈 날을 생각하니 벌써 마음이 들떠 있다. 간밤의 꿈에 본 어머니의 모습이 눈에 선하다. 엄마는 하얀 무명옷을 입고 복돌이와 경호강 언덕을 넘어가고 있었다.

오후가 되어 어느덧 한 마지기 조금 못 되는 화전 밭에 김장 채소 파종이 끝났다. 밭고랑은 질서정연하게 쭉 뻗어 있고, 두둑에는 씨앗을 뿌린 발자국만 가지런히 보인다. 한 달이 지나면 새파란 배추가 김장감으로 변할 것을 생각하니 복자는 마음이 뿌듯하였다. 저녁노을이 질 무렵 복자네 식구들은 집으로 내려왔다.

옷은 흙투성이고 온몸은 땀에 젖어 피로가 몰려왔다. 그런데 뜻밖에 태산이가 장에 갔다 온다며 집 안으로 들어왔다. 지게에 장에서 산 물건이 실려 있는 걸 보니 강호한테 바로 온 것 같다.

"강호야! 오늘 배추 심었나?"

"응! 화계장에 갔다 오나? 그런데 집으로 안 가고 와 우리 집에 먼저 왔노?"

강호가 웃지 않는 태산이의 행동이 의아하여 물어보았다.

"장에 가니 사람도 별로 없고, 복자 씨 이모를 만났는데 복자 씨 부모님이 마이 아프시다고 전해달라 하시더라."

"뭐라고예! 우리 아부지, 엄마가 마이 아파예?"

돌샘에서 발을 씻던 복자가 얼굴색이 변하며 태산이를 바라보며 뛰쳐온다.

"사돈이 아프시다니 이 무슨 뜻밖의 소리고?"

밭에서 뒤따라 내려오던 시어머니도 놀란 표정이다.

"아니! 장인, 장모님이 어디가 우찌 아프시다 카데?"

"복자 씨 이모도 상세히 모른다 하시며 오늘 급히 생초로 가신다며 일부러 나를 만나러 화계장까지 오셨더라."

강호는 아무래도 큰일이 닥쳤다는 것을 직감하였다. 지금 전국적으로 만연하고 있는 호열자가 처갓집에 들이닥친 것 같았다.

"이 병은 약도 없고 걸리면 삼사일 앓다가 죽는 기 다반사다."

강호는 얼마 전 진주에 갔을 때, 한의원 원장이 한 말이 귓전을 세게 때렸다.

"보이소! 우리 아버지 어머이가 아프다카는데 얼른 생초에 가입시더."

복자는 다리를 후들후들 떨면서 강호의 옷자락을 당겼다.

"아가야! 지금 서둘러도 경호강 나룻배가 어두워서 못 갈 끼다. 그러니 내일 아침 일찍 우리하고 가도록 하자."

시아버지가 젊은 사람들의 조급함을 달래며, 마음을 추스르라고 한다.

"그래! 강호야! 지금 가면 너무 늦다. 날씨도 비가 올 것 같고 하니, 아버지 말씀대로 내일 일찍 떠나는 기 좋것다."

태산이 강호와 복자를 번갈아 보며 내일 출발하라고 권한다. 복자는 강호의 낯빛을 보고 불안함을 떨칠 수가 없다. 강호가 복자를 달랬다.

"밤에 험한 산길을 가다가 사고가 나면 더 큰일이니 아버지 말씀대로 내일 새벽에 출발하자."

"강호야! 나 좀 보자."

강호의 아버지가 강호를 담장 밖으로 불러냈다. 태산이도 따라 나왔다.

111

"강호야! 내 가만히 생각해 보니 사돈의 병세가 예사롭지 않은 것 같다. 내일 아침에 갈 때 마음의 준비를 단단히 하고 가야 되겠다."

강호의 아버지는 인생의 연륜에서 묻어나온 예감을 아들 강호에게 조용히 알려준다.

"태산아! 아무래도 처갓집 어른들의 병세가 예사롭지 않은 것 같다. 모레까지 내가 안 오면 우리 어머니한테 적당히 말하고 생초로 바로 오너라."

"알았다. 그런데 호열자라면 큰일이다."

"글쎄! 나도 아니길 바라지만 예감이 영 안 좋다."

"그라모 내 먼저 간다. 복자 씨 걱정 안 하그로 해라."

태산이도 걱정이 되는지 엉거주춤 자기 집으로 돌아갔다. 복자는 밥을 먹는 둥 마는 둥 하고는 먼 산을 바라보며 눈물을 훔치고 있다.

"아가야! 너무 걱정하지 말거라! 사람이 살다 보면 아플 때도 있고, 다칠 때도 있고, 그보다 더할 때도 있단다. 그기 인생사 아이가."

시어머니는 며느리가 애처로워 위로의 말로 달래보려 하지만 복자는 걱정이 앞서 말없이 멍하게 앉아 있다. 복자와 강호는 방으로 들어왔지만 별 할 말이 없었다. 강호는 지난번 복자와 공개바위에 갔다가 캔 더덕을 한지에 정성스럽게 싸고 또 다른 약초들도 챙겨서 가방에 넣는다.

"내일 새벽에 아버지하고 생초에 갈 낀께네, 필요한 것들을 미리 챙기는기 좋을끼요."

강호가 근심에 젖어 있는 복자에게 말을 건넨다.

"보이소! 지금 전국에 호열자 때문에 사람이 마이 죽었다 카는데, 우리 아버지, 어머이도 걱정돼서 죽것어예."

"너무 걱정하지 마소! 급했으면 벌써 생초에서 연락이 바로 왔을

낀데 이모가 태산이한테 전한 걸로 봐서는 그리 중한 병은 아닌 것 같으니 너무 상심하지 마소."

강호도 복자에게 위로의 말은 하고 있지만 속으로는 걱정이다.


새벽닭이 울었다. 복자와 강호는 이미 잠이 깨어 있다. 밖에서도 시아버지, 시어머니의 목소리가 들려온다. 시어머니가 애호박을 썰어 넣은 된장국에 아침 밥상을 벌써 차려놓았다.

하늘은 잔뜩 찌푸려 있으나 비는 올 것 같지 않다. 식사 후 시아버지와 강호 일행은 급히 집을 나섰다.

"어머니 다녀올께예."

"오냐! 아가야! 너무 걱정하지 말고 친정 부모 병간호 잘하고 오너라!"

"혹시 며칠 있을지 모르니, 비가 안 오면 어제 심은 밭에 물 좀 주소!"

복자의 시아버지가 집에 남은 시어머니에게 밭일을 당부하였다. 세 사람은 빠른 걸음으로 방곡리를 벗어나 상촌에 다다랐다. 논에는 벼이삭이 막 피어오르고, 수확이 끝난 옥수수밭에는 잠자리 무리가 공중곡예를 하고 있다.

강변에 늘어진 수양버들에는 늦매미들이 입이 째지도록 울고, 엄천강에는 왜가리 한 마리가 피라미를 입에 문 채 어정쩡하게 주위를 두리번거리더니 강기슭으로 날아가 버린다. 화계리를 지나 보전마을 들녘에는 이제 막 무, 배추씨를 뿌렸는지 깨끗한 밭고랑이 길게 곡선으로 뻗어 있다. 또 다른 밭에는 찰벼와 조, 그리고 고구마 넝쿨이 넓은 들을 풍요롭게 덮고 있다. 엄천강은 은빛 여울을 반짝이며 산 따라 물 따라 유유히 흐르고 있다. 세 사람은 흐르는 땀을 무명 수건으로 닦아가며 곰네나루를 향해 쉬지 않고 걸어간다.

하늘은 아침부터 구름이 낮게 깔려 산봉우리를 덮고 있었으나 비는 오지 않고 후덥지근하게 더위만 더해간다. 삼베옷을 입은 시아버지는 나이에 비해 발걸음이 빨랐다. 복자는 보따리를 가슴에 안고 신랑의 뒤를 바짝 따라 걷고, 신발에는 흙먼지가 푸석푸석 일어난다.

이윽고 경호강 곰네나루에 다다랐다. 다행히도 나룻배가 강의 이쪽에 머물고 있고, 뱃사공은 강호 일행을 물끄러미 바라보고 있다. 배 안에는 한복 차림의 낯선 두 남자가 먼저 타고 있었다.

"안녕하십니꺼?"

강호가 나이 많은 사공에게 먼저 인사를 했다.

"어서 오소! 지난번 생초에 장가들었던 선비 아이요?"

사공이 강호를 알아보고 반갑게 인사를 받아준다.

"처갓집에 가는가 보네."

사공이 긴 장대로 나룻배를 강심으로 밀어내면서 인사차 물어본다.

"예!"

"그런데 안색들이 좋지 않구려."

"처갓집에 병문안 가는 길입니더."

사공이 수심에 찬 강호의 일행을 보고 혼잣말처럼 중얼거린다.

"생초에는 한 달 전부터 호열자가 들이닥쳐 동네가 줄초상이 나고 난리가 났심니더."

복자는 가슴이 철렁 내려앉았다.

"계남리는예?"

"그기도 얼마 전에 몇 사람 죽었다 카던데. 지금 한 군데도 조용한 곳이 없심니더."

사공이 전해주는 생초 소식이 영 불길하다.

“우리도 집안에 초상이 나서 지금 어서리로 가는 길입니더.”

나룻배에 같이 탄 일행 중, 까만 얼굴의 사십 대 초반으로 보이는 사람이 자기도 초상집에 간단다.

“누가 돌아가셨는데예?”

복자가 궁금하여 물어본다.

“어서리에 사시는 고명식 영감님이 어젯밤에 돌아가셨다는 부고를 받고 급히 가는 길입니더.”

“예! 고명식 영감님예? 아이구 우짜꼬! 그분은 우리한테 칠촌 아저씨로 지난번 우리 결혼 때 집례자로 오신 분인데, 우짜면 좋노! 쯔쯔.”

복자의 놀라는 소리에 강호도 같이 놀란다.

“불과 몇 달 전에 짱짱하던 분인데 참말로 안 됐심니더.”

“지금 남녘에는 호열자로 동네가 쑥밭이 되는 곳이 한두 군데가 아입니더! 우리도 친척이라 가기는 간다마는 걱정이 태산입니더.”

까만 얼굴의 남자는 상당히 걱정스러운 눈치다. 강호는 나룻배를 타고 가는 동안 자꾸만 불길한 생각이 든다. 드디어 강을 건너 생초에 닿았다. 일행의 걸음이 빨라지기 시작한다. 십오 리쯤 더 가면 계남리다. 복자의 시아버지는 줄곧 말이 없다. 골짜기로 들어가니 논에는 벼이삭이 펴기 시작하였고, 고추잠자리 떼가 낮게 날고 있었지만, 복자는 고향의 산하를 만끽할 여유로운 마음이 아니다.

저 멀리 마을 입구의 느티나무 아래에서 누군가 무명치마를 펄럭이며 이쪽으로 걸어오고 있는 아낙이 보인다.

“아이구 세상에! 복자 아이가? 와 이제 오노?”

뜻밖에 마을 위쪽에 사는 마천댁을 만났다.

“아이구! 아지매 아입니꺼? 오랜만이네예.”

“복자야! 인사는 나중에 하고 얼른 집에 가봐라! 큰일이 났다!”

마천댁이 안색이 굳은 채로 빨리 집으로 가란다.

"나도 우리 아저씨가 호열자에 걸려 지금 한의원에 약 지으러 간단다. 이기 무슨 난리인지 모르겠다. 얼른 가봐라."

마천댁이 말을 마치자 정신없이 어서리 한의원에 간다며 달음박질을 친다.

"얼른 가자! 아무래도 사돈의 병세가 심상치 않은 것 같다. 빨리 가자."

강호의 아버지가 상황의 심각성을 깨닫고 발걸음을 재촉하였다. 마을이 이상하게 쥐 죽은 듯이 조용하고 음산하였다. 골목길에는 사람 하나 보이지 않고 적막감이 감돌았다.

"아이고! 오빠! 말 좀 해보이소! 이리 가면 뒷일을 누가 다 할끼요? 오빠! 제발 눈 좀 떠 보이소! 아직 복자도 안 왔는데 딸도 못 보고 원통해서 우찌 갈 끼요! 오빠! 제발 눈 좀 떠 보이소! 아이고 우짜꼬, 우짜꼬!"

"두 사람이 와 한참에 갈라쿠노! 올케도 말 좀 해보소!"

"하늘도 무심하시지! 하늘 아래 우찌 이런 일이 우리 집안에 일어난단 말이요! 아이구 오빠."

이게 무슨 소리인가. 복자가 대문을 들어서니 복자 고모의 통곡소리가 귓전을 찢지 아니한가. 복자는 쓰러질 것만 같았다. 손에 들었던 보자기를 땅에 떨어뜨리고 말았다. 강호도 그 자리에 섰다. 강호 아버지도 축담에서 발을 멈췄다.

"아이구! 복자가 왔구나. 이 일을 우찌 해야 되노! 복자야, 얼른 방에 들어가 봐라! 너 아버지가 조금 전에 돌아가셨다. 너 엄마도 얼마 못 갈 것 같다. 얼른 들어가 봐라! 원수 같은 호열자가 집안을 쑥밭으로 만드는구나."

마당에는 아무도 없고 용배 엄마가 부엌에서 나오다가 복자를 보자 울음을 터트리며 복자를 와락 껴안는다. 방안에서 복자가 왔다는 소리를 듣고 당숙과 복자 이모가 울면서 나왔다. 복자는 다리에 힘이 풀려 걸음을 걷지 못하였다. 강호가 붙잡고 마루를 기어 방으로 들어갔다. 침침한 방안에 복자 아버지는 이미 흰 광목으로 얼굴이 덮여 있었다. 복자 어머니도 같은 방에서 가쁜 숨을 몰아쉬고 있다. 위중한 상태다.

"아버지! 엄마~~아~."

복자는 하늘을 찢는 듯한 피 울음을 온 방 안에 토해내면서, 아버지 한번 보고 어머니 한번 보고 반 실신 상태로 울부짖는다.

"와~ 이렇게 될 때까지 내한테 연락 안했심니꺼? 아버지, 엄마 내가 왔심니더, 복자가 왔심니더, 말 좀 해보이소! 나는 아버지, 엄마 그냥 못 보낸다. 아버지~ 엄마~ 말 좀 해보이소! 눈 좀 떠 보이소! 강호 씨 우리 아버지, 엄마 좀 살려 보이소. 하느님! 부처님! 천지 신령님! 우리 부모님 좀 살려주이소! 어~흐흐헉 어~으~ 불쌍한 우리 부모님 나를 얼마나 기다리셨을까. 엄마~아! 아부지~이! 앞으로 나는 어디에 의지하고 우찌 살아야 됩니꺼~어? 아부~지~, 엄마~아! 나도 갈랍니더, 어디든지 따라갈랍니더!"

복자는 실신을 하였다가, 깨었다가, 울고 또 울었다. 강호도 울고, 고모도 울고, 이모도 울고, 당숙도 울고, 온 집안이 애간장을 찢는 통곡의 지옥으로 변하고 말았다.

"보~오~옥자~아야~."

이때 어디선가 희미하게 복자를 부르는 소리가 들렸다. 복자 어머니가 혼수상태에서 잠시 정신을 차렸다.

"어~엄마~아~."

복자가 엄마의 손을 부여잡는다.

"너~무 가~까이 오지 말~아라! 병 옮긴다~아~."

"엄마! 와 진작 연락 안 했노?"

"아버~지가 너~라도 살~아야 된다고 연락 모~옷~하게 했다아~."

"엄마~! 꼭 살아야 된다, 죽으면 안 된다."

"보~옥 자~야! 장 서바~앙! 우리 주~욱~더라도 너~무 슬퍼하~지 마~알고, 서로 의지 하~고 잘 살~아야 된~다. 저~승에 가거~든 너~어 아~부지께 너희~들 보~고 왔다고 전~할게!"

"엄~마~."

"장모님~!"

"너~ 아부지와 나~아를 뒷산에~ 묻어~다~아~오~! 부디 잘~살 아……."

"엄~마!"

"장모님!"

"언니!"

"올케!"

복자의 어머니는 딸의 손을 꼭 쥔 채 세상을 떠났다. 부모의 병환소식을 듣고 한달음에 달려왔건만, 복자의 부모님은 사랑하는 딸을 기다려 주지 않았다.

하늘도 울고 땅도 울고 온 집안이 울음소리로 꺼져 앉았다. 복자는 몇 번을 혼절했다. 하늘 아래 이런 슬픔이 또 있으랴! 몇 달 전에 오봉리에서 '복자야! 잘살아야 된다이!' 하신 아버지의 말씀이 생전에 마지막 목소리가 될 줄이야! 무명치마 돌려 입고 경호강 언덕에서 손 흔들던 어머니의 애처로운 모습이 싸늘한 주검으로 변해 버렸으니 단장을 찢는 복자의 슬픔은 형언할 길이 없다.

평소 외동딸을 그렇게 아끼고 감싸주던 복자 아버지는 호열자의 전염을 염려하여 마지막까지 딸에게 연락하지 못하게 하였다니, 부모의 자식에 대한 사랑이 하늘보다 더하다. 복자는 탈진하여 다른 방으로 옮겨졌다.


1946년 6월 남부지방에 큰비가 내려 수마가 휩쓸고 간 뒤에, 전국적으로 콜레라가 만연하여 수만 명이 목숨을 잃었다. 미군정청 보건후생국에서는 특별한 치료법은 없고, 사람이 모이는 곳을 피하라 하고, 물은 끓여 먹고, 손을 깨끗이 씻어야 하며, 음식은 날것을 먹지 말라는 국민홍보밖에 별다른 대책을 내놓지 못했다.

8월에는 남부지방의 무더운 날씨 때문에 인명 피해가 더 컸다. 복자의 아버지도 열흘 전 길녀 할머니 초상에 갔다가 전염되었는데, 옆에서 병수발하던 복자 어머니마저 감염이 된 것이다.

동네에 전염병이 돌아 사람들이 죽자 길녀 할머니는 앞장서서 흉사 일을 돌보다 급기야 당신도 병마에 휩쓸리고 말았다. 길녀는 복자가 시집간 후, 한 달 만에 덕산의 숯 굽는 총각한테 시집을 갔다고 했다. 하지만 그 후 얼마 안 있어 어머니가 돌아가시고 또 할머니마저 세상을 등지니, 길녀의 팔자도 기구하다고 용배 엄마가 전해주었다.

길녀는 할머니 장례를 치른 후 사흘 전에 덕산 시가댁으로 갔단다. 전염병으로 사람이 죽어 나가니 마을 인심이 어수선하고, 또 이웃 사람들이 문상을 꺼렸다.

"행님! 우찌 이리도 허망하게 가십니꺼? 어~흐~흐흑!"

용배 아버지가 들일을 하다 슬픈 소식을 듣고 급히 대문을 들어서며 울부짖는다.

"동생! 이 죄를 우찌 해야 되노! 나에게 욕이나 하고 가지! 이 사람아!"

나는 자네를 볼 면목이 없네."

길녀 아버지도 급히 달려와 마루에 엎드렸다. 큰일을 연거푸 치른 길녀 아버지의 얼굴이 말이 아니다. 더군다나 자기 어머니 초상 일을 도우다 복자 부모마저 세상을 떠났으니 그 심정이 오죽하랴!

강호는 정신을 차렸다. 마냥 슬픔에 젖어 있을 때가 아니라고 생각했다. 워낙 무서운 전염병이라 문상객들이 오기를 꺼렸기 때문에 시신의 처리를 서둘러야 했다. 강호는 우선 처갓집 손님들에게 자기가 알고 있는 예방 상식을 최대한 활용하여 전염병으로부터 주위 사람들을 보호하고자 했다.

"지금부터 제 말을 잘 들어 주이소."

모두들 강호를 쳐다본다. 강호는 흐르는 눈물을 주먹으로 닦아 내리며 몇 가지 주의사항을 주지시킨다.

"첫째, 절대로 맹물을 먹지 마이소."

"둘째, 호열자란 병균이 입을 통해 들어가기 때문에 먹는 것만 조심하면 어느 정도 막을 수는 있심니더."

"술은 절대로 마시면 안 되고예, 음식은 철저히 익혀서 묵어야 됩니더! 그라고 한번 사용한 그릇과 숟가락, 젓가락은 묵을 때마다 끓는 물에 소독을 해야 됩니더."

"마지막으로 손을 수십 번 씻어야 됩니더! 이 병은 일단 걸리면 별수가 없심니더! 우짜든지 조심하이소."

강호는 남아있는 사람들이라도 안전하게 지키고자, 한의원에 있을 때 익힌 최대한의 예방책을 단단히 일러준다. 장례식에 쓸 돼지고기와 떡도 생략하기로 했다. 나물은 제상에 차린 후 버리기로 했다.

우선 용배 엄마가 물을 끓이고, 길녀 아버지와 강호는 장인의 시신을 염하기로 했다. 용배 엄마와 이모는 장모의 시신을 염하고 여름이라 부패를 방지하기 위하여 입관을 서둘렀다.

용배 아버지는 복자 아버지의 윗저고리를 가지고 지붕에 올라가 고복(皐復)을 했다.

"慶尙南道 山淸郡 生草面 桂南里 學生 濟州高公 復~復~復 (경상남도 산청군 생초면 계남리 학생 제주고공 부~부~부)."

복자 어머니는 용배 엄마가 초혼(招魂)을 했다. 길녀 아버지는 이번 장례식이 끝나면 생초를 떠나 진주역으로 짐꾼 일을 하러 갈 예정이란다. 아무도 없는 쓸쓸한 집안에 도저히 살고 싶지가 않은 모양이다. 길녀의 집과 복자의 집은 폐가(廢家)에 놓일 운명이다. 복자는 정신을 추스르고 소복으로 갈아입었으나, 넋 나간 사람 모양 눈에 초점을 잃고 있다.

강호 아버지는 사돈의 초상집에서 처신이 난감하기만 하다. 우선 소의 여물을 끓여 먹인 후, 간이용 상여를 하나 만들기로 한다. 마을에는 상여가 하나뿐이라 쌍 초상이 났을 경우에는 새로 하나를 부득불 만들 수밖에 없다. 또 부고 작성도 거들어주기로 한다.

미군정청에서 전염병으로 사망한 집에는 출입을 금하다 보니 문상객이 거의 오지 않는다. 그래도 부고(訃告)는 돌려야 했다. 해가 저물고 어두워지는가 싶더니 갑자기 소나기가 쏟아지기 시작한다. 오동나무 잎에 떨어지는 빗소리는 장구를 치는 듯 사정없이 퍼붓고, 번개와 벼락이 동시에 천지를 울리는가 하면, 대나무 숲은 번쩍이는 섬광에 귀신 춤을 추는 듯 광란의 몸부림을 치고 있다. 비바람에 촛불이 꺼지고 호롱은 덜렁덜렁 중심을 못 잡고 좌우로 흔들린다.

"복자의 부모가 속세의 정을 뗄려는 모양이다."

복자의 이모가 한숨을 쉬면서 넋두리한다. 어느덧 간밤의 비바람이 그치고 앞산의 봉우리에 여명이 튼다. 복자는 식음을 전폐하고 마루에 앉아 멍하니 먼 산만 보고 있다. 고모와 이모는 서로들 말이 없다. 눈은 퉁퉁 부어 있고 볼살이 축 처져 모두 환자같이 보인다. 일행은 비가 그친 후 마당에 천막을 쳤다.

열 시경 마을 청장년 몇 명이 왔다가 오래 머물지 않고 그냥 갔다. 내일 상여를 메고 갈 일을 논하고 간 모양이다. 마을에는 초상이 났을 때 오래전부터 상여를 메기 위한 상두계(다매계)가 있었다. 일종의 품앗이다. 이 일은 특별한 경우를 제하곤 피할 수가 없다.

청년들이 간 후 오봉리에서 태산이와 준식이가 왔다. 두 사람은 강호와 복자를 보자 눈물을 흘리며 손을 잡았다.

"이 멀리까지 와서 고맙다. 우선 빈소에 가서 절을 올리고 나오너라."

태산이와 준식이는 조문을 하고 여러 어른들께 인사를 한다. 모두들 말없는 인사다.

"아무래도 예감이 이상해서 준식이 집에 들러 같이 왔다."

"강호야! 이기 무슨 변고냐! 무슨 말로 위로해야 좋을지 모르겠다."

준식이가 훌쩍이며 강호의 손을 잡는다.

"다 운명 아이가! 아무튼 와서 고맙다. 온 김에 우리 아버지하고 의논하여 내일 초상 무사히 잘 치러지도록 좀 도와주라."

"알았다! 저기 강호 아버지 계시네! 저리 가자."

태산이와 준식이가 일을 거들어주니 장례 준비가 활기를 띤다.


출상일이다. 아침 일찍 마을의 청장년들이 상여를 메기 위해 복자의 집으로 모여들었다. 지난번 강호의 동상례 때 발바닥을 때리던 청년들도 보인다.

강호는 도와줘서 고맙다는 인사를 목례로 표했다. 마당에 상여 두 개가 나란히 놓였다. 하나는 어제 강호 아버지와 태산이 일행이 대나무로 만든 간이상여다. 한지에 색감을 묻혀 꽃상여를 만들었다. 먼저 복자 아버지 관을 운구하여 마을 상여에 안치하고 뒤이어 복자 어머니 관을 꽃상여에 안치했다.

어디서 처량한 새소리가 들려온다. 갑자기 복자가 애간장을 찢는 피울음을 토한다. 고모도 울고, 이모도 울고, 강호도, 당숙도, 친구들도 모두 울기 시작한다. 통곡 속에 발인제가 시작되고 연이어 노제도 끝났다.

이제 두 사람은 살아생전에 마을 사람들과 어울려 희로애락을 같이했던 이곳을 떠나야 한다. 파란만장했던 인생사를 계남리에 남겨 두고 북망산천 저승길로 가야만 한다. 이 어찌 슬프지 아니하랴!

상여꾼은 앞의 상여에는 열 명, 꽃상여에는 여덟 명이 둘러메기로 하였다. 원래의 숫자에서 많이 모자랐다. 종구쟁이는 강호 아버지가 솔선하여 청했다. 상두는 잠시 후 요령을 흔들며 조상의 분위기를 주도하기 시작한다.

"간다~ 간다~ 나는 간다 정~든 산천 뒤에 두고~"

드디어 북망산천으로 가는 종구쟁이의 선창이 시작되었다.

"어~하롱! 어~하롱! 북망산천 어~하롱~"

상두꾼들이 상여를 어르며 짝소리를 낸다.

"만고 영~웅 진~시황도 여산 준조 잠들었네."

"어~하롱! 어~하롱! 나무아미타불."

종구쟁이의 선창에 이어 상두꾼들이 슬프게 후렴을 한다. 상여 앞에는 운아(運亞)를 선두로 만장이 펄럭이고 복자와 강호, 친척들은 삼베로 지은 상복을 입은 채 흐느끼며 상여를 뒤따른다. 복돌이는 며칠을 굶었는지 힘없는 꼬리에 상여를 따라가고, 마을 사람들은 먼발치에서 저승 행렬을 슬픈 눈으로 바라보고 있다.

"어제 오~늘 성턴 몸이~ 저녁나절~ 병이 들어!"

"어~하롱! 어~하롱! 북망산천 어~하롱~"

"섬섬 양질 가는 몸에 태산 같은 병이 들어!"

"어~하롱! 어~하롱! 나무아미타불."

"부르나니 어버이요! 돌아보니 정든 산천!"

"어~하롱! 어~하롱! 저승행차 어~하롱~"

종구쟁이로 나선 강호 아버지의 슬픈 애사(哀辭)와 후렴을 부르짖는 상여 행렬은 뒷산을 거의 다 오르고 있었다. 호상(好喪)도 아니고 길상(吉喪)도 아닌 애상(哀喪)인지라 상여꾼들의 투정도 없다. 돌다리를 건너도, 개울을 건너도, 고개를 넘어도, 두 상여는 쉬지 않고 북망산천을 향해 산으로 오르고 오른다. 술도 없고 물도 주지 않는다. 강호가 철저히 주지시키고 이해를 구했기 때문이다. 늦여름의 더위에 상여꾼들의 옷이 땀에 젖어 몸에 찰싹 붙어 있다.

태산이와 준식이는 마을 사람 몇 명과 미리 와서 천광(穿壙)을 파 놓았다. 어제 강호의 아버지는 주변 용(山)의 방향과 물의 수구(水口)를 측정하여 건좌(북서) 손향(동남)의 좌향을 길향(吉向)으로 이미 결정해 놓았다. 나중에 망인과 산의 운을 상생시키는 분금(分金)만 맞추면 된다. 강호 아버지는 어제 오봉리를 출발할 때 만일의 경우를 대비하여 패철(나침반)을 미리 챙겨 왔다.

드디어 상여가 장지에 도착하였다. 상여를 혈(穴)에서 길(吉) 방향에 내려놓고 상두꾼들은 잠시 쉬고 있다. 혈장(穴場)이 명혈(名穴)은 아니지만 멀리 경호강이 아련하게 휘돌아 나가고, 조산(朝山) 격인 왕산도 뚜렷이 보였다. 하관(下棺) 시간은 양(陽)의 기운이 왕성한 오시(午時: 낮 11시)로 정했다.

유족들은 같은 광(壙) 속에 두 고인의 관을 나란히 합장하기로 하였다. 우측에 복자의 아버지, 좌측에 어머니의 관을 안치하면 그야말로 해로동혈(偕老同穴)이다. 비록 두 분의 인생은 짧았지만, 그나마 마지막엔 영혼이라도 함께하니 조금이라도 유족의 마음이 위로가 될 성도 싶었다. 풍수법칙에 의한 두 개의 용맥이 입수(入首)되었으면 더욱 좋으련만, 그런 혈처는 사실상 찾기가 어렵다.

상여꾼들이 잠시 쉬고 나니 마침내 오시(午時)가 되었다. 이제 지상에서 영원으로 가는 시간이다. 먼저 복자 아버지의 영구를 오른쪽에 하관하고 연이어 좌측에 복자 어머니의 관을 안치한다.

복자는 울음도 나오지 않는다. 며칠 사이에 일어난 일이 기가 막힐 뿐이다. 무엇이 인생이고 무엇이 죽음인지 인간사 새옹지마(塞翁之馬)라고 하지만, 인생의 허무함만 뼈에 사무친다.

복자의 귓전에는 살아생전 아버지의 목소리와 어머니의 목소리만 들릴 뿐, 다른 사람들의 울음소리는 들리지 않는다. 관 위에 덮여 있는 명정을 걷어낸 후 횡대(橫帶)를 놓고 흙을 덮기 시작한다.

복자는 어린 나이에 너무 많은 경험을 하였다. 더군다나 부모가 한날에 돌아가시니 운명치고는 너무나 가혹하기만 하다. 복자에 이어 강호가 삽으로 흙을 관 위에 조심스럽게 취토(取土)를 한다. 복자가 신랑을 바라보니 이제는 하늘 같은 남편이 이 세상 마지막 대들보로 보인다.

평토와 성분(成墳)이 끝나고 위령제도 끝났다. 상여꾼들은 먼저 하산하고 유족과 길녀 아버지와 용배 아버지만 남았다. 두 사람은 봉분의 잔디와 모양새를 다듬었다. 산 능선에는 종전에 없던 붉은 봉분이 경호강 건너 딸이 시집간 방향으로 오롯이 솟아났다. 봉분 뒤에는 딸의 분신인 양 소나무 한 그루가 외롭게 서 있다.

산 아래 골짜기에서 풀 향기를 몰고 오는 늦여름의 바람이 복자의

앞머리를 날린다. 복돌이는 묘에 코를 대고 킁킁거리다가 봉분 주위를
계속 맴도는 모습이, 아마도 사라져간 주인의 마지막 체취를 찾는
모양이다. 산에는 희한한 꽃들이 피어 있고 풀벌레 소리와 산새 울음이
들리건만, 복자에게는 모든 사물이 슬프게만 보이고 모든 소리가
슬프게만 들려온다.

　이제 모든 일이 끝났다. 인생사(人生事) 공(空)이요, 허(虛)요, 무(無)
다. 산바람에 풀잎과 소나무가 잘 가란 듯이 작은 흔들림을 보인다.
일행은 위령제를 지내고 산을 내려왔다. 아무도 말이 없다.

　길녀 아버지와 용배 아버지는 곰방대에 담배만 연신 피워댄다.


　허무한 삼 일이 지나고 삼우제(三虞祭)를 마치자, 복자는 부모님의
유품을 챙겼다. 전답의 농사는 용배 아버지에게 부탁하였으며, 조상의
제사는 당숙이 모시는 대가로 소를 주기로 합의를 보았다. 강호는
장인, 장모의 제사를 모시기로 하고, 사십구재는 오봉리에 있는 화림사
(花林寺)에서 지내기로 결정하였다.

　친정을 떠나는 복자는 보따리에서 뭔가를 꺼내 용배 어머니에게
건넨다. 일전에 공개바위에서 채취한 몇십 년 묵은 더덕이다. 정성
들여 가져온 것이다. 또 길녀 아버지에게는 오봉리에서 가져온 보약제
를 드렸다. 고마움의 표시였다. 묘비는 추석에 세우기로 했다.

　모두들 옷소매를 부여잡고 서러운 이별을 하면서, 고향 사람들은
손을 흔들어 주었고, 떠나는 사람들의 발걸음은 눈물에 젖었다. 복자는
기다려 줄 사람 하나 없는 텅 빈 고향집을 자꾸만 돌아보며 한 많은
계남리를 눈물 속에 새긴다. 복돌이는 낯설고 물 설은 오봉리로 복자
일행을 따라가지만 꼬리가 처지고 까불지도 않는다.

# 10

# 오봉리의 새싹

1948년 8월 15일

해방된 지 3년이 지나 우여곡절 끝에 대한민국 정부가 정식으로 수립되었다. 정부가 출범하기 전까지 이 땅에는 많은 굴곡이 있었다. 특히 공산당들의 준동과 반대가 극에 달했다. 공산당의 대표적 인물인 여운형이 1947년 7월에 피살되고, 북의 지령을 받은 좌익 세력들의 수장들은 48년 2월 남한 전역에서 폭동을 획책하는가 하면, 4월에는 제주도에서 폭동이 일어났다.

유엔에서는 총회 결의에 의해 남·북한 인구 비례에 의한 대표자를 선출한 후, 국민회의를 구성하여 대한민국 정부 수립을 추진하였다. 그러나 선거를 감시하기 위한 유엔 한국 임시위원단이 북에 가기를 원했으나 소련의 반대로 무산되니 유엔에서는 우선 선거가 가능한 남한만이라도 선거하도록 결의하였고, 미군정 당국은 48년 5월 10일에 남한만의 총선거를 발표하였다.

1948년 7월 17일 대통령 중심제 헌법이 제정되고 일주일 후에 정·부통령 선거가 실시되어 초대 대통령에 이승만 박사, 부통령에 이시영 선생이 당선되었다. 이리하여 인고의 세월 끝에 명실상부한 자주독립 국가인 대한민국이 탄생하였다. 다시 말해 대한민국 제1공화국이 시작된 것이다.

강호와 복자는 나라가 조금만 더 안정이 되면 진주로 이사할 계획을 세우고 있었다. 오봉리에는 지난 3년 동안 정국의 세찬 소용돌이와는 달리, 봄이 오면 꽃이 피고 여름에는 계곡물이 세차게 흐르고 새들의 지저귐 또한 변함없이 요란하였다. 웃음새도 이산 저산에서 하루종일 '우~ 하하하~ 우~하하하~' 웃는 건지 우는 건지 제정신이 아니었다. 가을에는 온 산이 비단같이 아름답고, 겨울에는 나뭇가지 사이로 함박눈이 휘날리면 그야말로 신선들이 사는 운하동천(雲霞洞天)으로 변하곤 하였다.

복자는 흐르는 세월 속에 어느 정도 마음의 상처도 아물었고, 이젠 신랑 강호와 더불어 시부모와 함께 알뜰살뜰 행복하게 살아가고 있었다. 오늘도 시어머니와 함께 아침 일찍 화림사에 불공을 드리고 왔다. 매월 음력 초하루와 보름은 빠짐없이 화림사를 찾는다. 돌아가신 부모님의 극락왕생을 빌고, 가족의 화목과 시어머니가 애타게 바라는 손자를 점지해 주십사 부처님께 정성을 다해 빌었다.

말복(末伏) 더위가 한창인 오후에 복자와 강호는 마루에 앉아 왕등재를 바라보며 한가로이 옛 생각에 젖어든다. 어제 내린 비로 축축한 마당에는 터줏대감인 짚신만한 두꺼비가 풍뎅이를 노려보고 있다. 이 두꺼비는 수년째 여름이면 마당을 기어다니는 집 지킴이다.

그런데 심심한 복돌이는 이 두꺼비를 그냥 두지 않는다. 오늘도 두꺼비를 앞발로 건드리고 있다. 두꺼비는 네 다리를 치켜올리며 상대방에게 위협을 가하지만, 복돌이는 앞발로 두꺼비를 공중으로 띄워 올린다. 잠시 후 두꺼비는 땅에 떨어지자마자 네 다리를 꼿꼿이 세우고 배를 잔뜩 부풀리며 등에서 하얀 액체를 내뿜는다. 복돌이는 두꺼비 등에 코를 가까이 대는가 싶더니, 갑자기 코를 땅에 비비고 뺑뺑이를 돌기 시작한다. 복자와 강호는 웃음을 참지 못하고 뒤로 넘어지는 시늉을 한다. 복돌이는 주인이 즐거워하는 것과는 달리 돌샘으로 달려가 코를 바닥에 문지르면서 고통스러워한다. 참 가관이다.

"으~웩!"

"당신 와 그라노?"

"몰라예! 두꺼비 독을 보니 속이 매스껍고 이상하네예."

"아침에 뭘 묵었는데?"

"별로 특별히 묵은 것도 없는데, 아까 옥수수 찐 것하고 감자밖에 안 먹었는데예."

"언제부터 그라노?"

"웩~ 아이구! 속이 갑자기 와 이라노."

강호는 갑자기 복자의 구역질을 보고 가슴이 벅차오른다. 그리고 복자의 손목을 잡고 맥을 짚어본다. 틀림없이 또 다른 맥이 손끝에서 느껴진다.

"어~하하하……. 우~하하하……. 나는 당신이 와 그라는지 안다. 으~하하하……"

"정신이 나갔어예! 갑자기 와 이리 웃십니꺼예."

"아가야! 니 신랑이 미쳤나! 와 저라노?"

시어머니가 윗방에서 얼굴을 내밀며 의아하게 묻는다.

"어머이! 절에 다닌 보람이 있십니더."

"그기 무신 소리고."

"어머이, 며느리가 얼라(아기)를 가진상 싶습니더."

"뭣이라! 아이고 우짜꼬! 부처님! 삼신 할매요! 하느님! 참말로 고맙고 감사합니데이! 지성이면 감천이라 진짜로 우리 집에 경사가 났네!
지화자 좋구나.”

시어머니는 며느리의 임신 소식에 정신을 못 차리고 방안에서
쏜살같이 청마루로 뛰어나왔다.

“아이구! 당신도 거짓말하지 마이소! 내가 진짜 아기를 가졌단
말입니꺼?”

“틀림없는 태기를 느꼈소! 이거는 확실하요.”

“아가야! 참말로 고맙데이! 너 시아버지가 아시면 올매나 좋아하실
꼬.”

“아이구! 아가야! 돌아가신 네 부모님이 우리에게 좋은 복을 주시는
갑다. 사돈어른! 참말로 고맙십니더! 우짜든지 극락왕생하시고, 뚜꺼
비 같은 손자 하나 부탁하입시더.”

강호의 어머니는 며느리가 시집온 지 삼 년 만에 태기가 있다고
하자 기뻐서 어쩔 줄 몰라 한다. 두 손을 모으고 담장 아래 장독대에서
연신 허리를 굽히며 손바닥을 비비대고 있다. 그동안 복자는 시집온
지 얼마 안 되어 친정 부모를 사별한 큰 충격으로 임신이 몇 년간
되지 않았다. 그런데 오늘 태기를 느꼈으니 손(孫)이 귀한 집안에
경사가 아닐 수 없었다. 시어머니와 복자는 오로지 화림사에서 부처님
께 정성 들여 불공을 드린 덕이라 생각했다. 복자와 강호는 무더위도
잊고 싱글벙글 기분이 날아갈 것만 같았다.

“우~하하하하…… 우~하하하하……”

어디서 웃음새의 소리가 크게 들려왔다.

“음~ 오늘은 새 웃는 소리가 와 이리 크노?”

뒷산 화전(火田)을 둘러보고 마당으로 들어서는 강호 아버지는
어깨에서 쇠스랑을 내려놓으며 혼잣말로 궁시렁거린다.

"아이구! 영감 왔소! 더운데 밭에 갔다오요?"

"영감이라니! 이제 갓 오십을 넘긴 지가 엊그제인데, 이 할망구가 벌써 노인 취급하네!"

"그런데 다른 때는 밭에 갔다 와도 본체만체하더니만, 오늘은 뭘 잘못 묵었나? 와 이리 살랑대노! 참, 희한하네."

복자는 오랜만에 시부모 간에 주고받는 농담에 웃음을 감추기가 어려웠다.

"영감! 머지않아 우리는 할배, 할매 소리를 듣게 되겄소!"

"그기 무신 소리고? 며느리가 손자라도 났다 말이요?"

시아버지는 말을 하면서 며느리를 돌아본다.

"우~ 하하하하……."

"저놈의 새가 미쳤나! 오늘따라 별스럽게 우네."

"영감! 저 새도 우리 집에 경사가 난 걸 아는 모양이요."

"저 할매가 갑자기 와 이라노! 강호야! 니 엄마 와 저리 기분이 좋노?"

"아버지! 집사람이 태기가 있심니더."

"뭐라꼬! 며늘아기가 아를 뱄다고? 참말이가? 아가야!"

"그런 것 같심니더! 아버님."

"허허! 오늘은 참말로 좋은 날이구나! 이제야 우리 집에도 사람 사는 맛이 나겄구나. 아가야! 고맙다. 할매요! 며늘아기한테 맛있는 거 마이 해주소."

"저 영감이 내가 아 배었을 때는 신경도 안 쓰더니 손자는 되기 좋는가 보네."

강호네 집은 날로 웃음소리가 더해갔다. 복자는 신랑의 애정이 깊어가는 것을 느꼈으며, 시부모는 장에만 가면 며느리의 먹을것을 먼저 샀다. 특히 시아버지는 콧노래를 많이 불렀으며, 시어머니는 며느리에게 심한 일을 하지 못하게 하였다.

복자의 배가 점점 불러오는 1949년 3월. 일본으로부터 해방된 대한민국은 우여곡절 끝에 정부를 수립하고 국가의 기능을 다하고 있었지만, 대·내외의 정세는 불안의 연속이었다.

1948년 4월, 박헌영이 지휘하는 남로당은 제주에서 폭동을 일으키는가 하면, 10월에는 제주 폭동 진압을 거부한 14연대 대전차포 중대장 김지회, 홍순덕, 지창석 등이 주도한 여수, 순천에서 반란사건이 일어났다. 곧 진압은 되었으나 잔당들이 지리산으로 도주하여, 조선인민군 유격대 지리산 지구 2병단이라는 빨치산 부대가 탄생하였다. 이 부대를 이끄는 사령관은 이현상으로 지리산 일대를 해방구로 설정하고, 약탈과 방화, 관공서 습격 등 시도 때도 없이 영호남 일대를 무법천지로 만들고 있어 국민의 불안이 극에 달했다.

덩달아 한국에 주둔했던 미군은 6월 중 완전 철수를 목표로 주력부대가 빠져나가기 시작하였으며, 오대산, 태백산, 지리산 일대에는 공산 게릴라의 준동으로 국가의 치안이 심각하게 위협받는 지경에 이르렀다. 그나마 다행히도 이승만 대통령은 1948년 9월 21일부터 프랑스 파리에서 개최되는 유엔 총회에 장면 박사 외 8명의 대표단을 파견하여 각고의 노력 끝에 12월 12일 회원국 58개국 중 3개국이 불참한 표결에서 찬성 48표 반대 6표, 기권 1표란 압도적인 찬성으로 한반도에서 대한민국이 유일한 합법정부로 국제적인 인정을 받았다.

"강호야!"

마당에서 태산이의 목소리가 들려온다. 오봉리의 3월은 아직 겨울이라 강호는 복자와 따뜻한 방에서 아기의 이름짓기를 하고 있었다.

"왕산이 왔나! 춥다. 들어오이라."

"어서 오이소."

복자는 태산이를 반갑게 맞이한다. 방문을 열어젖히니 왕등재는 아직도 하얀 눈을 머리에 이고 있다.

"행수씨! 조카는 뱃속에서 잘 크고 있소?"

태산이는 길녀가 시집갔다는 말을 전해 들은 후로는 말수가 적어지고, 복자를 제수도 형수도 아닌 행수 씨라고 불렀다. 요즈음은 태산이의 행동이 이상해졌다. 그리고 예전과 같이 자주 오지도 않는다.

"왕산아! 니 오데 아푸나? 요새 좀 이상한데 무슨 일이 있나?"

강호가 대뜸 태산이에게 단도직입적으로 묻는다.

근래에 태산이의 얼굴 표정이 예전 같지 않았기 때문이다. 복자는 밖에 나가서 곶감하고 식혜를 소반에 담아 왔다.

"강호야! 내 아무래도 정태 따라가야 되것다."

"그기 무신 소리고? 정태 못 본 지도 벌써 몇 년이 흘렀는데 정태한테서 무신 연락이 있더나?"

"그기 아이고 한 달 전에 산에 올가미 보러 갔다가, 세 사람이 총을 들고 나에게 접근하여 담배를 좀 달라고 하는 기라."

"그래서?"

강호의 얼굴빛이 변한다. 강호가 복자를 윗방으로 가란다.

"자기는 지리산 2병단에 있는 인민군 유격대라 하면서, 이현상 선생 밑에서 남조선을 해방하여 지상낙원을 만들 과업을 하고 있다고 하더라."

"이현상! 혹시 정태도 그기 있다는데 모른다 카더나?"

"그래서 우리 친구가 양정태인데 아느냐고 물어 보았지."

"그랬더니?"

"그 사람이 갑자기 내 손을 잡으면서 양 선생 동지를 잘 안다며, 약속장소를 정하면 한번 만나게 해준다고 하길래 약속을 했지."

"그래, 정태를 만났나?"

"보름 전에 지리산 공개바위에서 정태를 만났다."

"그래! 니보고 뭐라 카데?"

"얼마 안 있어 북에서 공산군이 곧 남한을 해방시킨다고 하면서, 자기는 이를 준비하기 위해 곧 하준수와 몇 명이 월북한다고 하더라."

"큰일났군! 완전히 정태는 공산주의에 빠져버렸구나."

강호는 지난번 그렇게도 준식이와 당부를 했건만 결국 자기 갈 길을 가버린 정태가 야속하고 원망스러웠다.

"강호야! 나도 그 이후에 유격대 사람들을 몇 번 만났는데, 정태가 말한 대로 공산국가에서는 계급도 없고, 못사는 사람도, 잘사는 사람도 없이 평등하게 산다고 하더라. 또 내 눈에는 그렇게 보이더라. 내가 오면 언제든지 환영하며, 보급 투쟁에 같이 참여하자고 하더라."

태산이의 말을 듣고 있는 강호는 태산이도 이미 공산주의 사상에 세뇌되어 버린 것을 직감했다.

"그래! 뭐라고 대답했나?"

"사실 오늘 내가 너 집에 온 것도, 산으로 들어간다는 인사하러 왔다."

"태산아! 내 말 잘 들어라! 너를 무시하는 것은 절대 아니다. 그러나 니는 정말 공산주의가 뭔지 사회주의가 뭔지도 잘 모르면서 남의 말에 너무 빠져 있다. 그리고 이 나라는 절대로 공산주의가 이기지 못한다. 미국이라는 큰 나라가 남한에 정부를 세우도록 했는데 망하도록 그냥 둘 리가 없다. 쉽게 이야기하면, 우리나라는 미국과 소련이

탐을 내는 시루떡 같은 위치에 있단다. 내 떡을 남이 먹도록 그냥 두지는 않는다 이 말이다. 그리고 인간 세상에 계급은 없어도 반드시 차별은 존재한다. 니가 생각하는 평등, 지상낙원, 무산대중이 잘사는 계급 없는 사회는 이 지구상에 존재하지 않는다. 그렇게 좋은 제도가 있다면 뭣 때문에 세계가 공산주의와 민주주의로 갈라져 싸울 끼고? 또 그렇게 좋다면 자기들끼리 그런 정치를 하면 되지, 왜 남한을 해방시키느니, 남침을 하니, 또 각 지역에서 반란과 폭동을 일으키냐? 이런 일은 다 위정자들이 자기 욕심을 채우기 위해, 야심을 드러내는 폭력 수단인기라! 태산아! 니 그 사람들의 달콤한 말에 절대로 속아서는 안 된다. 내 말 알아들었나?"

곶감과 식혜는 거들떠보지도 않고, 강호는 태산이의 입산을 최선을 다해 막아 보고자 애쓰고 있다. 그러나 굳어진 태산이의 마음을 움직이기에는 어딘가 부족했다.

"그라모 태산아! 니가 산으로 가는 것은 좋은데, 한 가지 약속을 하자."

"이야기해 봐라."

"지금 가지 말고 앞으로 상황을 좀 더 두고 보다가 정히 안 되면, 그때는 말리지 않겠다. 지금 니가 인민군 유격대에 들어갔다가, 토벌대에 사살되면 그건 개죽음이다. 니가 원하는 계급도 없고 빈부가 없는 세상 구경도 못하고 죽으면 얼마나 억울하것나? 제주도 사태, 여수, 순천 사건도 다 진압이 되었다 아이가? 지리산도 나라에서 그냥 두지는 않을 끼다."

강호는 열변을 토하였다. 태산이의 단순 판단이 인생을 망칠 수 있기 때문이다.

"집에 가서 한 번 더 생각해 보고 마음을 결정할게."

135

"고맙다. 태산아! 절대로 급하게 생각하지 말아다오."

태산이는 약간 날이 어두워져서야 집으로 돌아갔다. 태산이는 저녁밥도 먹지 않고 천정을 바라보며 상념에 젖어들었다. 밖에는 차가운 바람에 대나무 부딪치는 소리가 '다닥다닥' 들려온다. 또 세찬 바람에 소나무 우는 소리도 들린다.

웃풍을 막기 위해 지붕과 천정 사이에 대나무를 걸치고 수평으로 발라놓은 천정 벽지 위에는 쥐들이 생지랄을 하고 있다. 몇 마리가 우르르 달려가더니 다시 이쪽으로 정신없이 달려온다. 잠시 후 미끄러지는 소리가 들리는가 싶더니 한 놈이 물어 뜯기는지 죽는 소리를 한다. 마른 쥐똥도 덩달아 천장에서 춤을 추고 있다.

지금 태산이의 마음도 천정의 저 쥐 소리와 같이 심란하기 그지없다. 갈피를 잡을 수가 없다. 홀어머니 밑에서 한글도 깨우치지 못하고, 이렇다 할 가산도 없다. 수입도 겨우 모자가 굶지 않을 정도다.

'이대로 가면 앞날은 절망밖에 없다. 무언가 결판을 내지 않으면 다람쥐 쳇바퀴 돌리는 신세를 면할 수 없는 처지다. 객지에 나가 크게 기술을 배우든지, 장사를 하든지, 이곳 산속에서는 그날이 그날이다. 가슴이 꽉 막혀 숨이 찰 정도다. 강호도 머지않아 진주로 이사 갈 계획이라고 수차례 말했다. 준식이도 나보다는 낫다. 그러나 누구보다 정태는 많이 배우고 도시 생활을 오래 했다. 몇 번을 생각해도 정태의 말이 옳은 것 같다. 또 남조선 해방을 위해 북으로 간다니, 아무래도 통이 큰 사나이임이 틀림없다.'

정태의 말대로 무산대중이 잘사는 그런 사회가 그리웠다. 머지않아 모두들 어울려 웃을 날이 올 것만 같았다.

'그러면, 그날을 기다리지 말고 나도 혁명 대열에 합류하여 뭔가 업적을 남겨야 한다. 그래야 친구들에게 떳떳하지 않겠는가. 가자!

가자! 산으로 가서 동지들과 해방 투쟁에 앞장서자!'

태산이는 울다가, 한숨을 내쉬다가, 몸을 뒤척이다가, 급기야 자기 앞날의 행보에 결론을 내리고 말았다.

'어머니는 아직 젊으니 내가 없어도 농사일에는 별문제 없을 것 같고, 당분간 대처로 기술 배우러 간다고 해야지. 강호는 틀림없이 입산을 만류할 것 같으니 말없이 떠나야지!'

태산이는 하룻밤 사이에 오랫동안 품어온 고민을 엿가락 부러뜨리 듯 결단을 내리고 말았다.


며칠이 지났다. 늦겨울 바람 소리가 대나무 끝에서 휘파람 소리를 내는가 하면, 처마 끝에는 늘어진 고드름이 녹으면서 물 떨어지는 소리가 청아하게 들린다.

"뿌드득~ 쾅~ 케~캥~캐~갱~ 깽~깽 끼~이~익."

"이기 무신 소리고? 복돌이가 와 저라노?"

윗방에서는 시부모가, 아랫방에서는 강호 부부가 동시에 방문을 열어젖혔다. 복돌이가 담장 밑에서 낑낑거리고 있다. 마당에는 커다란 고드름이 깨어져 있었다.

"복돌이가 마당에서 놀다가 떨어지는 고드름에 맞은 모양이네예."

복자는 복돌이를 쳐다보며 시부모에게 상황을 보고한다.

강호가 마당에 나와 복돌이를 보듬고 왔다.

"깽~ 깨~갱!"

강호가 등을 만져보니 복돌이의 등이 부었다.

"피 나나? 된장을 좀 볼라 줘라."

시어머니가 복돌이에게 적절한 처방을 내렸다. 강호가 따뜻한 수건 으로 복돌이의 등을 문질러 주었다.

"강호야! 와? 개가 아푸나?"

"아이구! 어머이 오십니꺼? 추운데 어서 오이소."

강호가 돌아보니 태산이 어머니가 추운 날씨에도 불구하고 허름한 무명옷 차림으로 마당 가운데로 들어서고 있다.

"태산이 오메 왔소? 추운데 이 방으로 오소."

강호 어머니가 반갑게 태산이 어머니를 윗방으로 들어오란다.

"우짜꼬! 강호한테 뭐 좀 물어 볼라고 왔는데."

"그라모 우리 방으로 오이소! 방 따심더."

태산이 어머니는 복자의 방으로 들어온다.

"아이구! 강호 니 곧 아버지 소리 듣것네? 산달이 언제고?"

"예! 5월달입니더."

"참 좋은 달이네! 춥지도, 덥지도 않고 늦지도 않다. 복도 많다. 각시가 깔끔한께네, 방안에 꼬신내(구수한 냄새)가 솔솔 하네. 참 좋것다."

태산이 어머니는 자기 아들과 친구인 강호의 신혼살림을 보자 부러운 눈빛을 감출 수가 없다.

"요 며칠 새 태산이가 안 보이던데 오데 갔심니꺼?"

강호가 먼저 태산이의 안부를 물어보았다.

"글쎄! 우리 태산이가 며칠 전에 진주나 부산에 가서, 자동차 고치는 기술을 배워 돈을 많이 벌어야겠다고 했는데, 그날 저녁에 이상하게 생긴 사람들이 총을 메고 와서 우리 태산이하고 같이 나갔는데, 오늘까지 소식이 없어 내 답답해서 니한테 왔다 아이가?."

"예! 총을 멘 사람들이예? 몇 사람이 왔심니꺼?"

"세 사람인데 전혀 모르는 사람들인기라."

"태산이는 뭐라카고 나갔심니꺼?"

"어머이! 걱정하지 마이소! 내 잠깐 밖에 갔다 올께예! 하고 씩 웃으면서 따라가더라."

강호는 뒤통수를 크게 얻어맞은 것같이 정신이 혼미하였다.

'아~! 뿔싸! 태산이가 기어이 집을 떠났구나! 이거 보통 일이 아이다.'

강호는 심장이 요동을 쳤다.

"강호 니한테는 우리 태산이가 뭐라고 이야기 안 하더나? 내 걱정이 돼서 며칠 동안 잠을 한숨도 못 잤다."

"어머니! 너무 걱정하지 마이소! 내가 한번 알아볼께예! 태산이가 그 사람들과 웃으며 갔다니 별일은 없을 낍니더."

태산이의 마음이 이미 대한민국 오봉리를 떠나 버렸다는 사실에 강호의 마음은 걷잡을 수 없이 흥분되었다.

'미련한 놈!'

강호는 혼잣말로 중얼거린다.

"그래! 강호야! 우리 태산이 아무 일도 없것제? 니 말 들으니 좀 안심이 된다."

"그라고 강호야! 혹시 태산이 만나거든, 이 엄마가 자동차 기술 배운다는 거 말리지 않는다고 말 좀 해줘라! 니가 아무래도 우리 태산이보다는 낫다 아이가."

"예! 어머니! 너무 걱정하지 마이소."

"그라모 내 강호 니만 믿고 간데이."

"와? 추운데 이 방에는 안 들어오고 그냥 갈라쿠나?"

윗방에서 강호 어머니가 태산이 어머니 가는 것을 말린다.

"아~ 성님! 오늘은 집에 바쁜 일이 있어서 그냥 갈랍니더."

태산이 엄마는 마당에 내린 싸락눈에 발자국을 남기며 집으로 돌아갔다.

금방 온다고 기다리지 말라며 옷도 그냥 입은 채로 나간 태산이는 한 달이 지나도 소식이 없었다.

그동안 태산이는 지리산 지구 인민군 유격대 제2병단(사령관 이현상)에 들어가 사상교육을 받고, 지리산 일대에 지리가 밝아 수철리, 평촌리, 칠선계곡, 백무동 등지에서 보급 투쟁하는 빨치산의 길잡이 역할을 열성적으로 하고 있었다. 다리에 힘이 좋아 밤낮으로 다람쥐 달리듯이 지리산을 뛰고 구르며, 낮에는 사상교육과 자아비판이란 생전에 듣지도 보지도 못했던 정신 교육을 받으면서 미친 듯이 외우고 실천에 옮겼다.

'아, 큰일났구나! 내가 태산이의 순진함을 너무 믿었구나! 내가 계속 만나서 설득을 시켜야 되는데 내 잘못이다. 으~으~으.'

강호는 태산이의 입산 소식을 듣고 모두가 자기 잘못인 양 너무도 괴롭고 자책이 되었다. 친구 두 사람이 한꺼번에 정치이념의 희생물이 된 것만 같았다.

"너무 괴로워하지 마이소 사람 마음은 인력으로 되는 기 아이라예."

복자가 괴로워하는 남편을 어른스럽게 위로하였다. 지리산 일대는 빨치산들의 세력이 점점 커져, 서부 경남과 전라도 중동부 지역에 주민들의 희생이 날로 커져만 갔다. 밤만 되면 이웃마을에 내려와 소와 돼지를 잡아가고, 반항하면 반동이라며 사람을 짐승 잡듯이 죽이니, 지리산 일대 산간벽지의 마을은 공포 속의 나날을 보내고 있었다.

강호는 아무래도 나라의 정세가 심상치 않다는 예감이 들었다. 우선 집 뒤의 산죽밭에 왜정 때 파놓은 굴을 다시 정비하기로 하였다. 이 토굴은 강호의 아버지가 왜정 때 공출을 줄이려고 곡식을 숨기는 비밀 장소로 파놓은 것이다. 지금은 고구마나 감자 등, 곡식을 저장하는 곳으로 사용하고 있다. 강호는 어릴 때 이 굴에서 태산이와 술래잡기를 하고 놀았다. 낮에는 국군과 경찰이 수시 순찰을 돌고 있어 마을이 조용하지만, 밤에는 빨치산들이 언제 내려올지 몰라 주민들은 나날을 불안하게 보내고 있는 실정이었다.

1949년 5월 꽃피는 봄날, 드디어 복자는 떡두꺼비 같은 옥동자를 낳았다. 세상이 어지럽고 물소리는 시끄러워도 인간의 새 생명은 위대하게 태어났다. 복자의 시부모와 강호, 복자는 기쁨이 하늘에 달했다. 마을 사람들도 모두 축복해 주었다.

강호는 오늘따라 아내인 복자가 더 예뻐 보인다. 강호는 일전에 아기의 이름짓기 놀이에서 아들을 낳으면, 오랫동안 행복을 누리라고 길 영(永)에 복 복(福)자를 따서 장영복(張永福)으로 미리 정해 놓았다. 명리학의 작명법에 의한 음양오행의 상생(相生)과는 관계없이 아주 쉽게 이름을 지어 아기의 할아버지 할머니에게도 허락을 받아놓은 터였다.

강호 아버지는 담장 입구에 금줄을 치고 큰 고추를 매달아 놓으니 고추가 늦봄 바람에 덜렁덜렁 춤을 추었다. 복자 시어머니는 장독대에 정안수를 떠놓고 연신 삼신 할매한테 고맙다며 사마귀 다리 비비듯이 손자의 무병장수를 빌었다.

"우~하하하 우~하하하."

오늘따라 웃음새가 뒷산에서 진짜 우습게 울고 있다. 봄이 깊어가니 아카시아의 향기가 더욱 짙어지고, 졸졸 흐르는 물소리는 점점 크게 들린다. 때죽나무 꽃잎은 물 위에 흐르고 화사한 철쭉꽃은 그림같이 아름답다. 지리산 속의 산청군 금서면 오봉리는 마치 신선들이 사는 운하동천(雲河洞天)처럼 변하고 있다. 담장 옆의 감나무에는 박새 한 마리가 먹이를 물고 새끼를 찾는지 찍~ 쨱~ 소리를 내며 봄볕 사이로 분주히 날아다니고 있다.


　1949년 7월, 지리산 일대에는 빨치산의 준동이 날로 격화되어, 인근 덕산, 산청, 함양, 구례, 남원 등지에는 관공서가 습격을 당하고, 지주들의 가산이 약탈당하는 등, 주민들의 피해가 막심한데도 군과 경찰은 소탕보다는 소극적인 방어에만 치중하고 있는 실정이었다.

　6월에는 설상가상으로 민족의 지도자이신 백범 김구 선생께서 암살당하고, 미군도 고문단만 남기고 완전히 철수해 버렸다. 지리산 골짜기 오봉리도 빨치산들이 일주일에 서너 차례 출몰하여 온 마을이 불안한 나날을 보내는 형편이었다. 항간에는 가현리, 방곡마을 등 산간마을 청년들이 산사람들에게 협조한다는 소문도 들려왔다.

　"강호야! 내왔다. 준식이다. 잘 있었나?"

　강호는 장마를 대비하여 마른 나무를 부엌에 나르다 뜻밖에 준식이의 방문을 맞는다.

　"와~ 준식아! 참말로 반갑다. 어서 오이라! 그런데 빨치산들이 우글 거리는데 우찌 이리 무사히 왔네?"

　"그래서 낮에 왔다 아이가? 집안 두루 편안하나?"

　"아이구! 준식이 아저씨 오셨네예! 참말로 오랜만이네예."

　"허허! 제수씨 전보다 더 건강하네예! 그런데 뒤에 아는 누구 아 입니꺼?"

　"우리 손자 아이가! 준식이 왔나! 여기 올 때 겁 안나더나?"

　강호의 어머니가 뒷밭에 갔다 오다 준식이를 보고 반갑게 맞이한다.

　"아이구! 어머이! 안녕하심니꺼? 아버님은 오데 가셨습니꺼?"

"수철리에 빨치산들이 난리를 쳤다는 소문에, 확실히 알아본다고 아랫마을에 내려갔다 아이가."

복자가 부엌에서 시원한 미숫가루 한 그릇을 들고 나와 준식이에게 권한다.

"강호야! 내 떠나기 전에 니 한번 보고 갈라고 이리 왔다."

"떠난다니! 오데 가는데?"

"니도 알다시피 지금 나라가 엉망이다. 밤만 되면 빨치산 세상이고 지주들은 불안해서 못 산다며, 고향을 떠나고 난리란다. 또 청년들을 산으로 오라고 날마다 선동을 하고, 위협도 하고, 소, 돼지, 가축들을 닥치는 대로 잡아가니 무법천지다. 그래서 나는 누구보다도 나라 없는 서러움을 이역만리에서 안 겪었나. 나는 죽어도 공산주의는 싫고 빨치산은 더욱 싫다."

"그래서 고향을 떠날 끼가?"

"아이다. 경찰에 갈 끼다. 모집에 응했는데 내일모레 떠난다."

"준식아! 참으로 니 생각이 기특하다. 나도 집사람하고 애만 없으면 무슨 결단을 내렸을 것이다. 아무튼 고맙다. 어디를 가든지 몸 건강하고 무사히 집에 와야 한다. 이제 너마저 떠나면 친구란 아무도 없다."

"그래도 가까이에 왕산이 안 있나? 아까 오면서 보니까 안 보이든데. 오데 갔나?"

"태산이 소식 모르제? 이놈이 기어이 정태 따라 빨치산 소굴로 들어갔다!"

"뭣이라! 태산이가 빨치산이 되었다고? 이런 미친놈! 정신 나간 놈! 강호 니가 좀 말리지 않고 뭐했노?"

"모두가 내 능력 부족이다. 죽기 아니면 살기로 설득을 해야 하는데, 지금 후회스러워 죽을 지경이다."

"왕산이 어머니는 우찌 하고 계시네?"

"말도 마라! 이놈이 자기 어머니한테는 거짓말하고 나갔으니 태산이 어머니가 매일 우리 집에 오셔서, 내보고 태산이 소식 좀 알아보라 카는데 딱해서 죽을 지경이다."

"알았다. 내 경찰에 들어가서 태산이 소식이 들리면 니한테 알려줄 게."

"그리고 절대로 우리나라는 망하지 않는다는 것을 알아야 한다. 그래야만 앞으로의 판단이 확실해진다. 알것제? 강호야!"

"나 이제 갈란다. 몸조심해라! 아버님한테 안부 전해라."

"그래! 준식아! 꼭 살아야 한다. 그래야 우리 다시 만날 수 있는 기라"

"알았다! 잘 있어라! 어머니! 제수씨 안녕히 계시이소."

"아이구! 여기까지 왔는데 점심이라도 묵고 가야지, 서운해서 우짜 꼬."

강호 어머니가 자식을 멀리 보내는 부모같이 안타까워 어쩔 줄을 몰라 한다.

"준식이 아제! 몸 건강 하이소~"

복자도 준식이에게 허리 굽혀 인사를 하였다.


강호는 준식이와 마을 아래 지은대(智隱臺)까지 내려왔다.

"준식아! 정태는 북으로 간 모양이다."

"정태도 결국 공산주의를 택했구나! 우리 친구들의 운명이 와 이리 갈라지노?"

"잘못하면 우리끼리 총부리를 겨누는 날이 올지도 모른다."

"지금 나라 분위기가 심상치 않다. 이러다가 전쟁이 일어나면 엄청난 혼란이 일어날 끼다.”

　“나도 그기 제일 걱정이다.”

　강호와 준식이는 나라의 앞날을 걱정하며 한참을 얘기하다, 굳은
악수 끝에 서로의 무운을 빌며 아쉬운 작별을 한다.

# 11

# 광란의 지리산

지리산은 한반도 남쪽에서 한라산 다음가는 높은 산이다. 높이는 1915미터이며, 최고봉은 천왕봉(天王峰)이다. 경남과 전라남북도를 아우르며 태곳적부터 구름을 거느리고 이 나라의 흥망성쇠(興亡盛衰)를 말없이 지켜본 민족의 영산이다. 이 유서 깊은 산속에는 피아골, 뱀사골, 칠선계곡, 백무동 계곡 등, 옥류가 흐르는 심산유곡(深山幽谷)과 쌍계사, 화엄사, 대원사, 칠불사 등 천년고찰이 속세를 멀리하고 산림 속에 묻혀 있다. 그런데 이 아름다운 금수강산이 점차 피로 물들어 가고 있었다.

1949년 9월, 북에서는 조국통일 민주주의 전선이 결성되고, 남북 노동당을 합쳐 조선노동당이 탄생하였다. 여기서 채택된 선언서의 말미에는 '만일 반동이 고집하고 평화적 사업을 방해할 때는, 그는 조선인민의 처단을 면치 못할 것이며, 조선인민은 조국의 통일과 독립을 향하여 앞으로 나아가는 길에서 장애를 주는 모든 놈들은 자기의 길에서 능히 소탕할 것이다.'라고 투쟁적이고 강력한 메시지를 공포한 후, 이를 남한의 각 빨치산 부대에 하달하였다. 즉 통일과

독립을 위해서는 폭력 투쟁을 불사하라는 강력한 지침이다.

이후 각 남한의 산악 지대에 근거지를 두고 있는 빨치산들은 조국 전선이란 미명 아래, 무장 투쟁을 조직적이고 대규모적으로 전개하기 시작하였다.

특히 이현상이 지휘하는 지리산 유격대 제2병단은 이 지역 일대를 해방구로 설정하고 인민위원회란 조직을 결성하여 지주들의 재산을 몰수하여 소작농에게 나누어 주는 등, 일시적인 토지개혁을 실시하고 지주들을 인민재판에 회부하는 즉결 재판을 실시하기도 했다.

상촌(上村)에 사는 정태 아버지는 악덕 지주로 몰려 인민 재판정으로 끌려가는 신세가 되었다. 느티나무가 서 있는 마을 앞 공터에는 '인민 재판소'라고 쓴 깃발이 꽂혀 있었고, 마을 사람들이 웅성거리며 붉은 완장을 두른 마을 청년들에게 끌려오는 정태 아버지를 안타깝게 지켜보고 있었다.

이윽고 모택동 모자에 가죽 띠를 허리에 두르고 누런 러시아 군복을 입은 사나이가 막대기 같은 지휘봉을 들고 군중 앞에 버티고 섰다.

"인민 여러분! 에~ 지금부터 인민들의 노동력을 착취하고, 일본 놈들에게 군자금과 식량을 갖다 바친 악질 반동 양달수에 대한 인민재판을 시작하갔습네다."

강한 이북 사투리에 수염이 덥수룩하고 눈매가 매서운 사나이가 거만한 눈으로 군중을 둘러보자, 모두들 기가 죽어 앞에 선 자의 가죽장화만 쳐다보고 있다. 이때 다른 사나이 한 명이 쪽지를 꺼내 들고 논고를 시작한다.

"에~ 반동분자 양달수는 민족 자존심을 버리고 재산을 보호하기 위하여 군량미라며 쌀을 우리 조선을 침범한 일본군에게 헌납하고, 소작농들의 노동력을 착취하였는가 하면, 또 내선일체라며 마을의 불쌍한 젊은 동무들을 미 제국주의 총알받이로 가라고 선동하였으며, 자기 아들의 안위를 위하여 일본 헌병과 순사들에게 뒷돈을 수차례 집어 주는 등, 그 죄상이 반민족적이고 반민주적이므로 그야말로 죄가 하나둘이 아니오.”

“아닙니더! 저는 일본 경찰의 협박에 못 이겨 할 수 없이 최소한의 식량만 주었심니더.”

정태 아버지는 공포에 떨며 적극 논고를 부인한다.

“이 동무가 아직도 정신을 못 차렸구만.”

“맞심니더! 저 사람은 우리를 밤낮으로 쎄빠지게 일만 시키고 새경도 쪼깬 밖에 안 줬심니더.”

정태 아버지가 자기를 몰아세우는 청년을 보니 평소 일은 안 하고 불만이 제일 많은 돌석이다.

“그라고예! 일본 놈들한테 쌀 갖다줄 때 내가 구루마를 끌고 갔는데, 상촌에서는 제일 마이 바쳤심니더.”

허름한 핫바지에 누런 때가 묻은 옷을 입고 있는 이 청년은 계속 정태 아버지를 몰아세운다.

“그래도 우리 아들은 징병을 거부하고 남조선 해방 운동에 열성을 다하고 있다 아입니꺼?”

“아~ 그거는 정태 동무의 당을 위한 애국적인 충성심이지, 동무의 행동과는 상관없는 일이오! 우리 공화국 헌법에는 나(我)라는 개인이 없소! 오직 전체의 사상이 같아야 하고 그 사상은 전부를 위하고 전부는 다 평등하다는 사회주의 이념뿐이오! 다시 말해서 동무가 취한 행위는 나 개인을 위한 자본주의적 악질 부르주아의 반동적 행위로서 마땅히 처벌을 받아야 된단 말이오! 내 말이 무슨 말인지 알아듣갔소? 여기 모인 인민들은 동무를 증오의 눈빛으로 바라보고 있단 말이요. 조금 전에 증인으로 나온 저 청년 동무의 말 못 들었소? 동무들! 반동 양달수는 우리 인민의 적이요! 비록 아들인 양정태 동지가 남조선 해방 운동에 열성적으로 충성을 다하고 있다지만, 이는 평소 자기 아바이의 친일 행적에 대한 불만이 열성당원으로 변하게 한 동기가 된 것이요. 자~그러면 판결을 하겠소! 이 반동을 살려주자는 인민은 손들어 보시오."

마을 사람들은 권총 찬 사나이의 위세에 눌려 서로의 눈치만 보고 입도 벙긋하지 못하고 있다.

"그럼 여러분들의 의견은 내 잘 알았소."

모택동 모자를 쓴 사나이가 막대기로 정태 아버지의 어깨를 툭툭 치면서 재판이 끝났다고 한다. 그날 저녁 정태 아버지는 상촌 뒷산으로 끌려가 총살되고 말았다.


한편 정태는 8월경 하준수와 함께 월북하여 강동 정치학원에서 군사교육을 받은 후, 태백산 지구로 재침투하여 김달삼 휘하의 3병단에서 남도부(南道富)로 개명한 부사령관 하준수와 함께 경북 동해안을 교란시키며 아군에게 막대한 피해를 입히고 있었다.

나라에서는 지리산 일대에 반란군 잔당들로 인한 피해가 극심함을 판단하고, 이들 잔당을 소탕하기 위하여 4월에 창설된 지리산지구 특별 경찰대와 지리산지구 전투 사령부와 1차 토벌 작전을 실시하여 뱀사골 부근에서 김지회, 홍순덕 등을 사살하는 전과를 올렸다. 또 3연대는 이현상 부대의 대대적인 토벌을 위하여 동계작전을 치밀히 준비하고 있었다. 그러나 이현상이 지휘하는 빨치산들은 북에서 내려온 유격대와 합류하여 날로 그 세력이 확대되어, 지리산 일대는 인민공화국이 된 듯, 밤에는 해방구로 변해 갔다. 공비들은 밤이 되면 마을에 내려와 가축 등을 닥치는 대로 잡아가는가 하면, 식량의 약탈도 극에 달했다. 거기다가 주민들을 모아놓고 사회주의 이념과 공산주의 사상교육을 실시하여, 남반부 해방운동에 열렬히 동참하여 영웅적 전사가 되라고 선전 선동했다.

일부 지역의 젊은이들은 이들에게 동조하거나 입산하는 자들이 점차 늘어만 갔고, 반대하면 반동으로 몰아 가차 없이 처단했다. 마을에 공포의 바람이 불어닥치자 공무원 가족과 유지들은 마을을 떠나기 시작하였으며, 낮에는 경찰과 군인이 적에게 동조한 자를 찾는다며 마을을 쑥밭으로 만들었고, 밤에는 빨치산들의 준동으로 산간 마을은 지옥으로 변해 갔다.

급기야 10월 중순경에는 산청군 시천면 사리에서 좌익단체에 연루되었다는 죄목으로 양민 수백 명이 학살당했다는 섬뜩한 소문이 도는가 하면, 또 가까운 가현 부락에서는 청년 수십 명이 국군의 탄약 운반 일에 동원된 후, 사천군의 어느 공동묘지에서 총살되었다는 충격적인 소문이 금서면 일대를 아비규환으로 만들고 있었다.

시국이 어수선하다 보니 가을이면 그렇게 아름답던 앞산의 단풍도, 강호에게는 어지러운 잡탕의 물감같이 보였다. 오봉리에서 불안한 나날을 보내고 있는 강호의 가족들은, 밤이 되면 산죽이 우거진 토굴로 숨는 것이 일상처럼 되어버렸다.

낮에는 토벌대와 빨치산들의 총성이 왕등재를 메아리치고, 밤이 되면 빨치산의 싹쓸이 약탈은 날로 더해갔다. 강호는 나라의 동향을 알 수가 없으니 갑갑하여 미칠 지경이었다. 무엇보다 이대로 가다간 겨울을 앞두고 어린 아들의 건강이 제일 걱정이다. 강호는 며칠만 더 기다려 보고 상황이 악화되면, 생초의 처가댁으로 임시 피난해야겠다고 생각하고 있었다.

밤이 되었다. 저녁을 일찍 먹은 식구들은 호롱불에 불을 켜고 굴속으로 들어왔다. 입구는 불빛이 새지 않도록 소나무 가지로 빈틈없이 막았다. 굴속은 생각보다 춥지 않았다. 밤이 깊어지자 먼 산에서 여우가 기분 나쁘게 울었다. 고라니도 따라 울었다. 산짐승들이 불규칙하게 우는 걸 보니 뭔가 밖에 이상한 조짐이 있는 모양이다. 그때 강호의 집 뒷산에서 땅이 울리며 발자욱 소리가 들려온다. 산간 날씨라 땅이 일찍 얼어 조그만 충격에도 땅의 울림은 멀리까지 전해진다. 이때 복돌이가 사정없이 짖기 시작하였다.

"웍~웍! 워~어억 웍~! 탕! 케~켕! 께~에~ 엥! 크~으."

갑자기 복돌이의 짖는 소리가 나는가 싶더니 동시에 총소리, 짐승의 비명소리가 번갯불처럼 번쩍 들려온다.

"이 반동 가이새끼! 범 무서운 줄 모르고 덤비네! 내레 한방에 콱 죽여 버렸어!"

억세고 투박한 이북 사투리의 사나이 목소리가 강호가 은신한 굴속 깊이 새어 들어온다. 복자가 비명을 지르려는 순간 강호가 복자의 입을 틀어막는다.

"여기는 내가 훑어볼 테니까, 동무들은 아래로 내려가시오."

"알았소! 왕산 동무! 너무 늦지 않게 하기요! 알갔소?"

강호의 식구들은 등불을 끄고, 숨소리도 죽였다. 애기가 울까봐 복자는 일부러 영복이에게 젖을 물린다. 시어머니는 부들부들 떨고 있다. 그런데 조금 전 바깥에서 들리는 말소리는 틀림없는 태산이의 목소리였다. 강호는 소름이 끼쳤다. 잠시 후 발걸음 소리가 점점 가까이 들리더니 굴 앞에서 멈춘다.

"강호야! 내 태산이다. 강호야! 문 좀 열어봐라."

강호의 식구는 쥐 죽은 듯이 숨을 죽이고 있다.

"강호야! 걱정하지 마라! 다른 사람 다 보내고 나 혼자 왔다. 니 여기 있는 줄 다 안다. 문 좀 열어 봐라!"

그때 강호 아버지가 벌떡 일어났다.

"이놈의 자식을 내가 콱 쥑이삐고 나도 죽을란다. 낫 우쨌노?"

"아버지! 참으이소! 태산이는 이 굴을 아니까 들키면 다 죽십니더! 그래도 태산이는 정에 약한 놈이니까 내가 나가서 한번 달래볼께예."

강호가 어둠 속에서 일어나니 복자가 있는 힘을 다해 바짓가랑이를 잡아당긴다.

"괜찮소! 나는 태산이를 너무 잘 알아요! 걱정하지 마소."

드디어 강호가 솔가지 문을 열고 밖으로 나갔다.

그때 태산이 재빨리 강호의 손을 굳게 잡으며 "쉿!" 소리를 냈다.

"강호야! 잘 있었나! 여기는 위험하니 굴속으로 들어가자."

태산이 강호를 보자 어둠 속에서도 반가워 어쩔 줄을 몰라 한다.

강호는 태산이를 데리고 굴 안으로 들어왔다.

"어머이! 아버지! 그동안 몸 성히 계셨습니꺼?"

태산이는 굴속에서 강호의 부모를 보자 큰절을 올린다.

그때 복자가 호롱불을 켰다.

"아이구! 행수씨! 고생 많지예! 어~! 아가 있네! 이름이 뭐꼬?"

태산이는 옛날 그대로 순박한 모습 그대로였다.

"강호야! 시간이 없다. 내 간단히 이야기하마! 머지않아 인민군이 쳐내려올 끼다. 여기 있으면 우리한테 죽든지, 잡혀가든지 둘 중에 하나다. 나는 이미 돌아올 수 없는 길로 빠졌다. 사람도 많이 죽였다. 지금은 뭐가 옳고 나쁜지 판단도 안 서고, 그냥 나는 이리 돼삐렸다. 니라도 식구들 데리고 안전한 곳으로 빠져 나가거라! 떠날 때 우리 어머이도 함께 모셔 가거라! 더 이상 묻지 말고, 나는 간다."

불과 몇 분 사이에 태산이는 도깨비같이 나타났다가 재빠르게 굴을 빠져나갔다. 더 물어보고 할 것도 없이 아래로 내려가 버렸다. 태산이는 누런 색깔의 이상한 옷을 입고 가죽 혁대를 허리에 두른 채 38소총을 메고 있었다. 강호는 마음을 굳혔다.

"아버지! 어머이! 아무래도 여기는 위험하니 내일 당장 처가댁이 있는 계남리로 임시 피난을 가는 기 좋겠심더."

"그기도 산골짜기인데, 여기나 그기나 별반 다를 게 있겠나?"

"그래도 여기보다는 교통이 조금 나으니, 토벌대가 빨리 안 오겠심니꺼?"

"참으로 큰일일세! 그러지 말고 진주로 피난가는 기 어떨꼬?"

"큰일이 나면 오히려 도시가 더 큰 피해를 본다 아입니꺼."

"알았다. 내일 날이 새면 생초로 가자! 간단한 살림살이만 지게에 지고 가자!"

"그런데 태산이는 옛날이나 지금이나 변한 기 없는 것 같은데."

"저도 그리 느꼈는데, 아무래도 지가 살라 쿤께네 열성분자로 돌변해야 인정을 받는다 아입니꺼."

"참말로 태산이 글마도 팔자가 기구하구나! 사람을 그리 마이 쥑이고 뒷감당을 우찌 할라고 그라네?"

"저도 그기 제일 걱정입니더."

강호 아버지와 강호는 태산이의 앞날이 걱정된다. 영복이는 엄마의 품에서 천진하게 잠만 자고 있다.

"우리 아버지 옴마가 살아계시면 영복이를 보고 올매나 좋아하실까예?"

"그래! 사돈 양반들 생각하면 목이 메어 말도 안 나온다."

복자의 시어머니가 옷고름을 눈으로 가져간다.

# 12

# 복자의 쓸쓸한 귀향

화림사의 새벽 범종 소리가 오봉리 골짜기에 울려 퍼진다. 사바세계의 중생들을 계도하는 범종 소리는 오늘도 변함없이 웅장하고 은은하게 산속을 메아리친다.

강호는 여명에 굴 밖으로 나왔다. 마당에는 복돌이의 피가 흥건히 굳어 있다. 강호는 재빨리 헛간에서 재를 퍼다 뿌리고 삽과 빗자루로 피의 흔적을 지운다. 복돌이의 피비린내가 느끼하게 풍겨온다. 복돌이는 빨치산들이 잡아갔는지 핏자국만 뒷산으로 올라갔다.

복자는 아기용품을 챙겨 굴에서 늦게 나와 주위를 두리번거린다. 아침이면 꼬리가 빠지게 흔들던 복돌이가 없으니 집안이 영 허전하다. 복자도 짐작은 하는지 말없이 눈물만 흘린다.

"복돌아! 부디 좋은 곳으로 가거라! 그리고 다음 세상에는 부잣집에 태어나거라!"

복자의 시어머니는 윤회사상을 믿으며 충견의 명복을 빌고 있다. 강호네 식구들은 아침 일찍 떠날 차비를 한다. 식량과 옷가지를 보따리에 싸고 복자는 영복이를 등에 업었다. 강호는 태산이 어머니를 만나려고 잠시 아래로 내려갔다. 마침 태산이 어머니는 마당을 쓸고 있다.

"어머이! 아침 잡사십니꺼?"

"강호 왔나! 오늘 너희들은 오봉리를 떠나제?"

태산이 어머니는 강호의 동정을 이미 알고 있는 걸 보니 간밤에 태산이 다녀간 모양이다.

"어머이! 여기 있으면 불안하니 우리하고 생초로 가입시더!"

"말은 고맙다마는 이제 나는 어데 가도 살 수가 없게 되었다."

"무신 말씀입니꺼?"

태산이 어머니는 한숨을 길게 내쉬며 기력이 영 없어 보인다.

"우리 태산이가 어젯밤에 왔다 갔다 아이가? 그놈이 글쎄 빨치산이 되갖고 사람을 마이 쥑있다 카는데, 내가 우찌 하늘을 보고 살것나? 나는 여기서 고마 죽을란다. 너희들이나 어서 이 지옥을 빠져나가거라."

"태산이가 사람을 쥑있다 카든가예?"

"지는 안 쥑있다 카는데, 옷에는 피가 마이 묻어 있고 눈에는 살기가 도는 것이 에미를 속일 수 있나?"

"태산이는 사람을 죽일 만큼 악한 사람이 아입니더."

"이제는 다 틀렸다. 내가 절에 가서 부처님께 빌어봐야 소용도 없게 되었고, 여기서 사람들한테 맞아 죽든지 총에 맞아 죽든지, 어젯밤에 모질게 마음을 묵었다."

"이거는 누구의 잘못도 아입니더. 시대가 우리를 이리 만든 깁니더, 그란께네 마음을 가다듬으시고 우리하고 계남리로 떠나입시더!"

"고맙다! 태산이가 또 올지 모르니 이번에는 이놈을 붙잡고 늘어질 끼다. 그러니 내 생각 말고 얼른 떠나거라."

강호는 이미 굳어진 태산이 어머니의 마음을 돌릴 수 없다고 판단되어 그냥 떠나기로 하였다.

"아이구! 오죽하면 태산이 어미가 그러겄나! 지금 마음이 자기 마음이 아닐끼다."

강호 어머니가 태산이 어머니의 심정이 이해가 된다는 말이다. 드디어 강호 일행은 남부여대(男負女戴)하고 기다리는 사람 없는 생초면 계남리 아내의 친정집으로 피난길에 오른다. 마을 사람들이 살아서 만나자고 눈물의 작별 인사를 나눈다. 이미 몇 가구는 피난을 갔고 마을에는 몇 집이 남아 있지 않다.

무명옷을 입은 태산이 어머니가 옷소매로 눈물을 닦으며 흙 담벼락에 혼자 서서 강호 일행을 떠나보내고 있다. 쓸쓸한 가을바람이 태산이 어머니의 옷고름을 흔들고, 물소리는 더욱 처량하게 들리고, 초라한 태산이 어머니의 머리 위에 낙엽만이 휘날리고 있다. 일찍 청상과부가 되어 아들 하나만 보고 살아왔건만, 그 귀한 아들이 빨치산이 되어 사람을 죽였는가 하면, 천지를 모르고 깨춤을 추고 다니니, 태산이 어머니의 마음은 천갈래 만갈래 찢어지는 심정이리라!

강호도 기약 없는 피난길에, 착잡한 마음을 금할 수 없다. 어쩌면 영영 오지 못할 수도 있다고 생각하니 갑자기 마음이 이상해지기 시작한다. 강호는 등에 졌던 지게를 내려놓고 다시 집으로 올라간다.

"영복이 아버지 오데 가는데예?"

"응! 내 잠깐 집에 좀 갔다 올게."

"뭐~ 빠진 기 있어예?"

"아이다. 방문을 단단히 닫아 놓고 올게."

강호는 아내의 질문에 대답을 하는 둥 마는 둥 다시 집으로 들어간다. 지붕을 보니 금년에는 억새를 새로 이어야 하는데, 비가 샐까 봐 걱정도 되었다. 방문을 여니 복자가 시집을 때 가져온 백동 장롱이

침침한 방안에 혼자 앉아 있고, 헌옷 두어 벌이 벽에 걸려 있을 뿐, 돗자리가 깔린 방바닥에는 적막만이 흐르고 있다. 급히 짐을 챙기느라 벽에는 결혼식 액자가 그대로 걸려 있어 강호는 액자를 조심스럽게 떼어 옷으로 감싸고 방문을 걸어 잠궜다.

마당을 한 바퀴 돌아보니, 돌샘에는 단풍으로 변해버린 감나무잎이 물 위에 맴돌고, 감나무에는 빠알간 홍시가 탐스럽게 달려 있다. 담장 밑에는 아내가 심어 놓은 노란 국화가 찬 서리에 고개를 떨군 채 은은한 향기를 뿜고 있다. 마당에서 앞산을 바라보니 왕등재의 늦가을 단풍은 예나 지금이나 아름답기 그지없고, 뒷산에 구부러진 노송은 오늘따라 더 허리를 수그린 채 오봉마을을 내려다보고 있다.

'잘있거라! 오봉아! 꽃피는 봄이 오면, 내 꼭 돌아오마.'

강호는 가슴에 뭔가 울컥하여 혼자서 중얼거리며 마을 아래로 내려왔다. 강호 아버지가 앞장을 서고 뒤에는 강호의 어머니, 그리고 아기를 업은 복자와 맨 나중에 강호가 지게를 지고 뒤를 따른다. 늦가을 찬바람이 귓불을 스쳤지만 철모르는 영복이는 따뜻한 엄마 등에서 쌔근쌔근 잘도 잔다.

돌 틈에서 쫄쫄 흐르는 물소리는 새소리와 어우러져 강호의 마음을 더욱 서글프게 한다. 모두들 말이 없는 피난길에 바람마저 소나무를 울게 한다.

"강호야! 앞으로 우찌 될지 모르니, 내 잠깐 부처님께 기도나 하고 올란다."

일행이 화림사 옆을 지나려 할 때, 강호 어머니가 부처님께 작별 인사를 하겠단다.

"강호야! 여기 잠깐 쉴 테니, 너도 부처님께 인사나 하고 오이라."

강호 아버지가 지게를 내려놓으며, 강호에게도 절에 갔다 올 것을 종용한다. 쌀쌀한 바람이 부는 절 마당에 스님은 간곳없고 처마 끝에 매달린 풍경은 오늘따라 애절하게 울고 있다. 대웅전은 장차 화림사의 운명을 아는지 모르는지 음산한 분위기에 적막감이 감돌고, 좌상에 높이 앉은 부처님은 인자한 눈빛으로 가엾은 중생들을 굽어보고 있다.

"부처님! 우짜든지 세상이 빨리 안정되어 우리 식구가 무사히 오봉리로 돌아오게 해주이소."

"부처님! 어린 우리 아들이 전쟁 없는 평화로운 세상에서 살도록 해주이소."

"부처님! 나라가 빨리 평화를 되찾고, 멀리 떠난 우리 친구들이 다치지 않고 무사히 집으로 돌아오게 해주이소! 그리고 우리 마을을 보호해 주이소."

강호 어머니와 복자, 그리고 강호는 각자 자기의 바람을 부처님께 정성을 다해 빌고 대웅전 밖으로 나왔다. 무상한 세월 속에 단청(丹靑)은 고색이 더하고 한적한 절 마당에는 낙엽만 뒹굴고 있다.

새벽마다 잠을 깨우던 범종은 오늘따라 묵언수행(黙言修行) 중인지 사바세계의 난리에 미동조차 없다. 일행은 석탑을 한번 둘러보고 다시 피난길에 올랐다. 쌀쌀한 바람이 마른 낙엽을 골짜기로 몰아갔다.

어느덧 복자 일행은 먼 길을 걸어, 서너 시경이 다 되어서야 계남리 고향집에 도착했다. 3년여 만에 찾아온 고향은 아무도 반겨 주는 사람 없이 대문은 바람에 반쯤 열려 있고, 돌담은 허물어져 아래 논에서 뒹굴고 있으며, 마당에는 제멋대로 자란 온갖 잡초가 누렇게 시들어 황량하기 그지없다. 마루에는 흙먼지가 켜켜이 쌓여 허연 논바닥처럼 보였고, 반쯤 열린 부엌문을 열어보니 등반(燈盤)에는 놋그릇과 소쿠리가 죽은 듯이 엎어져 있다. 가마솥은 숨바꼭질을 하는지 흙먼지를 뒤집어쓴 채, 솥뚜껑 손잡이만 하늘로 솟아 마치 쥐처럼 보인다. 우중충한 방안에는 복자의 결혼 사진액자가 빛바랜 벽지 위에 외로이 걸려 있고, 부모님이 쓰시던 장롱은 괴물같이 앉아서 복자를 무섭게 보는 듯하다. 방안은 오랫동안 불을 지피지 않아 차가운 한기와 퀴퀴한 냄새에 정나미가 떨어진다.

누렁이가 있던 외양간에는 소똥이 볏짚에 말라붙어 돌같이 굳어 있고, 마루 밑에는 복돌이의 집도 그대로 있다. 지붕도 오래되어 이엉을 새로 이어야 할 형편이며, 기둥에 걸어둔 호롱은 옛 주인을 반기는지 바람결에 덜렁덜렁 쇳소리를 내고 있다. 복자는 황량한 고향집 풍경에 왈칵 눈물이 솟는다.

"원래 집이란 사람이 살지 않으면 허물어지기 마련이란다. 아가야! 너무 슬퍼하지 말아라! 며칠만 손보면 그런대로 살기에는 별 어려움이 없을 것 같다."

흐느끼는 며느리를 시아버지가 다정하게 위로한다.

"아이구! 복자 왔나? 이기 올매만이고? 세상에! 애기도 왔네! 쯧쯧! 친정 부모가 살아 계셨으면 올매나 좋아하실까! 쯧쯧."

소식을 듣고 용배 어머니가 반색을 하고 뛰어왔다.

"아이구! 아지매! 이기 올매만입니꺼? 다들 잘 계셨십니꺼예?"

"하모! 용배는 진주에 기술 배우러 가고 용배 아버지와 둘이서 산다 아이가."

"아주머니! 오랜만이네예! 저~ 복자 씨 신랑 강호입니더."

"내 다 안다! 장 서방 아이가? 그래 온다고 올매나 고생이 많았나? 그라고 애기 할배, 할매도 같이 오셨네예?"

"앞으로 폐를 마이 끼치더라도 너그럽게 봐주이소."

강호 어머니가 쑥스럽게 인사한다.

"이야기는 천천히 하기로 하고, 오늘 저녁밥은 우리 집에서 잡숫거로 하이소"

용배 어머니가 딱한 복자의 처지를 알고 고맙게도 저녁밥 초대를 한다. 정 많은 성품은 변함이 없다.

강호와 식구들은 집 안 청소를 대강 하기로 하였다. 우선 부엌에 불을 지피고, 물을 길어 마루와 부엌 먼지를 닦아 냈다. 가마솥은 물질을 하니 예전처럼 반짝반짝 광이 났다. 친정 부모의 방은 시부모가, 옛날 복자의 방은 강호 내외가 사용하기로 하였다. 나머지는 차츰 살면서 손보기로 하고, 우선 방에 훈기가 도니 식구들은 각자의 짐을 정리한 후, 가지고 온 식량은 뒤주에 부었다.

"복자야! 내 용배 애비다! 니 왔나?"

마당에서 용배 아버지의 목소리가 들렸다. 복자는 친정아버지를 본 듯 부리나케 마루로 뛰어나간다.

"아이구! 아저씨! 이게 올매 만입니꺼? 참말로 반갑십니더."

"그래 먼 길 온다고 올매나 고생이 많았나! 여기는 오봉리보다는 나은 편이다. 우쨌든 잘 왔다. 사돈어른도 다 오셨네예."

"아이구! 이거 몇 년 만입니꺼? 몸은 건강하시지요?"

용배 아버지는 마치 복자 친정아버지처럼 시댁 식구들을 반겨준다. 영복이 할아버지는 마당으로 내려와 손을 잡고 서로의 안부를 주고받는다. 강호도 내려와 공손히 인사를 하고 정담을 나누었다.

"사돈어른! 오신다고 피곤하실 낀데, 우리 집에 저녁 잡숫거로 가입시더."

용배 아버지가 복자의 친정아버지를 대신하여 식구들을 자기 집으로 가자고 모시러 온 것이다. 용배의 집에는 반가운 마을 아주머니들이 몇 분 모여 있다. 마천댁 아주머니도 보인다. 그러나 지난번 호열자로 아저씨는 먼저 떠났단다. 모두들 손을 잡고 웃고 울고, 아기를 서로 부둥켜안고 어르고 난리가 났다. 복자는 반가우면서도 친정 부모 생각에 눈물을 감출 수가 없다. 복자의 시어머니가 복자의 어깨를 어루만져 주었다. 다른 방에서는 강호 아버지와 강호가 용배 아버지와 함께 저녁식사를 하고 있다.

"생초에는 빨치산들이 안 내려옵니꺼?"

강호가 궁금하여 용배 아버지에게 이곳 정황을 물어본다.

"한 달 전인가, 밤에 이놈들이 가축과 식량을 닥치는 대로 뺏들어간 후, 아직까지는 조용한데 온제 또 올지 몰라 동네 사람들이 불안해하고 있단다."

"그래도 이곳은 지리산 골짜기에 비하면 사정이 나은 편입니더."

이번에는 강호의 아버지가 약간 안심이 된다는 듯 말한다.

"토벌대는 소식 없십니꺼?"

"워낙 빨치산들이 신출귀몰 하다 보니 토벌대도 출동에 한계가 있는 기라. 나라에서는 조금 더 날씨가 추워지고 낙엽이 지면, 겨울에 대대적인 토벌을 할 끼라며, 지금은 마을의 중요 지역만 지키고 있단다."

"그런데 덕산하고 가현에서는 좌익에 가담한 많은 사람들이 국군에 총살당했다는 소문이 있던데 사실입니꺼?"

강호는 소문이 궁금하여 용배 아버지에게 진위를 물어본다.

"소문은 들었다. 그러나 확실한 것은 나도 잘 모른다. 요즈음 말 잘못하면 큰일 난다 아이가? 덕산 말고 외공리에서도 총살이 있었다는 소문이 들리더라! 항간에는 올매 안 있어 전쟁이 날 끼라 하고, 사람들은 앞날이 우찌 될지 몰라 집 뒤에 굴을 파는 사람도 있단다. 그리고 순경들 말로는 빨치산 중에 '왕산'이라고 날고 기는 놈이

161

하나 있는데, 이놈은 빨치산 중에 빨치산이라며 포로로 잡힌 빨치산들이 이구동성으로 말한단다. 이놈은 하룻저녁에 천 리를 뛰는데 달궁에서 번쩍하다가 천왕봉에 가 있고, 칠선계곡에서 머리 감다 백무동에서 발을 닦는다며, 지리산 일대를 자기 집 앞마당같이 날뛰는 다람쥐 같은 놈이 하나 있다더라. 경찰들도 그놈과 마주치기를 꺼린다는 소문이 좌악 퍼져 있단다."

"아니 그놈은 태산⋯⋯"

"아버지 숭늉 좀 잡수이소! 구수하네예."

갑자기 강호가 아버지의 말을 가로막고 딴전을 피운다. 강호는 왕산이란 이름을 듣자 섬뜩했다. 바로 둘도 없는 죽마지우 강태산을 말하는 것이다.

태산은 상부로부터 당성과 투쟁정신을 인정받아 빨치산의 수뇌부가 있는 뱀사골을 중심으로, 달궁에서 산내면 일대를 민심교란, 관공서 습격, 방화, 약탈 등을 일삼으며 날로 악명을 떨치고 있었다. 빨치산으로 활동하다 자수한 자들 또는 포로들의 말에 의하면 이 사람을 왕산이라고만 알고 있으며 더 이상 아는 바가 없다고 한다.

오봉리를 떠나온 강호는 처갓집을 대충 수리하고, 땔감과 식량 등을 구하여 겨울나기 준비에 여념이 없다. 복자는 영복이를 업고 고향 마을을 둘러보았다. 산도 들도 대나무도 옛날과 변함이 없건만, 길녀의 빈집은 쓸쓸한 폐가로 방치되어 있다. 명절 때는 식구들이 진주에 있는 오빠 집으로 가기 때문에 길녀의 고향집은 폐허로 변해가고 있다.

1949년 12월, 지리산에 매서운 칼바람이 몰아치는 겨울이 왔다. 천왕봉은 허옇게 백설이 내려앉고, 골짜기의 물도 얼어붙어 흐름을 멈추었다. 경호강도 꽁꽁 얼어붙고, 앙상한 나무에는 설화가 목화같이 피어났다.

그동안 지리산지구 전투 사령부는 지리산에 숨어 있는 빨치산 잔당들을 소탕하기 위하여 11월부터 동계작전에 들어갔다. 일명 하봉(下峰) 작전으로 명명하여 주력부대는 3연대 2대대였다. 먼저 토벌에 앞서 빨치산들을 회유, 자수, 귀순을 권유하는 단계적 선무공작이 시작되었다.

호남지역에서는 전남도당 사령관 최현이 토벌대에 사살되어 빨치산의 기세는 크게 꺾이었고, 혹독한 추위와 칼바람이 몰아치는 지리산의 겨울은 토벌대나 빨치산이나 모두에게 큰 시련을 주었다. 특히 쫓기는 빨치산들이 추위와 굶주림을 견디며 토벌대의 추격을 피한다는 것은 말할 수 없이 큰 고통을 주었다.

한편 방준식은 지리산지구 전투 경찰대에 배속되어 국군 3연대 병력과 합동으로 소탕작전에 임하고 있었다. 빨치산들은 은폐의 근거지인 나무숲이 없어지자 바위틈이나 천연 굴속에 숨어 있거나 야간에 안전지대로 아지트를 이동하기도 하였다. 그러나 토벌대의 압축 포위망을 벗어나기란 쉬운 일이 아니었다. 토벌대는 낮에는 수색 및 전진을 계속하고, 밤에는 빨치산의 예상 도주로를 차단하며 계속해서 매복에 들어갔다.

이때 이현상의 2병단은 토벌대의 대대적인 포위망을 뚫지 못하고 거의 궤멸하였으며, 준식이는 왕시루봉에서 야간 매복에 걸려든 빨치산 다섯 명을 사살하는 전과를 올렸다. 이때 태산이는 총격전에서 가벼운 부상을 입고 운 좋게 살아남아 벽소령 7부 능선을 타고 깊은 산속으로 필사의 도주를 하였다.

준식이는 사살된 빨치산들 중에 태산이 없음을 확인하고 안도의 숨을 쉬었다. 사살된 빨치산들은 사람인지 짐승인지 분간이 안 될 정도로 몰골이 흉악했으며, 걸치고 있는 누더기옷에는 이가 하얗게 기어 나와 빨치산의 생활상이 처참함을 말해주었다.

백선엽이 지휘하던 5사단과 지리산 전투 사령부의 합동작전 결과 영호남에 준동하던 빨치산을 사살 360명, 생포 187명, 귀순자 4,964명의 큰 전과를 올리고 토벌 작전은 1950년 2월 5일 공식적으로 종료되었다. 그러나 박헌영이 지휘하는 조선노동당은 남한에서 활동 중인 유격대를 재편성하여 도처에서 관공서를 습격하고, 군경에 막대한 피해를 입히는 등, 남한 일대의 치안 불안은 끝이 보이질 않았다.

심지어 1950년 1월에는 지리산 빨치산들이 남파된 북의 유격대와 합류하여 산청군 화계리에서 국군 70여 명을 기습 사살하고, 3월에는 화계, 지곡, 산청, 오곡 4개 지역을 공격하여 군경 수십 명을 사살하는 등, 5월에 실시되는 제2대 국회의원 선거를 방해하기 위한, 악랄한 방법과 수단이 극에 달했다.

# 13

# 6.25전쟁 발발(勃發)

## 1950년 3월

산청군 생초면에도 봄기운이 완연하다. 극성을 부리던 빨치산들의 준동도 1차 토벌 이후 당분간 활동이 뜸해졌으며, 앞산을 덮었던 하얀 눈도 매화꽃 망울에 자취를 감췄다. 뒷산의 대나무 숲은 봄바람에 간지러운 춤을 추고, 개울도 제법 물소리가 크게 들린다. 강호는 식구들과 냉잇국 향기를 맡으며 저녁밥을 먹고 있다.

"아버지! 이제 세상이 조금 조용한 것 같은데, 우찌 오봉리로 들어가야 안 되것십니꺼?"

"글쎄! 너무 조용한 것도 이상하다 아이가? 농촌에는 지금부터 밭을 갈고 씨를 뿌려야 되는데, 시국이 어수선하니 우찌 해야 될런지 모르것다."

"농사는 시기를 놓치면 일 년을 망치는데, 지금이 중요한 때 아임니꺼?"

생초면 처가댁에서 겨울을 지낸 강호는 농사철을 앞두고 아버지와 오봉리로 가야 할지 말지를 의논하고 있다.

"영복이 아부지예! 여기 살아도 큰 불편은 없다 아입니꺼? 영복이 돌도 아직 안 지났는데 추운 오봉리보다는 여기가 나을 낍니더. 그란께네 금년에는 이곳에서 우선 농사를 짓고, 나라가 조용해지면 가을에 쌀을 싣고 식구들이 오봉리로 들어가는 기 좋을 것 같네예."

복자는 지난날 복돌이의 최후를 생각하니 오봉리로 가고 싶은 마음이 손톱만큼도 생기지 않는다. 그러나 시부모님의 입장을 고려하여 신랑 강호를 꼬시기로 했다.

"나도 여기 살아본께네 그런대로 괜찮네만, 며느리 말대로 금년 가을까지만 여기서 지내고 논농사가 끝나면 쌀 한 구루마 싣고 집에 가입시더."

강호 어머니도 오봉리로 가고 싶지만, 지난날 악몽이 좀처럼 가시질 않은 모양이다.

"자~ 그라모 결론을 내자! 지리산의 빨치산들은 완전히 토벌되지 않았고, 또 우리 손자 영복이도 아직 어리고 하니, 금년 농사는 여기서 짓기로 하고, 가을에 가서 세상이 평온해지면 집에 가기로 하자. 여기는 임시 피난 온 거니까 언젠가는 오봉리로 가기는 가야 된다."

"아버님 생각이 옳습니더! 그라고 여기는 소문이 빨라서 갑갑하지는 않다 아입니꺼?"

복자는 비록 친정 부모는 안 계시지만 자기의 고향에서 당분간이라도 머물게 된 것에 속으로는 마냥 기분이 좋았다.

며칠 후 강호는 지난 동상례 때 자기를 괴롭혔던 동네 청년들과 품앗이를 하면서 농사일에 정성을 쏟기 시작했다. 전답은 예전에 용배 아버지에게 맡겼던 것을 돌려받아 초벌 농사에 전념을 다했다.

영복이도 무럭무럭 자라 이젠 제법 옹알거리며 문고리를 잡고 일어서기 연습을 하고 있었다. 영복이 할머니는 손자를 등에 업고 매일 마실 나가니, 손자 얼굴 보기 어렵다고 영복이 할아버지는 불만을 토했다.

강호는 밭에다 감자를 먼저 심고, 논에는 못자리 준비를 끝낸 후 시간을 내어 진주에 다녀오기로 하였다.

"영복이 아버지! 진주에 가거들랑 아기 장난감 하나 사 오이소."

4월 초 강호는 아내의 배웅을 받으며 화창한 봄날 진주로 가기 위해 집을 나선다. 버스를 타고 가는 경호강변은 예나 지금이나 아름답기 그지없다. 강을 따라 산청면을 지나노라면 왼편의 둔철산은 진달래꽃 속에 숨어 있고, 강 건너 웅석봉은 시커먼 곰같이 천년을 똑같이 앉아 있다. 물안개를 품은 강물은 굽이굽이 흘러가고, 백마산 푸른 솔은 물속의 그림 같이 아름답게 보인다. 물오른 버드나무는 연두색 잎을 봄볕에 반짝이며 여름의 매미를 기다리는지 꼿꼿한 자세로 하늘 아래 바람을 휘젓고 있다.

진주에 오니 지리산의 광란은 아랑곳없이 촉석루는 장엄하게 절벽 위에 우뚝하고, 남강 가의 대숲은 여전히 푸르르다. 빤작이는 모래 위에는 아지랑이가 가물거리고, 뒤벼리 정자나무 밑에는 돝골(猪洞)로 가는 농민들이 소와 함께 한가로이 쉬고 있는 모습이 눈에 들어온다. 진주에서도 지리산은 또렷이 보인다. 아직도 눈을 허옇게 이고, 천왕봉과 중봉, 서리봉이 하늘을 향해 높이 솟아 있다.

'저 산속에 두고 온 내 고향 오봉리가 있지!'

강호는 쓸쓸한 마음을 억누르며 한의원으로 발길을 옮겼다.

"원장님! 강호 왔심니더."

"아이구! 강호 왔나! 지리산 골짝에서 큰 욕 봤제? 안으로 들어오이라."

한의원에 들어선 강호를 원장 부인이 먼저 반긴다.

"여기 앉거라! 원장님은 진료실에서 진맥 중이다. 쪼깬만 기달려라."

"그동안 별일 없었심꺼?"

"하모! 몇 년 전 호열자가 지나간 뒤로는 큰일은 없었다. 그러나 저러나 지리산 쪽에는 빨치산들이 난리를 쳤다며?"

"예! 그래서 작년 가을에 생초 처갓집으로 피난 와 있심니더."

"아이구! 그랬나. 안 그래도 원장님이 니 걱정을 올매나 해쌌는지."

"알라는 몇이고?"

"이제 아들 하나 있심니더. 5월 달이면 돌입니더."

"아이구! 그렇나! 참말로 잘됐네! 축하한다."

"고맙심니더."

"언제 집사람하고 같이 한번 오이라! 강호 색시 얼굴 한번 보자."

"어! 이게 누고? 강호 아이가? 참말로 오랜만에 왔네!"

"아이구! 원장님! 그동안 몸은 건강하십니꺼?"

"그래! 혼자 왔나?"

"예! 농번기가 오기 전에 원장님을 한번 뵈로 왔심니더."

"그래, 잘 왔다. 집안은 다 편안하시냐?"

"46년도에 처갓집 부모님은 호열자로 돌아가셨심니더."

"아하! 그것 참말로 안됐구나! 그때 전국적으로 수만 명이 죽었단다."

원장은 강호를 보자 친자식처럼 반기며 또 안타까워했다.

"다 운명 아입니꺼?"

"그래! 그리 생각해야 마음이 편할 끼다. 그리고 너 집사람 마이 위로해 줘라! 올매나 외로울 끼고?"

"그라모 친정 부모도 안 계시는 생초에서 살고 있나? 쯧쯧."

"예."

원장 부인의 안타까운 질문에 강호는 짧게 대답하였다.

"원장님! 지금 이 나라가 우찌 되어 가고 있십니꺼? 지리산 골짜기는 피해가 심각합니더."

"나도 신문에서 봤는데 보통 문제가 아이다."

"제 친구 정태는 하준수하고 이북으로 갔다는 소문이 들리고, 또 정태 아버지는 빨치산들이 인민재판을 열어 악덕 지주에다 매국노라는 죄명을 씌워 총살했다고 합니더?"

"뭐! 정태가 공산주의자가 되었다고? 그라고 정태 아버지가 반동으로 처형당했다고? 아~ 정태가 기어이 붉은 물이 들었구나! 아직 세상을 알기에는 어린 나이인데 공산주의가 뭔지 깨닫기도 전에 너무 깊이 들어가 버렸으니 참으로 큰일이구나."

"그뿐만 아닙니더! 오봉리에 사는 제 친구는 정태 따라간다고 빨치산이 되었고, 또 다른 친구는 빨치산 토벌할 끼라고 경찰에 투신하였십니더."

"아~ ! 이제부터 또 민족의 비극이 시작되는구나."

원장은 무언가 느껴지는지 대한민국의 앞날을 한숨으로 표현했다.

"강호야! 여기 차 끓여 왔다. 천천히 마시면서 이야기하거라."

원장 부인이 쌍화차 두 잔을 내왔다.

차를 마신 후 원장이 잠시 침묵을 지키다 굳은 표정으로 입을 뗀다.

"강호야! 까딱하면 이 나라에 큰일이 일어날는지도 모른다."

"큰일예?"

강호는 경색하여 원장을 쳐다본다.

"지금 말이다. 국내외 정세가 심상치 않다."

"그리 심각합니꺼."

"내 말 잘 들어 봐라! 지난 연초에 미국 국무장관인 애치슨이 아시아 방위선을 우리 한국과 자유중국을 제외하고 일본만 포함시킨다고 했다는 발언이 신문에 보도되었다. 지금 한국은 미군이 철수하고 군사 고문단만 이 땅에 머무르고 있다 아이가? 그런데 국회는 내각제 추진 문제로 국정은 뒷전이고, 일부 의원들과 정치 단체는 미군의 완전 철수를 강력히 주장하고 있는 실정이란다. 거기다가 미국은 태평양전쟁으로 막대한 인명과 물자를 소비하여 자국 내에서도 재정 긴축을 주장하는 분위기가 고조되고 있다는 외신을 보았다. 그런 데다가 한국에 대한 원조까지 부결되어 트루먼 대통령이 재차 요청서를 미 의회에 제출하였다는구나. 더욱 심각한 것은 장개석의 국부군이, 모택동이 이끄는 중공군에 패하여 대만으로 쫓겨간 사실은 우리 한국에게는 결코 좋은 일이 아니지. 또 남한 각지에서는 빨치산들의 준동, 노동자들의 폭동, 파업 태업 등이 끊임없이 일어나니 아무래도 예사롭지 않다는 생각이 든다."

"아직 정국이 불안정한 이때에, 미군이 완전 철수하고 중국이 공산화되면 삼팔선이 조용하것십니꺼?"

"바로 그거야! 국민들이나 일부 정치인들은 외국 군대가 나가야만 남북통일 문제가 빨리 해결될 수 있다는 민족주의적 감정만 생각하고, 한반도를 둘러싼 주변국의 정세에는 관심도 없으니, 이것이 문제란 말이다. 또 공산당과 중도파들은 이런 분위기를 틈타 미군의 완전 철수를 더 세게 주장하니 정부의 입장은 설상가상이지."

"이승만 대통령께서는 어떤 조치를 취하고 있는데예?"

"이 대통령은 미군 철수를 막을려고 안간힘을 쓰고 있지만, 국내외 분위기가 이렇다 보니 정치가 순조로울 수가 있것나?"

"원장님 말씀을 들어본께네 앞으로 나라의 운명이 큰일이네예."

"지나온 역사를 볼 때 현재의 시국을 잘 넘기지 못하면 큰 고난이 닥칠 것 같은 예감이 든단다."

강호와 원장은 굳은 얼굴로 국가의 장래를 걱정하고 있다.

"강호야!"

"예! 원장님."

"우리 대한민국은 해방된 지 5년이 채 안 되었다. 아직은 국가의 기틀을 잡아가고 있는 과도기적 시기에 머물고 있다고 봐야 한다. 그런데 민주국가의 체제가 확립되기 전에 변란이 일어난다면 그 피해는 상상을 초월할 끼다. 이럴 때일수록 국민이나 위정자들은 올바른 국가관을 가져야 하며, 굳건한 단결력으로 외세의 침략에 단호히 대처할 수 있는 국가적 능력을 갖추어야 한단다. 이는 역사가 말해주고 있지 않냐? 지금 이때가 바로 국민이 정신을 차려야 할 중요한 시기라고 생각이 든다."

"나라에 변란이 일어날 것 같습니꺼?"

"만약 전쟁이 일어나면 이 나라의 젊은이들은 조국과 민족을 지키기 위하여 분연히 일어나야 한다. 이것이 나의 철학이고 국가관이란다."

육십이 넘은 한의원 원장은 나라의 운명을 걱정하며 강호에게 단호한 국가관을 이야기해 주고 있다.

"원장님! 오늘 좋은 말씀 깊이 새겨 들었십니더! 저는 대한민국 국민이기 이전에 나의 가족을 지켜야 한다는 사명감을 한시라도 잊어본 적이 없습니더."

"그리 생각하니 고맙다. 그리고 자주 오이라."

머리가 허옇게 쇤 원장과 부인이 한의원 밖으로 나와서까지 강호를 배웅한다. 강호는 한의원에서 점심을 먹고 모두에게 아쉬운 인사를 하고 진주 장터로 갔다. 장마당에는 예나 지금이나 별 희한한 물건들이 많이 나와 있었다.

강호는 이것저것 구경하다가 화장품 가게에 들러 어머니와 아내의 얼굴 크림과 아버지의 곰방대 장죽을 샀다. 그리고 장난감 가게에서 아들의 장남감인 딸랑이를 사가지고 함양행 버스를 탔다. 집으로 오는 차 속에서 강호의 마음은 만감이 교차한다.

'만약에 전쟁이 일어난다면 우리나라의 운명은 어떻게 될 것인가? 나는 나라를 지키기 위해 당연히 군대에 가야 되겠지! 만약에 전장에서 전사한다면 우리 가족의 앞날은 어찌 될 것인가? 전장에 나가지 않고 숨는다면, 주위 사람들로부터 비겁하고 기회주의자라는 비난을 과연 벗어날 수 있을까?'

강호는 착잡한 마음을 가눌 길 없어 무심히 흐르는 경호강의 물결만 바라보고 있노라니 버스가 어느덧 생초에 도착했다. 진주에서 구입한 물품을 보자기에 감싸들고 계남리로 향하는 강호의 발걸음은 평소와 달리 무거워 보인다. 길가의 밭두렁에서 토끼풀 향기가 물씬 풍겨왔다.

"동동 구리무 사이소! 동동 구리무 사이소! 둥~ 둥~ 둥~"

무심히 걷는 강호의 앞에 '동동크림' 장사가 큰북을 등에 지고 발뒤꿈치로 북채를 치며 계남리에서 오고 있다. 주름진 얼굴에 때가 절어 있는 허름한 한복을 입은 사십대 후반의 남자가 강호를 보고 크림을 사란다.

"젊은 양반! 이거 어제 바로 공장에서 받아 온깁니더! 얼굴에 바르면 피부가 빤질빤질해지고, 손에 바르면 보들보들한 기 마치 기름칠한 것같이 보입니더! 한 개만 사이소! 예?"

"아이구! 미안함니더! 오늘 진주에 갔다가 두 개나 사가지고 지금 오는 길입니더."

"하~ 오늘은 영 장사가 안 되네예! 그라모 다음에 하나 사주이소."

강호는 미안한 마음으로 떠나가는 동동크림 장사의 뒷모습을 바라보니, 낡은 중절모에 검정 고무신을 신고 절룩거리는 다리가 안쓰러워 보인다.

"둥~둥~둥~ 동동 구리무 사이소! 동동 구리무 사이소~오! 둥~둥~둥."

동동구리무 장사는 아무도 없는 산길을 허공에 북을 치며 구평마을을 향해 산고개를 넘어갔다.

"영복이 아버지! 이제 옵니꺼예."

복자가 밭에서 일을 하다 남편을 보자 반갑게 뛰어온다.

"영복이는 우짜고 여태까지 밭에서 일했소?"

강호는 아내를 보자 반가움이 앞선다.

"점심은 묵었십니꺼예?"

"한의원에 들렀다가 원장님하고 국시 묵었다."

"무엇을 이리 마이 샀어예?"

복자는 강호가 들고 있는 보자기를 받아들고 집으로 들어온다.

"아버지! 어머이! 진주에 다녀왔심니더."

"오냐! 어서 들어오이라."

강호의 어머니가 영복이를 업고 마당에 있다가 강호를 맞이한다.

"아이구! 아버지 담뱃대랑 어머이 구리무하고 영복이 장난감 또 내 것도 있네예! 그런데 구리무는 아까 동동구리무 장사한테 샀는데……"

복자가 보자기를 펼치며 환히 웃는다.

"구리무가 진주에서 산 거는 영 좋아 보인다. 냄새도 향긋한 기 좀 비싸게 보이는데 올매 줬노?"

영복이 할머니도 기분이 좋은지 크림 통을 요리조리 돌려보며 코를 씰룩거린다.

"진주에서 산 것은 아껴 쓰고 동동 구리무는 집에서 바르면 되것다."

복자는 강호가 구입한 얼굴크림을 한 개는 시어머니께 드리고, 한 개는 고이 싸서 장롱 속에 넣는다.

"담뱃대에 연기가 솔솔 잘 들어오는 기 이제야 담배 피는 맛이 난다."

영복이 할아버지도 새 담뱃대에 엽연초를 쟁이고 불을 붙인 후 연신 빨고 있다. 소박한 선물 하나에 식구들의 얼굴이 싱글벙글한다. 영복이도 뭐가 신기한지 혼자서 옹알거리며 딸랑이를 아래위로 계속 흔들어댄다. 모두들 각자의 물건에 관심이 집중되었다.

저녁때가 되어 푸짐한 봄나물에 청국장 냄새가 풍기는 밥상 앞에 둘러앉았다.

"진주에 가서 나라 형편이 우찌 돌아간다는 이야기 못 들었나?"

저녁식사를 하던 강호의 아버지가 바깥소식을 물어본다.

"지금 나라 안팎이 영 어수선하다고 합니더."

"그기 무신 소리고? 난리라도 난단 말이가?"

영복이 할머니가 강호의 말에 정색하고 묻는다.

"설마 전쟁이야 날까마는 하여튼 현재로선 서울이 마이 시끄러운 모양입니더."

강호가 식구들의 걱정을 피해 대충 바깥소식을 설명한다. 밤이 되니 앞산에서 소쩍새 울음소리가 제법 크게 들려온다. 고라니도 따라 운다.

"아직 소쩍새가 울기에는 멀었는데 금년에는 철이 일찍 들란가?"

영복이 할아버지가 저녁 식사를 마치고 일어서면서 그냥 한마디 던진다. 강호와 복자는 바깥 정돈을 끝낸 후 자기들 방으로 들어왔다.

"영복이 아버지!"

"와?"

"만약에 전쟁이 일어나면 우리는 우찌 되는데예?"

"전쟁은 무신 전쟁! 전쟁이 나면 싸우러 군대에 가야지."

"무슨 대답이 그리 쉽게 나옵니꺼예. 우리 식구는 우짜고 군대 간단 말입니꺼?"

"그라모 앉아서 당해야 되나?"

"영복이 아버지 아니라도 이 나라에는 젊은 사람이 많다 아입니꺼."

"나라 지키는데 니, 내가 오데 있노! 나라에서 부르면 가야지."

"그래도 영복이 아버지는 처자식이 있고, 군대에 갈 나이도 넘었다 아입니꺼?"

복자는 아까 강호의 말이 걱정되어 다시 신랑의 의중을 물어보고 있다.

"영복이 엄마!"

"말해 보이소."

"만약에 전쟁이 나면 나는 우리 식구와 나라를 지키기 위해 군대에 갈 끼다. 나는 오늘 하루종일 생각하고 또 생각하여 얻은 결론인데. 내 마음은 대한민국 국민으로서, 사나이로서, 우리 식구를 지키기 위한 고육지책(苦肉之策)이란 걸 알아줬으면 좋겠소!. 나에겐 부모님도 중요하지만, 당신과 우리 아들은 하늘과도 견줄 수 없기 때문에 이 모든 것을 지키기 위해서는 나의 목숨도 아깝지 않다는 생각을 항상 하고 있었소."

"그기 말이라고 합니꺼? 영복이 아버지가 없으면 나는 정말 못 삽니더! 우리 친정 부모도 일찍 돌아가신 데다 영복이는 아직 돌도 안 지났고, 이제 믿는 사람이라곤 당신뿐인데 무슨 말을 그렇게 합니꺼?"

복자는 신랑이 전선으로 진짜 떠나는 양 눈물을 하염없이 흘렸다.

"전쟁이란 그리 쉽게 안 일어난다. 너무 걱정하지 말고 우리는 내일을 위해 살면 되는 기다."

"참 태평이네예! 조금 전까지 사람 마음을 애타게 해놓고 잠이 와예."

복자는 영복이를 다독이며 잠을 청한다.


1950년 6월 25일 일요일 새벽.

아직 장마철이 아닌데도 전국이 며칠 전부터 24일 저녁까지 계속 비가 오다가 25일 새벽에는 잠시 소강상태를 보였다. 비가 그치자 삼팔선 주변의 산야에는 희뿌연 안개가 낮게 깔리며, 찌뿌둥한 날씨 탓에 전선을 지키는 장병들의 긴장도 다소 풀린 듯했다.

새벽 5시경 강원도 춘성군 내평면 오금리, 삼팔선을 지키던 6사단 소속 장병들은 조금 있으면 초병의 교대 시간이라 인계인수 준비를 하고 있는데, 어디선가 육중한 굉음과 함께 산 아래에서 시커먼 물체가 새카맣게 기어오르는 것을 발견하였다. 희미한 안개 속에 약한 비까지 내려 초병들은 도무지 전방의 상황이 무엇인지 파악을 하지 못하고 있었다. 그러자 갑자기 귀를 찢는 대포 소리와 함께 시커먼 물체에서 불꽃이 튀며 수없는 포탄들이 아군 초소를 향해 날아와 터졌다. 아군은 갑작스런 적의 기습에 우왕좌왕하다가 급기야는 진지를 포기하고 후방으로 퇴각하는 도리밖에 없었다. 적을 막기에는 중과부적(衆寡不敵)이었다. (을유문화사 발행 「民族의 證言」 1項目 1号 「前線과 景武臺 表情」 인용)

평소에도 옹진반도, 개성, 의정부, 춘천, 강릉 등지에서 산발적인 소규모 전투가 벌어지곤 하여, 처음에는 장병들도 대수롭지 않게 생각하고 소극적 대응을 하였으나, 이날 북한은 T-54 탱크, 야크기, 122밀리 곡사포와 박격포 등 중화기를 총동원하여 대한민국 삼십팔도 선 전역에 대규모 침공을 감행하였던 것이다. 바로 동족상잔의 전쟁이 발발한 것이다.

한편 한반도 남쪽에 살고 있는 강호는 전쟁의 소식도 모르는 채, 비가 멎자 밭에 베어 놓은 보리를 뒤집기 위해 아침 일찍 집을 나섰다. 어제까지 비가 오더니 오늘은 잠시 멎고 우중충한 날씨지만, 빨리 타작을 끝내고 모내기를 비롯하여 고추, 고구마, 호박 등을 심어야 하니 마음이 바쁘기만 하다. 농사는 파종과 수확의 시기를 놓치면 일 년 농사를 망치기 때문이다.

농부는 24절기에 따라 적절히 농사를 지을 줄 알아야 한다. 들에는 마을 사람들도 많이 나와 밭고랑을 분주히 왔다갔다 하면서, 베어 놓은 보리가 빨리 마르도록 요리조리 뒤집기를 하고 있다. 강호도 식구들과 부지런히 보리를 뒤집고 있다.

온 들에는 찔레꽃 향기가 개울을 건너 진하게 흘러나오고 뻐꾸기도 앞산과 뒷산에서 장단을 맞추며 흥겹게 울어댄다. 흐린 날씨에도 불구하고 초여름이라 이마에는 땀이 비 오듯 하고 강호는 시원한 막걸리 생각이 절로 난다.

흙냄새와 보리 내음이 골짜기를 타고 바람과 함께 코끝을 스치니 어느덧 여름이 가까이 온 것 같다. 한낮이 되어 영복이 할머니가 점심밥을 광주리에 이고 왔다. 영복이는 할머니 등에서 목이 한쪽으로 쏠린 채 세상모르게 잠에 빠져 있다.

복자는 얼른 시어머니의 광주리를 받아놓고 영복이를 품에 안는다. 완두콩이 섞인 보리밥에 열무김치, 풋고추, 상추, 쑥갓나물, 된장국,

쌈장, 막걸리, 호박전을 무치고, 끓이고, 부치고 하여 그야말로 진수성
찬이 따로 없다. 복자는 시아버지께 막걸리를 한 사발 떠아 드렸다.

영복이 할아버지는 순식간에 막걸리를 쭈~욱 들이켠다.

"캬~ 바로 이런 맛에 농사를 짓는 기라! 강호야! 니도 한잔해라."

목마른 부자는 막걸리를 연거푸 서너 잔씩 마셨다. 보리밥 한
숟갈을 상추에 얹어놓고, 된장, 고추장을 섞어 만든 막장을 살짝
발라 즉시 입에 넣은 후 따뜻한 된장국을 한 숟갈 먹으면 도인들이
먹는 선식(仙食)도 이에 비할 바가 못 된다. 거기다가 된장에 찍은
풋고추를 오싹 씹으면 알싸하게 입안을 도는 고추의 매운맛은, 먹어보
지 못한 사람은 말로 표현하기가 쉽지 않다.

시원한 바람을 맞으며 식구들이 둘러앉아 정겹게 식사를 하고
있는데, 어디서 많이 본 듯한 사람이 무명 한복을 입고 멀리서 계남리를
향해 오는 것을 강호는 아까부터 유심히 바라보고 있었다. 밀짚모자를
쓴 중년 남자가 빠른 걸음으로 걷다가 이쪽으로 고개를 돌렸다.

"어! 저분은 당신 당숙이시네! 이 바쁜 철에 무슨 일로 저리 바삐
오시나?"

강호가 먼저 아내의 당숙을 알아보았다.

"당숙 어른! 이리로 오이소! 우리 여기에 있십니더."

복자가 부리나케 당숙이 오는 곳으로 걸어간다. 당숙이 걸음을
잠시 멈추고 복자가 있는 곳을 보자, 곧바로 이쪽으로 발걸음을 돌려
밭고랑을 밟으며 걸어온다.

"아이구! 이게 얼마 만입니꺼? 어서 오이소."

제일 먼저 강호의 아버지가 인사를 건넨다.

"아이구! 사돈어른! 그리고 사부인! 얼매나 고생이 많십니꺼?"

복자의 당숙은 반가움에 강호 아버지의 손을 잡고 인사를 건넨다.

"살아본께네 여기도 괜찮네예."

복자의 시어머니도 반가운 인사를 건넨다.

"당숙 어른 어서 오이소! 그동안 자주 찾아뵙지 못해 죄송합니더."

강호가 당숙의 손을 잡고 미안해한다.

"당숙 아제! 그동안 별일 없심니꺼?"

복자도 당숙에게 아버지를 만난 듯 반갑게 인사를 한다.

"그래! 이리 식구들이 건강한 걸 보니 참말로 기분이 좋구나."

"얼라 좀 보자! 이름이 영복이라켔제! 내가 한번 온다 카는기 너 숙모가 몸이 안 좋아서 이렇게 늦었구나."

당숙은 일찍이 아내를 여의고 재취로 들어온 부인은 몸이 온전치 못하여 먼 거리를 자주 다닐 수가 없었다.

"아이가 지 아버지 마이 닮았네! 눈이 또록또록 한기 천상 강호, 니다."

"헤헤! 다들 저를 마이 닮았다고 하데예."

"사돈! 우선 우리하고 여기 앉아서 식사부터 같이 하입시더."

"아가야! 당숙 어른 수저부터 드려라."

영복이 할머니는 평소에 음식 만드는 손이 커서 참은 충분하였다.

또 막걸리가 한 사발 정도 남아있었다.

"사돈! 목마르실 텐데 막걸리 한잔하시지요."

강호의 아버지가 사돈에게 술잔을 건넨다.

"아이구! 고맙심니더! 사돈어른! 저 혼자 먹어도 되것 심니꺼?"

"아~ 우리는 벌써 한잔했심니더! 어서 드이소."

복자의 당숙은 밀짚모자를 벗고 막걸리 한잔으로 목을 축인 후 식사를 함께하였다.

"당숙 아제! 산청면에 고모님은 잘 계십니꺼?"

"고모도 너 아버지 세상 떠난 후 마음이 편치 않아서 그런지 요즈음 통 바깥출입을 안 하신단다."

"그런데 아직 소식을 못 들었나? 삼팔선이 무너졌단다."

"예! 삼팔선이요? 그라모 전쟁이 일어났단 말입니꺼?"

강호가 놀란 표정으로 당숙을 쳐다본다.

"오늘 새벽에 인민군이 쳐내려왔는데 이승만 대통령은 곧 북진할 테니 국민들은 안심하라고 방송이 나왔다 카드라. 그런데 실제로는 우리가 영 불리하여 군인들이 후퇴를 한다는 소문이 돈다 카더라."

"당숙은 어디서 그 소문을 들었십니꺼?"

복자가 영복이를 껴안으며 근심스럽게 묻는다.

"갑자기 산청면에 순경들이 왔다 갔다 하고 군인들도 비상이 걸렸다고 난리를 치길래 아는 경찰관한테 물어봤지. 그래서 이곳은 우찌 사는지 걱정도 되고 또 보고 싶고 해서 이리 급하게 왔다 아이가?"

계남리는 아직 전기와 통신 시설이 없어 바깥소식은 주로 사람을 통하여 전해지는 경우가 다반사다. 그런데 전쟁소식은 금시초문이다. 그리고 보니 강호는 아까 밭에서 일하다 큰길에 사람들이 바삐 움직이는 모습을 본 것도 같다.

"사돈어른! 그리고 강호야! 전쟁에 이기면 다행이지만, 앞날을 알 수가 없으니 우선 피난처와 식량을 확보하고 몸조심을 해야 될낍니더! 특히 생초는 지리산과 가까워서 좌익분자들의 활동이 이전하고는 마이 다를 낍니더! 그란께네 강호 니는 될 수 있으면 바깥출입을 삼가고 면 직원이나 순경을 통해서 전쟁소식을 듣는 기 제일 빠를 끼다."

"당숙은 우짤낍니꺼?"

복자가 당숙을 걱정하여 묻는다.

"내야 나이가 사십을 넘었으니 전쟁에 나가겠나? 내가 사정이 허락되면 자주 소식을 전해줄게."

"사돈! 고맙십니더! 우리 때문에 바쁜 일 제쳐두고 이곳까지 오셔서 걱정해 주시니 고맙십니더."

강호 아버지가 복자의 당숙에게 정중하게 인사를 한다.

"아입니더! 아무래도 소식도 전해줄 겸, 걱정도 되고 해서 왔심니더."

"당숙 어른! 일전에 진주의 한의원에 들렀다가 나라에 큰일이 생길 것 같다는 예감을 받았는데, 이렇게 일찍 전쟁이 날 줄은 몰랐네예! 아무튼 먼 데까지 오셔서 알려주시니 고맙십니더."

"고맙긴! 다 한 식구 아이가?"

"자~ 사돈어른, 저는 이제 갈랍니더! 우짜든지 몸 성하시고 별일 없기를 바랍니더."

"아이구! 여기까지 오셨는데 대접이 변변치 못하여 죄송스럽심니더!"

영복이 할머니가 머리에서 수건을 벗어들고 미안해하였다.

"사돈! 우리 며느리 고모님께도 안부 전하시고 앞으로 자주 놀러 오이소."

강호 아버지는 당숙의 손을 잡고 잘 가시라 인사를 건네었다. 강호도 당숙과 악수를 하고 손을 흔들었다. 복자의 당숙은 영복이 볼을 한번 만진 후 밀짚모자를 쓰고 밭두렁을 걸어 빠른 걸음으로 떠나갔다.

"당숙 아제! 잘 가이소! 또 오이소."

복자는 당숙에게 손을 흔들었다.

강호는 마음이 착잡했다. 일손이 제대로 잡히지 않는다.

"강호야! 오늘 일을 빨리 끝내고 집에 가자! 아무래도 전쟁이 오래 갈 것 같다."

"예! 아버지."

일제시대부터 큰 시대적 변화를 겪어온 강호 아버지는 뭔가 불길한 예감이 도는 것을 느낀다. 복자도 불안하기는 마찬가지다. 신랑이 며칠 전에 전쟁이 난다면 군대에 갈 것이라고 말한 것이 사실로 변할까 봐 걱정이 태산이다. 모두들 불안한 마음에 말없이 일을 끝내고 집으로 왔다.

"강호야! 나 좀 보자."

강호의 아버지가 마당 저쪽에서 강호를 부른다.

"예! 아버지."

"오늘은 너무 늦었으니 그냥 자고, 내일 저 대밭 굴을 깨끗하게 치워야 되것다. 그리고 곡식이 얼마나 있는지 점검하고, 니는 될 수 있으면 집 바깥으로 나오지 마라! 산사람들이 너를 잡아갈 수도 있고, 아니면 군대에 갈 수도 있다. 너는 외동이니 이 애비 말을 잘 들어야 한다. 알것냐?"

강호는 아버지의 치밀한 상황 대처에 감탄을 하면서도 한편으론 무섭기도 하였다. 저녁을 먹고 나니 옆집의 용배 아버지가 찾아왔다.

"영복이 할배 저녁 묵었소?"

용배 아버지와 강호 아버지는 나이가 비슷하여 친구같이 지낸다.

"할배 소리 들으니 나도 이제 늙었나 보네."

영복이 할아버지가 장죽을 입에 물고 용배 아버지를 맞이한다.

"영복이 할배! 큰일났소! 오늘 산청면에 갔다가 삼팔선에 전쟁이 터졌다는 소식을 들었소."

"나도 들었소. 오늘 낮에 며느리 당숙이 여기까지 와서 소식을 전해줍디다.”

“그런데 이번 전쟁은 크게 벌어져서 이미 삼팔선이 무너졌다 쿠는데 일이 손에 안 잡히니 우째야 될지 모르것네.”

“신성모 국방장관은 전쟁이 나몬 점심은 평양에서 묵고, 저녁은 신의주에서 묵을 끼라고 큰소리쳐 샀드만 밀리기는 와 밀리노.”

“그나저나 지리산 빨갱이들이 또 설치것구나.”

한편, 이날 서울에서는 한창 인기를 끌고 있는 전국대학 축구경기가 서울 운동장에서 벌어지고 있었다. 결승전이라 일만이 넘는 관중이 발 디딜 틈도 없이 운집하여 자기가 좋아하는 팀에 열렬한 응원을 하고 있었다. 결승전에는 고대와 동국대가 맞붙고 있었다.

양 팀 모두 막상막하의 전력으로 전반전은 모두 골 득실 없이 끝나고 후반전이 막 시작되려는 순간, 장내 스피커에서 “모든 국군 장병은 원대로 복귀하라”는 방송이 계속 나오면서 경기를 무기 연기한다는 안내 방송이 나왔다. 경기를 관람하던 관중들이 술렁이기 시작하였으나 잠시 후 다들 정문으로 빠져나갔다. 이때는 이미 개성시가 적에게 넘어갔으며 국군은 하염없이 남으로 후퇴만 계속하고 있었다. 저녁 무렵에는 서울의 북부지역도 위협을 받기 시작하였으며, 피난민들이 미아리 방향에서 서울로 쏟아져 들어오고 있었다.

전쟁이 일어난 지 이틀 후 강호는 집 뒤편 대밭 굴에다 쌀, 보리, 콩 등을 숨기고, 된장, 간장, 소금 등도 옮겨놓았다. 굴도 내부를 조금 넓히고 밥 짓는 연기를 피하기 위하여 숯도 어느 정도 준비하였다.

일산화탄소를 배출하기 위한 굴뚝은 대밭 밑으로 은밀하게 뚫었다. 앞으로의 상황이 어떻게 될지 몰라 미리 대비한 셈이다. 또 굴의 입구는 은밀하게 나뭇단으로 위장을 하였다. 마을 사람들이 찾아오면

굴의 반대편에서 만났다. 이 굴은 일제 강점기에 딸과 곡식을 숨기기 위하여 복자 아버지가 비밀리에 파놓은 굴이었다.

전쟁이 일어났는데도 남부지방은 아직 평온하여 마을 사람들은 밭에 나가 못 다한 보리를 수확하고, 밭을 갈아 거름을 뿌린 후 채소 등을 심는가 하면, 논에는 물을 대어 모내기 준비에 여념이 없었다. 그러나 이미 서울은 삼일 만에 적의 수중에 들어갔으며, 한강 다리는 폭파되어 서울 시민과 군인들이 발이 묶였다는 안타까운 소문이 온 국민을 불안하고 분하게 만들었다.

전쟁이 일어나자 이승만 대통령은 대전에서 이리와 목포를 거쳐 해군함정을 타고 부산으로 피신하였으며(을유문화사 발행 『民族의 證言』 1권 1項15号 大統領의 避亂 참조), 서울 상공에는 북한 야크기가 무차별 기총소사를 하면서 대한민국 수도를 아비규환의 도가니로 몰아가고 있었다. 또 우익 인사들을 체포하여 인민재판장으로 끌고 가는가 하면, 거리에는 적의 탱크가 무섭게 질주하고 붉은 깃발을 매단 선전 차량에서는 '남조선 청년 학도들은 영용한 인민군대에 입대하여 남반부 해방 전선에 참여하라'는 선무방송이 적기가(赤旗歌)와 함께 서울 거리에 섬뜩하게 메아리쳤다. 그러나 국군은 전의를 상실한 채 후퇴만 거듭하였다.

그나마 다행인 것은 유엔 안보리 2차 회의에서 북한의 무력 공격을 격퇴하기 위하여 필요한 원조를 한국에 제공하는 결의안이 압도적으로 통과되고, 미국 트루먼 대통령은 해·공군을 우선 투입하도록 조치를 취하였으며, 동경에 사령부를 둔 맥아더 원수가 전황을 살피기 위해 수원에 왔다는 소문이 들려, 후퇴하는 국군의 사기를 북돋우고 국민들에게는 크나큰 위안이 되었다.

파죽지세로 밀고 내려오던 공산군도 7월 10일경에는 대전 북부지역에서 미 지상군과 공군의 개입으로 공격 속도가 약간 주춤해졌고, 공산군의 주력 부대인 105 탱크사단 전차들이 미국의 무스탕기 앞에서는 맥을 못 춘다는 정보도 들려왔다. 그런데 전쟁 발발 후 보름이 지난 7월 10일경 경남지방에서는 국민보도연맹 사건이 터졌다. 갑자기 경남 경찰국으로부터 보도연맹원들을 검속하라는 지시가 각 시·군 경찰서에 하달되었다.

해방 후 남로당이나 인공당 및 민청, 농조 등에서 활동한 사람이거나 가입한 사람은, 자수하면 죄의 경중을 떠나 일체의 책임을 묻지 않는다며 1949년 11월 한 달 동안 자수하라는 정부의 약속이 있었다. 이 기간에 자수한 사람은 경남지방에는 5,548명이나 되었으며, 산청에는 1,224명에 달했다. 그러나 전쟁이 터지자 이들 중 간부급을 선별하여 진주에서 온 특무대원들이 GMC에 싣고 어디론가 간 후 생사를 아는 사람이 아무도 없었다. 아마도 이름 모를 지리산 골짜기에서 총살되었다는 소문만 난무할 뿐이었다. 그러나 골수 좌익들은 일찌감치 지리산으로 도망치고 애매한 사람들만 끌려갔다는 것이다.

계남리에도 두 사람이 끌려갔으며, 그중 한 사람은 강호의 동상례 때 숟가락으로 발바닥을 긁던 춘삼이 아버지로 알려졌다. 이후로 마을의 인심이 흉흉해지고 모두들 서로를 경계하며 입조심을 하면서 마을의 분위기가 냉기에 휩싸였다. 춘삼이는 아버지가 끌려간 이후 갑자기 사람이 돌변하여 마을 사람들에게 적개심을 품기 시작하였으며, 아무에게나 시비를 걸 뿐만 아니라 인민군이 들어오면 보자는 식으로 제정신이 아니었다. 마을 사람들은 춘삼이의 행동을 이해하면서도 은근히 겁을 먹고 마주치기를 꺼렸다.

7월 하순에 접어들자 전황은 극히 악화되어 인민군 6사단(사단장 방호산 소장)은 호남을 점령 후 남해안과 하동 방향으로, 4사단은 거창에서 함양을 거쳐 진주 방면으로 부산 점령을 위해 빠르게 진격해 왔다.

7월 28일 밤, 남부지방은 아직 장마가 끝나지 않아 굴속은 후덥지근한 습기에 영복이는 짜증스러운지 아까부터 낑낑거리며 울음을 그치지 않고 있었다. 희미한 등잔 아래 식구들은 우는 아이를 달래느라 진땀을 뺐다. 할머니는 연신 영복이의 이마에 부채질을 했다.

"아이구! 아이들이 무슨 죄가 있어 이런 쌩고생을 다하노! 쯧쯧."

영복이의 할머니가 우는 손자를 측은하게 바라보며 혼잣말처럼 중얼거린다.

"낮에 용배 아버지를 만났는데 지리산에 있는 빨치산들이 며칠 전부터 밤낮없이 경찰서고 면사무소고 닥치는 대로 공격하여, 사람들이 숨도 제대로 못 쉰다 카드라."

강호 아버지가 용배 아버지로부터 들은 이야기를 식구들에게 전했다.

"유엔군이 참전했다 카는데 우리 국군은 와 이리 자꾸 밀립니꺼?"

복자가 아이에게 젖을 물리며 넋두리를 한다.

"전쟁이 나는 데는 다 이유가 있는 기라! 잘은 모르지만 우리나라는 해방 이후 국론은 갈라져 있지, 군대와 장비는 어수룩하지, 정치인들은 맨날 싸움이나 하지, 국민들 사상은 굳건하지 못하지, 미국도 별 관심 없지, 모든 것이 적에게 이로운 것뿐이다, 이 말이다."

강호 아버지가 시골에서 비록 농사를 짓고 있지만 시국을 보는 식견은 누구 못지않다.

"이 전쟁 통에 태산이, 정태, 준식이는 죽었는지 살았는지 참말로 궁금합니더."

강호는 각자 이념을 달리하는 친구들이 전쟁 와중에 어떻게 되었는지 생사가 걱정될 뿐만 아니라, 굴속에 갇혀 있는 자신이 답답하기만 하여 혼잣말처럼 친구들을 걱정하고 있다.

"이리 밀리다 까딱하면 항복하는 거 아닌가 모르것다."

영복이 할머니가 현 처지가 몹시 불안한 모양이다. 이때 집 앞 마당에서 귀익은 목소리가 들린다.

"강호야! 강호 있나? 나 준식이다."

"어! 밖에 누구 목소리고? 준식이 같은데! 이 밤중에 여기는 우찌 알고 찾아왔을꼬! 호랭이 제 말 하면 온다 카더니, 영복이 애비야, 얼른 나가봐라."

영복이 할머니가 반가운 얼굴로 아들을 빨리 나가 보란다.

"준식아! 여기다! 나 강호다! 와! 이거 얼마 만이고? 비 맞지 말고 이리 들어오이라."

준식이와 강호는 서로 껴안고 반가워 어쩔 줄을 몰라 한다. 준식이는 비에 젖은 군복을 입고 경찰 마크를 단 모자에 99식 총을 메고 있었다. 강호는 준식이를 굴 안으로 안내한다.

"아이구! 준식아! 얼매나 고생이 많네! 밥은 묵었나?"

영복이 할머니가 준식이의 손을 잡고 눈물을 글썽인다.

"아버님! 어머님! 그동안 별고 없었십니꺼?"

준식이가 엎드려 큰절을 올렸다.

"준식아! 어서 오이라! 시대를 잘못 만나서 너희들 고생이 말이 아니구나."

강호의 아버지도 준식이를 반갑게 맞이하였다.

"어서 오이소! 올매나 고생을 했는지 얼굴이 새카맣네예."

복자도 반가운 인사를 건넨다.

"아이구! 제수씨, 이 더운 날씨에 굴속에서 아이하고 얼매나 고생이 많십니꺼?"

"그런데 니 우찌 우리가 여기 있는지 알고 왔노?"

"아! 지난번 빨치산 토벌 때 오봉리에서 태산이 어머니를 만났는데 이리로 이사 갔다 쿠더라."

"태산이 어머니는 잘 계시더냐?"

강호가 태산이 어머니의 안부를 물어본다.

"아이구! 마음고생이 이만저만이 아니시더라! 아들이 빨치산이니 오죽하시겠나! 그래서 내가 태산이 만나면 잘 달래서 집에 데리고 오겠다고 말씀드렸지."

"그기 가능한 일이냐?"

"나도 그 말밖에 할 말이 없더라 아이가."

"그런데 큰일입니더! 지금 우리는 진주 쪽으로 후퇴하는 중입니더."

"후퇴라니! 그라모 산청도 위험하다 말이가?"

강호가 정색하여 다시 물어보았다.

"하동도 적의 수중에 들어갔으며 그곳 전투에서 채병덕 소장이 전사하고 현재로선 후퇴하는 수밖에 없단다."

"그라모 전쟁에 지는 기가?"

"지지는 않을 끼다. 지금 부산에는 유엔군과 미군이 엄청나게 들어오고 있단다. 윗사람들 이야기로는 일단 낙동강 전선에서 시간을 끌다가 치고 올라갈 끼라 카더라."

"지금 정세는 우찌 되어 가는데?"

강호가 몹시 불안하여 묻는다.

"경북지방은 대구, 포항에서 치열한 전투가 벌어지고 있고, 호남지방과 지리산 북쪽도 이미 적의 수중에 들어간 것 같다."

"나도 니 따라 군에 가면 안 되것나?"

"영복이 아버지! 무신 소리를 합니껴?"

복자가 정신없이 말을 되받는다.

"야가 지금 무신 소리를 하고 있네? 전쟁 통에 사람이 죽고 사는 판에 식구들 놔두고 오데 간다 쿠네?"

강호 어머니가 단호하게 말한다.

"지금은 때가 아니다. 나중에 전세가 호전되면 그때 가도 늦지 않다."

강호 아버지도 간곡하게 말린다.

"그래, 지금은 어차피 군에 가도 제대로 훈련도 못 받고, 바로 전선에 투입되면 살아오기가 어렵다. 저놈들이 갑자기 기습공격을 감행하였기 때문에 일단 후퇴는 하지만 미국과 유엔군이 참전하였으니, 곧 전세가 반전될 끼다. 그라고 미군 비행기가 공중에서 엄청나게 때리고 있다. 낮에는 인민군들이 꼼짝 못한다고 하더라. 그때 가서 군에 가도 늦지는 않다. 조금만 기다려라! 강호야."

강호는 식구들과 준식이의 만류에 나라에 큰 죄를 짓는 것 같지만 일단 기회를 보기로 한다.

"그라고 왕산이 소식 못 들었나?"

강호는 전투경찰에서 지리산 공비 토벌에 임하였던 준식이에게 태산이 소식을 물어보았다.

"아~ 왕산이 그놈은 이제 돌아올 수 없는 강을 건너 삔 기라! 이놈이 그래도 의리는 있어 갖고 자기 고향하고 멀리 떨어진 구례, 순천, 백운산, 조계산 일대에서 악명을 떨치고 있다는 정보를 입수했단다. 이현상이 지휘하는 남부군에서 왕산 하면 빨치산 중에서도 빨치산이라고 이름이 크게 나 있단다. 몇 번이나 토벌대의 포위망을 뚫고 귀신같이 빠져나가 일명 불사조라고 하는데, 태산의 앞날이 큰일이다."

"몇 안 되는 우리 친구가 와 이리 운명이 바뀌어 서로 총부리를 겨누어야 되는지 참말로 얄궂은 세상이다."

"강호야! 내 너무 오래 시간을 끌었다. 어서 대원들을 따라가야 한다. 아무튼 몸조심하고, 특히 지방 좌익 세력이 더 무서운 기라! 당분간 밖에 나가지 말고 굴에서 조금만 참고 기다리면 국군이 반드시 올 것이다. 우리 그때에 살아서 다시 만나자! 자~ 이제 가야 된다. 아버님! 어머님! 제수씨! 조금만 참고 기다리시면 곧 국군이 반격해 올낍니더! 그때까지 안녕히 계시이소."

"몸조심 하거래이! 그리고 꼭 살아서 와야 된다이."

강호 어머니가 자식을 보내듯 옷소매로 눈물을 닦는다.

"준식아! 굳세게 싸우고 반드시 살아서 와야 된다이."

강호 아버지도 눈물 어린 작별 인사를 하며 안타까워한다. 강호는 준식이를 대문 밖까지 따라 나오며 손을 잡고 '우짜든지 꼭 살아서 만나자'고 굳게 약속한 후 쓸쓸히 굴속으로 들어왔다. 모두들 아무 말이 없다. 이제 산청도 적의 수중에 들어가는 것은 시간문제다. 앞으로 기약 없이 굴속에서 숨어 지내야 할 생각에 걱정만 앞설 뿐이다.

며칠 후, 장마가 끝난 8월은 중복을 앞두고 찌는 듯이 더웠다. 가만히 있어도 온몸이 땀에 젖고, 바람 한 점 없는 마을은 쥐 죽은 듯이 고요하다. 매미는 더위를 모르는지 버드나무 숲속에서 하루종일 합창을 하고 가끔 멀리서 포 소리가 간헐적으로 들려온다. 하늘에는 미군기가 기총소사를 계속 퍼부으며 들판을 낮게 날고 있다.

"영복이 할배 집에 있소?"

옆집의 용배 아버지가 집에 놀러 왔다. 용배 어머니도 국수를 광주리에 담아 왔다. 식구들과 마루에 앉아 있던 복자가 축담으로 내려와 광주리를 받는다.

"아이구! 더운데 뭐한다고 국시까지 해 오십니꺼?"

영복이 할머니가 고맙다고 인사를 한다.

"날이 너무 더워서 밭일하기도 그렇고 시원한 국시를 좀 해봤다 아입니꺼? 퍼지기 전에 어서 잡수이소."

"마침 국시가 묵고 싶더니만 잘됐네! 허허."

영복이 할아버지가 기분이 좋은 모양이다.

"장마가 끝나고 나니 날이 너무 덥다."

용배 아버지가 혼잣말처럼 날씨 탓을 한다.

"그나저나 큰일입니더! 큰길에는 인민군 탱크가 왔다 갔다 하고 산에는 인민군들이 새카맣게 깔려 있다 카는데, 앞날이 우찌 될지 도무지 정신을 못 차리것네예."

용배 엄마가 겁에 질려 마을 주변의 소식을 전해준다.

"그라고 대나무집에 춘삼이가 저 아부지 원수 갚는다고 지한테 쪼깬만 못삐면 바로 난리를 치고 이를 갈고 있단다. 강호 니도 조심하거라."

용배 아버지가 춘삼이를 조심하라고 일러준다.

"전쟁 나기 전에는 춘삼이가 착하고 친구들과 잘 어울렸는데 저 아버지 사건 이후 성격이 완전히 변해 버렸다 아입니꺼?"

강호가 춘삼이의 사정을 안타깝게 이야기한다.

"사실 춘삼이 저 아버지가 뭘 알것나? 이 촌에서 그저 농사만 짓다가 공산주의가 뭔지 좌익이 뭔지 남의 말만 듣고 따른 게 죄지."

"장 서방! 소문에 함양 수곡에는 인민군들이 젊은 사람들을 닥치는

대로 잡아갔다 쿠더라. 니도 어디 안 보이는데 잘 숨어 있어야 될
끼다.”

“예! 잘 알았심니더.”

“아이구! 전쟁을 일으킸시몬 저들끼리 싸우지, 와 죄 없는 남쪽
사람들을 잡아간단 말이고! 미친놈들!”

영복이 할머니가 감정에 북받쳐 언성을 높인다. 용배 아버지는
강호네 식구들과 전쟁에 관한 이야기와 미래에 대한 불안, 농사일
등을 걱정하다 한참 후 집으로 돌아갔다.

잠시 집안에는 적막이 흐르고 시끄러운 매미 소리에 더위는 더욱
기승을 부린다. 대문 옆의 오동나무는 강한 햇볕에 축 늘어져 있고,
담장 밑 봉선화는 붉은색이 햇볕에 더욱 진하게 보인다. 강호의 마음은
참으로 답답하기만 하다. 앞으로 이 나라의 운명이 어떻게 될 것인지,
과연 전쟁이 끝날 때까지 대밭 굴에 숨어 있어야 옳은지, 온갖 상념
속에 하루해는 서산으로 넘어가고 있다.

해가 지고 나니 더위는 조금 수그러들었으나 이번에는 풀벌레
소리가 시끄럽게 들린다. 강호는 몸이 끈적끈적하여 마당 앞의 우물에
서 조심스럽게 몸에 물을 퍼부었다. 며칠 만에 목욕을 하고 나니
기분이 상쾌하고 가벼웠다.

그때 막 굴로 가려는 순간 대문에서 섬뜩한 인기척을 느끼는 순간이
었다.

“어이, 동무! 그기 잠깐 서기요.”

“예! 당신들은 누구요?”

“나~ 춘삼이요.”

강호가 대문 앞을 바라보니 낯선 군복을 입은 자와 춘삼이, 그리고
동네 청년 두어 명이 마당 안으로 들어서고 있다.

"아뿔싸."

생초면에도 인민군이 들어와 면 사무실에 인민위원회가 설치되었다는 소문을 들었는데 강호가 걸려든 것이다. 어둠속에 서 있는 자는 인민군이며, 춘삼이와 다른 두 명은 죽창을 들고 서 있다. 아마도 강호가 피난을 가지 않고 숨어 지내는 것을 춘삼이가 밀고한 모양이다.

"어이! 청년 동무! 나와 함께 잠시 인민위원회로 가야겠소."

"내가 무슨 잘못이라도 저질렀십니까?"

"아~ 아 아니요! 우리와 같이 남반부 해방 전쟁에 같이 동참하자는 거요."

강호는 지금 분위기로 봐서 이렇다 저렇다 할 말씨름의 여유가 없다는 것을 직감했다. 주변에 찬바람이 감돌았다. 일단 저들을 따라가면서 적절히 처신하는 게 낫겠다고 생각했다.

"저~ 그라모 잠깐만 기다려주이소! 식구들에게 사정을 알리고 옷도 갈아입어야 된께네 잠깐이면 됩니더."

"좋소! 춘삼이 동무가 저 동무 도망 못 가게 감시하기요"

"옛! 알았심니더, 전사 동지."

춘삼이는 벌써 인민군이 다 된 말투다. 강호가 굴 있는 곳으로 가자 춘삼이가 죽창을 들고 멋쩍게 따라왔다.

"백형! 여기서 잠깐만 기다리소! 내 금방 나올게요."

춘삼이는 무안한지 말이 없이 죽창을 세우고 일단 걸음을 멈춰섰다.

"딴짓 하지 마소! 나는 이 집 내부를 훤히 알고 있소."

강호는 얼굴이 창백하여 굴 안으로 들어왔다.

"영복이 아버지! 얼굴색이 와 그렇심니꺼?"

복자가 갑자기 강호의 태도가 수상하여 다급하게 물어본다. 희미한 등잔 아래 식구들이 모두 강호를 쳐다보고 있다. 영복이는 이제 제법 걸음마를 하며 굴 안쪽에 또박또박 걸어 다니고 있었다. 강호가 영복이를 끌어안고는 무겁게 입을 연다.

"지금부터 내 말 잘 들으소~오."

"무신 일인데예?"

복자가 걱정스런 눈으로 강호를 쳐다본다.

"지금 밖에 인민군이 와 있심니더! 춘삼이하고 동네 청년 두 명도 같이 왔심니더."

"뭐라고? 춘삼이 이놈이 기어이 큰일을 저질렀구나."

강호 아버지가 격하게 언성을 높인다.

"아부지! 지금 굴 앞에 춘삼이가 서 있심니더."

강호가 말소리를 낮추어 다시 말을 계속한다.

"지금 상황으로서는 별다른 수가 없심니더! 내가 인민위원회에 가서 저들 말대로 따르다가 기회를 봐서 다른 수를 쓸 테니까 너무 걱정하지 마이소! 일단 지은 죄가 없으니 큰일은 없을 낍니더."

강호의 나지막한 음성에 식구들은 벌벌 떨고 있다. 며칠 전에 후퇴하던 준식이가 동네 좌익들을 조심하라고 했는데, 결국 일이 닥치고야 말았다. 굴 안에는 모기가 윙윙거리고 식구들은 공포와 무서움에 떨며 등잔불마저 도깨비불같이 보인다.

"아버지! 그라고 어머이! 너무 걱정하지 마이소! 내가 특별히 잘못한 것이 없으니 큰 해는 없을 낍니더! 당신은 영복이 잘 보살피고 평소와 같이 생활하소! 내 죽지 않고 반드시 살아서 올 낀께네 나만 믿으소."

"그러다가 전쟁에 지면 우찌 되는데예?"

"이 전쟁은 절대로 안 진다."

"그래! 강호야! 인명은 재천이라! 사람 목숨은 하늘에 달렸다, 아이가? 아무리 생각해도 현재로선 별수가 없는 것 같다. 어디를 가든지 정신을 똑바로 차리고 기회를 잘 이용해라."

강호 아버지는 비장한 마음으로 아들에게 간절히 몸조심을 당부하였다.

"아이구! 해방된 지 몇 년이나 됐다고 또 전쟁이 나서 이 고생이고! 참말로 우리 팔자가 와 이리 기구하네! 우짜든지 강호야! 살아서 와야 된다이! 오봉리에 있으면 화림사에 가서 손이 발이 되도록 빌 낀데 부처님도 무심하시지! 쯔쯔쯔."

강호 어머니는 눈물범벅이 되어 인민군에 끌려가는 아들의 앞날이 기가 막혀 말도 제대로 못하고 있다.

"빨리 나오소."

이때 굴 밖에서 춘삼이의 신경질적인 음성이 들려왔다. 복자는 얼른 일어나 강호의 옷가지를 주섬주섬 챙겼다.

"영복이 아버지! 살아서 와야 됩니더! 무신 일이 생기면 나도 따라 죽을낍니더! 우짜든지 몸조심 하이소."

"그런 막 생각은 하지 마소! 영복이한테 해롭소! 여태까지 운 좋게 살아왔으니 나를 믿는 도리밖에 없소."

강호는 춘삼이의 성화에 못 이겨 굴 밖으로 나왔다. 식구들도 다 따라 나왔다. 춘삼이는 복자의 식구들을 보자 민망한지 고개를 다른 곳으로 돌린다. 어두운 밤이지만 모두 춘삼이를 증오의 눈빛으로 바라보고 있다.

강호는 눈빛으로 식구들을 안심시키고 춘삼이를 따라 대문 밖으로 나왔다. 엄마의 등에 업힌 영복이가 뭐라고 옹알거린다. 식구들이 대문 밖까지 따라 나오니 군복 입은 사내와 죽창을 든 동네 청년 두 명이 강호를 에워싸고 골목길을 따라 큰길로 향하여 걸어간다.

강호는 어둠 속에서 뒤를 돌아보며 뭔가 손짓을 하다가 그림자만 남기고 사라져버렸다.

식구들은 무서워 아무 말도 하지 못하고 어둠 속에 떠나가는 강호를 눈물로 멍하게 바라보는 수밖에 없었다.


"에~ 동무 날래 오기요! 그기 잠깐 앉기요."

강호가 인민위원회가 있는 면사무소에 오니 벌써 제법 많은 사람이 끌려와 있었다. 그중에는 안면이 있는 마을 사람들도 몇 있었다. 모두들 두려움에 말도 하지 못하고 눈인사만 주고받는다.

면사무실 안에는 죽창을 든 청년들이 둘러서 있고, 바지에 붉은 줄이 그어진 인민군 몇 명이 무슨 조사를 하는지 억센 이북 사투리로 사람들을 분류하고 있다. 그중에 인민군 한 명이 강호에게 가까이 오더니 의자에 앉으란다.

"동무의 이름은 내가 들어 알고 있소! 여기 종이 한 장 줄 테니 동무가 여태까지 살아온 내용을 간단히 적으시요! 설마 글자를 모른다는 말은 안 하겠지."

강호는 인민군의 강압적인 자세에 난감했다. 무엇 때문에 이런 것을 쓰라고 하는지 저의를 알 수가 없었다. 일단 가족관계와 보통학교 졸업, 한의원에서 일했던 내용, 징용을 피해 부산 관부연락선 부두 노무자 생활을 했던 사연, 생초는 농사짓기에 토질이 좋아 오봉리에서 계남리로 이사 왔다고 둘러 적었다.

"아~ 동무 필체 좋구만! 기리고 뭐 반동적인 일은 하지 않았구만."

인민군 군관은 강호에 대해서 다 알고 있는 것같이 말한다.

"강호 동무."

갑자기 인민군이 강호를 날카롭게 바라보며 이름을 부른다.

"예."

"아~ 너무 떨지 말기요! 강호 동무는 다른 사람과 달리 사상 검토는 필요 없으니끼니, 에~ 동무는 우리 공화국 군대에 들어와 남반부 해방 전투에서 큰 공을 세워보는 기 어떻갔소? 다시 말해서 의용군에 들어와서 영웅적 투쟁을 하라 이 말이요. 강호 동무는 글도 알고 하니 내 좋은 부대에 추천하갔소."

강호는 순간적으로 생각하니 인민군의 보급선이 길어지니 군인이 절대적으로 필요한 것 같았다. 그러니 아무런 훈련도 받지 않은 마을 사람들을 끌고 와 급히 전선에 투입한다는 것은 역으로 전쟁에 물자와 병력이 부족하다는 증거였다.

"저도 전선에 나가 공을 세우고 싶습니다! 허지만 얼마 전에 밭일하다 쟁기에 정강이가 부딪쳐 당장 전장에는 못 나가도, 우선 물자 운반에 참여했다가 다리가 완치되면 그때 인민군에 입대하겠십니더."

강호는 전장을 피하기 위해 지난번 논갈이하다 쟁기에 부딪힌 다리를 핑계로 살짝 정곡을 피해 갔다.

"기래요! 어디 상처 한번 봅세다."

군관은 강호의 다리를 보잔다.

"여긴 대나무로 기부스를 하였는데 뼈가 부러졌다고 합니다."

강호는 굴에서 일부러 상처 부위를 대나무로 맞대고 광목천으로 칭칭 감고 나왔던 것이다.

"확실하오?"

"예! 제가 의용군에 안 가겠다가 아니라, 뼈가 붙는 즉시 의용군에 자원 입대 하겠십니더."

"하~ 이 동무 수완도 좋구만! 좋소, 내 한번 속아 보지. 그렇지만 나중에 나를 원망하지 말기요."

197

강호는 무슨 뜻인지 잘 이해가 안 되었지만, 일단 전쟁터는 피한 것을 다행으로 생각했다.

1950년 8월 5일, 강호는 군수물자를 실은 소달구지를 이끌고 진주, 진성, 반성을 거쳐 함안군 진전면에 도착했다. 낮에는 미군기의 공습을 피해 밤에만 이동하여 포성이 울리는 어느 산속에 숨었다. 전선이 가까운지 밤낮없이 포성이 울리고 낮에는 미군기가 쉴 새 없이 저공비행을 하며 기총소사를 하였다.

파죽지세로 남하하던 공산군은 낙동강 전선에서 더 이상 전진을 하지 못하고 며칠째 공방전만 계속하고 있었다. 보급선이 너무 길어져 군수품 조달이 어려울 뿐만 아니라, 미군기의 공습으로 전투 장비와 병력이 큰 타격을 입었기 때문이다.

8월의 한낮 더위는 숨이 막힐 정도로 푹푹 찌고 매미소리는 총소리보다 더 시끄러웠다. 밤에는 모기들이 사지를 물어뜯어 긁은 자리가 덧나서 진물이 나왔다. 지옥이 따로 없었다. 옷도 갈아입을 형편이 못 되어 땀에 절은 옷에서는 식초 냄새가 났으며, 발은 붇어터지고 얼굴은 수염이 자라 마치 산적 두목을 연상케 했다. 모두들 골짜기에서 숨을 죽인 듯이 숨어 있다가 밤이 되면 미숫가루 보리죽으로 허기를 채운 후 탄약 운반에 동원되는 날이 계속되었다.

북의 군대는 조선의용군으로 편성된 6사단이며 방호산이 지휘하는 부대로서, 고성, 통영을 차례로 점령한 후 여항산에 진을 치고 마산 공격에 전력을 집중하고 있었다.

국군은 낙동강 전선과 마산 함안지역을 마지노선으로 정하고 적과의 한 치 양보도 없이 일진일퇴를 계속하며 교두보 사수에 나라의 운명을 걸었다. 이 방어선이 무너지면 김해와 진해는 물론, 남한 최후의 보루인 부산은 그야말로 백척간두에 놓이게 되는 것이다.

이 중요한 지역을 방어하는 부대는 미 25사단과 해병대 김성은의 부대였다.

8월 11일 저녁, 중복(中伏)을 지난 한여름의 뙤약볕이 서산으로 넘어가고, 쌍방이 다시 전열을 정비하는 동안 잠시 포성이 멎었다.

강호는 밤을 이용하여 개울에서 몸을 씻고 인근 바위에 앉아 잠시 더위를 식히는 중이었다.

"어이 동무! 그긴 좀 시원하기요?"

"아~ 예~!"

강호의 뒤에서 인민군 장교가 강호에게 다가오며 말을 건넨다.

"남조선 여름 날씨는 참말로 견디기 어려울 정도로 덥소."

"금년 여름은 더 더운 것 같습니다."

"동무! 수고가 많소! 집은 어디메요?"

"아~예! 저! 산청입니더."

"산청! 멀리서 왔구만! 그런데 내래 산청이 고향이라는 동무하고 평안남도 강동 정치학원에서 유격훈련을 받은 적이 있디요! 요즈음 그 동무 남부군에 소속되어 태백산맥을 중심으로 대구 부근에서 열성적으로 유격 활동을 한다는 소문을 들었소."

강호는 인민군 장교의 말을 듣고 깜짝 놀랐다. 그 사람은 틀림없이 양정태라고 직감했다.

"저~! 혹시 그 사람 이름이 양정태라고 하던가예?"

"어! 기래! 그 사람 성이 양씨고 이름이 정태 맞아! 그런데 동무가 어떻게 그 사람을 알기요?"

"예! 제 친구입니다."

"기래요? 기럼 혹시 이름이 장강호 동무요?"

"예! 그런데 어찌 제 이름을?"

"허허! 이거 세상 참 좁구만 기래! 내래 그 사람하고 군사훈련 받을 때 장강호 동무 이야기를 자주 들었소. 동무 결혼식 때 가짜 신부가 노래 부른 사연은 아주 재미있어 지금도 잊혀지지가 않아요."

"아이구! 반갑십니더! 그 친구 못 본 지가 몇 년 되었는데, 저한테 이리 소식을 전해주시니 정말 고맙십니더."

"참 재미있고 좋은 친구였는데 말이요! 장 동무와 우리들 인연이 전쟁으로 얽히니 참으로 나도 딱하오."

"근데 말이요! 전쟁 나기 전에 정태 동무가 자기 아바이가 인민재판에서 총살되었다는 이야기를 듣고 길길이 날뛰었다고 하더구만! 지리산으로 달려가 그 군관을 밟아 죽이겠다고 큰 소동을 벌였다는 소문을 들었소! 남부군 부사령관인 남도부가 간신히 말리면서 해방전쟁이 끝나면 그 군관을 재판에 회부시킬 테니 꾹 참으라는 이야기를 들었소."

"예~ 사실 정태 아버지는 억울하게 죽었십니더."

"그런데 동무! 나 솔직히 이야기하는데 우리 이 전쟁에 승산이 없소."

"예?"

강호는 느닷없는 인민군 장교가 전의상실을 푸념 섞인 말로 하자 적잖이 놀라고 말았다.

"사실은 말이요, 미군과 유엔군이 개입한 이후부터 전쟁의 승리는 물 건너갔다 이 말이요! 당초 남반부 해방전쟁을 속전속결하기 위하여 모든 계획을 짰는데, 보급로는 길어지고 제공권은 미군기가 장악하였으며, 게다가 유엔군이 개입하였으니 우리 공화국 군대가 세계를 상대로 싸운다는 것은 중과부적(衆寡不敵)이요. ……낮에는 공습 때문에 꼼짝을 못하니 지금 인민군의 사기는 말이 아니오."

"그라모 전쟁이 곧 끝날 것 같습니까?"

"현재 우리 측 피해가 너무 커서 수일 내에 죽기 아니면 살기로 마지막 총공세가 있을끼요! 그러니 동무는 여기서 개죽음당하지 말고 기회를 봐서 탈출하시요! 내가 우리 측 허점을 알려줄 테니 마산 방면으로 가시오."

강호는 인민군 장교의 말에 가슴이 두근거려서 상황 판단이 어려웠다. 지금 인민군 군관의 말이 진실인지 아니면 강호의 마음을 사상적으로 검토를 하는 건지 갈피를 잡을 수 없었다.

"동무! 아마도 내일 저녁에 총공격이 예상되니 그 틈을 이용하여 마산 부산 방향으로 탈출하시요! 기리고 우리 살아서 다음에 만나기요."

인민군 장교는 강호에게 손을 내밀었다. 어둠 속이지만 웃는 것 같았다.


8월 12일, 한여름의 뙤약볕이 아침부터 내리쏟았다. 사방이 희끄무레한 안개가 산 능선을 휘감는 걸 보니 오늘도 무척 덥겠다고 강호는 생각한다.

10일째 밤낮으로 퍼붓던 피아간의 포격이 이상하게 멈추고 산골짜기에는 무서운 적막감이 흘렀다. 수리봉(557M)과 서북산(739M)을 사이에 두고 쌍방의 대치 상태가 두세 시간 흘러갔다.

그런데 갑자기 동쪽에서 미군기가 4대씩 편대를 짜고 수없이 날아와 적의 진지에 포탄을 엄청나게 퍼붓기 시작하였다. 정신을 차릴 틈도 없이 진지는 부서지고 사망자가 속출하였으며, 엄청난 공습으로 적의 참호는 박살이 나고, 고막이 찢어질 듯한 폭음과 화염은 천지를 뒤덮었다. 아군의 공습이 오늘은 뭔가 결판을 낼 듯이 무한정 폭탄을 퍼붓는다.

"야! 이 새끼들아! 비행기 사냥꾼들은 뭐하고 있네! 날래 대공 사격을 개시하라우! 쫑간나 새끼들!"

악에 바친 인민군 지휘관들의 독전 소리가 정신없이 산골짜기로 울려 퍼진다. 인민군들이 고사 기관총에 오륙 명이 달라붙어 미군기의 전면에 고사총과 장총을 쏘아대지만, 폭격과 기총소사는 계속되고 있다. 잠시 후 저공으로 날아오는 미군의 F-82 무스탕 제트기가 노출된 적의 고사포 부대에 직격탄을 날린다. 포와 사람이 공중으로 곡예하듯이 잠시 치솟더니 팔다리가 분해되어 강호 앞에 풀썩 떨어졌다. 강호는 호 속에서 고개도 들지 못하고 지옥과 천당을 왔다 갔다 하며 제정신을 못 차렸다.

비행기의 공습이 끝나고 나니 이번에는 국군의 진지에서 포탄이 무자비하게 날아온다. 파편이 이곳저곳 널브러지며 적의 시체가 걸레같이 찢어져 흙먼지 속으로 묻혀갔다. 강호는 아무래도 여기 있다가는 죽음을 면하기 어렵다고 생각했다. 어제 인민군 장교의 말대로 쌍방의 공방전이 벌어지면 야음을 틈타 탈출하려고 하였으나, 지금 이 상황이 더 좋을 것 같았다. 적들은 호 속에 숨어 고개도 들지 못하고 포탄은 비 오듯 쏟아지고 사방을 둘러보니 오른쪽으로 계곡이 어렴풋이 보인다. 일단 강호는 같이 온 일행들로부터 거리를 두면서 포탄을 피하는 척했다.

그런데 저쪽의 호 쪽에서 어제 그 장교가 강호를 보고 손짓을 하고 있지 않은가! 빨리 도망가라는 신호다. 강호는 고개를 약간 숙여 고맙다는 인사를 한 후, 계곡을 향해 최대한 빨리 기어갔다. 적의 진지 속에서는 폭음과 비명이 천지를 진동하고 비행기 소리가 그칠 줄을 몰랐다.

계곡을 따라 정신없이 도망치던 강호는 그때서야 주변에 자기 혼자뿐이란 걸 알았다. 그런데 현재의 위치를 가늠하기가 어려워, 아까 포탄이 날아오는 방향을 짐작하여 동남방으로 몸을 숨겨가며 사력을 다해 산길을 뛰었다. 멀리서는 아직도 포탄 터지는 소리가 작렬한다.

"움직이지 말고 손들엇!"

정신없이 달리는 강호 앞에 갑자기 군인들이 나타나 강호를 덮쳤다. 강호는 깜짝 놀라 이제는 죽었구나 하고 주위를 둘러보니 우리 국군 진지에 들어온 것을 알았다.

"아이구! 이제 살았다! 나는 인민군이 아닙니더! 지금 도망쳐 오는 길입니더."

"어디서 오는 거요?"

"인민군에 끌려갔다가 미군의 공습으로 도망쳐 왔심니더."

"일단 이리 와 보시오."

강호는 그때서야 안도감을 느끼며 소속 부대의 정보과에서 간단한 조사를 받은 후 보급차를 타고 마산으로 들어왔다. 강호를 발견한 국군은 해병대 김성은 부대이며, 강호가 제공한 정보에 의해 그날 밤 치열한 공방전 끝에 수리봉과 서북산을 탈환하고, 인민군 6사단은 진동리 전투에서 거의 궤멸하다시피 큰 타격을 입었다고 한다.

강호는 마산에서 일단 가까운 경찰서를 찾아가기로 마음을 정했다. 시내는 조용하고 차분한 분위기였으나 군인들이 수십 대의 GMC에서 군가를 부르며 전선으로 향하는 모습이 보였다. 전차도 굉음 속에 흙먼지를 일으키며 진동면 방향으로 쏜살같이 달리고 있다.

강호의 처지로는 집으로 돌아가기란 불가능하며, 그렇다고 노무자 생활을 할 수도 없는 노릇이었다. 생각 끝에 군대에 지원하기로 마음을 굳히니 자신이 자랑스러워졌다. 경찰서에는 직원들이 전투복 차림으로 바삐 움직이고 있었으며, 마치 군 지휘소 같은 긴장감이 맴돌고 있었다.

강호는 병력 모집 부서에서 자초지종을 설명하고 국군에 입대하기를 원했다. 담당 경찰관은 지금 전국에 징집 동원령이 내려 잘되었다며, 자원입대서에 신상명세를 적게 한 후 이틀 정도 대기하란다. 모병 인원이 차면 기차로 부산으로 이동하여 제주도 제1훈련소로 간단다.

현재 남한 전역이 적의 수중에 들어가 마땅한 훈련 장소가 없기 때문에 임시로 제주도에서 군사훈련을 받아야 된다며 그때까지 10일 정도 기다려야 한다는 것이다. 강호는 모병 부대로 이동하여 며칠을 보낸 후, 그 사이 전국에서 피난 온 젊은 장정들과 합류하여 부산으로 호송되었다.

부산의 임시 휴교된 학교에서는 카투사와 일반 병사를 분류하고 있었으나, 강호는 일반병에 배속되어 삼일 만에 드디어 제주행 LST에 몸을 실었다. 또 다른 미군 수송선에는 카투사를 태운 군함이 일본 요코하마를 향해 동시에 출항을 하고 있었다.

비릿한 바다 냄새와 후텁지근한 날씨가 5년 전 이맘때 8.15 해방의 그날을 연상케 한다. 수송선 안에는 군에 입대하는 장정들이 대부분이며, 승무원은 거의 미군들이다. 장정들은 모두들 군함의 좌, 우현에 몰려서 배웅 나온 가족들에게 열심히 손을 흔들며 사투리 섞인 작별의 모습들이 진짜 전쟁으로 인한 이별을 실감케 한다.

수송선이 기적을 길게 울리며 서서히 항구를 떠나자, 부둣가에 환송 나온 일가친척들은 울며불며 하얀 수건을 갈대꽃같이 흔들어댄다. 갑자기 부산항구가 울음바다로 변했다. 그러나 저 수많은 사람들

중에 강호를 위해 손을 흔들어 주는 사람은 아무도 없다. 어쩌면 이 순간이 가족과 영원한 이별이 될지도 모른다는 생각이 들자, 강호의 눈에서는 닭똥 같은 눈물이 하염없이 흘러내린다. 강호는 흐르는 눈물을 남해바다에 뿌리며 수평선에 펼쳐진 고향 하늘 쪽을 바라본다.

양~양한 앞~길을 바라 보~올 때에~
혈관이 파~도 치는 애국의 기~ㅅ이발
노~~　고 넓은 사나이 마~음
생사도 다 버리고 공명도 어~없다~아
들~어~라 우리들의 힘찬 맥박을
가슴에 우~울리는 독립의 소리.

강호는 미군의 수송선에서 울려 퍼지는 군가에 자꾸만 눈물이 솟는다. 지난날에 노무자로 일했던 관부연락선 부두는 파도 위에 가물거리고, 영도다리 난간에는 무심한 갈매기들만 날아다닌다. 구름 속의 용두산은 수십억 년이 흘렀지만, 태평양을 굽어보는 모습은 변함이 없다. 수송선이 오륙도를 벗어나니 올망졸망한 섬들은 오리처럼 떠 있고, 물 위의 조각배는 한가롭게 그물질만 하고 있다.

강호는 함상에서 수평선 저 멀리 솜처럼 피어오르는 뭉게구름을 바라본다. 저 구름 속에 두고 온 식구들의 얼굴이 별같이 떠오르다 사라진다. 불과 얼마 전까지 한곳에서 정답게 살았는데, 지금은 생사를 알 수 없는 기로에 서 있다니 참담한 마음을 달랠 길이 없다.

수송선이 기적을 울리며 또 다른 군가가 뱃전으로 울려 퍼진다. '인생의 목숨은 초로(草露)와 같고, 조국의 앞날은 양양(襄陽)하도다. 이 몸이 죽어서 나라가 산다면 아~아~ 이슬같이 기꺼이 죽겠노라.' 군함의 뒷전을 보니 구름 속의 영도 섬은 점점 멀어져 가고 있다.

이튿날, 강호는 갑자기 배 안이 술렁거려 선상에 나와 보니 수평선 저 멀리 우뚝 솟은 한라산이 그림처럼 보인다. 드디어 제주항에 도착한 것이다. 섬에는 육지에서 보지 못한 이상한 수목들이 바람에 흔들리고, 바닷가의 돌들은 시커먼 바위인지 숯덩이인지 물속에서 들락날락 숨바꼭질을 하고 있었다. 거기다가 모든 돌들은 잔구멍이 수없이 뚫려 있어 희한하였으며, 사람들의 옷은 광목 같은 천에 불그스레한 물감을 들였는지 모두들 비슷한 차림새다. 또 제주 사투리는 한마디도 알아들을 수가 없고 모든 것이 그저 낯설기만 하다. 그리고 아직도 4. 3사태의 여파로 군인들에 대한 경계감이 가시지 않았음을 느끼게 된다.

강호는 문득 옛날에 준식이가 징용 갔던 남양군도의 풍경을 떠올린다. 장정들은 신속한 동작으로 수송선에서 하선하여 차량에 탑승한다. GMC 군용 트럭은 모슬포를 향해 흙먼지를 날리며 무식하게 달렸다. 나라가 한창 전쟁 중인데도 여기는 딴 세상 같다. 지리산 골짜기에서 자란 강호는 생전 처음 보는 제주도의 풍경이 마치 동화 속의 그림 같다고 느낀다. 깊은 바다에서 물질하는 해녀들의 모습이 신기하고, 길섶에 피어 있는 선인장은 꽃인지 열매인지 희한하며, 퍼렇게 탱자 같은 과일은 꿈에도 보지 못한 것이다. 모든 것이 육지와는 너무나 다른 풍경에 입이 다물어지지 않는다. 또 한라산이 요술을 부리는지 차량의 방향에 따라 산의 모습이 요상하게 변하면서 계속 산 그림자가 트럭을 따라오고 있다.

어느덧 조그만 남쪽 마을에 도착하였는데, '모슬포'라고 한다. 태평양을 향한 수평선 위에는 하얀 갈매기들이 종이비행기처럼 한가롭게 날고, 저 멀리 보일락말락 아롱거리는 섬은 '가파도'라고 한다. 또 저 섬보다 더 먼 곳에는 우리나라 최남단인 '마라도'라는 섬이 있단다.

북쪽을 바라보니 한라산 밑에 낙타 등같이 생긴 이상한 산이 쭈그려 앉아 있고, 북동쪽에는 '산방산'이라며 마치 군인들의 철모같이 요상한 산이 보인다. 또 멀지 않은 곳에 송악산이라는 아담한 산이 조국을 지키고자 바다를 건너온 애국 청년들을 포근히 반겨주는 듯하다. 그러나 지리산에서 자란 강호는 어떤 것이 산이고 어떤 것이 봉우리인지 제주도에서는 구별하기가 쉽지 않다.

신병들이 도착한 모슬포 훈련소는 태평양전쟁 때 일본군이 사용하던 비행장으로, 여기저기 콘크리트 구조물의 격납고가 두꺼비처럼 엎드린 채 태평양을 향해 입을 벌리고 있다. 아직 모슬포 훈련소는 정식으로 개소하지 않고 해병대의 임시 막사를 이용하기로 했단다. 해병대는 9월 1일 진해로 이동한다고 하며, 모든 군사 시설은 미군의 군수품으로 지어진 야전(野戰) 병영 상태. 활주로에 비행기는 간 곳 없고 한여름 뙤약볕에 잔디와 잡초가 무성하여 마치 아프리카 사바나를 연상케 한다. 날씨는 후덥지근한 데다 풀밭에는 커다란 지네가 스물스물 기어가는 모습이 징그럽고 두렵기까지 하다.

강호는 조국 대한민국을 지키고 그리운 가족을 만나기 위해서는 이 시련을 반드시 극복하겠다는 비장한 각오로 모슬포에서 첫날밤을 맞는다. 남국의 밤하늘엔 수많은 별들이 바다에 쏟아지고 철썩철썩 파도소리는 자장가처럼 들려온다. 풀숲의 벌레는 몽골의 전통음악 '흐미'같이 요란하게 울어대고 후덥지근한 바닷바람은 막사 안으로 비린내를 밀어 넣는다. 강호의 귀에는 수송선의 군가가 아직도 귓전을 맴돌고 있다.

"이~몸이 죽어서 나라~가 산다면~……"

# 14
# 암흑의 계남리

강호가 인민군에 붙들려 간 지 벌써 보름이 지났다. 복자의 가족들은 백방으로 강호의 행방을 알아보았으나, 누구에게서도 시원한 대답을 듣지 못했다.

탄환 상자를 실은 달구지를 따라 진주로 갔다느니, 통영에서 비슷한 사람을 보았다는 소문이 있는가 하면, 아마도 함안에서 인민군들이 크게 당했는데, 그곳에서 죽었는지도 모른다는 유언비어로 복자네는 초상집 같은 나날을 보내고 있다. 강호를 끌고 간 춘삼이도 모른다고 하며 인민위원회에 파견 나온 인민군 군관은 영용한 인민군대에 있으니 걱정 말라고만 하였다.

계남리는 적중에 들어갔지만, 상공에는 하루에도 몇 차례씩 미군기가 저공비행을 하다가 돌아갔다. 마을 사람들은 아직은 국토가 완전히 점령되지는 않았다고 생각했다. 그런데 미군기가 피아(彼我)를 구별하지 않고 사람만 보이면 사정없이 기총소사를 하는 바람에 민간인들의 피해가 속출한다는 소문이 파다하게 퍼졌다. 사람들은 멀리서 비행기 소리만 나면 논두렁에 엎드리거나 언덕 밑으로 몸을 숨겨 비행기가 사라지기만을 기다렸다. 또 며칠 전에는 부역자로 끌려갔던 윗마을 사람이 미군기의 공습에 죽었다는 비보에 사람들은 낮에도 바깥출입을 삼가고 대부분 집안에서 무더운 여름을 보내는 형편이었다. 복자의 가족들은 강호가 인민군에 붙들려 간 후 굴에서 나왔다. 다행히도 좌익 세력으로부터 큰 고통은 받지 않았으나 집안 분위기는 걱정과 불안으로 사는 게 말이 아니었다. 거기다가 밤만 되면 거의 매일 인민위원회나 민청, 자위대 등에 나가 사상교육과 정치적 선전, 반동분자 색출에 참여하라는 등, 연일 전쟁지원에 관한 집회로 불안이 계속되었다.

8월의 날씨는 말복이 지났건만 찌는 듯이 무덥기만 하다. 논에는 벼들이 하나둘 이삭이 패기 시작하였으며, 신작로의 버드나무에서는 매미가 세상사를 아는지 모르는지 입이 째지도록 울고 있다.

영복이도 이젠 제법 '엄마! 아빠!' 소리를 내며 아장아장 귀엽게 걸어 다닌다. 가족들은 영복이를 보면 인민군에 끌려간 강호의 소식이 더욱 그리워지곤 한다. 복자와 영복이 할머니는 매일 장독대에 정안수를 떠놓고 강호의 무사귀환을 천지신명께 비는 것이 일과처럼 되어버렸다.

"비나이다. 비나이다. 우짜든지 우리 아들 강호가 무사히 집에 올 수 있도록 신령님께 비나이니 부디 보살펴 주이소 비나이다 비나이다."

"신령님! 저는 이제 친정부모 다 돌아가시고 남편 하나 보고 살고 있십니더! 우리 남편만 살아온다면 무슨 짓이든 다 할낀께네 천지신명께서 굽어 보살펴주이소!"

영복이 할아버지는 가끔 논밭에 나가 들일을 하고 돌아온다. 나이가 들었다고 인민군들은 별로 신경을 쓰지 않는 눈치다. 오늘도 영복이 할아버지와 용배 아버지는 쇠스랑을 들고 밭으로 나갔다. 그런데 저쪽 먼 길에서 이상한 달구지가 몇 사람에 의해 계남리로 오는 것이 목격되었다.

"어! 저기 뭐꼬?"

영복이 할아버지는 놀란 가슴을 부여안고 달구지를 향해 뛰어간다. 용배 아버지도 쇠스랑을 팽개치고 영복이 할아버지를 뒤따른다. 가까이 가보니 강호와 같이 인민군에 끌려갔던 동식이란 마을 청년이 이불에 덮여 실려 오고 있다. 얼굴은 퉁퉁 부었고 광목 붕대를 머리와 팔, 다리 등에 칭칭 감고 눈은 감고 있다. 부상이 심한 것 같다. 가족들도 침울한 표정으로 달구지 뒤를 조심스럽게 따라오고 있다.

영복이 할아버지는 아들 강호의 소식을 묻고 싶었으나, 차마 말을 붙일 수가 없어 그냥 집으로 돌아왔다.

"영복이 할배! 밭에 간다더니 와 이리 일찍 왔소?"

영복이 할아버지는 우물에서 물 한 바가지를 퍼서 들이킨다.

"조금 전에 강호와 같이 끌려간 동식이가 몸이 엉망이 돼서 소구루마에 실려 오는 것을 보았소."

"아이고 우짜꼬! 우리 강호는 우찌 되었다 카데요?"

"물어볼 분위기가 아이더라."

"아버님! 동식이 오빠가 왔다고예?"

"응! 오기는 왔는데 살란가 죽을란가 겉보기에는 심각하더라."

"올매나 다쳤는데 말을 못해예?"

"부상이 심하더라! 며칠 기다려 보자. 그때까지 조용히 있는 기 나을 끼다."

그로부터 열흘이 지났다. 큰 부상을 당했던 동식이가 뜻밖에 지팡이를 짚고 강호네 집으로 찾아왔다.

"어! 동식이 오빠! 올매나 고상을 했심니꺼? 우찌 몸이 좀 나아졌심니 꺼? 그렇게도 마이 다쳤는데 이리 움직이니 참으로 다행이네예."

동식이는 아직 머리에 붕대를 감고 싱긋이 웃으며 복자의 청마루에 앉는다.

"동식이 자네를 보고 나는 올매나 놀랬는지 모른다. 그래 몸은 좀 우떻노?"

영복이 할아버지는 동식이의 팔다리를 만져본다. 영복이 할머니도 동식이를 보자 반갑기도 하고 아들 강호 소식이 더 궁금하여 안달이 났다.

"몸은 다쳐도 그래도 살아서 집에 왔으니 천만다행이다. 니는 천운 을 타고났는갑다. 그리고 우리 강호는 우찌 되었노?"

영복이 할머니가 아들 강호의 소식을 물어본다.

"안 그래도 지가 강호 형 소식을 전할라고 이리 왔다 아입니꺼?"

동식이의 표정을 보니 강호에게 큰일이 난 것 같지는 않아 보인다.

"지난 8월 11일인가 12일에 인민군 군수품을 싣고 진동 부근 산속에 숨어 있는데, 미군기가 새카맣게 날아와서 올매나 폭탄을 퍼붓는지 그때 지는 죽는 줄 알았심니더. 여기저기 인민군과 노무자들이 피를 흘리며 쓰러지는데, 그때 누군가 옆을 휙 지나가기에 언뜻 보니 강호 형이 도망가는 기라예! 그래서 나도 같이 뛸라고 일어서는 순간 고마 정신을 잃고 말았심니더. 정신을 체리고 보니 산속 동굴 인민군 야전 병원이라예."

"그라모 우리 영복이 아빠가 살아 있다는 말입니꺼?"

복자와 영복이 할아버지 할머니가 얼굴에 희색이 돌며 안도의 한숨을 내쉰다.

"아이고! 천지 신령님! 고맙심니더! 참말로 고맙심니더."

영복이 할머니는 연방 손바닥을 비비면서 중얼거린다. 복자도 춤을 추고 싶도록 기분이 좋다.

"그란데 와 아직까지 소식이 없을까예?"

복자는 기쁨도 잠시 다시 걱정스런 눈빛으로 동식을 쳐다본다.

"아마도 지 생각으론 마산 방향으로 간 것 같심니더. 그러나 여기는 인민군들이 있으니 우찌 연락을 할 수가 없다 아입니꺼?"

"그 말도 일리가 있다. 그런데 이 사실을 인민위원회에서 알면 우짜노?"

영복이 할아버지는 기쁨도 잠시 또 다른 걱정이 앞선다.

"맞심니더! 그란께네 이 사실을 아무에게도 이야기하지 말고 비밀로 해주이소! 우리 아버지 어머니한테는 미군 폭격으로 죽은 것 같다고 말했심니더."

"잘했다. 참말로 고맙데이! 그리고 우찌 그런 몸으로 집에까지 왔노?"

영복이 할아버지가 동식이에게 그간의 사정을 물어본다.

"말도 마이소! 부상당하고 며칠 만에 정신을 차려보니 어느 산속 동굴 인민군 야전병원인데, 부상자가 우글우글 누워 있는데 날씨는 덥지예, 여기저기 신음소리와 피비린내가 나는데 차라리 죽는 기 났겠다고 생각했심니더. 그런데 어느 인민군 장교가 부상자들을 둘러 보다가 저를 보고 '동무는 어디서 왔소' 하고 묻길래 산청에서 왔다고 했더니, 장강호 동무와 같이 왔느냐고 묻는 거라예. 같은 마을에서 왔다고 하니, 이러는 깁니더. '기래요! 강호 동무는 장렬히 전사했으니 동무는 몸이 회복되는 대로 집으로 가서 강호 동무의 전사 소식을 전하시오.' 그래서 '예? 강호 형이 죽었어예? 시신은 어디 있심니꺼? 집에 갈 때 유품이라도 가져갈랍니더.'라고 했더니 '시신은 비행기

폭격 때 날라갔소' 그러더니 그 인민군 장교는 군의관 동무를 부르더
니, 내가 회복되면 보급 차량편으로 진주로 보내라고 하고는 밖으로
나가삐렸다 아입니꺼."

"예! 그라모 우리 영복이 아빠가 죽었다는 말 아입니꺼?"

"아이라예! 내가 분명히 강호 형이 탈출하는 것을 봤단 말입니다."

"그참! 희한한 일이네! 그 인민군은 누구인데 우리 강호를 잘 알까."

영복이 할아버지가 고개를 갸우뚱하며 곰방대에 불을 붙인다.

"혹시 정태 아이가?"

영복이 할머니가 갑자기 정태를 떠올린다.

"그 인민군이 안경을 썼더나?"

"안경은 안 썼는데 키가 크고 이북 말을 하던데예."

"그라모 아이다. 정태가 이북 말을 할 리가 만무하고 우쨌든 고마운
사람이다. 그런데 진주에서 여기 집까지 우찌 왔노?"

영복이 할아버지가 일단 안심을 했는지 동식이의 귀가에 대해
물어보았다.

"야전병원에서 며칠 있다가 도락구(트럭)로 진주에 있는 야전병원
으로 실려 와서 한 열흘 있다가 집에 연락이 되었다 아입니꺼! 그런데
그때 군의관이 인민군 장교한테 대하는 모습이 제법 높아 보였어예.
저들 말로는 뭐~ 정치 장교라고 하는 말을 들었심니더."

"참! 알 수 없는 일이로세! 우리 강호가 죽었는지 살았는지 확실치도
않고, 또 인민군 장교는 집에 가서 강호가 죽었다고 전해주라며 유품은
없다카고, 이 전쟁통에 동식이 니를 집에 데려다주라 카는 것도 이해가
안 되니 말이다."

"저도 아직 이해가 안 됩니더."

"그렇제! 그나저나 니가 살아서 이렇게 소식을 전해주니 참말로

고맙다. 어서 빨리 몸이 성하기를 바라고 이 사실을 전쟁이 끝날 때까지 아무에게나 절대 말하면 안 된데이.”

“알았심니더! 저 이제 고마 가 볼께예.”

“아이다! 여기 감자 쪄놨다 묵고 가거라.”

영복이 할머니가 부엌에서 감자를 그릇에 담아왔다. 복자는 우물에서 맑고 시원한 물을 떠왔다.

며칠이 지났다. 날씨는 아직도 뙤약볕이 내리쬐는 늦더위가 계속되고, 생초 면사무소 앞 신작로에는 인민군들과 의용군들을 실은 차량이 적기가(赤旗歌)를 크게 부르며 진주 방면으로 쉴 새 없이 흙먼지를 날리며 사라지고 있다.

전세가 급박하게 돌아가는 것 같다.

“실례합니다.”

복자네 식구들이 점심을 먹고 마루에 앉아 쉬고 있는데 삼베옷을 입은 육십대 노인 한 분이 복자의 집을 찾아왔다.

“어디서 오셨심니꺼?”

“여기가 고(高) 명(明)자 달(達)자 따님이 사시는 집이 맞심니꺼?”

“예! 제가 복자라고 우리 아버지 함자가 명자 달자입니더.”

“아이구 그렇심니꺼? 처음 뵙겠심니더! 저는 오부면 양촌에 사는 이석재라고 하는데, 여기 당숙 되시는 고명수 씨가 저한테는 매제(妹弟) 되는 사람입니다.”

“아이구, 그렇심니꺼! 어서 오이소! 여기 마루에 좀 앉으세요.”

노인은 온몸이 땀에 젖었고 얼굴에도 땀이 물 흐르듯 하고 있다. 복자는 당숙의 처남 되는 손님이 오자 반갑다며 집안으로 모시면서 우선 수건을 건넨다. 그리고 시부모님과도 자연스럽게 정중한 상견례가 이루어졌다. 마침 옆집에 용배 아버지도 복자네 집에 놀러 왔다.

"어! 이분이 누구신가! 아이구 이 전쟁통에 집안 별고 없었십니꺼? 참 오랜만에 보것네예."

"아이구! 참말로 오랜만이네요! 전에는 내가 여기 가끔 왔는데 벌써 한 십 년 흘러갔네예! 가내 무고하시지요?"

용배 아버지와 당숙의 처남은 예전부터 잘 아는 사이였다. 복자는 미숫가루에 사카린을 타서 손님들에게 정중히 드렸다.

"아이구, 날씨도 더울 뿐만 아니라 미군 비행기가 날라다니고 인민군도 짝 깔렸는데 우찌 이리 위험한 데를 오셨십니꺼?"

복자는 아무래도 예감이 이상하여 사돈 되는 어른에게 단도직입적으로 물어본다.

"아~ 예! 그런데 애기 아빠가 보이질 않네예."

"아이구, 말도 마이소! 우리 아들이 인민군한테 끌려간 지도 한 달이 다 돼가는데 죽었는지 살았는지 알 수가 없어 온 집안 식구가 걱정이 태산 같십니더."

영복이 할머니가 답답한 심정을 손님에게 하소연한다.

"아~! 여기도 큰일이 났네예."

손님이 먼 산을 바라보면서 혀를 찬다.

"와? 당숙에게 무신 일이 생겼십니꺼?"

복자가 다급하여 눈을 크게 뜨며 사돈을 바라본다.

"아~ 글쎄, 매제가 며칠 전에 미군 비행기가 쏜 기관총에 맞아 그 자리에서 즉사했다 아입니꺼."

"예? 아이구 세상에! 이 일을 우짜면 좋노! 당숙은 우리 집안에서 제일 어른인데, 이제 우리 조상과 집안을 누가 돌보노! 아이구! 큰일이 났구나."

복자는 벌린 입을 다물지 못하고 그 자리에서 울음을 터뜨리고 말았다.

"아이구 세상에! 우짜다가 미군 비행기에 총을 맞았단 말입니꺼? 한 달 전에 우리 집에 왔다 가셨는데."

영복이 할머니도 놀란 입을 다물지 못한다.

"무슨 놈의 전쟁이 우리 편을 우리가 쏘고, 죄 없는 백성이 와 죽어야 되노! 이거는 전쟁이 아니라 바로 백정 놈들의 살인극이다. 이 미친놈들!"

영복이 할아버지도 놀라고 분하여 죄 없는 담뱃대를 주춧돌에 치고 있다.

"아니 무신 일이 이런 일이 있노! 그 부처같이 순한 사람이 총에 맞아 죽다니! 참말로 좋은 사람인데 아이구! 이 무신 날벼락이고."

용배 아버지도 기가 차서 말을 못한다.

"매제가 소도 운동을 시켜야 된다며 경호강변으로 풀을 먹이러 갔는데, 인민군들이 다가와서 소를 내놓으라고 실랑이가 붙었다고 합디다."

"당숙도 그렇지, 집에 있는 소도 잡아가는데 대낮에 소를 몰고 들판에 나간다는 것이 말이나 됩니꺼?"

"글쎄! 매제가 그날은 무엇에 홀렸는지 식구들과 이웃 사람들이 말렸는데도 그냥 소를 몰고 나가더랍니다."

"쯧쯧! 운명이다, 운명이야."

영복이 할아버지가 안타까워 혀를 찼다.

"나중에 매제가 소고삐를 잡고 놓지를 않으니, 반동이니 뭐니 하고 실강이가 붙었는데 느닷없이 미군 비행기 두 대가 날라와 기총소사를 퍼부었다 안 캅니꺼."

"한참 후에 동네 사람들이 달려가 보니 사람이고 소고 피 칠갑이 돼갖고 강둑에 널브러져 있더랍니더."

"아이고! 세상에 우짜면 좋노! 우리 집안이 와 이리 쑥밭이 되어가노!
흑흑."

복자는 큰 충격에 눈물을 흘리며 한숨을 내쉬었다.

"매제는 말 한마디 못하고 저세상으로 가버렸고 인민군 두 놈도
그 자리에서 즉사했다 카데예."

"그 소가 몇 년 전에 여기서 몰고 간 손데 화근이 되었구나! 쯧쯧."

영복이 할아버지는 소 때문에 애꿎은 사람이 죽었다며 몹시 안타까
워했다.

"전쟁 중에 황망히 상을 치르다 보니 주위에 연락도 못하고 장례절
차도 없이 매제의 밤나무 밭 뒷산에 간소하게 봉분을 만들었심니더."

"아이구! 죄스러워서 우짜노! 가보지도 못하고 이기 무신 난리고!
우리 영복이 애비가 있었으면 우찌 가도 갔시낀데 사돈한테 저승에서
무신 낯으로 만나겠노! 빨리 전쟁이 끝나야 될 낀데."

영복이 할머니는 긴 한숨을 쉰다.

"참! 그리고 산청면에 고모는 치매에 걸려 사람도 몬 알아본다
카데예."

"아니 고모 나이 아직 육십도 안 되었는데 무신 치매에 걸렸단
말입니꺼?"

복자는 또 놀란다.

"인생사 구절양장(九折羊腸)이라더니 집안에 안 좋은 일만 자꾸
일어나는구나! 아이구! 우짜면 좋노! 전쟁이 끝나야 가보든지 할 낀데,
말짱 성한 사람이 죽고 치매에 걸리고 애기 아빠는 인민군에 끌려가고
아버지! 엄마! 우리 집안이 와 이리 되어갑니꺼?"

복자는 서러워서 돌아가신 아버지와 어머니를 불러본다.

"전쟁이 온제 끝날란지 모르지만 진주에는 촉석루가 불타고, 남강 다리도 끊어졌다 카데예! 지금 소문에는 부산하고 마산, 대구만 남고 인민군들이 남한을 거의 점령했다는 소문을 들었십니더. 그런데 미군 비행기가 날라다니는 걸 보면 미국이 우리를 도우고 있는 것은 확실한 것 같십니더. 아무리 저들이 남한을 점령해도 미국한테는 택도 없심니더. 미국이란 나라는 태평양전쟁 때 일본에 이겼고 또 원자탄이란 엄청난 폭탄이 있어 한방이면 이 전쟁이 끝난다고 사람들이 말하는 걸 들었십니더! 그란께네 너무 상심하지 마시고 조금 기다려 보입시더! 자, 저는 이제 갈랍니더. 오늘은 구름이 낮게 깔려 아마 비행기가 못 뜰 상 싶습니더. 비행기 오기 전에 빨리 갈랍니더. 아무튼 난리 통에 우짜든지 몸조심 하이소."

노인은 공손히 인사를 하고 황망히 자리를 뜬다. 복자의 가족은 나날이 들려오는 절망적인 소식에 참담함을 떨쳐낼 수가 없다.

# 15
# 경호강아, 잘 있거라!

유난히도 길었던 여름이 어느덧 9월의 초가을 바람에 사그라지고 파란 하늘에는 반고추 잠자리 떼가 부산 3부두 하늘을 유유히 날고 있다.

제주도에서 훈련을 마치고 이등병 계급장을 단 강호는 국방색 더블백을 어깨에 멘 채 M-1소총을 들고 부산 3부두에서 GMC 트럭을 타고 호송관을 따라 소속 부대로 가고 있다. 부둣가에는 엄청난 전쟁물 자가 하역되고 있으며 아마도 곧 대반격이 시작될 것 같은 느낌을 자아낸다. 부산을 벗어나니 김해평야의 넓은 벌판에는 고개 숙인 구수한 나락 냄새가 코끝을 스치는가 하면, 참새 떼는 외롭게 서 있는 허수아비를 고달프게 놀리고 있다. 촌락에는 저녁 짓는 연기가 모락모락 피어오르고 초가지붕에 앉아 있는 소쿠리만한 박들은 전쟁을 아는지 모르는지 얄밉고도 탐스럽게 익어가고 있다. 강호의 머리에는 잠시 고향 풍경이 떠오른다.

강호가 속한 한국군 부대는 미 25사단에 배속되어 학도병들과 함께 미군 GMC에 몸을 싣고 한참 전투중인 함안 마산 방면으로 달려갔다. 김해의 넓은 벌판에는 벼가 서서히 황금빛으로 변해 가고 밭에는 고추가 발갛게 달려 있다.

'식구들은 이 난리 통에 다들 무사히 있을까? 특히 영복이가 많이 보고 싶구나! 가족들은 인민군에 끌려간 나를 얼마나 애타게 기다릴까! 또 친구들은 다 어떻게 되었을까! 왕산이는 지금쯤 기고만장(氣高萬丈) 하겠구나! 그러나저러나 풍전등화의 이 나라는 저 무지막지(無知莫知) 한 빨갱이들을 물리칠 수 있을까? 아니야! 지금 전 세계에서 유엔군이 우리를 도우러 오고 있으니 틀림없이 대반격이 있을 거야.'

강호의 머릿속에는 온갖 상념이 트럭의 바퀴에서 일어나는 먼지처럼 피어오른다.


1950년 9월 16일, 아침부터 마산 지역에는 억수 같은 비가 쏟아지고 있었다. 그런데 미8군에 총반격 명령이 내려졌다. 낙동강 전선에서 근 두 달간 교착 상태에 빠져 있던 유엔군에게 드디어 총공격을 개시하라는 작전명령이 하달된 것이다. 유엔군 사령관 맥아더 장군은 세기의 인천상륙작전을 전개함과 동시에 교착 상태에 빠져 있는 낙동강 전 전선의 아군 부대에 09:00시를 기하여 총반격하라는 명령을 내렸다.

미 25사단에 배속된 국군 부대는 서부전선의 돌파 명령을 받고 사력을 다해 적을 공격하였다. 이등병 강호는 새카맣게 그을린 얼굴에 죽음을 각오하고 M-1소총의 방아쇠를 당기고 또 당겼다. 옆에서 터지는 박격포탄과 기관총 소리가 귀 고막을 찢는 듯하였고, 하늘에는 B-29 폭격기가 새떼같이 날아와 적의 진지에 융단 폭격을 하고 있었다.

"전 소대는 286고지를 향하여 돌격하라."

추상같은 소대장의 돌격 명령이 저승사자의 악쓰는 소리같이 들린다. 강호는 M-1소총에 착검을 하고 고지를 향하여 정신없이 기어오른다. 수류탄을 던지고, 치고, 박고, 찌르고, 발로 차고 그야말로 죽느냐 사느냐 생사의 여지도 없다. 얼마나 지났을까. 갑자기 주변이 조용해지는가 싶더니 소대원들의 함성이 들린다.

"살았다! 만세! 우리가 이겼다. 만세! 만세!"

강호는 한동안 멍하니 그저 손만 하늘로 올리고 만세를 불렀다. 정신을 차려보니 철모는 어디에 굴러떨어졌는지 보이질 않고, 적이 있던 진지에는 피아의 시체가 얽혀 피가 바위 밑으로 물같이 흘러가고 있다. 누가 옆에서 어깨를 친다.

"야! 장 이병! 소대장님 시체를 업고 고지를 내려가라."

선임하사의 명령을 받고 돌아보니 소대장이 창자가 밖으로 나온 채 엎어져 있다. 강호는 잠시 숨을 돌린 후 지옥에서 살아온 자신의 모습을 살펴본다. 누구의 피인지도 모를 피가 온몸에 범벅이 되어 있다. 피비린내가 속을 뒤집어 놓는다.


1950년 9월 19일 비가 그치고 잠시 소강상태를 보이던 전선에 적들의 공격이 뜸하다 싶더니 9월 21일부터는 공산군들이 퇴각한다는 정보가 들어왔다. 아군은 조금도 여유를 두지 않고 적을 바짝 추격했다. 마치 꿈만 같았다. 수복된 지역의 주민들은 남루한 옷에 태극기를 들고 흙먼지가 일어나는 길가에서 만세를 부르며 눈물로 국군을 반겨주었다.

강호에게는 반가운 소식이 전해졌다. 소속 부대는 진격중인 미 25사단을 따라 진주, 산청, 함양, 남원, 전주, 이리 서북부지역을 공격하라는 작명이 떨어진 것이다. 강호는 진격 중에 부르는 군가가 더욱 신이 났다.

"우~거진 수우~ㅍ속을 헤치면서 아~앞으로 앞으~로!
나~악동강아 흘러가라 우리는 저~언진한다.
달빛어~린 고오~개~에서 마지막 나~아누어 머~억던
화랑담배 여~언기 속에 사라진 전~우~야!"

9월 25일에는 진주를 적의 수중으로부터 탈환하였다. 머지않아 산청의 수복도 눈앞에 다가왔다. 퇴각하는 공산군의 속도가 너무 빨라서 국군도 적을 파죽지세로 추격하였다. 강호의 부대는 진주에서 소규모 시가전을 벌였지만 이는 퇴각을 위한 적들의 시간 끌기로, 기만 전략에 불과했다. 강호의 소대는 진주중학을 거쳐 비봉산을 점령하라는 명령을 받았다. 강호는 기뻤다. 바로 진주중학 가는 길에 한의원이 있었기 때문이다.

시가지는 폭격으로 폐허나 다름없고, 남강 철교는 절구가 부러지듯 두 동강이 난 채 콘크리트 덩이들만 허공에 달려 있다. 촉석루는 그림자는커녕 시커멓게 불에 탄 기둥들만 주춧돌에 쓰러져 있다. 애절하게 울던 남강의 물새는 어디로 갔는지 하얀 모래사장에 돌비늘만 반짝거린다.

남강은 이 한 많은 사연을 아는지 모르는지 그저 은빛 같은 물결만 유유히 굽이쳐 흐르고 있다. 그런데 어디선가 들려오는 애잔한 노랫소리가 강호의 심금을 울린다.

"진~주~라 천~리길~을 내 어이 왔~던고~
촉~석루에 달빛만~이 나무기둥을 어~ㄹ싸 안고~
아~~ 타향살이 심~사를~~ 위로 할 줄 모르누나~~"

노래가 들리는 곳에는 피난민으로 보이는 초라한 사나이가 물가에 쭈그리고 앉아 하염없이 울고 있다.

강호는 분대원들과 함께 잠시 한의원에 들렀다.

"원장님! 저 강호 왔심더! 원장님! 계십니꺼? 저 강호입니더."

강호가 한의원에 들러 원장을 급하게 불러댄다.

"아이고! 세상에! 강호가 왔구나! 아이구! 강호야~~"

강호가 철모를 벗고 한의원에 들어서니 원장 부인이 맨발로 뛰어나와 강호를 얼싸안고 울면서 강호를 반긴다.

"사모님! 전쟁통에 식구들은 다 무사하십니꺼?"

"아버님은 한 달 전에 좌익단체인 청년동맹에 끌려가 심한 고문 끝에 돌아가셨습니다."

"예! 뭐라꼬예? 원장님이 돌아가셨다고예? 아니! 그 순한 분이 무슨 죄가 있다고 청년동맹에 끌려갔어예?"

원장 부인은 기가 차서 말도 하지 못하고 서울에서 피난 온 아들이 원장의 죽음을 알려주었다.

"그놈들이 이유 따지고 사람 죽였나! 옛날에 호열자 약 사러 온 사람이 저거 집에 가자는 걸 더 급한 병자가 있어 못 간다고 하였더니 그놈이 고발을 했단다. 뭐~ 악질 부르주아 반동이니 뭐라 카면서 몽둥이에 얼마나 맞았던지 피칠갑이 돼갖고 집에 오시자마자 그 이튿날 돌아가셨다 아이가! 직일 놈들! 내 지금도 치가 떨린다!"

원장 부인이 정신을 추스르고 그날의 상황을 알려주었다.

"강호야! 니가 그래도 우찌 여기까지 왔노? 언제 군인이 되었노?"

"예! 저도 인민군에 끌려갔다가 간신히 탈출했다 아입니꺼? 지금은 대한민국 국군이 되어 북으로 진격중입니더! 비봉산을 넘어 산청 쪽으로 가는 도중에 잠깐 들렀십니더! 지금은 시간이 없어 다음에 꼭 다시 올께예! 그라모 안녕히 계시이소."

"강호야! 이기 꿈이가 생시가! 물이라도 한 그릇 묵고 가라! 강호 니를 언제 또 보겠노! 우짜든지 살아서 돌아오거래이."

강호와 원장 부인은 짧은 순간에 애달픈 작별을 고하고 울면서 한의원을 나왔다.

"강호야! 몸 성하고 꼭 살아서 돌아와야 된데이."

원장 부인이 따라 나와 자식 같은 강호에게 울면서 손을 흔들어 준다.

9월 27일에는 산청도 완전 수복되었다. 인민군 6, 7사단은 미처 북상하지 못하고 대부분 지리산으로 들어갔다고 한다. 마침 강호의 소속 주력 부대가 생초 부근에서 보급을 받기 위해 하루를 머물게 되었다. 강호는 미칠 것만 같았다. 끓어오르는 감격을 가눌 길이 없었다.

"아~ 이 얼마 만에 맡아보는 고향의 풀냄새냐! 저곳에서 아련히 흰 구름을 쓰고 피비린내 나는 인간세상을 슬픈듯이 내려다보고 있는 저 산이 바로 지리산이 아니던가!"

경호강의 물소리는 변함없이 웅석봉을 휘감으며 낙동강으로 도도하게 흘러가고 있다. 여기서 한 시간만 걸어가면 산청군 생초면 계남리다. 강호는 중대장에게 전후 사정을 이야기하고 그리운 집에 다녀오기로 허락을 받았다. 중대장은 걱정 속에 전우 조를 동행시켜 귀가를 허락했다. 내일이면 적을 계속 추격하여 서북지역으로 진군하여야 하므로 시간이 많지 않았다.

영복이 할머니와 복자는 하루도 빠지지 않고 해가 뜰 무렵이면 장독간에 올라 아들과 남편의 무사귀환을 정성들여 빌곤 했다. 오늘도 정안수를 장독 위에 올려놓고 동쪽 하늘을 향해 무사귀환을 기원했다. 오늘따라 맑은 하늘에 초가을 햇살이 계남리를 비추고 있다. 오동나무에서는 까치가 유난스럽게 울어대고 있다.

복자의 식구들은 밭일을 위해 일찍 들녘으로 나왔다. 영복이 할아버지는 피를 뽑기 위해 논으로 들어가고, 복자는 영복이를 업고 시어머니와 함께 호미로 잡풀을 긁었다. 전쟁 중에도 채소들은 싱싱하게 자랐고, 고추는 붉은색을 띠며 곱게 익어가고 있었다. 무 배추도 파랗게 자라 올해의 밭농사는 풍작이 예상되었다. 복자는 우선 빨간 고추를 몇 소쿠리 따 놓고 밭고랑에 자란 바랭이풀을 호미로 긁어 뜯고 있다. 풀잎에서는 상긋한 향기가 코끝을 스치고, 여치와 메뚜기들이 뒷다리를 쭉 뻗으며 공중곡예를 하듯 사방으로 날아다니고 있다.

지리산 쪽에서는 가끔 포성이 울리는가 하면, 며칠 전부터 미군 비행기가 서북 방향으로 수없이 날아가고, 어제부터는 인민군들이 무질서하게 함양으로 빠져나가는 것을 보았다. 그러나 설마 유엔군의 진격으로 후퇴하리란 생각은 짐작조차 하지 못했다. 그런데 어젯밤에 춘삼이가 정신없이 내달리고, 그 뒤를 춘삼이 어머니가 목 놓아 부르는 소리를 들었지만, 마을 사람 그 누구도 후환이 두려워 사연을 묻지 않았다고 한다.

초가을 시원한 바람이 땀에 젖은 복자의 이마를 스쳐간다. 논에서는 구수한 나락 냄새와 신선한 풀 향기가 바람을 타고 풍겨온다. 매미도 이제 기운이 빠졌는지 늦여름에 우는 실룩 매미 소리가 간헐적으로 들리고, 제비는 먹잇감을 쫓는지 논밭을 제트기처럼 날아다닌다. 고추잠자리는 제풀에 놀라 풀숲으로 곤두박질을 치는 모습이 마치 미군 비행기의 공습 장면같이 보인다. 영복이는 엄마의 등에 업힌 것이 불편한지 자꾸 다리를 뻗대며 낑낑거리고 있다.

마침 점심때가 되어 식구들은 나무 그늘에 앉아 아침에 가져온 밥과 반찬을 풀밭에 차리고 빙 둘러앉았다. 밥은 식었지만, 상추쌈에다

225

된장에 찍은 풋고추 맛이란 기가 막힌다. 거기에다 물김치 한 숟갈은 오장이 시원하다.

"캬~ 농사는 이런 맛에 짓는다 아이가."

막걸리 한 사발을 들이켠 영복이 할아버지는 세상 근심 걱정이 없는 사람처럼 보인다.

"아이구! 우리 영복이 애비는 지금쯤 우찌 되었을꼬?"

"지성이면 감천이라 캤는데 별일이야 있겄나! 무소식이 희소식이지."

식구들의 걱정을 영복이 할아버지가 애써 달래곤 하였다. 복자는 식사를 마치고 물이 담긴 주전자를 찾기 위해 자리에서 일어섰다. 그리고 이마에 늘어진 머리카락을 뒤로 젖히며 허리를 폈다. 그런데 늘비(생초 면소재지)에서 군인들이 총을 맨 채 계남리로 오는 것이 보이는 게 아닌. 조금 거리가 있어 처음에는 인민군인가 생각했는데 잠시 후 복자는 깜짝 놀라고 만다. 이쪽으로 걸어오는 군인들 속에 남편의 환상을 보았기 때문이다. 처음에는 눈을 의심하였으나 가까워질수록 남편의 환상이 실제 모습으로 변하면서 눈 안에 또렷이 들어왔다. 걷는 모습이나 손을 흔드는 자태가 영락없는 영복이 아버지다.

남편의 그림자가 점점 가까이 오자 복자는 뛰는 가슴을 억누르고 시어머니에게 고함을 질렀다.

"어머이! 저기 한번 보이소 ! 틀림없는 우리 영복이 아버지 같은 사람이 이쪽으로 오고 있심니더."

"뭐라꼬! 강호가 오고 있다고? 오데? 어~! 기다! 틀림없는 우리 강호다. 아이고! 살아 있었구나! 아이구! 이게 꿈이가 생시가."

"아버님예! 저기 한번 보이소! 우리 영복이 아부지가 이리로 오고 있십니더! 참말입니더."

복자는 눈물이 앞을 가려 앞이 잘 보이질 않는다.

"갑자기 이 사람들이 무신 소리를 하고 있네! 전쟁이 한창인데 강호가 우찌 여기까지 온단 말이고? 어! 어! 틀림없는 강호다! 그런데 인민군은 아닌 것 같은데! 그라모 국군인가? 강호야! 강호야!"

강호 아버지가 갑자기 먼 데서 마을로 오고 있는 아들의 이름을 크게 부른다. 강호는 전우들에게 이곳이 가족들이 살고 있는 '경상남도 산청군 생초면 계남리'라며 한참 자랑하며 걷고 있었다. 그런데 갑자기 어디선가 자기를 부르는 귀에 익은 음성이 들리는 것이 아닌가. 잠시 걸음을 멈추고 북쪽 산 아래 처갓집 들녘을 향하여 고개를 돌리자마자 가족들이 눈에 들어온다.

"어! 저기 우리 식구다. 아버지, 어머니, 집사람, 그리고 우리 아들 다 있네."

아~! 저기 저곳에서 꿈에도 그리던 가족들이 자기를 보고 달려오고 있지 않은가!

"아부지! 어머이! 여보! 영복아! 내 살아서 왔심니더."

"세상에! 부처님! 하느님! 칠성님! 이게 꿈입니꺼? 생시입니꺼? 우리 아들이 살아서 돌아오다니! 고맙심니더! 감사합니더."

강호 어머니는 고무신이 벗겨지는 줄도 모르고 감격하여 아무에게 나 감사하다며 두 손을 모으고 흙밭으로 달려온다. 드디어 강호는 가족이 있는 곳에 도착했다. 모두 다 건강하게 보인다. 손을 잡고, 어깨를 두드리고, 얼굴을 만져보고, 특히 아들인 영복이를 품에 안은 강호는 기뻐서 어찌할 바를 모른다. 일행은 밭일을 멈추고 곧바로 집으로 돌아왔다.

강호는 오면서 그간의 사정과 현재 전쟁 상황을 가족들에게 상세히 설명하고, 저녁에는 부대로 돌아가야 한다고 하였다. 식구들은 금방 얼굴이 어두워지며 아쉬운 마음을 감추질 못했다. 집에 오니 옆집의 용배 아버지, 어머니, 그리고 이웃들이 다 몰려왔다. 그중에는 지난번 큰 부상을 당하고도 강호의 소식을 알려주었던 동식이도 보인다.

영복이 할머니와 복자, 그리고 이웃 아주머니들은 바삐 부엌으로 들어갔다. 용배 아버지는 춘삼이가 후퇴하는 인민군을 따라 지리산으로 들어갔으며, 또 길녀 아버지는 진주에서 피난 도중 폭격으로 사망했다는 소식을 전해주었다. 강호와 동식이는 진동전투에서 있었던 인민군 군관의 고마움을 서로 이야기하였다.

강호는 마을 사람들에게 지금 유엔군이 총반격하여 아주 빠른 속도로 북진중에 있으며, 서울도 곧 수복될 것이니 이제 안심하여도 된다고 알려주었다. 강호가 집 주변을 둘러보니 모두가 예전과 다름없다. 대밭 굴에도 들어가 본다. 어둑한 굴속은 타다 남은 숯덩이와 퀴퀴한 냄새가 배어 있다.

복자 당숙의 사망 소식은 강호에게 큰 충격과 슬픔을 안겨주었다. 인생사 새옹지마(塞翁之馬)라지만 좋은 일은 없고 슬픈 소식들만 줄을 이어 강호의 마음은 비통하기 그지없다.

영복이는 혼자서 쫑알거리며 마룻바닥을 마음대로 휘젓고 다니지만, 아버지인 강호에게 좀처럼 오질 않는다. 아무래도 군복 입은 아버지가 낯설게 보였던 모양이다. 예전에 진주에서 사다준 장난감은 아들의 관심 밖으로 밀려나 마루 한 귀퉁이에 처박혀 있다. 담장 앞의 석류는 초가을 바람에 붉은색이 짙기 시작하고, 곶감을 만드는 고종시도 서서히 익어가고 있다.

강호 일행은 군화를 벗고 시원한 우물에서 손발을 씻은 후, 때 이른 저녁 밥상을 받았다. 밥상에는 싱싱한 상추며 열무김치, 미나리 나물에다 용배 어머니가 엄나무를 넣고 끓인 닭백숙이 뜨거운 김을 뿜고 있다. 강호 일행은 오랜만에 푸짐한 상차림을 보니 생전 처음 보는 음식인 양 마파람에 게 눈 감추듯 순식간에 먹어 치웠다. 참으로 오랜만에 먹어보는 꿀맛 같은 음식이다. 지금 분위기는 전쟁과는 거리가 먼 시골 친척 집에 다니러 온 기분이다.

가족들과의 해후도 잠깐, 해는 이미 서산으로 기울고 강호 일행은 부대로 복귀하여야 할 시간이 되었다. 식구들을 만나 한량없이 기쁘고 즐거웠지만, 강호의 운명은 나라에 맡겨진지라 거역이 불가능하다. 강호는 아들 영복이의 볼에다가 자기의 볼을 비빈다. 아들은 아버지의 따가운 수염이 싫은지 자꾸 고개를 뒤로 젖힌다.

강호는 아내인 복자의 손을 잡고 눈만 꺼머럭거릴 뿐 말이 없다. 막상 만나고 보니 무슨 말을 해야 할지 생각이 나질 않는 것이다. 강호는 벗었던 철모를 쓰고 식구들에게 아쉬운 작별을 고하면서 골목으로 걸어 나온다. 가족들과 이웃 사람들이 손을 흔들며 강호를 배웅한다.

"아버지! 어머이! 이젠 전투보다 우리가 적군을 추격하는 입장이니 너무 걱정하지 마이소! 지금 세계에서 많은 나라들이 한국을 돕겠다고 부산항으로 들어오고 있으며, 또 미군들의 무기가 월등하여 직접 싸움은 안 하고 멀리서 대포만 쏘아대니 크게 걱정 안 해도 됩니더!"

"강호 아부지 우짜든지 살아서 오이소!~오."

"아빠~! 빠이 빠~아~이."

아내와 아들의 애절한 목소리가 한참 동안 강호의 귓가를 맴돌았다. 강호는 가족들을 안심시키고 제시간에 부대로 복귀했다.


한편 태산이는 6. 25전쟁이 발발하자 서부경남 일대에서 왕산이란 이름으로 악명을 떨치다가 낙동강 전선이 교착 상태에 빠지자, 이현상을 따라 진동, 함안, 창녕 등지로 투입되어 병력 손실에 따른 의용군 징집에 열성을 다하고 있었다. 이현상은 지리산 주변의 좌익 세력을 규합하여 곧 남조선 해방이 촌각에 달렸다며 휘하 빨치산들을 정신없이 독전하였지만, 전황은 좀처럼 반전되지 않았다. 거기다가 9월 총공세 이후, 보급마저 원활하지 못하자 인민군들의 사기는 점점 떨어지고 병사들 간에 후퇴설이 설설 돌기 시작하였다.

"동무들! 지금 이 시각을 기하여 전 전선에서 날래 퇴각하라우! 부상병들은 남조선 인민들에게 부탁하고 가급적 중화기는 버리고 지리산 방향으로 후퇴하라우."

1950년 9월 16일, 낙동강 전선에서 공방전을 계속하던 전 인민군들에게 갑자기 후퇴 명령이 떨어졌다. 태산이 소속된 이현상 부대는 빠른 속도로 퇴각하여 일단 지리산에 거점을 마련한 후, 경남도당 산하 빨치산들을 규합하여 덕유산, 가야산, 백운산 등지에서 당분간 아군의 후방을 교란하고 병참선을 차단하는 게릴라전을 전개하기로 하였다. 그러나 10월 중순이 되어 전세가 점점 불리해지자 이현상이 이끄는 2병단은 퇴각하는 인민군을 따라 백두대간을 타고 강원도 중동부 세포군 후평리에 이르게 되었다.

마침 이곳에는 태백산에서 활약하던 하준수의 남부군 제3병단도 후퇴하여 잠시 머물고 있었다. 태산이는 3병단이 포진했다는 소식을 듣고 정태를 만나기 위해 팔방으로 수소문을 하였다. 마침내 정태가 3병단의 정치위원으로 가까운 평강에 있다는 소식을 듣고 그곳으로 곧바로 달려갔다.

"야! 정태야! 나 태산이다! 왕산이란 말이다!"

"하~ 이게 누고! 왕산이 아이가! 우찌 이런 데서 니를 만날 줄이야! 참말로 반갑다. 진짜 반갑데이."

태산이가 3병단 본부에서 정태의 면회 신청을 했더니 정태가 바로 뛰어나왔다. 둘은 얼싸안고 살아 있음에 감사하고 또 이념이 같은 고향친구를 만났으니 기쁨과 반가움이 배가되었다. 정태는 하얀 군복에 붉은 줄이 그어진 바지를 입고 가죽 장화에 허리에는 소련제 권총을 차고 있다.

"그래 몸은 괜찮나? 다친 데는 없나?"

"응! 다 괜찮다. 그런데 우리는 앞으로 우찌 되는 기고?"

그냥 윗사람들의 지시에 따라 무모한 용맹을 떨치던 태산이는 이제야 속 시원히 물어볼 상대를 만났다며 앞으로의 전황에 궁금증을 털어놓는다.

"내 천천히 말해 줄께! 그런데 강호하고 준식이는 우찌 됐노."

"강호는 전쟁 나기 전에 내가 오봉리에서 만났는데 처가가 있는 생초로 피난 갔단다. 그리고 준식이는 소문 들으니 전투경찰에 들어갔다 쿠더라."

"참말로 기가 막힌다. 우리들 운명이 이렇게 된 것도 다 저 일본 놈들 때문이다. 우리나라를 침략만 하지 않았더라면 분단도 전쟁도 없었을뿐더러 우리 아버지도 죽지 않았을 끼다. 생각하면 남조선 괴뢰보다 일본 놈들에 대한 원한이 더욱 솟구친다."

정태는 얼굴색이 창백해지며 눈가에 이슬이 맺혀 있다.

"그런데 정태야! 너 아부지 일은 참말로 안됐다. 내가 상촌에 보급 투쟁 나갔던 동지로부터 뒤늦게 소식을 듣고 그 군관 놈을 쥑일라고 상촌으로 바로 안 달려갔더나! 그런데 하루 전에 그놈이 인민군 6사단에 배속되어 통영으로 떠나고 없더라 말이다! 있었시몬 그놈을 그 자리에서 확 갈기 삐리시낀데(사살)…… 그날 나는 보급 투쟁이고 지랄이고 술만 묵었다 아이가! 다 운명이라고 생각하자! 우짜겄노."

"그래! 고맙다 왕산아! 그렇지만 그놈은 언젠가는 내 손으로 쥑일끼다."

"그런데 왕산아! 우리는 지금 작전을 세울 수 없을 정도로 정신없이 후퇴하고 있단다. 남조선에는 유엔군이라는 연합군이 파죽지세로 밀어붙이니, 여기도 오래 머물지 못할 것 같다. 서울은 이미 빼앗겼고 평양도 풍전등화이며 현재 전황으로는 전력을 재정비할 시간적 여유도 없단다. 우짜면 압록강 너머까지 밀려날지도 모를 정도로 전황이 불리하며, 만약에 중공군이 도와주지 않으면 이 전쟁은 승산이 없다고 봐야 한다. 그란께네 지금은 무슨 수를 써서라도 국방군의 진격을 저지하여 인민군대가 전열을 정비할 수 있는 시간을 벌어야 되는 긴박한 상황에 처해 있는 기라! 그래서 오늘 저녁에 각 병단의 유격대장 회의가 열릴 예정인데, 아무래도 우리들은 다시 남반부로 내려가는 수밖에 없을 것 같다. 그러니까 왕산이 니도 마음 단단히 묵어야 될 끼다. 내 말 무슨 뜻인지 이해가 되나?"

정태는 태산이에게 현재 전황을 상세하고도 쉽게 설명해 주었다. 태산이는 한동안 멍한 채 말이 없었다. 여태까지 많은 사람을 죽였으며 남조선을 해방하여 오로지 무산대중이 잘산다는 사회주의 건설을 위하여 가족도 친구도 고향도 버리고 여기까지 왔는데, 이젠 희망이 서서히 사라지면서 자칫하면 패잔병으로 몰려 인생에 종지부를 찍게 될지도 모른다는 절망감에, 태산이는 떨리는 손으로 정태에게 담배를 구걸했다.

"정태야! 니나 내나 여기서 인생이 끝나는 것 아이가?"

태산이가 맥없는 어조로 정태에게 물었지만 시원한 대답이 있을 리 만무하다.

"태산아! 아무튼 오늘 저녁 이곳에서 조선인민군 유격대 총사령관이

신 이승엽 동지와 각 병단 사령관들의 작전회의 결과에 따라 부대 이동이 결정될 끼다. 그때까지 기다려 보자! 나도 회의에 참석할 끼다. 그래서 지금 정신이 없다. 시간이 나면 니를 다시 부를께! 오늘은 여기서 헤어지자! 반갑다, 친구야! 우짜던지 몸조심하거라."

지리산 기슭에서 자란 정태와 태산이는 패잔병 신세가 되어 천 리나 떨어진 강원도의 낯선 골짜기에서 우연히 만난 것도 잠시, 두 사람은 슬프게 악수를 나누고 기약 없는 이별을 하지 않을 수가 없었다.

그날 밤 빨치산 지휘관 회의에서 이현상은 조선인민군 유격대 총사령관인 이승엽으로부터, 남부군 사령관에 임명되어 후방에서 제2의 전선을 구축하라는 밀명을 받고, 잔류 병력을 이끌고 급히 남하하여 속리산으로 잠입하였다. 그러나 이때 이미 유엔군은 맥아더 장군의 지휘 아래 역사적인 인천상륙작전을 성공시켜 9월 28일에는 서울을 수복하고 10월 1일에는 삼팔선을 돌파하여 북진 통일에 진력을 다하고 있었다.

속리산에서 게릴라전을 펼치던 이현상 부대는 날이 갈수록 전세가 불리해지자 덕유산을 거쳐 다시 지리산으로 거점을 옮겼다. 태산이는 해가 질 무렵 달궁의 7부 능선 바위에 걸터앉아 엽연초에 불을 붙인다.

'강호는 지금쯤 무엇을 하고 있을까? 그리고 준식이는 전투경찰이라 는데 혹시 빨치산 토벌대에 있는지도 모를 일이다. 그런데 왜 전세가 불리해졌을까? 그때 강호가 말렸을 때 정태에게 가지 말았어야 했는가? 아니면 정태가 나를 이용했을까? 만약 내가 포로가 된다면 어떻게 될까? 아니야! 사람을 많이 죽여서 살 수는 없을 꺼야! 그러면 우리 어머니는 어떻게 되나! 사회주의는 계급 없이 똑같이 잘산다는데 왜 남한 인민들은 봉기하지 않고 오히려 우리를 경멸할까? 또 유엔군이

란 외국 군대는 왜 참전했을까?'

태산이는 연신 담배를 빨며 아무리 생각해도 자신의 지난 행보에 서서히 일어나는 회의감을 머리에서 지울 수가 없다. 몸에서는 이가 스멀거리고 밤이 되면 가려움이 더해진다. 갑자기 소나무에서 우는 바람 소리를 들으니 집 생각이 간절하다.

"어이! 왕산 동무! 거기서 뭐하기요? 오늘 저녁에 남조선 해방운동에 참여한 동지들을 위한 오락회가 있다 하니 큰 소나무 밑으로 날래 오기요!"

바위에 걸터앉아 담배를 피우며 옛 생각에 젖어 있던 태산이에게 인민군 군관이 뒤에서 손짓을 한다.

"예! 곧 가겠심니더."

태산이가 예정된 장소에 가보니 야산대(빨치산)와 인민군 낙오병, 그리고 남로당원과 지역 동조자, 특히 이념에 관계없이 미처 피난하지 못하고 인공치하에서 부역이나 노무자로 협조하다 후환이 두려워 앞뒤 생각없이 무작정 입산한 청년들이 많이 보인다. 신발 밑창이 떨어져 헝겊으로 동여맨 자도 있고, 한겨울인데도 여름에 입은 무명바지 저고리를 그대로 입은 채 몸을 움츠리고 앉아 있는 가련한 젊은이도 보인다. 지리산은 이미 동장군의 칼바람에 휘둘리고, 뱀사골 계곡은 얼마나 얼었는지 물소리조차 들리지 않는다.

낙엽이 떨어진 고로쇠나무에는 흰 눈이 꽃같이 앉아 있고, 천왕봉은 고깔모자를 썼는지 큰 눈덩이를 머리에 이고 함양 산천을 허옇게 내려다보고 있다. 오늘따라 뱀사골에서 불어오는 음산한 바람과 고드름 떨어지는 소리는 태산이의 마음을 한층 쓸쓸하고 우울하게 만든다.

"에~ 지금부터 남반부 해방운동에 영웅적 투쟁을 하고 있는 동지들을 위로하기 위하여 사령관 동지께서 전사 위안의 밤을 마련하였으니 동무들은 열렬한 박수로서 사령관 동지를 환영해 주기 바라오."

"와!~ 사령관 동지 만세! 이현상 동지 만세! 만세!"

만세 소리와 함께 인민군들의 함성이 뱀사골에 메아리친다. 대회장 정면에는 흰 광목천으로 주석단을 만들어 놓았으며, 가운데에는 인공기를 걸어 놓고 부대원들은 소대별로 오와 열을 맞춘 다음, 부대 정치위원의 개회 선언이 시작되었다. 그리고 조금 후 뒤편의 큰 소나무 뒤에서 하얀 눈을 밟으며 모택동 모자를 눌러쓴 40대 중반의 사나이가 팔자걸음으로 서서히 나타났다. 가죽장화에 갈색 인민복을 입고 소련제 권총을 차고 있다. 검은 뿔테 안경이 달빛 아래 짙게 보였으나, 키는 그다지 커 보이지 않았다. 부대원들은 쥐 죽은 듯이 긴장하며 앞의 사나이를 주시하고 있다.

"에~ 애국적이고 영용한 전사 동지 여러분! 우리는 지금 미 제국주의 군홧발 밑에서 신음하는 남조선 인민을 구출하고, 부르주아 사상에 물들어 노동자 농민들을 착취하는 악덕 지주와 매국노를 처단하기 위하여 위대한 해방전쟁을 수행하고 있소!

우리에게는 민족의 태양이시며 백전백승의 불굴의 영장이시고 사천만 조선인민의 위대한 영도자이신 김일성 최고사령관께서 항상 여러분들의 안위를 보살피고 있다는 것을 잊어서는 아니되오! 머지않아 무산대중이 잘사는 사회주의 공화국이 이 한반도에 세워지는 그날, 지금까지 흘린 동지들의 피가 결코 헛되지 않았다는 것을 장군님께서 보답할 것이라고 믿어 의심치 않소! 그러니 동지 여러분들은 앞으로 더욱 분발하고 용맹의 깃발을 치켜세워야 할 것이오!

그런데 지난 6월 25일 남조선 해방전쟁을 개시한 영용한 우리 인민군대는 38선을 돌파한 지 삼일 만에 서울을 해방시켰으며, 계속해서 남반부로 진격하여 위대한 조국 통일을 눈앞에 두었는데, 저 무지막

235

지한 미제 승냥이 놈들이 다 된 밥에 재를 뿌리고 말았소!

위대하고 영용한 나의 남부군 전사동지들이여! 오늘 이 뼈아픈 굴욕을 반드시 설욕하고, 남조선 해방을 한시라도 앞당기기 위하여 동지 여러분들 한 사람 한 사람이 총~폭탄 되어 남반부 해방전쟁을 반드시 승리할 수 있도록 피나는 투쟁을 중단해서는 아니되오! 다행히도 모택동 동지가 우리 공화국 군대를 돕기 위해 수십만의 인민지원군이 이미 압록강을 넘어서 조선 반도에 참전했다는 소식이요! 참으로 기쁜 소식이 아닐 수 없소! 이는 하늘이 우리를 버리지 않았다는 징조요! 나는 오늘 이 기쁜 소식을 동지들한테 전함과 동시 그동안의 노고를 치하하고 정신 무장을 위해 조촐한 오락회를 마련하였으니 마음껏 마시고 즐거운 밤이 되길 바라오!

조선인민군 전사들이여! 영원하라! 남부군 동지들이여! 영광 있어라! 이상!"

"만세! 김일성 수령님 만세! 이현상 동지 만세! 남부군 만세!"

묵직하고 나지막한 목소리가 얼어붙은 달궁 골짜기에 울려 퍼지자 인민군 잔당들의 환호 소리가 뱀사골을 진동시켰다. 마치 사이비 종교의 광신도들이 교주를 신으로 추대하는 광란의 집회장 같다.

태산이도 중공군의 참전 소식에 만세를 부르며 술잔을 자주 비운다. 잠시 후 횃불이 마술처럼 요동을 치더니 인민군 연예단의 아코디언 반주가 흘러나오고, 군복을 입은 젊은 여군들이 빠른 속도로 군무를 추며 빙빙 돌기 시작한다. 이어서 또 한패의 인민군들이 앉았다 섰다를 연속하다 앉은 채로 휙 돌면서 다리를 휘어 감았다 뻗었다 하는 모습이 마치 러시아 코카서스 지방의 고전 춤을 보는 것 같다. 연속해서 남녀 혼성팀이 가느다란 고음으로 혁명적인 인민군가와 적기가를 열창하며 병사들의 사기를 고조시킨다.

지리산과 가야산 일대에는 남로당원과 미처 북상하지 못한 방호산의 인민군 6사단, 이건무의 4사단, 최현의 2사단 등 4만여 명의 군단 병력이 일명 남해여단으로 편성되어 후방을 교란하고 있었다.

태산이는 울적한 기분에 과음한 탓인지 용변을 보러 음침한 곳을 찾았다. 그때 앞에서 낯선 자가 오줌을 누고 오는지 바지춤을 추스르며 태산이 앞으로 오고 있다. 옷은 남루한 무명 바지저고리 차림이다. 태산이는 취기 어린 눈을 게슴츠레 뜨고 묻는다.

"동무는 어느 부대 소속이요?"

"저는 예~, 아직 소속이 없고 그냥 전사 동지들을 따라서 지리산에 들어왔십니더."

"그라모 이곳에 오기 전에 오데 있었소?"

"산청군 생초면 인민위원회에서 심부름을 했심니더."

"생초면! 이름은 뭐요?"

"백춘삼인데예 우리 아버지는 보도연맹원이라고 반동들이 끌고 간 후 소식도 모른다 아입니꺼."

태산이는 생초라는 말에 반가움을 느끼며 춘삼이의 손을 잡는다.

"아~ 춘삼이 동무 반갑소! 이 날씨에 옷이 춥겠네요! 그런데 이곳에서 무슨 일을 하요?"

"지난번 후퇴 때 급하게 전사 동지들을 따라 이곳에 왔지만, 막상 뭘 우찌 해야 될란지 몰라서 그냥 이곳 뱀사골에 눌러앉아 있십니더."

"그래요! 그라모 생초에서 왔다 카몬 오봉리에서 내려간 복자 씨 신랑 강호라는 사람 잘 알것네요?"

"예? 복자 신랑! 아~ 강호라고 그 반동새끼 말입니꺼?"

춘삼이는 태산이를 잘 모르지만 빨치산의 간부인 줄 알고 이참에 자기의 공을 인정받을 셈으로 강호를 재물로 삼고 나선다.

"아니 강호를 잘 안단 말이요?"

춘삼이는 이때다 싶어 남조선 해방전쟁에 자기도 열성적으로 활동하였다며 은신자 색출 등을 포함하여 입에 침이 마르도록 자기 자랑을 늘어놓는다.

"아니~ 강호 그 반동 새끼가 처갓집 대밭 굴에 숨어 있다가 밤에만 살짝 나와 우리 인민군대를 정탐하다가 내가 잠복 끝에 콱 잡았다 아입니꺼?"

"아~ 그래요! 그런데 그 반동이 국방군이요?"

"아니 국방군은 아닌데 우리같이 당연히 인민위원회에 나와서 협조하여야 하는데도 불구하고 그 반동은 낮에는 굴에 숨어 있고, 밤에만 살짝살짝 나와서 주위를 살폈다 아입니꺼."

"그때가 언제쯤이요?"

"그러니까 8월 2일인가 3일쯤 될 낍니더! 이 반동이 밤에 우물에서 목욕하는 것을 내가 탁 잡았다 아입니꺼?"

"아~ 훌륭한 일을 했소! 그래서 그 동무를 우찌 했소?"

"바로 생초면에 있는 인민위원회로 끌고 갔더니, 군관 동지가 저보고 참말로 잘했다고 다음에 다른 반동도 잡아 오라 카데예!"

"그래서 그 반동을 우찌 했나 묻지 않소?"

춘삼이는 태산이의 물음에 약간 주춤하다가 다시 무용담처럼 강호를 비판하기 시작한다.

"아~ 그 반동이 내가 마음속에 두고 있던 복자라는 처녀를 솔개가 병아리 채가듯 혼인을 했삐렸고, 지가 뭐 소학교를 나와 진주의 한의원에 좀 있었다고 빈정대는 모습에 내 언젠가는 손을 좀 봐줄라고 마음묵고 있었다 아입니꺼! 참! 그전에 그놈 결혼식 끝나고 저녁 동상례 때 바로 쥑있다 아입니꺼! 이거는 참 재미있는 이야기인데……"

"아! 동무! 그 이야기부터 먼저 해보소."

태산이는 이야기 도중 강호가 동상례 때 마을 청년한테 숟가락으로 발바닥 고문을 당했다는 기억을 떠올린다.

"예? 그놈의 자석이 금서면 오봉리 산골짜기에서 장개를 왔는데, 나도 모르게 화가 치밀데예! 그래서 그날 저녁 친구들과 작전을 짰는데 내가 놋숟가락으로 그놈을 반쯤 쥑이났다 아입니꺼! 친구들이 고만해 라 카는데도 나는 못 들은 척하면서 그놈 발바닥을 무지하게 긁었는데 아마 혼이 나갔실 낍니더."

태산이는 친구인 강호가 결혼식 날 저녁에 혼이 났다는 이야기를 술좌석에서 무수히 들었는데, 그 가해자가 오늘 자기 앞에 있다니 세상사 참 요지경이라는 생각이 들었다.

"그러니까 동무가 복자 아가씨 빼앗긴 화풀이를 야무지게 했네 그려."

"그렇지예! 내한테는 하늘이 도운 거지예."

춘삼이는 별 희한한 논리로 자기를 위로하고 있다.

"그런데 그 반동 청년은 인민위원회에서 우찌 처리하였소?"

"아~ 그래 갖고 군관 동무가 자술서를 챌 보더니 좋은 부대에 보내줄 낀께네 의용군으로 지원하라 쿠데예! 그런데 그 자석이 밭에서 일하다가 쟁기에 다쳤다고 실실 꾀를 부리더라 이 말입니더. 그래서 내가 옆에서 이 동무의 말은 거짓말이라고 했더니, 진짜로 정갱이를 보여주는데 광목으로 칭칭 감아 났는데 알 수가 있어야지예."

"그래서 돌려보냈소?"

"아입니더! 그놈이 탄약을 실은 달구지를 끌고 가겠다 캐서 그 뒷날 진주 방면으로 떠났십니더!"

"그 후 강호 동무의 소식은?"

"학실한 거는 아닌데예 진동면 부근에서 죽었다 카는 소문을 들었십니더."

"뭣씨라! 강호가 죽었어? 니 지금 뭐라 캤노? 이 자석이 강호가 누군지 아나? 강호는 이 세상에서 둘도 없는 형제 같은 친군데 니가 잡아갔어? 그라고 뭐 죽었다고? 이 쌔끼! 니 오늘 내한테 잘 걸렸다. 강호의 원한을 내가 갚아줄 끼다! 이 쫑 간나 쌔끼!"

태산이는 이미 이성을 잃어버렸다. 눈에는 살기가 극에 달했다. 주위에는 태산이를 말릴 사람이 아무도 없었다. 한참을 발로 차고 주먹으로 내리치던 태산이는 급기야 축 늘어진 춘삼이의 머리를 돌로 내리치고 말았다. 그리고 시신을 절벽 아래로 밀어버렸다.

마치 전장에서 적을 죽이듯 광분한 빨치산 앞에는 이성도 피아간의 구별도 없었다. 무섭도록 하얀 달밤에 처절한 태산이의 절규가 뱀사골을 휘감으며 경호강으로 흘러갔다.

# 16

# 삼팔선을 넘었다가 다시 남으로

낙동강 전선에서 북진을 계속하던 28연대는 신출귀몰하다는 뜻에서 일명 '도깨비 부대'로도 불리며 후방에 남은 잔적들을 소탕하기 위해 대전지역에 주둔하였다. 그러다가 10월 25일 서울 중구에 있는 청계초등학교에서 강호가 속한 보병 28연대는 공주에 주둔하고 있는 29연대, 청주의 30연대 그리고 제30포병대대와 합류하여 보병 제9사단으로 탄생하였다. 부대 명칭은 청귀부대로 사단장에는 장도영 준장이 임명되었다. 부대는 충청도 지역에서 후방을 교란하는 인민군 잔당과 공비 토벌임무를 부여받았다.

한편 유엔군은 맥아더 장군의 인천상륙작전이 성공하여 9월 28일에는 서울이 수복되고, 동부지역을 진격하던 아군 제3사단은 10월 1일 강원도 양양 지역의 38선을 최초로 돌파하며 북진에 속도를 내고 있었다. 또 중서부 전선의 1사단(사단장 백선엽)과 7사단(사단장 신상철)은 미 제1기병사단과 동시에 10월 19일 평양을 완전 탈환한 후, 여세를 몰아 신의주 방면으로 북진의 군가를 불렀다.

38선을 돌파한 아군은 승승장구(乘勝長驅)를 거듭하며 이미 평안북도 초산지역의 압록강까지 도달한 부대(6사단 7연대 1대대)도 있었다. 이들은 찬 서리가 내린 강 언덕에서 황량한 만주 벌판을 바라보며 감격스러운 만세를 부르기도 하였다.

그런데 1950년 10월 25일경 북진을 계속하던 1사단 15연대가 평안북도 운산지역에서 이상한 기운을 감지했다. 바로 중공군 임표(林彪)가 이끄는 제4야전군 10군단의 포위망에 걸려든 것이다. 이미 중공군은 훨씬 먼저 압록강을 건너와 은밀하게 산속에서 호구를 벌린 채 아군을 기다리고 있었던 것이다. 그리고 11월 24일에는 팽덕회(彭德懷)가 지휘하는 중공군 제3야전군까지 참전하여 총 30여만 명의 대병력이 엄폐물을 이용하여 아군에게 역습의 기회를 노리고 있었다.

이런 줄도 모르고 중서부 전선을 통과하여 일사천리로 진격하던 6사단 2연대는 묘향산의 북진(北鎭) 부근에서 적을 유인하여 일제히 공격하는 중공군의 유적심입(誘敵深入) 전술에 걸려들고 말았다. 산골짜기를 가운데 두고 양옆의 산에 포진해 있던 적들은 국군이 골짜기 깊숙이 들어오자 양쪽에서 기습하는 전법으로 부대 병력 대부분이 포로가 되는 최악의 상황을 맞기도 하였다. 이렇듯 통일을 눈앞에 두고 한·만 국경선까지 진격하였던 아군과 미군 일부 부대는 후방 곳곳에서 중공군의 인해전술에 큰 타격을 입었다. 그로 인해 갑작스런 후퇴로 많은 병력이 적에게 포로가 되거나 전사하는 최악의 상황에 처하고 말았다.

1950년 12월 3일, 급기야 동경의 맥아더 사령부는 중공군의 개입으로 고전을 면치 못하는 전군에 총퇴각 명령을 내렸다. 12월 4일부터 평양은 피난민들로 대동강을 메웠고, 함경도의 개마고원 아래 장진호(長津湖)까지 진출했던 미 제1해병사단은 중공군 6개 사단에 포위되어

3일간의 사투 끝에 부대원 반 이상을 잃고 가까스로 흥남으로 탈출해 나왔다.

바야흐로 흥남 철수가 시작된 것이다. 영하 30도를 오르내리는 흥남부두에는 후퇴하는 군인들과 자유를 찾아 남으로 가려는 피난민들이 커다란 보따리를 머리에 이고 또는 등에 지고 마치 개미 떼같이 모여들고 있었다. 눈보라가 휘날리는 백사장엔 애달픈 민족의 피난 행렬이 인산인해를 이루고, 군함에서는 피난민들의 철수를 돕기 위해 수많은 연합군 함포가 흥남 시가지를 향해 불을 뿜었다.

부모를 잃어버리고 백사장을 헤매는 어린아이, 미처 배에 오르지 못하고 혼자 남은 할아버지, 아들만 보내고 혼자 남은 할머니, 선산을 지키겠다며 배에 올랐다 다시 내린 장손, 배에 오르다 떨어진 아이를 찾아 바다에 몸을 던진 어머니, 참으로 눈 뜨고는 보지 못할 지옥의 탈출이 눈앞에서 벌어지고 있었다. 이 아비규환 속에 수십만의 군인들과 피란민을 실은 거대한 수송선은 한 많은 뱃고동을 토하면서 흥남부두를 무정하게 떠나갔다.

1950년 12월 하순, 북진을 계속하던 아군은 통일을 목전에 두고 갑작스런 중공군의 개입으로 전세가 역전되는 난간에 부닥쳤다. 거기다가 설상가상으로 미 8군을 지휘하던 워커(Walton Harris Walker) 장군이 12월 23일 의정부 남쪽 지역에서 교통사고로 순직하는 불상사까지 일어났다. 세계 제2차 대전 때 명성을 날리던 조지 S. 패튼(George Smith Patton Jr.) 장군의 막료였던 장군은, 후퇴하는 장병들을 격려하려고 가다가 교통사고로 그 영혼을 한국에 묻고 말았다.

후임에는 미 육군 참모차장인 명장 매튜 B. 리지웨이(Matthew Bunker Ridgway) 장군이 8군의 지휘봉을 잡았다. 그러나 전세는 극도로 불리해져 재차 수도 서울을 포기해야 하는 극단의 상황에 직면하게 되었다. 다시 말해 1.4후퇴가 시작된 것이다.

수복과 동시 집으로 돌아왔던 220만 명의 서울 시민들은 미처 안정을 되찾기도 전에 또다시 한 많은 피난길에 몸서리를 쳤다. 엄동설한의 눈보라는 살을 에이고 한강을 건너는 피난민은 양 떼같이 움직였다. 강도 얼고 산도 얼고 사람도 얼어붙었다. 모진 삭풍은 백성들의 허기진 뱃속을 더욱 세차게 몰아쳤다.

한편 전쟁 초기에 부산으로 떠났던 방준식은 8월 15일 일본으로 차출되어 후지산 기슭에서 한 달간 전투 훈련을 받고 미 제10군단 7사단 31연대에 배속되어 인천상륙작전에 참전하였다.

그 후 서울이 수복되자 다시 배를 타고 부산으로 내려가 10월 29일경 함경도 이원(利原)에 상륙하여 풍산을 거쳐 갑산에서 한·만 국경인 압록강까지 진격한 후, 11월 21일에는 혜산진에서 3일을 머물다가 중공군의 개입으로 함흥까지 구사일생 탈출하였다. 이곳에서 민간 선박을 타고 부산을 거쳐 남원에 설치된 지리산 지구 전투경찰 사령부에 배치되었으며, 계급도 순경에서 경장으로 특진하였다.

# 17
# 단장(斷腸)의 지리산

북진하던 국군과 유엔군은 중공군의 개입으로 전쟁의 양상이 새롭게 전개되자 눈앞에 닥쳐왔던 한반도 통일은 예측 불허로 치달았다. 이보다 앞서 1950년 11월 29일, 남원에 사단 본부를 둔 11사단인 화랑부대는 후방을 교란하는 공비들의 근거지를 소탕하기 위하여 일명 건벽청야(建壁淸野)라는 작전명을 수행하게 되었다. 이를 위하여 각 부대 군사 고문관 회의를 소집하였다. 그런데 회의 참석차 지리산 고동재를 넘어오던 미군 대령 1명과 30여 명의 장병들이 적의 기습으로 전원 몰사하는 사건이 발생하고 말았다. 이 사건을 빌미로 11사단은 지리산 일대 잔적 소탕을 위해 1951년 2월 7일, 산청군 지역에 9연대 3대대 병력을 투입하였다.

설날이 하루 지난 음력 정월 초이튿날, 방실(방곡) 마을에는 전쟁 후 생사를 모르고 지냈던 친척들이 고향에 돌아와 서로 안부를 물으며 정겨운 명절을 보내는 중이었다.

그런데 중매재를 넘어온 국군들이 갑자기 마을 사람들을 동네 앞 논에 모이게 하더니 적도 아닌 양민을 남녀노소 구별 없이 무참히 학살하는 끔찍한 일을 저지르고 말았다. 통비분자란 죄목으로 산청군 금서면 2개 마을과 함양군 유림면, 휴천면 5개 마을주민 수백 명을 사살하고, 또 불까지 질러 그야말로 온 마을을 쑥대밭으로 만들어 버렸다. 청천 하늘에 날벼락을 맞은 사람들은 비명은커녕 눈도 감지 못하고 불귀의 객이 되고 말았다. 그기다가 산청군 금서면 일대 산간마을은 동네 전체가 초상집으로 변했지만 울어줄 사람이라곤 아무도 없었다.

양민을 살육한 군인들은 시체 위에 기름을 붓고 마치 쓰레기를 태우듯 사람의 씨를 말리려 하였으며, 가옥에 불까지 질러 조상 대대로 내려온 산간 벽촌을 초토화시켜 버렸다. 그나마 구사일생으로 살아남은 자는 반신 불구자가 되거나 넋이 나가 사리 분별을 하지 못하는 자가 적지 않았다. 순식간에 일어난 이 처참한 광경에 한 많은 엄천강은 물소리도 멈추어 버렸다.

이 난리통에 정태 어머니는 아들이 빨갱이란 죄목으로 총살되었고, 태산이 어머니도 죽음을 면치 못하였다. 다행히도 가현마을 준식이 가족은 준식이의 신분이 확인되어 간신히 목숨만 건졌으나, 유림에 사는 복자의 이모는 영문도 모르고 죽음의 혼을 따라갔다.

오봉마을도 이 난리를 피하지 못했다. 온 마을이 마치 귀신의 화장실처럼 시커멓게 타버렸으며, 밤이 되면 원혼들의 울음소리인 양 부엉이 소리만 처량하게 들려오고, 왕등재 산마루에 솟은 희미한 초승달은 이날의 참상을 아는지 모르는지 구름 속에 얼굴마저 파묻어 버렸다. 사건이 일어나고 하루가 지나 용배 아버지가 굳은 표정으로 복자의 집에 들렀다.

"영복이 할배 설 잘 쇠었소?"

"어서 오소! 추운데 방으로 들어오소."

용배 아버지는 한복 위에 두꺼운 윗옷을 입고 담배를 입에 문 채 복자의 집 마당에 서 있었다. 설이 지나고 며칠이 지났지만, 아직 지리산의 추위는 수그러질 기미를 보이지 않았다. 초가집 처마 밑에는 고드름이 주렁주렁 달려 있고, 마당에는 눈이 녹다가 다시 얼어붙어 여기저기 흙 발자국들이 어지럽게 엉켜 있었다. 방으로 들어온 용배 아버지는 앉자마자 영복이 할아버지에게 금서면 소식을 전하였다.

"영복이 할배! 큰일났심더! 정월 초이튿날 바로 어제 금서면 하고 휴천면이 쑥밭이 되었다 카는데 소문 들었십니꺼?"

"아니! 처음 듣는 소린데 무신 일이 일어났십니꺼?"

"아이구! 말도 마이소 정월 초이튿날 금서면하고 유림면, 휴천면에서 군인들이 동네 사람을 다 싸 쥑이고 집도 불을 질러 생난리가 났다고 합니더."

"그기 무슨 청천하늘에 날벼락 같은 소리입니꺼? 그라모 우리 집도 다 불에 탔단 말입니꺼? 좀 상세히 이야기를 해보이소."

영복이 할머니가 눈을 크게 뜨고 입을 다물지 못한 채 용배 아버지에게 재차 물어본다.

"아, 글쎄! 동네 사람들이 공비하고 내통했다고 군인들이 어른이고 아이고 닥치는 대로 기관총으로 쐈삐리고, 아무도 접근을 못하도록 막아놔서 지금 우찌 되었는지 학실히는 모르지만 아마도 수백 명이 죽었다 쿠는데, 인민군도 아닌 국군이 우찌 이런 일을 저질렀는지 기가 찰 일입니더."

"아이고! 우짜꼬! 우짜꼬! 무신 일이 이런 일이 있노! 빨갱이도 아니고 국군이 백성을 다 쥑이다니! 세상에 우찌 이런 일이 우리 동네에서 일어난단 말이고! 아이고."

영복이 할머니는 기가 차서 입을 다물지 못하고 있다.

"그래 놓고 군인들은 오데로 갔다 캅니꺼?"

"소문에는 거창 쪽으로 갔다 쿠는데 확실히는 모르겠소."

영복이 할아버지가 물었지만 용배 아버지는 더 이상 아는 것이 없었다.

"그라모 유림에 계시는 우리 이모는 우찌 되었시꼬."

용배 아버지에게 드리려고 다과를 준비하려던 복자는 금서면에서 가까운 함양 유림에 사는 이모가 걱정스럽다.

"큰일이구나! 큰일이라! 세상이 조용해지면 집에 한번 갔다 와야 되것다. 인민군들이 북으로 쫓겨간 지가 온젠데 와 죄 없는 백성들을 하나둘도 아니고 몰살을 시키다니! 이놈들이 눈이 거꾸로 뒤집혀도 분수가 있지."

영복이 할아버지는 손을 부들부들 떨며 분을 삭이지 못하였다. 그날 밤 복자네 가족은 이웃들이 죽고 마을이 불탔다는 소식에 한숨도 잠을 청하지 못하였다.

# 18

# 중동부 전선의 격전(激戰)

영하 30도를 오르내리는 엄동설한에 중공군의 대거 참전으로 서울을 포기하고 후퇴를 거듭하던 아군은 미 8군 리지웨이 사령관의 지휘 아래 3월 14일, 빼앗겼던 서울을 재탈환하고 다시금 전선을 38선 부근으로 밀어붙였다.

그런데 4월 11일, 미국의 트루먼 대통령은 만주 지역에 원폭 투하를 주장하던 맥아더 원수를 유엔군 사령관직에서 해임하고, 후임에는 8군 사령관인 리지웨이 장군을, 8군 사령관에는 제임스 밴 플리트 장군을 임명하는 인사를 단행하였다. 이제 새로운 지휘부가 새로운 전쟁을 치르게 되었다.

강호가 속한 3군단 9사단 28연대는 충청도 지역에서 중공군의 춘계 공세에 대비하여 강원도 중동부 지역인 인제 남방 현리(縣里) 지역으로 배치되었다.

때는 5월이라 온 산이 찔레꽃과 아카시아 향기가 만연하고, 이름 모를 새들은 이 산에서 저 산으로 봄노래를 하며 인간들의 전쟁에는 관심도 없었다.

강호가 주둔하는 강원도 중동부 전선에도 봄은 찾아왔다. 그렇게도 몰아치던 설한 북풍은 새들의 노래에 묻혀가고 앞산에는 아지랑이 기운이 꽃향기를 몰고 왔다. 가끔씩 가까운 곳에서 포 소리가 들렸지만, 전투는 상호간에 전열을 재정비하는 소강상태에 접어들었다. 그러나 지난 4월의 격전 때 미처 매장하지 못한 전사자들의 시체 썩는 냄새가 바람 따라 역겹게 풍겨왔다.

1951년 5월 17일, 전열을 가다듬은 중공군 주력부대가 9사단의 인근에 진을 치고 있는 7사단을 돌파하기 위하여 2차 춘계 공세를 준비하고 있다는 정보가 들어왔다. 7사단은 3사단과 9사단의 보급로인 오마치(五馬峙) 고개를 사수하라는 작명을 받고 방어에 최선을 다하고 있었다. 그러나 5월 17일 밤, 물밀듯이 밀려오는 적의 대부대에 무참히 밀려나고 말았다. 아군의 중요 보급로인 요충지를 차단당한 9사단은 부득이 현리까지 후퇴하지 않을 수 없게 되었다. 이때 9사단 28연대는 오마치 후방을 확보하기 위하여 수색대를 적의 후방에 침투시키기로 하였다.

강호는 숨을 죽인 채 M1소총을 땅바닥에 붙이고 낮은 포복으로 능선을 향해 기어 올라갔다. 달은 구름에 가려 사방은 깜깜하였으며 주변은 쥐 죽은 듯 풀벌레 소리만 간간이 들려온다. 양어깨에 매달린 수류탄은 아래로 덜렁거리고 대검을 착검한 소총에는 돌 부딪치는 소리가 나지막하게 들린다.

앞에서 소대장이 몸을 낮추라는 손짓에 대원들은 오소리같이 배를 땅에 붙인다. 산의 앞쪽에서는 3사단 18연대가 격렬한 전투 중이었으며, 피아간의 기관총과 박격포, 총소리가 콩 볶듯이 들려온다. 그런데 수색대가 거의 능선에 다다를 즈음, 갑자기 하늘이 훤해지면서 조명탄이 치솟고 꽹과리 소리가 요란하게 나더니 적의 기관총 끝에서 불꽃이 튀기 시작한다. 따발총 소리도 정신을 못 차리게 한다. 적의 매복에 걸려든 것이다.

"돌격 앞으로!"

이때 소대장의 숨 가쁜 돌격 소리에 강호는 정신없이 적의 기관총을 향해 수류탄을 던졌다. 번쩍하는 섬광과 폭음은 적의 기관총을 한순간에 잠재웠다.

이때 강호의 부대원들은 일제히 일어서면서 적을 향해 돌진하였다. 강호도 적의 호 속으로 뛰어들어 닥치는 대로 찌르고 박고 구르며 광란의 살육 춤을 추기 시작한다. 피아간에 피가 튀고 살점은 나비같이 공중으로 날았다. 죽이지 않으면 내가 죽는다는 생사의 갈림길에서 강호의 귀에는 적의 비명만 들릴 뿐이다.

그런데 시간이 얼마나 흘렀는지 갑자기 주위가 훤해지며 전투가 잠시 중단되는 것 같았다. 그러자 사방에서 중공군이 깃발을 들고 꽹과리를 치며 새카맣게 밀려오고 있는 것이 아닌가! 강호는 적에게 포위되었다는 것을 직감했다.

조명탄 아래에는 '抗美援朝保家衛國'(미국에 저항하여 북한을 지키자), '中國人民志願軍'(중국인민의용군)이라는 붉은 깃발이 펄럭이고, 꽹과리 소리가 고지의 밤하늘을 공포로 몰아넣는다.

이때다.

"6시 방향으로 빨리 후퇴하라!"

선임하사의 다급한 목소리가 귓전을 울린다. 선임하사는 적의 조명탄이 터질 때 6시 방향으로 빈틈을 본 것이다. 강호는 죽을힘을 다하여 산 아래로 몸을 굴린다. 나무에 할퀴고 돌에 찍히며 사력을 다해 포위망을 벗어나고자 안간힘을 쓴다.

고지에서는 아래로 사정없이 총알이 날아왔으며, 공기를 가르는 날카로운 금속성 소리와 수류탄 폭발음이 귀 고막을 찢는 것 같았다. 얼마나 시간이 흘렀는지 강호는 주위의 신음소리에 정신을 차렸다. 꿈인지 생시인지 어렴풋이 살아있다는 생각이 들었다. 고참병들은 고함을 지르며 이리저리 뛰며 부상자를 돌보고 있었다. 강호는 주위를 둘러보고 중대 병력이 불과 몇십 명으로 줄었다는 사실을 알았다.

중대장과 소대장은 전사하고 선임하사는 다리가 부러지는 중상을 입었다. 강호와 다른 병사들은 선임하사를 나무로 만든 들것에 눕히고 현리에서 상남 방향으로 죽음의 후퇴 길에 올랐다. 전우의 시체를 적진에 남겨두고 간신히 사지를 탈출하는 병사들의 모습은 마치 저승사자들이 시체를 끌고 가는 상여 행렬같이 보였다.

아침까지 마주보며 장난치던 꽃 같은 청춘들이 조국의 산하를 지키다가 이슬같이 사라져버린 것이다. 강호의 전우조도 전사하고 인정 많던 김 하사도 보이질 않는다. 유품은 고사하고 군번도 수거하지 못했다. 생존자들은 피 묻은 옷소매로 눈물을 닦으면서 발걸음을 남으로 향했다. 5월이라고 하지만 아직도 오대산 정상에는 잔설이 분분하고 밤에는 기온이 영하로 내려갔다. 춥고 배고프고 부상당한 다리는 심한 고통에 걷기조차 힘들었다. 부상당한 전우들의 신음소리를 들으면서 서로를 부축하고 떠밀며 며칠 만에 창촌(蒼村)의 어느 강까지 내려왔다.

그제야 강호는 다리에 부상이 심상치 않다는 것을 알았다. 그런데 앞서 강을 건너던 아군들이 중공군의 포위망에 걸려 갑자기 기관총 세례를 받는 게 아닌가. 강호 일행은 재빨리 몸을 바위 밑으로 숨겼지만 별다른 수가 없었다. 눈앞에서 강을 건너던 아군들이 갑작스런 적의 공격에 비명을 지르며 쓰러지고 있었다.

그런데 이때였다. 동쪽 하늘에서 아군 제트기 편대가 나타나더니 이번에는 적에게 기총소사를 퍼붓기 시작한다. 기적이 일어난 것이다. 적의 시체가 강바닥에 나뒹굴었다. 구사일생으로 살아난 강호는 잔류 병력과 합류하여 오대산을 돌아 현리를 거쳐 진부까지 십여 일간 사투 끝에 연대 본대로 돌아왔다. 남하 도중 피난 간 화전민의 집에서 먹다 남은 곡식을 씹어 먹었는가 하면, 산나물도 뜯어 먹고, 개구리, 뱀 등 움직이는 것은 닥치는 대로 잡아먹었다.

연대본부에 도착한 강호는 의무대에서 간단한 치료를 받은 후 다른 부상병과 함께 후방으로 후송되었다. 그러나 현리 전투의 패배로 3군단은 해체되고 9사단은 미 제1군단에 배속되었다.

70만 대군으로 춘계 공세를 감행한 중공군과 인민군도 막강한 아군의 화력 앞에 21만 5천 명의 인명피해를 내는 혹독한 대가를 치러야 했다.

# 19

# 반가운 군사우편

중공군의 2차 춘계 공세가 끝난 후 전 전선에서는 한 치의 땅이라도 더 확보하고자 피아간에 치열한 전투가 연일 계속되었다. 그런데 6.25전쟁이 발발한 지 일 년이 지난 1951년 6월 하순경 소련 부외상 겸 유엔대표인 야콥 말리크가 미국 방송을 통하여 휴전회담 형식의 담화를 발표하는 이변이 일어났다.

당초 남침을 감행한 공산군은 단기간에 남한을 점령한다는 계획을 세웠으나, 시일이 지날수록 유엔의 개입과 화력의 열세로 상황이 점점 불리해지고 있음을 깨달았다. 한때는 중공군의 개입으로 전세가 역전되기도 하였으나, 이제 갓 출발한 중화인민공화국의 전력으로는 미국을 상대하기에 역부족이었다.

거기다가 전황이 호전되리란 기대는 희미해지고 미군의 화력 앞에 인력의 손실은 늘어만 갔다. 한편 전쟁 초기에 유엔군도 공산군을 물리친다는 대의명분 아래 미국을 비롯하여 16개국이 군대를 파견하였지만, 시간이 갈수록 참전국의 의지는 소극적으로 변해가고 국제정세도 결코 대한민국에 유리하게 전개되지는 않았다. 이때 만약 소련이 전쟁에 개입한다면 또 다른 세계대전이 발발할 가능성도 배제할 수 없었다. 이렇듯 한반도에서 전쟁을 치르고 있는 당사국들은 명분보다 자국의 실익을 따지지 않을 수 없는 상황으로 변하여 갔다.

그러자 며칠이 지나지 않아 드디어 1951년 6월 30일 유엔군 총사령관 매튜 리지웨이 장군은 공산군 사령관에게 덴마크 병원선 '주트란디아' 호를 원산만에 정박시키고 선상에서 회담을 열자고 제의했다. 그 후 양측 연락장교들이 수차례에 걸친 교섭 끝에 드디어 7월 10일 개성에서 휴전협정 1차 본회의를 열기로 합의하였다.

이승만 대통령은, 휴전협정이란 대한민국을 영원한 분단국가로 만드는 정치적 음모이며 언젠가는 또다시 남침을 도모할 수 있는 기만적인 획책이라면서 국민의 이름으로 필사적인 반대를 하였다. 그러나 전쟁의 주도권은 미국이 쥐고 있었기에 휴전회담의 흐름을 막지는 못했다.

이때 일선에서 일진일퇴를 거듭하던 장병들은 갑자기 휴전협상의 소식이 전해지자 전쟁이 곧 종식된다는 분위기에 젖어들어 군기가 해이해지고 전투 의욕이 저하되는 현상이 일어났다. 특히 외국에서 온 유엔군 병사들은 곧 귀국이 눈앞에 닥친 것처럼 호 속에서 몸을 도사리고 있었다. 그런데 적은 이때를 놓치지 않고 전열을 가다듬어 전 전선에서 총공격을 감행하였다. 적의 기만전술로 아군은 후퇴를 거듭하다 뒤늦게 적의 저의를 알고 다시 반격을 가하였다. 그러나 피아간에 소모전만 계속될 뿐, 전선은 교착 상태를 벗어나지 못하고 7월 초에 시작된 휴전회담은 별다른 진전 없이 시간만 흘러갔다.

지루한 장마가 끝난 남부 지방은 본격적인 더위에 접어들었다. 복자의 가족들은 보리 수확과 모내기 등 농번기를 끝내고 밭에 새로 지은 원두막에서 온 식구가 둘러앉아 수박을 먹고 있었다. 도랑 옆의 버드나무에서는 참매미가 입이 터져라 울어대고, 풀숲의 여치들은 높이뛰기 대회를 하는지 이 풀 저 풀을 정신없이 뛰어다닌다. 파란 하늘 아래 제비들은 먹이를 쫓아 공중으로 높이 솟았다가 급강하를 하는 공중곡예를 되풀이하고 있다. 가끔씩 산마루에서 불어오는 시원한 바람은 버드나무 잎을 팔랑팔랑 흔들고 있다.

밭에는 수박덩이가 바위같이 앉아 있고, 노란 참외는 잎 속에서 숨바꼭질하는지 옆구리만 보인다. 옥수수는 원두막을 향하여 일렬종대로 쭉 서 있는 모습이 마치 군기 잡힌 병사들 모습같이 보인다.

영복이는 수박에는 관심이 없고 할아버지가 잡아준 방아깨비 뒷다리를 잡고 장난을 치면서 히죽히죽 웃다가 "엑" 하고 소리를 지른다.

"아이구! 전쟁이 우찌 돌아가는지 영복이 애비 떠난 지가 일 년이 다 돼 가는데 소식조차 없으니 갑갑해서 살것나?"

"어머이! 무소식이 희소식이라 카는데 너무 걱정하지 마이소."

"어제 용배 할배를 만났는데 북으로 올라갔던 우리 군대가 중공군한테 밀려 서울 근방에서 올라갔다 내려왔다 한참 싸우고 있다 카더라."

"그라모 우리 영복이 아버지도 지금쯤 한창 싸우것네예?"

"그런데 이북에서 휴전회담을 하자 캐서 개성에서 유엔군과 인민군이 회담을 하는데, 아직 큰 결과는 없다 카는데 이리되면 전쟁이 곧 끝나지 안 컸나."

"그라모 아버님! 전쟁이 끝나면 영복이 아버지도 집에 오것네예?"

"아무래도 자주 안 오것나."

"아이구 그리되모 올매나 좋것노! 전기가 안 들어오니 라디오도 없고 제발 우리 강호한테 무신 일이 없어야 될 낀데."

"너무 걱정하지 마이소, 어머님! 무신 일이 있시몬 벌써 연락이 안 왔것십니꺼."

"그라고 아가야! 유림에 너 이모는 누가 제사를 지낼꼬?"

복자는 지난 정월에 국군에 의해 학살된 이모의 소식을 사건이 일어난 후 십여 일이 지나서야 비보를 전해 들었다.

"추석 전에 오봉리에 한번 갔다 와야 될 낀데 군인들이 들어가라고 할런지 모르겠다. 소문에는 동네 전체가 다 타고 아무것도 없다 카는데 그래도 내 눈으로 학실히 봐야 되것다."

경호강변의 산청군 생초면 계남리는 인민군이 물러간 후, 예전과 다름없이 평화스러운 시골 분위기에 젖어 있었다. 다만 군에 가지 않은 청·장년들은 지리산 공비토벌에 필요한 보급품을 운반하는 일, 일명 지게부대에 차출되었다. 농사일도 시기에 맞춰 평년작은 되었다.

이제 중복 더위가 지나가고 며칠 있으면 8월이다. 복자네의 농작물도 적당한 비에 두루두루 싱싱하게 자라 주었다. 지금은 농한기라 갑갑한 집보다는 원두막에서 한가하게 여름을 보내고 있었다. 신문도 라디오도 없는 시골에서는 객지에 나갔다 오는 사람들로부터 바깥소식을 전해 듣거나 아니면 소문으로 세상 돌아가는 물정을 짐작하는 수밖에 없었다. 특히 군에 간 가족이 있는 가정에서는 열흘마다 한 번씩 오는 집배원을 기다리는 것이 일상이 되어 버렸다.

복자네도 예외는 아니었다. 마을에 집배원이 오면 사람들이 우르르 몰려 나가 자기 집에 편지가 왔는지 우편 가방에서 눈을 떼지 못했다. 오늘은 마을에 집배원이 오는 날이다. 복자는 아까부터 면 소재지에서 계남리로 들어오는 길목을 수십 번이나 쳐다보았다.

논에는 물방개가 벼 사이로 뱅뱅 돌며 헤엄을 치고 물 위에는 소금쟁이와 엿장수가 서로 다투는지 앞발을 치켜들었다 놓았다를

257

반복하고 있다. 이때 갑자기 왕잠자리가 나타나 엿장수를 물고 날아가 버린다. 소금쟁이는 물속으로 잽싸게 숨는다.

복자는 고개를 들어 신작로를 바라본다. 누군가 멀리서 걸어오는 모습이 보인다. 어깨에는 큰 가방이 걸려 있는 걸 보니 틀림없는 집배원이었다. 복자는 가슴이 두근거린다. 어제오늘 일이 아니지만, 오늘은 더욱 그렇다.

"우짜꼬! 한번 가볼까 말까! 어머이예! 저기 우체부 아저씨가 우리 마을로 오는데 한번 가볼까예?"

"오늘 아침에는 까치가 마이 울던데 한번 가봐라! 혹시 편지라도 올란가! 꿈자리도 뒤숭숭하고 아무래도 무신 일이 있는지 이리 소식이 없을 수가 있나! 아가! 한번 가봐라."

"전장에서 쌈하는 군인이 집에 편지 쓸 시간이 있것나! 무소식이 희소식이라 안 카나."

영복이 할아버지도 마음속으로는 은근히 아들의 소식을 기다리고 있었으나 가족들에게는 내색하지 않는다.

복자는 영복이를 할머니한테 부탁하고 집배원이 오는 길목으로 향한다.

"우체부 아저씨! 더운데 고생이 많네예."

"아! 예! 장마가 끝나고 난께네 오늘은 마이 덥네예."

"오늘은 편지가 많은지 가방이 제법 무거워 보이네예."

"요새는 좀 많십니더."

"혹시 우리 집에 편지는 없십니꺼?"

"쪼깬 기다려 보이소! 아이구 더버라! 이리 나무 그늘 밑으로 와 보이소."

반소매에 무명바지를 입은 집배원은 땀을 뻘뻘 흘리고 있다.

"성함이 우찌 됩니꺼?"

"아! 예! 저는 고복자라 하고 애기 할아버지는 장 기자 태자입니더."

"아, 그러십니꺼! 쪼깬만 기다려 보이소! 에~! 고~ 복자 장~기태, 어! 여기 있네예! 군사우편이네예! 집에 아저씨가 군대에 있는가베예! 홀륭하십니더! 장기태 씨 앞으로 왔네예."

"아이구! 고맙십니더! 군대 가고 나서 일 년 만에 온깁니더! 아이구 고맙십니더."

복자는 남편의 필체를 알아보고 날아갈 듯이 기분이 좋아진다. 누런 봉투에 군사우편이라고 까만색 잉크 도장이 찍혀 있다. 분명히 '장기태 아버님 좌하'라고 쓰여 있다. 복자는 편지를 들고 원두막을 향하여 논두렁을 뛰어 달린다.

"저, 영복이 에미가 와 저라노."

원두막에서 며느리를 바라보던 영복이 할머니가 며느리의 뛰는 모습을 보고 걱정스레 한 말이다.

"손에 편지 같은 것을 들고 오는데 좋은 일인지 나쁜 소식인지 걱정이 되는구나."

영복이 할아버지가 며느리를 보고 얼굴이 굳어진다.

"아버님! 어머님! 영복이 아버지한테서 편지가 왔십니더."

복자가 원두막으로 올라와 영복이 할아버지한테 편지를 건네드린다.

"아이구! 이거 병원 주소 아이가! 무신 큰일이 났는갑다!"

"예! 뭐라고요? 우리 강호가 다쳤단 말입니꺼?"

"그런데 아버님 자세히 보이소! 영복이 아버지가 직접 쓴 글씨 아입니꺼? 마이 다치시모 편지를 못 쓴다 아입니꺼."

"그래, 니 말이 맞다. 일단 뜯어보자."

영복이 할아버지가 편지를 개봉하니 안에는 누런 종이에 두 통의 편지가 있었다. 하나는 '부모님 전 상서'이고, 다른 하나는 '영복이 엄마에게'라고 쓰여 있다.

父母님 前上書

아버님! 어머님! 초하지절에 기체후 일향만강하옵시고 집안 두루 편안하신지요?

소자는 부모님의 염려지덕으로 몸 성히 잘 있습니다. 이곳은 강원도 후방에 있는 국군 야전병원입니다. 지난 5월에 강원도 지역에서 중공군과 잘 싸웠다고 우리 부대는 잠시 후방에서 쉬고 있습니다. 저도 병원에서 휴양을 취하고 있습니다. 몸은 건강하니 너무 걱정하지 마십시오! 일찍이 소식을 전한다는 것이 전선이 자주 이동하여 이제야 소식 전하게 됨을 용서하십 시오! 개성에서는 유엔군과 중공군이 휴전회담을 하고 있으니 앞으로 큰 전투는 없으리라 생각됩니다.

제가 고향에 있으면 부모님의 농사일도 도와드렸을 텐데 소자의 불효함을 용서하십시오! 비록 몸은 떠나 있어도 항상 부모님과 가족 걱정을 한시라도 잊은 적이 없습니다. 전쟁이 끝나고 고향에 가면 부모님을 편안히 모실 테니 저에 대한 걱정은 조금도 하지 마십시오! 그리고 친구들은 어떻게 되었는 지 궁금합니다. 아무쪼록 아버님! 어머님! 다가오는 하절기에 존체 무고하시길 빌며 다음에 또 소식 전할 때까지 안녕히 계십시오.

1951. 6. 20.

불효자 장강호 올림

영복이 할아버지는 편지 내용을 영복이 할머니가 들을 수 있도록 소리내어 읽었다. 그리고 두 사람은 그제야 얼굴색이 돌아왔다.

"아이구! 주소가 병원이라 카길래 올매나 놀랬는지! 쯔쯔."

복자는 눈물을 글썽거리며 남편의 편지를 옥수수 밭고랑에서 조용히 읽고 있다.


**영복이 엄마에게**

여보! 이 전쟁통에 부모님 수발과 영복이 돌보랴 농사일에 얼마나 고생이 많소! 나는 당신의 염려지덕으로 몸 성히 잘 있소!

지난 5월에는 중공군과 아주 큰 전투가 있었소! 그래도 운이 좋아 살아서 당신한테 편지를 쓸 수 있다는 게 얼마나 고마운지 모르오!

여보! 당신과 영복이 모두들 참으로 보고 싶소! 낯설고 물설은 강원도 산골에서 적과 싸울 때는 우리 가족을 생각하며 반드시 이겨야만 집에 갈 수 있다는 일념으로 지금까지 버티고 있소.

이제 다행히도 쌍방 간에 휴전회담이 시작되었으니 곧 전쟁이 끝나리라 믿소. 그리되면 우리 가족도 머지않아 다시 만나 옛날같이 오봉리에서 오순도순 살 수 있을 것이오! 아니 당신 뜻대로 진주로 이사해 살날이 멀지 않았다고 생각되오. 아마이 편지가 집에 도착하면 우리 부대는 다른 지역으로 떠난 후가 될 것 같으니 답장을 해도 받아보기가 어려우니 그저 무소식이 희소식이다 생각하고 마음을 편안히 가지기 바라오! 그리고 계급도 하사로 두 개나 올랐으니 졸병 신세는 면했다오!

허허!

　아무쪼록 다시 만날 때까지 부모님 잘 모시고 우리 영복이 잘 키워주기 바라오!

　그럼 다음 소식 전할 때까지 가내 무운을 빌겠소!


　　　　　　　　　　　당신의 남편 장강호

# 20

# 울다 지친 오봉리

휴전회담의 개시와 함께 곧 전쟁이 종식될 것 같은 분위기는 2개월이 지나도 진전될 기미는 보이지 않고 계절은 벌써 가을의 문턱에 접어들었다. 소강상태에 머물던 전선은 날씨가 서늘해지자 서로가 회담의 유리한 고지를 차지하고자 포문에 불을 뿜기 시작하였다.

강호는 부상에서 회복되어 51년 7월 1일 김화지구 전투에 투입되었다. 김화는 일명 '철의 삼각지대'로 불리는 강원도 평강군, 철원군, 김화군을 잇는 중부전선의 심장부로서 서울을 방어하는 데는 아주 중요한 지역이다. 미 8군 사령관인 제임스 밴 플리트 장군은 이곳을 '철의 삼각지대'로 명명하였다고 한다. 특히 철원은 서울에서 차량으로 불과 몇 시간 거리에 있어 기필코 지켜야 하는 전략적 요충지이다.

강호가 속한 9사단 28연대, 일명 '도깨비 부대'는 중공군 6사단을 맞이하여 7일간의 사투 끝에 김화지구를 사수하고 중공군 3,000여 명을 사살하는 등 큰 전과를 올렸다. 이에 앞서 6월 5일부터 11일 사이에 적에게 빼앗겼던 김화지구의 보개산, 고대산을 재탈환한 후, 부대는 8월경에 육본 직할로 배속되었다가 51년 10월 5일 다시 미

263

제1군단으로 소속이 바뀌었다. 사단장에 박병권 준장이 취임하였다.

신임 사단장 취임 이후 51년 11월 3일부터 15일간 철원의 281고지와 395고지의 적을 격퇴하는 전과를 올렸으나, 281고지를 빼앗긴 중공군의 공격으로 잠시 395고지를 빼앗겼다. 그러나 11월 6일 다시 탈환하면서 철의 삼각지대에서는 악전고투가 연일 계속되고 있었다. 강호는 가족과 헤어진 지 일 년이란 세월이 지났으나, 휴가는 엄두도 내지 못했다. 늦가을 단풍이 온 산야를 아름답게 물들이고 기러기 떼가 남쪽으로 날아가는 모습을 본 강호는 가족들이 사무치게 그리웠다. 오늘같이 하얀 억새꽃이 바람에 휘날리고 쓸쓸한 산새 소리가 들려올 땐 고향 생각이 더욱 간절하다.

'지금쯤 지리산에도 단풍이 붉게 타고 있겠지! 우리 영복이도 세 살이 되었으니 많이 컸겠구나!'

'아~ 꿈에라도 한번 고향에 갔다 왔으면 좋겠다!'

한동안 소강상태로 접어들었던 전투가 다시 시작되었다. 하늘에는 미군 전투기가 수없이 북으로 날아가고, 포성은 천지를 진동하며 산골짜기를 찢는다.

"피~융 쾅! 풍덕~ 쾅쾅! 후루루루 쾅~"

강호는 능숙한 몸동작으로 철모를 눌러쓰고 호 속으로 몸을 낮춘다. 이제 이런 전투는 일상이 되어버렸다. 피아간에 대포소리는 염라대왕의 통곡인 양 천지를 진동하고 산들은 피 울음을 토하며 몸서리를 친다.


영복이 할아버지는 가을걷이를 끝내고 따스한 가을 햇살이 비추는 마루에 앉아 손자의 재롱을 즐기고 있었다. 곰방대를 입에 문 채 마당에서 강아지와 놀고 있는 손자를 바라보니 집안의 대가 끊어지지 않았다는 안도감에 담뱃대를 깊이 빨아들인다.

하늘로 퍼진 연기는 아들 강호의 얼굴처럼 피었다가 다시 오봉리의 고향집으로 변한다.

"'아버님! 고메(고구마) 쌀마 왔심니더! 파삭한 게 맛입니더. 한번 잡사보이소."

"오냐! 색깔이 빨가이 맛있것네. 니도 좀 묵어라."

"영복이 할배요! 고메 묵다 목마르면 여기 물김치도 옆에 갔다 났으니 한 모금 하이소."

복자가 삶은 고구마를 시아버지께 드리자, 영복이 할머니가 물김치를 사기대접에 담아 내온다. 복돌이가 오봉리로 가기 전에 새끼를 낳아 용배네 집에 한 마리 주었는데, 이번에 그녀석이 새끼를 낳아 그중의 한 마리를 받아왔다. 지금 영복이는 그 강아지의 목을 붙잡고 레슬링을 하는지 씨름을 하는지 다리를 잡았다 꼬리를 당겼다 개를 욕보이는 데 정신이 없다. 오동통 살이 오른 영복이의 양 볼은 가을 햇살에 복숭아 같다. 식구들은 고구마를 먹으면서 영복이의 노는 모습에 흐뭇함을 감추지 못한다.

"전쟁만 아니라면 오늘 같은 날 우리 식구들이 다 모여 있으면 올매나 좋컸네!"

"이놈의 전쟁이 온제 끝날란지 제발 우리 강호는 무사해야 될 낀데."

"글쎄예! 요새는 편지도 안 오고 겨울이 눈앞에 닥쳤는데 전장에서 몸이나 성한지 참말로 답답하고 걱정이 돼서 죽것네예. 지난번 영복이 아버지 편지에 전쟁이 곧 끝날 끼라 캤는데 와 이리 오래 가는지 모르겠심니더."

사실 복자는 시부모가 생각하는 것보다 남편 강호가 더 보고 싶고 그리웠다.

"우리 아들 다치지 말고 무사하라고 자고 나면 칠성님께 빌고
또 신령님께 빌고 있다만 다른 데도 아니고 사람이 죽고 사는 전쟁터라
한시도 마음 편할 날이 없으니 내사 살아도 사는 기 아이다."

"이눔의 나라가 해방된 지 올매나 됐다고 또 전쟁이 일어나고
죄 없는 사람들이 죽고 잡혀가고 이기 다 지딴에는 똑똑하다고 생각하
는 정치인들이 나라 생각, 백성들 생각은 안 하고 저~끼리 싸우다가
이리 된 기라! 우리나라는 옛날부터 당파싸움으로 서로 죽이고 살리고
하다가 나라가 위태로운 적이 한두 번이 아니다, 아이가! 쯔쯔."

"행님, 집에 있소?"

"아! 동생! 어서 오이라! 여기 고매 좀 묵어라! 파삭한 기 맛있다."

따스한 가을 햇살 아래 식구들이 군에 간 강호 걱정, 나라 걱정을
하고 있을 때 옆집의 용배 아버지가 놀러 왔다. 이제 용배 아버지는
강호 아버지를 형님으로 부르며 아주 친한 사이로 변했다. 그나마
남부지방은 전쟁의 와중에서 빨리 벗어나 농사철이 끝나니 다들
한가로운 날들을 보내고 있다. 올 농사도 그런대로 풍년은 아니지만,
평년작은 되었다.

돌담 옆 감나무에는 감들이 탐스럽게 익어가고 언덕 위의 버드나무
는 벌써 노란색으로 변해 있다.

"참! 사람 팔자 알 수 없는기라! 불과 한 일 년 사이에 몇 사람이
죽었노! 호열자 말고 길녀 저 아부지, 복자 당숙, 복자 고모, 복자
이모, 춘삼이 자부지, 춘삼이도 죽었는지 살았는지 알 수가 없고
우리가 몰라서 그렇지 이보다 더 마이 죽었시꺼마는."

용배 아버지가 엽연초에 불을 붙이면서 죽은 사람을 헤아려 본다.

"전방에는 다시 전쟁이 크게 벌어졌다 카는데 우리 강호는 편지도

안 오고 무사한지 모르것다."

"강원도는 겨울에 눈도 마이 오고 엄청 추울 낀데 올매나 고생스럽 겠노! 기가 찰 일이다."

영복이 할아버지와 용배 아버지는 연신 담배 연기를 내뿜으며 걱정스런 표정으로 세상 이야기를 나누고 있다.

"동생! 이제 가실걷이도 끝났고 내일 오봉리에 한번 갔다 올라쿤다."

"출입 통제가 풀리시까요?"

"원래 살던 사람은 왔다 갔다 한다쿤깨네 나도 한번 가봐야 안 되것나! 집들이 다 불에 탔다쿠는데 이번에는 무신 일이 있어도 한번 가봐야 되것다. 고향에 난리가 난 지가 일 년이 다 되어 가는데 한 번도 못 갔으니 밤에 잠을 못 자것다."

"행님! 마음은 알겠는데 그래도 아직 지리산에는 빨치산이 마이 있다 쿠는데 군인들이 출입을 허가할란지 알 수가 없다 아입니꺼."

"다행히도 우리 강호가 국군에 있씬께네 안 봐주것나?"

"그러킨 한데 그라모 나도 요새 별일이 없신께 행님하고 같이 가입시더."

"동생! 고맙네! 그라모 내일 아침밥 일찍 묵고 우리 집으로 오이라!"

영복이 할아버지는 오봉마을이 불에 탔다는 말을 듣고 며칠간은 밥도 제대로 못 먹었다. 이제 시간이 조금 지나 출입 통제도 해제되었다는 소문이 들려왔다. 그래서 추수가 끝나자마자 고향 마을에 갔다 오기로 작정한 것이다.

"영복이 할배요! 나도 같이 가면 안 되것소?"

영복이 할머니도 같이 가잔다.

"가을이라 낮이 짧고 당일 갔다 올라카믄 당신은 무리요! 내가 먼저 가서 현장을 둘러보고 난 후에 그때 가서 생각하기로 하소."

"어머님! 아버님 말씀대로 하이소! 지금 그쪽 사정을 모른께네 우선 아버님이 갔다 오신 후 생각해 보도록 하입시더."

영복이와 씨름을 하던 강아지는 마루 밑으로 도망가고 영복이는 혼자서 돌멩이를 굴리며 놀고 있다. 높은 하늘에는 구름이 물결 같고 앞산의 밤나무에 달려 있던 늦밤이 바람에 산비탈로 굴러떨어진다.

아침 해가 뜨자마자 용배 아버지가 복자네 집에 왔다.

"행님! 빨리 가입시더."

"벌써로 왔나! 그래 가자."

육십이 가까운 두 사람은 정답게 집을 나선다. 경호강 나루터에는 억새꽃이 휘날리고 강 건너 추수를 마친 들녘은 파란 무와 배추가 싱싱하게 자라고 있다. 또 다른 밭에는 촉이 올라온 양파와 마늘도 많이 보인다. 어느덧 두 사람은 방실마을로 접어드는 중매재에 올라섰다. 고개에서 마을을 바라보니 멀리 산 아래 시커멓게 그을린 집들이 눈 안에 들어옴과 동시에 매캐한 불 냄새가 바람을 타고와 코끝을 스친다.

영복이 할아버지의 얼굴이 일그러진다.

"참! 기가 찬다. 동네가 온통 시커먼 귀신 집 같구나."

"행님! 저기 좀 보이소! 저기 논바닥에서 사람을 쥑이고 불에 태운 흔적이 아직도 남아 있다 아입니꺼."

"그런데 동네 사람들은 다 오데로 갔노."

"저기 작대기 짚고 가는 할매 한 사람 보이네."

"저 할매도 그때 다쳤는지 다리를 마이 저네. 쯔쯔."

"이거는 사람이 살았던 동네가 아이다. 이럴 수는 없는 기다. 개자석들!"

영복이 할아버지는 눈앞에 벌어진 참상을 보고 마침내 입에서

욕이 튀어나온다. 간혹 움막에서 다리를 저는 사람이 보였으나, 방실마을은 거의 인적이 끊어진 유령의 소굴로 변해 있다. 두 사람은 주변을 둘러보다가 참담한 광경에 말문이 막혔는지 말 한마디 없이 발길만 옮기고 있다. 방실마을을 지나 오봉리로 가다 보니 사시사철 외로운 산속에서 불쌍한 중생들을 보듬어 주던 천년고찰 화림사는 화마에 흔적도 없이 사라지고, 부처님을 모셔 놓은 대웅전에는 깨진 기왓장만 널브러져 있다. 영복이 할아버지는 참담한 광경에 발걸음을 멈추고 먼 산을 향해 고개를 돌린다. 이때 가을바람이 잿가루를 쓸고는 지나가 버린다.

"나무관세음보살!"

영복이 할아버지는 자기도 모르게 부처님을 찾았다.

"하~그래도 물소리는 여전하게 들리는구나."

영복이 할아버지에게는 오봉천 물소리가 그나마 반갑게 들리는 모양이다.

"행님! 여기가 이 정도면 오봉리도 무사하기는 틀린 것 같소."

"마음에 각오를 해야 안 되겠나."

두 사람은 얼마 후 오봉마을 입구인 지은대(智隱臺) 바위를 지나 마을로 올라간다.

"하~ 이게 귀신들이 사는 동네지 누가 사람이 살았다 쿠겠나!"

"한 집도 성한 집이 없구나! 아이구! 참말로 세상에! 쥑일 놈들!"

"이기 뭐꼬! 온 동네가 시커멓게 다 타 삐맀네."

마을에 들어서자 두 사람은 눈앞에 펼쳐진 처참하고 참담한 현실에 입을 다물지 못한다. 영복이 할아버지가 본 오봉리 고향마을은 한 집도 성한 집이 없었다. 반쯤 타다 만 서까래는 흙담에 위태롭게 걸쳐져 있고, 잿더미는 빗물에 떠밀려 마당을 시커멓게 물들여 놓았으며, 담장은 허물어져 낙엽 속에 묻혀 있고, 감나무는 불에 타 도깨비방망이처럼 허옇게 서 있다. 마치 화산이 폭발하여 온 마을을 폐허로 만들어 버린 것 같다. 강호의 집은 흙벽만 남은 채 아무것도 남아 있질 않다. 마당 가운데 돌샘에는 잿물이 시커멓게 가라앉아 주인 없는 서러움에 물빛마저 흐려 있다.

마을 사람들은 피난을 갔는지 다 죽었는지 인기척은 고사하고 가을바람에 산새소리만 구슬프게 들려온다. 영복이 할아버지는 한숨을 쉬며 뒷동산 선영으로 향한다.

"행님! 만약에 집을 새로 짓는다 캐도 이런 환경에서 사람이 살것소"

영복이 할아버지는 말없이 선산을 둘러본 후 조상께 절을 올린다.

"아버지! 어머이! 우리 집이 불에 다 타삐렀십니더! 인민군도 아니고 국군이 공비 토벌한다고 동네사람도 죽이고 집도 불을 질러 마을을 쑥밭으로 만들어 버렸십니더! 그래도 우리 식구는 다 무사하고예. 강호는 강원도에서 용감하게 싸우고 있십니더! 아부지! 어머이! 전쟁이 끝나면 다시 와서 집을 새로 짓기로 마음을 묵었십니더! 그때까지 편안히 누워 계시고 우리 식구들 무사하거로 잘 보살펴 주이소."

영복이 할아버지는 옷소매로 눈물을 닦으며 그동안의 일들을 조상에게 고했다.

마을은 잿더미로 변하고 폐허가 되었지만, 앞산의 왕등재 단풍은 아름답기 그지없다. 사바세계의 인간들은 살육전에 이성을 잃었지만, 산천은 언제나 의구하였다.

# 21

# 지리산 빨치산 토벌작전

## 1951년 12월

51년 6월, 덕유산 송치골에서는 남부 지방의 빨치산 6개 도당 지도자 회의가 열리고 있었다. 이 자리에서 지리산 독립 제4지대를 이끌고 있는 이현상은 "휴전회담의 유리한 고지를 선점하기 위해서는 남한의 빨치산을 대부대로 편성하여 남조선 당국을 압박하여야 한다." 라고 주장했다. 그러나 전라남·북 도당 위원장인 박영팔과 방준표는 '소규모 부대로 편성하여 장기전에 대비하여야 한다.'라고 주장하여 양측이 팽팽히 맞서고 있었다.

지루한 격론 끝에 남한의 모든 빨치산이 지리산으로 집결하여 집단적으로 투쟁하자는 이현상의 주장이 받아들여졌다. 부대 명칭은 '남부군'으로 하기로 하고, 사령관에는 이현상이 선출되었다.

이리하여 남한 지역에 흩어져 있던 모든 빨치산이 51년 8월을 전후하여 지리산으로 총집결하였다. 거기다가 낙동강 전선에서 미처 후퇴하지 못하고 낙오된 이영회 부대까지 합류하니 화력과 병력이 대규모에 달했다.

271

그러나 휴전회담은 지루한 나날을 보내며 교착상태에서 한 발짝도 진척이 없었다. 이때 남부군 사령관 이현상은 후방을 교란시키면 회담이 공산군에게 유리하게 전개되리라 생각하고 전 부대를 독려하여 남한의 주요 관공서와 공공기관을 무차별 공격하기로 작심하였다.

그런데 예전과 달리 남조선 인민들이 휴전회담 개최 사실을 알고부터는 슬슬 비협조적인 양상으로 변하여 갔다. 전쟁 초기에는 자발적으로 입산하는 자도 꽤 많았고 식량도 순순히 내주었으나, 이제는 눈치를 보며 변명만 늘어놓는 판국이 되었다. 상황이 이렇다 보니 제2전선을 구축하고 있는 남부군은 보급품의 조달이 원활하지 못해 작전의 실패가 잦아졌다. 이렇다 보니 빨치산의 활동도 위축되고 방법도 악랄하게 변해 갔다. 공격 대상도 무분별하고 닥치는 대로 습격 또는 불을 지르는가 하면, 양민이라도 눈에 거슬리면 무참하게 처단해 버렸다.

이토록 공비들의 만행이 극에 달하자 정부에서는 이들을 토벌하고자 백선엽 장군을 사령관으로 하는 '백야전사'가 창설되었다. 지리산에 본부를 둔 '백야전사'는 속초에 주둔 중인 수도 사단(사단장 송요찬 준장)과 영천에 주둔 중인 8사단(사단장 최영희 준장), 그리고 경찰로 구성된 서남지구 전투 사령부, 지리산 지구전투 사령부, 태백산 지구전투 사령부가 '백야전사'에 배속하여 대대적인 빨치산 토벌작전을 전개하기로 하였다. 작전명은 '쥐잡기'로 명명하였으며, 동절기를 이용하여 1951년 12월 2일 06시부터 지리산을 포함한 전라남·북도와 경남에서 활동하는 빨치산을 완전 소탕하기로 계획이 수립되었다.

준식이가 속한 지리산 지구전투 사령부는 지리산의 동부지역인 산청군 삼장면과 시천면 일대에서 적의 퇴로를 차단 및 봉쇄하라는 명령을 받았다. 준식이는 분대를 이끌고 천왕봉에서 동쪽으로 10km

지점인 삼장면 대포리 1200고지 일대에 호를 파고 잠복에 들어갔다.

한편 태산이는 경남 유격대(사령관 이영회)에 소속되어 본대가 있는 천왕봉 동북방 상봉골에서 남동쪽 방향인 삼장면 조개골 300m 아래 지점인 동굴 속에서 조원들과 은신한 지 열흘째를 맞고 있었다. 지리산에는 소한(小寒)을 앞두고 영하 삼십 도를 오르내리는 혹독한 추위가 맹위를 떨쳤다. 사방은 눈이 쌓여 밤에도 대낮 같았으며, 소나무는 눈 무게를 못 이겨 여기저기서 가지 부러지는 소리가 왜가리 울음같이 들려왔다. 부엉이도 추위에 얼었는지 울다가 그치고 울다가 그치고 듣기에도 안쓰럽다. 태산이가 은신한 아지트에는 식량마저 동이 나서 굶은 지 이틀이나 되었다. 거기다가 연기가 나지 않는 싸리나무마저 불꽃을 다하여 그야말로 설상가상이었다. 이제 남은 거라곤 추위와 배고픔뿐이었다. 태산이는 2년여 동안 생사의 고비에서 별 악조건을 다 견디었지만, 추위와 배고픔만은 참기가 어려웠다.

오늘도 굴 밖의 칼바람 소리는 저승사자의 휘파람 소리처럼 섬뜩하게 들린다. 열흘째 굴속에 은신한 다섯 사람의 몰골은 그야말로 산거지나 다를 바 없다. 태산이도 오랜 산속 생활과 추위 탓인지 옛날 왕산의 기백은 간 곳이 없고 광대뼈가 불거지고 체격은 깡말라 있다. 까칠한 피부에 수염마저 길게 자라 산적 같기도 하고, 원숭이처럼 보이기도 한다. 미군 담요로 만든 누런 옷은 걸쳤는지 입었는지 남루하기 그지없고, 이가 물어뜯은 피부에는 벌집 같은 살비늘이 허옇게 떨어진다.

이놈의 이 새끼를 잡기 위해 이틀이나 옷을 눈 속에 묻어도 보고, 몽둥이로 옷을 두들기며 털어도 보았다. 급기야는 내복에 하얗게 슨 서카래(서캐)를 관솔불로 지져도 보았으나, 이삼 일이 지나면 별일 없다는 듯 유유히 기어 나오고, 또 몇 놈들은 사타구니와 겨드랑이

273

를 사정없이 물어뜯는다. 태산이는 이놈들이 정말 빨치산보다 더 악랄하고 지독한 반동이라고 생각했다. 모두들 엄지손톱에 이를 짓이긴 붉은 피가 봉숭아 꽃물처럼 벌겋게 낭자하다. 태산이 일행은 이 잡기를 포기해 버렸다.

국방군 토벌대는 점점 수색망을 좁혀 오는데, 본대와의 연락은 가물치 콧구멍이니 태산이는 이 상황을 어떻게 벗어나야 할지 그것이 문제였다. 그야말로 사면초가(四面楚歌)에 처해 버린 것이다. 아무리 생각해도 묘책은 없고, 그렇다고 얼어 죽거나 굶어 죽을 수 없는 노릇이 아닌가! 이렇게 되면 바로 빨치산 최대의 치욕이 되기 때문이다. 태산이는 이제 무언가 결단을 내려야만 할 때라고 생각한다. 어쩌면 최후가 될지도 모른다는 절박감이 머리를 스쳐간다. 태산이 무릎에 얼굴을 파묻고 있는 동안 희미하게 가물거리던 싸리나무 불꽃은 완전히 꺼져버린다. 갑자기 굴 안이 귀신들의 소굴처럼 깜깜하게 변해버린다.

근간에 와서 태산이는 일명 위대한 과업이라고 떠벌리는 남조선 해방전쟁에 회의감이 들기 시작했다. 전쟁이 일어난 지 일 년이 지났건만 승산은 고사하고 산속에 숨어 있다 틈이 나면 보급 투쟁과 사상교육만 되풀이되는가 하면, 지휘부는 구빨치산과 신빨치산 간에 대립만 격해가는 꼴이 아닌가! 이렇다 보니 조직원들의 사기 저하는 물론이요, 투쟁정신도 날로 옛날 같지가 않다. 거기다가 산마을 인민들마저 빨치산을 점점 경멸하기 시작하였다.

태산이는 모든 상황이 날이 갈수록 점점 불리해진다는 느낌을 떨칠 수가 없다.

'이대로 있으면 우리 신세는 우찌 되는기고? 그리고 이 남반부 해방전쟁에서 과연 승리할 수 있을까? 그런데 사회주의가 지상 낙원이라 카는데, 왜 남조선 인민들은 우리를 싫타쿠노! 그때 후퇴할 때 차라리 정태 따라 북으로 가는 긴데, 설령 전쟁에 이긴다 캐도 나 같은 하급 전사에게 무슨 혜택이 돌아올 것이냐? 더군다나 글자도 모르고 특별한 공을 세운 것도 아닌데! 그건 그렇고 우리 어머니는 나 때문에 국방군에 총살당했다는데 이 죄를 어찌 할꼬! 어머니는 죽고 집도 불타 버렸는데 나는 어디로 가야 하나! 강호와 준식이는 살았을까! 죽었을까! 만약 죽었다면 강호와 준식이 식구들을 우찌 대할꼬! 아~ 그때 강호의 말을 들어야 하는 긴데! 이 굴속에서 추위와 굶어 죽는 것 보다 차라리 자살하는 기 더…… 그렇지만 이대로 죽으면 안 되지! 우리는 지옥에서도 살 수 있다는 빨치산이 아닌가!…… 그렇다고 훤한 눈밭에 지금 나가면 개죽음이 될 끼고 참 낭패로구나!'

태산이는 춥고 배고픈 절망 속에 밤을 지새운다. 날이 새니 아침부터 앞산의 까마귀가 기분 나쁘게 울며 중산리 방향으로 날아간다. 굴 앞의 계곡에는 차갑고 음산한 기운마저 감돌고 있다.

하늘에서는 L-19비행기의 정찰이 끝나면 연이어 경남 사천에서 발진한 F-51 무스탕기가 남부군 근거지를 쑥밭으로 만들었다. 거의 하루도 쉬지 않고 기총소사를 해댔다. 미군 전투기의 굉음은 듣기만 해도 소름이 끼쳤다. 마치 빨치산들의 가슴을 창끝으로 찌르듯이 폭음을 쏟아냈다.

'저기는 우리 본대가 있는 곳인데 작살이 나는구나! 오늘은 벌써 몇 번째고! 그러나저러나 이 판국에 섣불리 움직일 수도 없고 정말 독 안의 쥐로구나! 그런데 참! 오늘이 그믐이제! 음~ 그래도 하늘이 무심치는 않구나! 이제 더 이상 시간적 여유가 없는 것 같다. 오늘 밤에 사생결단을 내야 되것다……'

"왕산 동무! 우리 무한정 이렇게 굴속에 있다간 모두 굶어 죽거나

275

얼어 죽는 수밖에 없소! 죽어도 뭔가 먹다가 죽어야 안 되갔소?"

"동무! 그 무슨 나약한 소리를 하는기요! 며칠 굶었다 해서 벌써 정신무장까지 해이해졌단 말이요! 우리보다 더 불행한 남조선 인민들을 해방시키기 위해서리 이 정도 고생쯤은 감수해야 되지 안 캤소! 앞으로 사기를 저하시키는 반동적인 발언은 삼가하기요."

태산이가 깊은 사색에 빠져 있을 때, 다른 빨치산 간에 언쟁이 일어났다.

"조장동무! 앞으로 어떻게 해야 되는지 투쟁 방향을 알려주기요."

인민군 낙오병으로 빨치산에 합류한 전사가 태산이에게 이 고비를 어떻게 넘길 것인지 압력 비슷한 질문을 던진다.

태산이는 다섯 명의 빨치산 중에 조장이다. 본대에서 국방군의 대대적인 토벌이 있으리라는 정보를 입수하고 지휘부의 병력 분산 결정에 따라 현 아지트로 이들을 이끌고 온 것이다.

평소 지리산을 종횡무진 주름잡던 태산이는 이 일대가 마치 집 앞마당이나 다름없었지만, 지금의 상황은 쉽게 결정을 내릴 수 있는 형국이 아니다.

6.25 직후 해방구였던 삼장면은 지금에 와서는 주민들의 태도가 많이 달라졌다. 더군다나 지금은 토벌대가 빨치산을 포위하고 소탕작전에 전력을 쏟고 있는 상황이 아닌가!

"에~ 동지들! 지금부터 내 말을 잘 들으시오! 동무들도 알다시피 지금 지리산 일대는 국방군 토벌대가 우리 빨치산들을 소탕하기 위하여 일명 '쥐잡기'란 작전명으로 우리 근거지를 향해 점점 포위망을 압축해 오고 있소! 거기다가 겨울이라 낙엽은 다 떨어지고 눈마저 하얗게 쌓여 은폐물도 없는 터에 선불리 움직였다간 십중팔구 토벌대에게 당하게 되어 있소! 그러나 식량은 떨어지고 나무마저 없으니 이대로 있다간 굶어 죽거나 얼어 죽을 수밖에 없는 최악의 상황에 처해 있소! 그렇지만 조국의 해방이란 위대한 과업을 눈앞에 두고, 영용한 우리 빨치산은 그냥 죽을 수 없소! 그래서 나는 오늘 저녁달이 어두운 시간을 틈타 보급투쟁을 나가기로 결정하였소! 목적지는 삼장면 대포리로 정하였소! 먼저 나와 이 동무, 최 동무가 한 조가 되어 앞장을 설 테니, 나머지 두 동무는 뒤를 엄호하시오! 출동 시간은 적의 교대시간과 졸음이 많이 오는 밤 두 시로 정하겠소! 침투로는 동쪽으로 내려가다가 내원리를 우회한 다음, 장단천에서 잠시 정찰을 한 후, 계속해서 전진하다 내원사 뒤를 돌아서 삼장면 대포리로 침투할 것이오! 능선을 통과할 땐 아주 빠르게 행동해야 하오! 아무리 밤이지만 몸은 최대한 낮추고 걸음을 걸을 때는 바람 소리를 이용하고, 신발 끝을 눈 속으로 찔러서 눈을 밟는 소리가 작게 나도록 하시오! 그리고 될 수 있으면 집들이 떨어진 독립가옥을 선택하고 가축보다 식량을 탈취해야 하오! 특히 왜지름(석유)이나 양초는 필수적이오! 소금과 된장, 옷들을 가져오시오! 아무리 늦어도 세 시 반까지 아지트로 돌아와야 하오! 자~ 우리들의 운명은 하늘에 맡기고 동무들의 무운을 빌겠소! 모두들 총과 탄약을 점검하시오."

"잘 알겠습니다, 조장 동무."

태산이의 성격을 잘 아는 빨치산들은 두말없이 "예."로 대답했다.

"그럼 모두들 잠을 조금 자 두시오! 반드시 살아서 와야 하오."

새벽 두 시가 되어 잠에서 깨어난 다섯 명의 빨치산들은 평소와 달리 비장하고 민첩한 행동에 돌입했다. 그런데 갑자기 굴 밖에서 무언가 '서걱서걱' 소리가 나더니 이번에는 '시~이~ㄱ  식~ 식~ 쿵쿵' 소리가 들려온다.

태산이는 재빨리 따발총을 겨누고 일행들의 침묵을 유도한다. 굴속에 있는 빨치산들은 극도의 긴장 속에 반사적인 사격 자세를 취하며 동굴 밖을 주시한다. 몇 차례 씩씩대는 소리가 들리는가 싶더니 이윽고 눈을 밟는 소리가 차차 멀어져 간다.

"곰이 왔다 갔다. 아이구, 그놈의 냄새 참말로 지독하구나."

태산이는 굴 밖에서 풍기는 냄새에 곰이란 걸 직감한다.

"휴~우~! 십년감수했다. 나는 또 우리가 토벌대 수색대에 걸린 줄 알았지 곰인 줄 알았나."

곰이 겨울잠에 들어갈 시기가 지났는데, 사방에서 총소리와 폭격소리에 동면을 하지 못하고 굴을 찾아 헤매었던 모양이다.

"그런데 와 곰이 굴속에 들어오지 않고 밖에서 씩씩거리고 있노?"

"곰이 굴 안의 사람 냄새를 맡고 도망을 갔삐린기라."

"하기야 우리 냄새가 곰보다 더 지독했을 끼거마는."

"평소 같으면 저놈을 잡아서 웅담도 묵고 포식을 할 낀데 아~ 아깝다."

"이 판국에 들어온 식량을 놓치다니 복도 지지리도 없구나."

"저놈 한 마리면 우리 다섯 사람이 열흘은 묵을 낀데 하필 이때 나타나노! 저 간나 새끼 곰 동무가."

"자! 도망간 곰은 잊어버리고 출동 준비들 하시오."

태산이는 따발총을 하얀 천으로 감싸고 탄창을 채우면서 조원들에게 출동을 지시한다. 귀가 가려지는 인민군 방한모를 단단히 쓰고 발싸개를 두른 태산이는 굴에서 나와 사주를 경계하며 앞장을 섰다. 밤이 되니 주변의 산들이 시커먼 괴물같이 보인다. 주위는 온통 하얀 눈이고 그믐달은 구름 속에 있었으나, 눈빛에 주위는 그리 어둡지 않다. 멀리 산 아래 마을에서 개 짖는 소리가 골짜기를 타고 아련히 들려온다. 지리산의 칼바람은 오늘도 푸른 솔가지를 사정없이 후려친다.

태산이 일행은 숨소리를 죽여 가며 주위의 상황을 정탐한다. 사방은 쥐 죽은 듯 고요하나 오늘따라 부엉이의 산울림이 유난히도 크게 들린다. 소한을 앞둔 지리산의 칼바람은 귀신의 곡소리를 내며 태산이의 볼을 사정없이 후려갈긴다. 산 아래의 마을로 향하는 다섯 사람은 앞에 세 사람 뒤에 두 사람이 적당한 간격을 두고 숨소리조차 죽여 가며 오소리처럼 움직여 간다.

준식이는 교대 시간이 새벽 두 시인데도 날씨가 너무 추워 일찍 잠에서 깨어 있다. 준식이가 이끄는 분대는 대원사에서 능선을 타고 삼장면을 내려오는 길목인 내원리 아래 호를 파고 며칠째 매복에 들어가 있다. 오늘따라 지리산의 밤바람이 살이 터질 정도로 혹독하다. 가끔 나무에서 떨어지는 눈 덩어리가 밤의 정적을 깨곤 한다. 부엉이도 놀랐는지 잠시 울음을 그쳤다가 다시 울기 시작한다. 가끔 중산리와 대원사 부근에서 총소리가 들리지만, 매일 밤 일어나는 일이라 준식이는 별로 놀라지 않는다. 사방이 얼음과 눈에 덮여 있지만 은은한 소나무 향기가 청량감을 더하고 있다.

'이 엄동설한에 강호와 왕산이 그리고 정태는 지금 어디에 있을까? 왕산이는 아직 빨치산의 사살자나 생포 명단에 없는 걸 보니 틀림없이 살아 있을 테고, 강호가 있는 강원도는 전투가 치열하다는데 제발 무사해야 될 낀데! 정태는 북으로 갔는지 죽었는지 알 수도 없고. 그리고 보니 지난 여름날 오봉리 강호 집에서 산토끼 잡아먹을 때가 참으로 그립구나!'

준식이는 호 속에서 몸을 은폐하고 카빈의 총구 앞에 눈을 주시하고 있다. 그런데 갑자기 부근에서 울던 부엉이가 울음을 그치는가 싶더니 푸드덕 날개를 치며 골짜기로 사라지는 것이 아닌가! 그러자 나무 밑에서 컹컹거리던 여우가 쏜살같이 달아난다. 산마을에서 자란 준식이는 무언가 이상한 기운을 느낀다. 준식이는 옆의 대원들에게 손짓을 보낸다. 카빈의 방아쇠 노리쇠를 조심스럽게 풀어놓는다. 그때 하얀 눈 속에서 거무스레한 물체가 눈에 포착된다. 처음에는 산토끼처럼 보였으나 분명히 사람의 머리다.

대원들의 숨소리가 가빠지기 시작한다. 까딱 하면 사격을 할 자세다. 준식이는 상황이 긴박함을 직감하고 사격 명령을 내릴 때까지 기다리라고 손짓, 눈짓으로 신호를 보낸다. 준식이는 마음에 결정을 내리지 못하고 움직이는 물체가 더 가까이 오기만을 기다린다.

'저놈들을 어찌 해야 되나! 투항하라고 하면 먼저 쏠 것이고, 가능한 한 생포하라고 하였는데, 우리가 먼저 쏘면 상부의 명령을 어기는 셈이 되고…… 지금은 전시다. 저놈들은 절대 투항하지 않는다. 만약 투항을 권유하다 우리가 피해를 입으면, 그 책임은 내가 져야만 한다. 저놈들은 적이다. 우리의 수많은 양민을 죽인 민족의 원수다. 전투에선 먼저 보고 먼저 쏘는 것이 곧 사는 길이다. 에라 모르겠다. 그런데 만일 저 빨치산 속에 태산이가 있다면 어쩌지…… 설마 그런 일은 없겠지……'

준식이는 지리산에서 빨치산 토벌 전투마다 태산이 생각이 났다. 그러나 다행히도 아직 태산이와 준식이가 조우하는 상황은 없었다. 눈앞에 나타난 빨치산들은 세 사람으로 보인다. 아마도 삼장면으로 보급투쟁에 나선 것 같다. 상당히 행동이 민첩하고 재빠르다. 모두들 적당한 간격을 두고 고개를 숙인 채 다가오는데 발소리는 거의 들리지 않는다. 적들이 눈으로 덮인 하얀 능선을 넘는 찰나, 표적이 너무 좋았다.

"사격 개~에시!~"

"뚜르륵~ 피~융~ 탕~ 탕 ~피~아~앙   탕! 탕! 탕! 피~ 아~아~"

"으악~ 매복이다. 응사하라! 억~"

"빨리 수류탄을 던져라!"

"슉~ 쾅~! 쾅!~ 투르륵~쾅! 쾅! 퍼~어~ㅇ~ 쾅!쾅! 피~ 융!"

"으악! 조선민주주의인민공화국 만세!"

"남부군 만세!"

"피~이~이~ 융~ ! 탕! 탕! 탕!"

"어~어~억~! 오~마니~이~이······"

태고의 적막 속에 바람 소리만 들리던 지리산이 갑자기 총소리와 수류탄 터지는 소리로 산자락이 찢어지고, 피아간에 총구는 귀신의 혈관처럼 붉은 피를 토하며 광란의 살육전으로 변해 버렸다.

"사격 중지!"

격렬한 총격전이 시작된 지 십여 분이 지나 적들의 저항이 없음을 느낀 준식이는 사격 중지 명령을 내렸다.

"나가지 말고 적의 동태를 주시하라."

조금 전까지 총소리로 요동을 치던 지리산은 다시 고요 속에 잠겼다. 눈 덮인 능선에는 검은 물체가 죽었는지 살았는지 움직임이 없다. 얼마간 시간이 지나자 준식이는 총을 거총한 채 엄호 속에 조심스럽게 적에게 다가간다. 네 구의 시체가 선혈이 낭자한 채 뒹굴고 있다.

준식이는 ㄱ자 전등을 켜고 시신들을 확인한다. 다른 대원들은 노획물을 수거하고 주위를 경계하고 있다. 죽은 빨치산들은 몰골이 처참했다. 머리는 산발에다 누더기옷을 입고 신발은 짝이 맞지 않은 미군 군화를 신은 자도 보인다. 준식이는 저쪽에 조금 떨어져 있는 빨치산의 시체도 확인한다. 머리를 눈 속에 파묻고 피를 많이 흘린 빨치산의 고개를 젖히면서 얼굴에 플래쉬를 비춘다.

"앗! 어! 어! 이기 누고! 태~태산이 아이가! 태~태산~아! 태산아~

이 사람아~! 말 좀 해봐라! 태산아! 어~흑~"

"분대장님, 왜 이러십니까? 아는 사람입니까?"

갑자기 시신을 부여잡고 오열하는 분대장을 본 대원들은 의아해하다 달래기 시작한다.

"아~ 내 친구 태산아! 결국 이렇게 갈 놈이 뭐 한다고 이 고생을 했노! 니가 뭣을 안다고 친구들이 말릴 때 말을 안 듣더니 결국 이리 개죽음을 당하는구나! 에이 불쌍한 놈! 니 꼴이 이기 뭐꼬! 불쌍한 놈! 으흐흑, 하필이면 내 총에 맞아 죽다니! 이 무슨 운명이고!"

준식이는 피투성이가 된 태산이를 끌어안고 차가운 밤하늘을 보고 한참을 울다가 일어선다. 그리고 슬픔을 못 이겨 가까운 바위에 걸터앉아 하늘을 우러러본다.

"탕!"

이때 어디선가 갑자기 총소리가 울리더니 준식이가 고꾸라졌다.

"어! 분대장님이 총에 맞았다! 저쪽이다. 집중 사격하라! 그리고 분대장님을 빨리 후송하라."

태산이를 엄호하던 빨치산 중 한 명이 준식이를 조준 사격하였으나, 다행히도 총알은 준식이의 오른쪽 다리를 관통하고 지나갔다. 그리고 총을 쏜 빨치산은 태산이의 영혼을 따라 산자락을 넘어갔다.

백야전사가 이끄는 토벌대는 1951년 11월 29일부터 1952년 3월 14일까지 약 100일간에 걸친 작전에서(쥐잡기 작전) 빨치산 사살 1,000여 명, 생포 600여 명의 큰 전과를 올렸다.

준식이는 일 계급 특진하여 경사로 진급하였으나, 다리의 부상이 심각하여 부산의 미군 병원으로 후송되었다. 그런데 준식이가 후송된 이틀 후, 그의 어머니 부고(訃告)가 소속 부대로 배달되었다.

# 22

# 친구들의 운명!

### 1952년 4월

역리학자들은 우주에서 일어난 빅뱅(우주 대폭발)의 영향으로 지구가 생겼으며, 이때 발생한 거대한 우주 에너지가 지구에 도달한 지점이 중국 북서쪽 미지의 산인 곤륜산(崑崙山) 지역이라고들 한다.

이곳에 도달한 강렬한 기운은 네 가지 지맥으로 지구 대륙을 뻗어 갔으며, 제1 지맥은 지구의 동쪽으로 흐르다가 다시 '자오묘유'(子午卯酉: 북남동서) 방향에서 생기(生氣)로 변하여 72개의 봉우리를 형성하였다고 한다. 이곳에는 예(禮) 사상을 근본으로 하는 공자(孔子)의 제자 72명이 배출되었다고 하며, 제2의 지맥은 서쪽으로 뻗치다가 불수산(拂秀山)에서 499개의 봉우리를 맺은 후 이곳에서 '인신사해'(寅申巳亥: 동북, 남서, 동남, 북서) 방향으로 기운이 흘러 499명의 석가모니 제자가 득도했다고 한다.

제3의 지맥은 감람산(올리브산)에서 정기가 축적되어 12명의 예수 제자를 탄생시켰다고 하며, 나머지 제일 강렬한 에너지인 제4 지맥은 극동으로 흘러 백두산이란 거대한 혈장을 만들고, 또 여기(餘氣)는 낭림산맥을 타고 두류산에서 한반도의 동해를 따라 남으로 뻗치다가 금강산 일만 이천 봉을 맺은 후, 박환기복(剝換起伏)하며 태백산맥과 영·호남을 가르는 소백산맥을 지나 지리산에서 그 장엄한 용맥이 멈추었단다. 한반도 남쪽에 위치한 지리산(1915m)은 한라산(1950m) 다음으로 남한에서는 두 번째 높은 거산(巨山)이다.

지리산이야말로 이 나라 이 민족의 흥망성쇠(興亡盛衰)를 굽어보고 애환을 함께한 민족의 영산(靈山)이라고 할 수 있다. 운래운거 산불쟁(雲來雲去 山不爭)이라! 구름이 오든 가든 산은 다투지를 않는다는 말과 같이 만고의 풍상을 다 겪은 지리산이지만, 그 장엄함은 변함이 없다. 거기다가 철 따라 인간들에게 귀한 선물까지 준다.

'따뜻한 봄이 되면 아름다운 꽃들과 온갖 산나물을 주시고, 뙤약볕이 내리쬐는 한여름에는 시원한 계곡물과 나무 그늘을 주신다. 또 가을에는 온갖 열매와 아름다운 단풍을 덤으로 주시는가 하면, 눈보라 휘날리는 엄동설한에는 차가운 바람을 몸으로 막아주며 따뜻하게 쉬라고 땔감까지 주시니, 참으로 그 은혜 백골난망(白骨難忘)이로소이다.'

이 은혜로운 지리산의 동쪽 품 안에 순진하고 소박한 사람들이 모여 사는 산청이란 마을이 있다.

1950년 6월 25일 이후 한반도에는 전쟁의 포화가 천지를 진동하고 사바세계의 중생들은 살육의 미친 춤을 추고 있었지만, 이곳 산청군 생초면에는 봄의 꽃향기가 마을을 짙게 감싸고 있었다.

며칠 전 양지바른 산언덕에 산수유와 살구꽃이 수줍게 피더니 이제는 계남리의 산야가 온갖 꽃들로 뒤덮여 버렸다. 뒷산에는 연분홍 진달래가 병풍처럼 물들이고 복자네 집 앞마당에 핀 백목련은 따사로운 햇살에 양단같이 고운 빛을 발하고 있다. 화단에는 새파란 난초와

앵무새 주둥이 같은 함박꽃 새싹이 빨갛게 돋아나고, 새벽부터 암컷을 유혹하는 수꿩 울음소리가 계남리 골짜기에 쩌렁쩌렁 울려 퍼진다. 들에는 훈훈한 봄바람이 보리를 춤추게 하고 장다리꽃에 앉은 노랑나비는 진짜 나비춤을 추며 훨훨 날아다닌다. 구만리 창공의 종달새는 날마다 똑같은 노래를 부르며 오르락내리락 제정신을 못 차리는가 싶더니, 갑자기 보리밭으로 번개같이 곤두박질쳐버린다.

아시아의 북동쪽 한반도에는 동족상잔의 살육전이 끝날 줄을 모르지만, 의구한 산천에 봄은 어김없이 찾아온다. 바로 '화개화사춘하관 운거운래산부쟁'(花開花謝春何管 雲去雲來山不爭: 꽃이 피고 꽃이 진들 봄이 어찌 상관하며, 구름이 가고 구름이 와도 산은 다투지 않는다)이다. 그리고 지리산은 인간에게 '무설지설 무법지법'(無說之說 無法之法: 말 없는 말을 수행하고 법 없는 법을 지키라)하라 한다.

복자의 가족도 봄이 되니 들일이 바빠지기 시작했다. 영복이 할아버지는 지난 겨우내 용배 아버지와 함께 오봉리를 오가며 집을 새로 짓기 위한 기초 작업을 끝마쳤다. 불에 탄 쓰레기는 치우고 주춧돌을 바로 놓았는가 하면, 터를 고른 후 뒷산에서 소나무를 베어다가 껍질을 벗겨 놓았다. 그리고 황토흙과 돌도 한군데 모아놓았다. 재목이 건조되는 대로 올 가을부터는 집을 지을 계획이었다.

영복이 할아버지는 계남리로 돌아와 논과 밭을 갈고 거름을 흩뿌리는 등 바쁜 나날을 보내고 있었다. 머지않아 못자리도 해야 되고 고추, 호박, 오이 등 채소도 심을 계획이다. 이제 영복이는 네 살이 되니 제법 말을 하며 또박또박 걸어 다닌다. 영복이가 움직이면 강아지는 도망 다니기에 바쁘다. 영복이는 유독 강아지와 장난치기를 좋아한다. 식구들은 영복이의 커가는 모습에 마음의 위안을 느낀다. 집안의 희망이기 때문이리라!

복자는 우물에서 빨래를 하고 영복이 할머니는 봄나물을 캐러 들에 나갔다. 따뜻한 봄 햇살에 담장 옆의 개나리꽃이 더욱 짙노란 빛을 발하고 있다. 저녁이 되자, 들일 나갔던 영복이 할아버지와 나물 캐던 영복이 할머니도 집으로 들어왔다. 영복이는 강아지와 씨름을 멈추고 할아버지에게 달려간다.

"하~아~ㄹ 배~"

"오냐! 오냐! 우리 손자 아이구 귀엽고 잘생겼다."

영복이 할아버지는 흙 묻은 손으로 손자를 덥석 안는다. 영복이 할머니는 복자와 함께 우물에 앉아 들에서 캔 나물을 가려내고 몇 번이나 물에 씻고 있다.

"쑥이 보들보들 참 연하네예."

"논둑에는 달래도 있고 신뿌쟁이(질경이)하고, 씨븐나이(씀바귀)도 있고 오다가 밭에서 냉이도 좀 캤다 아이가! 며칠 있으면 개두릅(엄나무)하고 오가피 이파리도 먹을 정도는 되것더라."

"돈나물은 없던가예?"

"돈나물하고 민들레는 비가 조금 와야 커것더라."

복자와 영복이 할머니는 나물을 물에 씻으며 정담을 나누고 있다.

"아가야! 오늘 저녁에 봄나물하고 소풀(부추)전 좀 붙이고 해서 지난번 용배 아버지 욕봤는데 술 한잔하면 우떠컸노?"

"아이구! 아버님 그거 좋지예! 그리 안 해도 제가 한번 초청할라 캤는데 아버님한테 한 발짝 늦었네예."

"그래! 그거 참 좋것다. 겨우내 영복이 할배 따라 오봉리로 갔다 왔다 하면서 큰 욕봤다, 아이가! 그라모 용배 옴마도 같이 오라 캐라."

"예! 어머님, 그리 할께예."

영복이 할아버지와 할머니 며느리의 의견이 박자가 맞는다.

"행님, 계시오."

"허~참! 호랭이 지 말하면 온다 카더니 그란 해도(그렇지 않아도) 지금 동생 말하고 있었다 아이가."

"와! 내가 뭣을 잘못했심니꺼?"

"그기 아이고 동생이 내 따라 오봉리로 갔다 왔다 하면서 큰 욕 봤다 아이가! 그래서 오늘 저녁에 술 한잔 하자고 우리 식구끼리 이야기 중인데 마침 잘 왔네."

"그래 논께네 아까부터 이상하게 귀가 간질간질하더라이! 하하 하……."

"그라모 이왕 왔신께네 용배 어머이도 얼른 오시라 캐라! 아가야! 니가 퍼뜩 갔다 오이라."

"예! 아버님."

"동생! 봄이라도 아직은 쌀쌀하다. 방으로 들어가자."

"그리 하입시더! 오늘 할 이야기가 많십니더."

"뭐! 내한테 따질 끼 있나?"

"무신 말씀을? 요새 전쟁 이야기 아니면 딴말이 있십니꺼."

"그래 내 퍼뜩 씻고 방에 들어갈게! 영복이 할매 우선 막걸리 한잔 차려 오소!"

영복이 할머니는 우선 밀가루를 풀어 감자전부터 부친다. 조금 있으니 복자가 용배 어머니를 데리고 왔다. 부엌에선 벌써 구수한 냄새와 도마에서 무언가 칼질하는 소리가 요란하게 들려온다. 부엌으로 들어간 세 사람은 무슨 잔치 음식을 하는지 갑자기 왁자지껄하며 소란스럽다. 손발을 씻은 영복이 할아버지가 손자를 안고 방안으로 들어온다. 방안에는 금방 따뜻한 온기가 돌기 시작했다. 석유 호롱에 불도 붙였다. 석유 냄새가 싫지 않게 풍겨온다.

논에서는 선잠을 깬 개구리가 아직은 추운 날씨 탓인지 우는 것도 아니고 안 우는 것도 아니고 구스렁 구스렁 불만스럽게 들린다. 이윽고 방문이 열리고 네 다리 소반 위에 집에서 담근 막걸리와 감자전이 구수한 기름 냄새를 풍기며 동김치 한 사발과 일차로 들어왔다.

영복이 할아버지와 용배 아버지는 먼저 술을 따른 후 한 사발씩 쭉 들이켠다.

"캬~! 밭에서 일하고 목마른 참에 술 한잔하니 참말로 조~오~타."

"행님! 더 늙기 전에 마이 잡수이소! 나중에 묵고 싶어도 속에서 안 받아 주면 그땐 인생 끝나는 기라예."

"동생 말이 맞네! 우리도 이제 마음 놓고 술 묵을 날도 얼마 안 남았는가 싶다."

"저 대밭 집 복식이 행님 좀 보이소 어느 날 갑자기 간이 부었다고 술을 딱 끊었지만 올매 못 가서 죽었다 아입니꺼."

"그래 맞다. 그 양반 내보다 세 살 많은데 사람 팔자 알 수 없는 기라."

두 사람이 술을 주거니 받거니 하는 사이에 어느덧 날은 어두워지고 큰 상에 봄나물과 된장국이 곁들여진 밥상이 들어온다.

"차린 것도 별로 없이 오시라 캐서 미안십니더."

영복이 할머니가 겸손한 인사를 한다.

"아이고! 이웃 간에 이기 정 아입니꺼! 고맙심니더."

따뜻한 방안에서 두 집 식구는 정담을 나누며 저녁식사를 하고 있다.

"식사하시면서 천천히 내 말 좀 들어 보이소."

식사 중에 용배 아버지가 오늘 바깥에서 들은 소식을 전하고자 한다.

"오늘 면에 갔다가 지리산 전투경찰대에 있는, 아는 사람을 만났는데 지난번 지리산에 있는 빨치산 소탕 작전에서 많은 사람이 죽고 다쳤다 쿠는데, 그 바람에 빨치산들은 거의 전멸했다고 합디다. 그런데 다친 전투경찰 중에 준식이란 사람이 오른쪽 다리에 총을 맞아 다리를 잘랐다 카는데 아무래도 이 사람이 장 서방 결혼식 때 우인 대표로 온 사람 같더라 이 말입니다."

"뭣이라! 준식이가? 전투경찰이면 준식이가 맞다. 그래 우찌 되었다 쿠데?"

"아이고! 세상에 준식이가 마이 다쳤구나! 그 효자가 다리를 짤랐다니 저 엄마가 얼매나 기가 찼겄노! 쯔쯔"

"준식이 아저씨가 우짜다가 총에 맞았다 쿠던가예?"

"그런데 더 안타까운 거는 준식이가 부산으로 후송 가고 이틀 후에 저 모친이 세상을 떠났다는 전보가 부대에 왔다 안캅니꺼?"

"아이고! 세상에 무신 일이 그런 일이 있노? 그라모 준식이는 저 엄마 부고도 못 들었것네예?"

"아마도 모른다고 봐야 안 되것십니꺼? 부산 미군병원에서 오른쪽 다리를 잘랐다 쿠는데 앞으로 준식이 인생이 큰일이구마!"

"그라모 전투경찰에서 제대해야 될 낀데, 집에 오면 저 엄마는 세상을 떠났고, 집은 불에 타삐맀는데 보통 일이 아니구나."

"아이구! 준식이 아저씨 불쌍해서 우짜지예?"

"그나저나 장가도 안 간 준식이 앞날이 큰일이구나."

"그런데 준식이가 총 맞은 그날 죽은 빨치산을 보듬고 엄청나게 울었다 쿠는데, 뒷날 소문에 빨치산 중에 유명한 왕산이란 자를 준식이가 사살했다고 합디다."

"뭣이라! 왕산이? 그놈은 바로 태산이 글만데?"

"행님도 아는 사람입니꺼?"

"하모! 바로 지난번 우리 강호 결혼식 때 함진아비로 갔던 땅땅한 그 아 아이가! 허~ 참 무신 일이 이런 일이 있노!"

"예? 그 사람이 왕산이란 말입니꺼! 참말로 기구하데이! 그라모 친구가 친구를 죽였단 말입니꺼? 그래 논 깨네 준식이가 엄청 울고 있는데, 다른 빨치산이 총을 쐈다 쿠는구나."

"아이구! 무슨 일이 이런 일이 있노! 태산이 엄마는 국군에 죽고, 태산이는 준식이한테 죽고, 준식이는 빨치산 총에 맞은 데다 저 모친마저 세상을 떠났으니 동네에 또 쌍초상이 나는구나! 아이고! 두 놈 다 불쌍해서 우짜꼬."

영복이 할머니가 안색이 하얗게 변하여 슬프게 운다.

"아이고! 우리 영복이 아버지 친구들이 죽고 다치고 이 일을 우짜면 좋십니꺼? 저는 무서워서 못 살겄십니더."

"준식이나 태산이나 두 사람 다 참 좋은 아이들인데 시대를 잘못 타고났구나! 태산이는 빨치산이라 캐도 어릴 때부터 천성은 참 순진하고 착한 아이인데 이기 무신 운명이고! 쯔쯔쯔!"

"아이고! 이 소식을 우리 영복이 아버지가 들었으면 우찌 견딜고예?"

조금 전까지 화기애애하던 방안 분위기가 용배 아버지의 바깥소식에 갑자기 경악과 슬픔으로 변해 버렸다. 모두들 우두커니 앉아 밥을 먹는 둥 마는 둥 천정만 바라보고 있다.

"다 운명이고 팔자다."

영복이 할아버지가 한숨을 쉬며 밖으로 나가 곰방대에 불을 붙인다. 한반도에 전쟁 나고 2년이 다 되어도 1951년 7월 10일부터 시작한 휴전회담은 일보의 진전도 없이 세월만 가고 있다. 양측은 '휴전 제안 경계선 문제와 전쟁포로 교환'이란 의제를 놓고 쌍방 간에 한치의 양보도 없이 평행선만 달리고 있다.

유엔군 측에서는 휴전 제안 경계선을 현 전선을 기준선으로 하고, 포로교환은 본인의 의사에 따라 자유송환을, 공산 측은 경계선을 전쟁 이전의 38도선으로 하고, 포로교환은 쌍방간 강제송환을 주장하였다. 공산 측은 포로교환 문제에 있어서 본인의 의사와 관계없이 아군에 잡혀 있는 포로 전체를 돌려 달라는 심사다. 그러나 아군에 잡혀 있는 공산군 포로는 수만 명을 넘어 이들을 강제로 북으로 돌려보낸다는 것은 전략상 쉽게 해결될 문제가 아니다.

제비가 온다는 삼월 삼짇날이 지나고 4월이 되니, 산청군 생초면 계남리는 노란 장다리 밭에 아지랑이가 아른거린다.

# 23

# 대한민국 일등중사 장강호, 호국의 별이 되다

1952년 10월

1952년 10월 1일, 강호가 속한 9사단(사단장 김종오 준장)은 최근 강원 인제지역의 매봉산과 한석산에서 격렬한 전투를 끝으로 51년 10월 17일 제3사단과 교대 이후 중부전선의 철원 북방을 방어하는 임무를 맡게 되었다. 이 지역에는 395고지를 포함하여 좌 일선에는 30연대, 우 일선에는 29연대가 배치되고 28연대는 예비대로 남았다. 이곳은 좌측에 395고지 우로는 중강리까지, 동서 11km 범위의 남쪽에 광활한 철원 평야가 펼쳐져 있다. 그리고 395고지는 강원도 철원군 묘장면 산명리에 있는 야트막한 산으로 철원과 김화로 이어지는 주요 통로의 교두보이며 기계화 부대의 교차점이기도 하다. 만약 이 고지를 빼앗기면 저 기름진 철원 평야는 말할 것도 없이 전선이 50km 이상 남하하지 않으면 안 되는 상황에 직면하게 된다. 더구나 이 전선이 무너지면 수도 서울도 직접적인 위협을 받기 때문에 아군으로서는 결코 물러설 수 없는 불퇴전의 요지이며 마지노선이다.

강호가 이곳에 배치된 지도 어언 1년이란 세월이 흘렀다. 곧 끝날 것 같은 휴전회담은 상호간에 의견 차이로 시간만 낭비하고 전선은 격한 전투 없이 소강상태에 빠져 있다. 강호가 있는 진지는 어제까지 간헐적인 포격전이 벌어졌다가 오늘은 또 쥐 죽은 듯 고요하다. 그동안 강호는 몇 차례의 휴가 기회가 있었지만, 최전방인 데다 교통 사정도 원활치 못하고 집까지는 워낙 먼 거리라 휴전이 되면 즉시 달려가리라 생각하며 차일피일 미룬 것이 어언 2년이란 세월이 지나가 버렸다.

하늘을 보니 파란 가을 하늘 아래 새털구름은 물결같이 흘러가고 두루미 떼는 한가하게 남쪽으로 날아가고 있다. 강원도는 남부와 달리 벌써 서리가 내렸고, 밤이 되면 기온이 영하에 가까워졌다. 산들은 오색 단풍이 절정을 이루고, 눈앞에 펼쳐진 철원 평야는 끝이 보이질 않는다. 그러나 저 넓은 벌판에 농부는 간곳없고 메마른 잡초 속에 억새꽃만 바람에 휘날리고 있다. 강호는 일찍이 이렇게 광활한 평야를 본 적이 없다. 옛날 부산으로 갈 때 김해평야라는 들녘을 차창으로 보긴 했지만, 철원 평야만큼 넓지는 않은 것 같았다. 이 황금의 땅이 해방 후 38도 이북에 속했다가 이번 전쟁을 통하여 우리가 탈환하였으니 참으로 귀중한 보물을 얻은 셈이다.

'저 넓은 땅이 우리 산청지역에 있었다면 얼마나 좋을까.'

강호는 지리산 자락의 손바닥만 한 논밭들을 회상하며 부질없는 욕심을 부려 본다. 만산홍엽과 두루미 울음소리는 강호를 향수에 젖게 한다. 소소히 부는 가을바람에 구절초 향기가 코끝을 스친다. 강호의 시선은 철원 평야를 지나 아득한 남쪽 하늘로 향하고 있다.

'지금쯤 고향의 식구들은 무엇을 하고 있을까? 가을걷이는 다 끝냈을까? 아버지, 어머니는 건강하신지! 그리고 마누라와 우리 영복이가 참말로 보고 싶구나! 우리 아들은 벌써 네 살이니 많이 컸겠구나! 모두들 너무나 보고 싶고 그립구나! 아~ 꿈에라도 만났으면 올매나 좋켔노! 이놈의 전쟁은 언제 끝날란지 죽든지 살든지 얼른 끝판을 내야 집에 갈 낀데! 마음 같아선 이놈들을 확~ 쓸어버리고 빨리 집에나 갔으면 좋겠다.'

강호는 오늘따라 친구들의 생각도 간절하다. 그 언젠가 무더운 여름날 오봉리 집 마당에 둘러앉아 산토끼를 안주 삼아 술잔을 돌리던 그때가 너무나 그립다.

'이 전쟁통에 태산이, 정태, 준식이는 다 우찌 되었을꼬! 빨치산이 된 태산이는 지리산에 있는지 북으로 갔는지 알 수가 없고, 준식이는 함경도 원산으로 투입됐다는데, 어찌 되었는지 궁금하기 그지없고 정태마저 생사를 알 수 없으니 가슴만 답답하구나!'

먼 산을 바라보는 강호의 눈에 이슬이 맺힌다. 요즈음 강호는 전쟁이 끝나고 고향에 간다면 부모님에게는 못 다한 효도를 할 것이며 마누라에겐 자상한 남편이 되고 아들에겐 자랑스러운 아버지가 되리라 몇 번이나 다짐하곤 했다. 또 친구들을 만나면 역사의 누더기옷은 경호강에 벗어 버리고 옛날같이 어린 시절로 돌아가리라 맹세도 했다.

강호는 참호 속에서 잠시 자기 모습을 바라보았다. 색이 바랜 군복은 군데군데 해져 있고, 군화는 황토가 떡같이 달라붙어 엿장수 신발 같고, 머리와 수염은 산 도둑인지 부랑자인지 군인과는 거리가 멀다. 몸에서는 식초 냄새가 풀풀 풍기고 M1소총을 움켜쥔 손등에는 때와 상처가 구분이 안 되고 있다. 그래도 옆에 있는 전우가 하품을 하니 이빨은 하얗게 보인다.

1952년 10월 4일, 북쪽에 있는 395고지를 비롯하여 철원 평야 일대가 안개에 휩싸였다.

"28연대 3대대 집합!"

최창룡 대대장으로부터 집합 명령이 하달되었다.

"에~ 제군들은 들어라! 어제 중공군 장교 한 명이 귀순하였는데 정보에 의하면 이삼일 내로 중공군 대병력이 우리 9사단이 장악하고 있는 395고지 일대를 공격할 것이라고 한다. 제군들도 알다시피 이곳은 광활한 철원 평야와 김화군, 남서로는 연천군이다. 이곳이 적의 수중에 들어간다면 철원에서 연천을 거쳐 서울이 위험해진다. 이곳은 여러분들이 피로써 뺏은 땅이다. 절대로 빼앗길 수 없는 전략적 요충지이다. 모두들 적의 공격에 대비하여 죽음으로써 이 고지를 지켜야 한다! 이 또한 내 사랑하는 가족을 지키는 길이기도 하다! 제군들! 싸워서 이겨라! 반드시 살아서 만나자! 이상."

1952년 10월 6일, 아침부터 9사단 정면에 적의 포격이 시작되었다. 아마 모든 화력이 동원된 모양이다. 희뿌연 안개 속에 치솟는 화염은 마치 태양이 폭발하듯 아군 진지에 섬광처럼 번쩍거린다.

적들은 중공군 장융후이(江擁輝)가 이끄는 38군으로 112사단(사단장: 양대이), 113사단(사단장: 당청산), 114사단(사단장: 책정유) 등 3개 사단이 사생결단을 낼 듯이 그야말로 물밀듯이 몰려왔다. 마치 인해전술의 전모를 보여주는 것 같다. 적들은 소름 끼치는 호적(呼笛) 소리와 함께 붉은 깃발을 휘날리며 마치 개미떼같이 올라오고 있었다.

적들은 아군의 지원군 투입을 차단하기 위해 봉래호의 둑을 파괴하고 역곡천을 범람시켰다. 산천이 단풍으로 물든 이 강산에 피아간의 포격과 총성이 이틀 간이나 계속되었다. 이곳을 지키던 30연대는 적을 맞아 사력을 다했으나, 중과부적으로 10월 7일 저녁 395고지는 안타깝게 적의 수중으로 들어가고 말았다. 그러자 김종오 사단장은 예비대인 28연대(연대장 이주일 대령)를 즉각 고지 탈환에 투입시켰다. 28연대는 미 제5공군과 73전차대대, 국군 제49포병연대, 국군 53전차 중대, 미군 214자주포대대 등 막강한 화력의 지원을 받아 필사의 고투 끝에 고지를 재탈환하였다. 그러나 10월 8일 고지는 다시 피탈되었다가 밤이 깊어 3대대가 다시 고지 탈환의 선두에 섰다. 강호는 어떻게 싸웠는지 적을 몇 명이나 죽였는지 생각도 나지 않는다. 그저 죽어라 총을 쏘고 수류탄을 던지고 사력을 다해 육박전에 임했을 뿐이다. 밤이 되어 적중에서 들려오는 애잔한 호적 소리가 소름이 끼치게 한다.

이 전투에서 30연대는 엄청난 피해를 입고 교체되었으며, 28연대와 29연대가 사력을 다해 탈환한 고지는 하루 만에 또 적에게 피탈되고 말았다.


1952년 10월 15일, 28연대는 빼앗긴 고지를 재탈환하기 위해 미군의 막강한 공군력과 포병의 지원 아래 12번째 공격에 나섰다. 이번에는 모두 죽을 각오로 전투에 임했다. 같은 시각 29연대는 395고지 북쪽의 낙타 능선을 공격하기 시작했다.

강호는 분대원을 이끌고 고지를 향해 기어올랐다. 모두들 결연한 의지를 보였으나 10여 일 동안의 악전고투에 몰골들이 말이 아니었다. 미 공군기가 고지 정상에 엄청난 포탄을 퍼붓자 적들도 최후의 발악을 했다.

강호는 최대한 몸을 땅에 붙이고 고지를 향해 능숙하게 기어올랐다. 입술은 바싹바싹 타고 귀는 포성 때문에 들리지 않는다. 주위에는 아군과 적의 시체가 뒤엉켜 널브러져 있고, 중공군의 누비옷에 묻은 피비린내가 오장을 뒤집어 놓는다. 395고지는 10여 일 동안 얼마나 포탄을 퍼부었는지 산이 하얗고 은폐물 하나 없는 민둥산으로 변해버렸다. 공군과 포병의 지원사격이 끝나고 드디어 고지 쟁탈전이 시작되었다. 미군 화력으로 엄청난 피해를 본 적군은 잠시 주춤하더니 어디서 나왔는지 기관총, 장총, 따발총, 박격포, 기관단총을 갈기며 사력을 다해 저항했다. 피아간에 더 이상 물러설 수 없는 피의 살육전이 시작될 판이다.

"전원 돌격! 후퇴는 없다. 대한민국 만세!"

강호는 거총 자세로 있는 힘을 다해 적의 기관총 진지에 뛰어들었다. 그리고 수류탄을 까 넣고 보이는 대로 찌르고 개머리판을 휘둘러댄다. 또 박치기에 이어 발차기도 한다. 그야말로 광란의 춤이다. 전쟁에는 상대를 죽이지 않으면 내가 죽는다는 두 가지 법칙밖에 없다. 발에는 피아의 시체가 널브러져 걸리적거렸다. 강호의 눈은 마치 저승사자처럼 벌겋게 충혈되었고 군복은 피로 물들여졌다. 마치 용호의 결투를 보는 것 같다. 적을 닥치는 대로 찌르고 박고 내리치고 하는 사이 철모는 언제 벗겨졌는지 기억조차 없다. 전투에서는 인정사정이 없다. 죽느냐 사느냐만 존재할 뿐이다. 살아서 이겨야만 집으로 갈 수 있다. 갑자기 강호의 눈앞에 '항미원조보가위국'(抗美援朝保家衛國: 미국의 침략에 저항하고 북한을 지원하고 조국을 수호하라)이란 붉은 깃발이 펄럭인다. 강호는 총으로 깃발을 향해 갈기고 깃대를 부러뜨렸다. 또 옆에 '중국인민지원군'(中國人民支援軍)의 깃발도 보인다. 강호는 적보다 깃발에 대한 증오가 더 컸다.

'저놈들만 아니었으면 대한민국이 통일이 되었을 낀데! 에이! 드르륵……'

강호는 적기에다 총을 갈기고 깃대를 잡는다. 그때 총알이 날아온다. "탕! 탕! 피~이! 융~"

"으어흑! 억~! 내가 맞았구나~ 으~ㅁ! 어머니! 아버지! 여보! 영복아!
여기서 죽다니! 나는 집에 가야 한다! 여기서 죽으면 안 된다. 식구들이
기다리는 우리 집으로 가야~ 하~안~~"

"장 중사! 장 중사! 엎어져 있는 저 새끼가 장 중사를 쏘았다. 없애
버려라! 아주 죽여 버려라! 장 중사! 장 중사! 눈 좀 떠봐라! 여기서
죽으면 안 된다. 우리가 고지를 탈환했단 말이다. 장 중사! 어이!
위생병! 위생병!"

"전투 중지! 적이 완전히 섬멸되었다. 29연대도 낙타능선을 탈환했
단다. 대한민국 만세! 9사단 만세! 28연대 만세! 우리 3대대 만세!"

"자~ 395고지에 태극기를 꽂아라! 그리고 쓰러진 전우와 부상자를
빨리 수습하라!"


"전~우의 시~체를 넘~고 넘어~
아~앞으로 앞으로~ 낙동강~아 잘 있거라~
우~리는 저~언진한다~ 원한이야 피~에 맺힌
적~군을 무찌르~고~서 꽃잎처럼~ 떠~얼어져~ 간
전우야 잘 자~라~~"


어디선가 누구의 선창으로 전 장병이 군가를 부른다. 쌀쌀한 가을
하늘 아래 울려 퍼지는 군가는 피 울음으로 변하여 산야에 메아리
친다.

대한민국 이등 중사 장강호! 그는 조국 대한민국을 지키다 28세의
꽃다운 나이에 낯설고 물선 강원도의 이름 없는 고지에서 장렬히
산화하였다. 그러나 그의 영혼은 조국의 하늘을 비추는 영원한 별이
되었으며, 이등 중사 장강호는 훗날 화랑무공 훈장과 함께 일등중사로

추서되었으나 시신은 돌아오지 못했다.

　3년간의 전쟁 중 가장 치열했던 이 전투는 10일 동안 무려 12번이나 주인이 바뀌는 사상 유래 없는 전쟁사를 기록하였으며, 이 전투에서 적은 무려 1만 3천 명 이상의 사상자가 발생하였다고 한다. 우리 아군도 3천 4백여 명의 많은 사상자를 냈다.

　훗날 이 고지는 피아간의 무수한 포격으로 마치 백마 형상을 닮았다고 해서 이름하여 백마고지로 불리게 된다.

# 24

# 꿈에 본 내 남편

추석(1952년 10월 3일)이 지나고 10월 중순에 접어드니 산간마을에는 조석으로 제법 쌀쌀한 기운이 감돌았다. 산야는 서서히 황금색으로 변해 가고, 계남리는 가을철 수확하기에 집집마다 정신이 없다. 복자의 가족도 아침 일찍 들에 나와 벼 베기에 여념이 없다. 서리가 오기 전에 모든 곡식을 거두고 보리갈이를 끝내야만 한 해 농사가 마무리되기 때문이다. 이때는 귀신도 일어나 일한다는, 아주 바쁜 농번기이다. 고구마를 캔 밭 위에 가마니를 깔아놓고, 거기에 영복이를 데려다놓았다. 거기서 놀든지 말든지 보살필 시간도 없다.

늦여름에 참깨를 털고 처서(處暑) 전에 무, 배추를 심었다. 가을이 무르익어 고추 수확과 함께 연이어 고구마도 캤다. 아직도 복자의 손에는 고구마 줄기의 시커먼 진액이 군데군데 묻어 있다. 어제는 콩 타작을 끝냈고, 오늘부터는 벼 베기에 돌입한다. 빨라도 이틀은 베어야 할 것 같다. 금년 농사는 날씨에 큰 이변이 없어 평년작이 넘을 것이라는 예상이다. 시부모와 복자의 건강한 체력도 뒷받침이 되었다. 누런 황금 들판에는 한여름 내내 시끄럽게 울어대던 매미

소리가 풀여치 소리로 변하고, 파란 하늘에는 하얀 물결구름이 그림처럼 펼쳐져 있다. 길섶에 피어 있는 코스모스는 바람 따라 울긋불긋 색깔을 뽐내는가 하면, 연보랏빛 구절초는 향기를 은은하게 풍긴다.

낫질을 당한 벼들은 이삼 일 동안 논바닥에서 말렸다가 타작마당으로 옮겨와서 탈곡하게 된다. 탈곡기가 없는 농가는 홀치기로 몇 날 며칠을 훑어야 한다. 벼이삭을 털고 난 짚단은 크게 짚동을 만들어 겨우내 소먹이나 땔감으로 사용한다. 그러나 한창 농번기인 이때, 젊은 사람들은 전장으로 다 나가고 여자와 노인들만 들일을 하니 능률은커녕 작업 속도도 떨어진다. 거기다가 자기 집 일손들이 부족하여 농촌의 품앗이는 옛날 같지 않다.

복자는 구부렸던 허리를 펴며 베어 놓은 나락 위에 잠시 앉아 쉬기로 한다. 주전자에서 물을 따라 마시고 수건으로 이마의 땀을 닦는다. 먼 산 꼭대기에 앉아 있는 하얀 구름이 마치 삿갓처럼 보인다. 논에서는 상쾌한 풀 향기와 나락 냄새가 구수하게 풍겨온다. 메뚜기는 이리 날고 저리 뛰며 제정신을 못 차리는가 하면, 논바닥에 미꾸라지는 죄지은 놈 도망가듯 뻘 구덩이에 머리를 처박고 꼬리만 흔들어 댄다. 살이 찐 개구리 한 마리는 오줌을 찍 싸며 풀 속으로 달아난다. 오늘따라 스산한 가을바람이 복자의 마음을 더욱 허전하게 한다. 이럴수록 남편이 사무치게 그리워진다. 일주일에 한 번씩 오는 집배원은 오늘도 그냥 집 앞을 스쳐갔다. 그러나 까치는 매일 울고 있다.

집배원만 바라본 지가 벌써 몇 달이 지났던가! 소문에는 남편 부대가 있는 강원도에 전투가 심하다는데 겨울을 눈앞에 앞두고 몸은 성한지, 하루도 마음 편한 날이 없다.

준식이와 태산이의 소식은 얼마나 가슴을 아프게 하였던가! 남편이 집에 다녀간 지도 어언 2년이란 세월이 흘렀건만 전쟁의 끝은 보이지 않고 편지조차 뜸하니, 복자의 마음은 새카맣게 타들어 간다. 그러나 복자는 남편에게 해줄 수 있는 것이 현재로서는 아무것도 없다. 오직 어린 아들 영복이 뒷바라지와 시부모 봉양밖에는 별다른 수를 찾지 못했다. 그렇다고 전투가 한창인 전장으로 달려갈 수도 없는 형편이니 더욱 애가 탔다. 오늘 아침에도 복자와 시어머니는 장독대에서 정안수를 떠놓고 칠성님께 빌었다.

'우짜든지 몸 성히 살아서만 오라고!'

영복이는 논밭을 종횡무진 뛰어다니며 괴성을 지르다가 엎어지고 일어나서 또 달리는 모습이 천진난만하기 그지없다. 파란 하늘에는 기러기 떼가 서쪽으로 날아가고 있다. 서늘한 바람이 이마의 땀을 식혀준다. 복자는 석양을 등에 지고 다시 벼를 베기 시작한다.

이렇게 며칠 동안 나락을 베고 말리고 단을 묶어 탈곡한 후, 가마니에 탱글탱글 담아서 곡창에 쌓았다. 몸은 지쳤지만, 마음은 흐뭇하고 풍요롭기만 하다. 고방(庫房)에는 콩이 세 부대, 수수가 한 자루, 고구마가 두 가마, 참깨가 서 말, 기타 잡곡들이 차곡차곡 쌓여 있고, 벼는 스무 가마가 넘는다. 이 정도면 일 년 먹을 양식은 넉넉하다. 오히려 다른 집에 비해 부자 축에 속하지 않을까 싶다.

"아이고! 허리는 아파도 고방을 본께네 벌써 배가 부르네."

영복이 할아버지는 입가에 웃음을 지으며 아주 흐뭇해한다.

"올해는 날씨가 좋아서 나락이 작년보다 마이 났네요."

우물에서 신발을 씻던 영복이 할머니도 기분이 좋은 모양이다. 이젠 보리갈이와 함께 일 년 농사가 마무리되었으니 그동안 고생한 식구들의 몸보신도 할 겸 복자는 삼계탕을 끓이기로 마음먹었다.

"아버님, 저녁에 옻닭 해묵거로 닭 한 마리 잡아주이소."

"오냐! 그래야제! 이놈의 닭들이 하도 빨라서 잡힐란가 모르것다."

영복이 할아버지는 긴 철사 끝을 적당히 구부려 닭의 발목에 걸 요량으로 담장 밑에 앉아 있는 살찐 암탉 뒤로 살금살금 접근해 간다.

"후다닥! 꼬~꾸~우~덱!"

영복이 할아버지가 닭의 발목을 낚아채려는 순간 강아지가 먼저 달려들어 닭을 쫓고 말았다.

"이놈의 개새끼가 뭐하는 짓이고!"

"할배, 닭을 와 잡노?"

"응! 오늘 저녁에 잡아서 영복이하고 같이 묵을라고 그란다."

"할배! 닭을 잡아 묵으면 알은 누가 노을 끼고?"

"알은 다른 닭들이 또 놓는다."

"그라모 할배! 오늘은 한 마리만 잡아라! 다 잡아 삐면 알 놀 닭이 없다 아이가!"

"오야! 알았다. 우리 영복이 묵거로 알 놀 닭은 놔 둬야제."

저녁 무렵 손자와 할아버지는 닭을 잡기 위해 온 식구와 강아지까지 동원하여 겨우 한 마리를 잡았다.

"삼계탕에는 찹쌀하고 대추하고 인삼이 들어가야 하는데 삼이 없으니 황기하고 엉개나무(엄나무)랑 옻나무를 넣고 푹 삶아야 된다."

"예! 어머니."

"그라고 옻 탈라 조심하래이! 끓을 때 솥뚜껑 열모 얼굴에 옻 기운이 확 올라와서 잘못하면 얼굴이 엉망이 된대이!"

"저는 어릴 때 옻닭을 묵어 봤는데 괜찮데예."

"아, 그라모 옻을 안 타는 모양인데 다행이다."

복자는 닭을 앉힌 가마솥에 불을 지폈다. 먼저 잔가지들을 넣으니 불꽃 튀는 소리가 요란하게 난다. 그리고 소나무 장작을 밀어 넣으니 은은한 소나무 향이 부엌을 감돌고 있다. 소나무 냄새는 평소에도 좋지만, 특히 가을이나 겨울에는 말로 표현할 수 없이 향에 깊음이 있다. 늦가을 저녁 바람이 제법 쌀쌀하게 느껴질 즈음, 복자는 그동안 밀려왔던 피곤과 활활 타는 불꽃에 온몸이 나른해지고 있다. 어딘선가 구슬픈 귀뚜라미 소리가 자장가처럼 들려온다.

"영복이 아빠! 오늘은 왕등재 쪽으로 약초 캐러 가입시더."

"그럴까! 당신은 곰 때문에 공개바우 쪽으로는 죽어도 안 간다 쿤께네 할 수 없이 왕등재 쪽으로 가야지 뭐."

"어젯밤에 꿈자리가 괜찮턴데 오늘 산삼 한 뿌리 캘란가 모르겠네예!"

"허허! 당신 꿈 개꿈인 걸 한두 번 겪었나."

"아입니더! 이번에는 진짜 산신령이 나타나서 이상한 약초를 주면서 팔지 말고 고아 묵어라 캤십니더."

"그래! 그라모 오늘 운이 좋을란가."

"오마! 영복이 아버지! 저~ 절벽 중간에 무신 꽃이 저렇게도 아름답게 피어 있어예! 와~ 참 색깔 곱다."

"오데? 아~ 저기! 진짜 못 보던 꽃인데! 꽃 색깔이 참 조~오타."

"가만히 있어 보소! 내가 한번 올라가 볼께! 근데 제법 높구나."

"영복이 아버지! 너무 높아서 안 되것다. 다음에 따입시더! 큰 작대기가 있어야 되것는데 다음에 따입시더."

"당신이 좋다 쿠는데 내가 산에서 뭐 해줄끼 있나! 공짜배기 꽃이나 선물해야지. 이 망태나 들어 보소."

"영복이 아버지! 너무 위험한데……"

"영복이 아버지! 그냥 내려오소! 밑에서 본께네 아무래도 너무 위험한데예."

"걱정 마소! 내 이래도 어릴 때부터 높은 나무나 절벽을 잘 탄다고 별명이 오봉리 다람쥐라~ 어~ 어~ 아~악~"

"오마! 영복이 아버지~~ ! 영복이 아버지! 아이고 우짜꼬! 머리에 피가 ~사람 살려 주이소~ 사람 살려 주이소오!~~ 영복이 아버지, 정신 좀 차려 보이소."

"여~어보! 미안해요! 저 꽃을 당신한테 선물할려고 하~아~였는데 바~알 밑에 돌이 빠~지는 바~람에 너무 다친 거 같소! 아무~래도 트~얼린 것 같~소! 너~무 슬퍼 하~지 말고 우리 영~복이 자~알 부~~~"

"영복이 아버지! 영복이 아버지! 내가 잘못 했심니데!~ 잘못 했십니데!"

"에미야! 뭣을 자꾸 잘못했다고 해 쌌나! 옻닭이 잘못되었나?"

"어휴!~ 아~ 꿈이었구나! 무신 꿈이 참말로 씀뜩하구나."

"따땃한 불 앞에 앉아 있다가 잠이 들었는가베! 이리 나오너라! 내가 솥뚜껑 한번 열어 볼게."

복자는 아직도 꿈인지 생시인지 정신을 못 차린 채 시어머니의 목소리에 엉거주춤 부엌 밖으로 나온다. 참으로 불길하고 기분 나쁜 꿈이다.

# 25
## 우리 아들은 죽지 않았다
### 1952년 11월 20일

    한 해 농사를 끝내고 입동이 지난 산청군 생초면 계남리 마을은 한가로운 초겨울에 접어들었다. 얼마 전까지 산야를 아름답게 물들였던 온갖 방초들은 찬 서리에 말라 비틀어져 황량하기 그지없고, 여름날 매미의 소굴이었던 버드나무 숲은 앙상한 나목으로 변한 채 가지 끝에 새 한 마리만 울고 있을 뿐이다. 복자네는 오늘 김장을 하기 위해 아침부터 분주하다. 밤새 소금에 절인 배추를 물에 씻어 소금기가 빠지도록 우물가에 쌓아 놓은 후, 양념을 가득 담은 큰 양동이를 멍석 위에 놓았다. 쌀쌀한 초겨울 날씨지만, 햇살은 마루 안까지 따스하게 스며들고 있다. 하늘에는 기러기 떼가 울면서 어디론가 줄지어 날아간다.

    감나무 끝에 매달린 까치밥은 곶감으로 변하여 아침 햇살에 붉게 빛나고, 뒷산에서 주워 온 도토리는 멍석에서 야무지게 말라가고 있다. 영복이 할아버지가 손자의 까까머리에 턱수염을 문지르며 앉아 있는 표정이 부처님처럼 보인다. 영복이는 어디서 찾았는지 딸랑이를 힘차게 흔들며 무어라 큰 소리를 질러댄다. 낙엽 쌓인 화단에는 닭과 강아지가 쫓고 쫓기는 활극을 연출하다 오히려 강아지가 뒤로 나자빠지는 희한한 광경이 벌어지고 있다. 이때 담 너머 벌판에서 쌀쌀한 바람이 집안으로 불어 들어온다. 노란 은행잎이 흙바람에 휘말리며 허공으로 올라간다.

"저~ 장강호 아버님! 면에서 좀 오시라고 하네예."

열 시가 조금 지나 면사무소에서 갑자기 급사가 왔다.

"와? 무신 일인데?"

"저도 잘 몰라예! 면장님이 고마 그리 전하라고만 하데예."

"알았다. 내 곧 간다고 전하게."

"아버님! 영복이 아버지한테 무신 일이 생긴 거 아입니꺼예?"

"모리것다. 면에 가봐야 되것다. 음."

복자는 몹시 불안하다. 며칠 전에 꾼 꿈이 아직도 생생하기 때문이다.

"우리 강호 일 아니면 뭐 한다고 이 전쟁통에 면에서 오라 쿠것네! 내사 간이 떨려서 못 살것다. 제발 아무 일이 없어야 될 낀데."

"너무 방정 떨지 마소! 우리 강호는 그리 약한 아이가 아니요! 내 퍼뜩 갔다 올낀 께네 김치나 맛있게 담가 노소."

영복이 할아버지는 다려놓은 깨끗한 한복에 두루마기를 걸친 후 갓을 쓰고 면사무소를 향해 걸음을 내딛었다. 면사무소까지는 한 시간 정도 걸어가야 한다.

'아~ 이 불길한 마음을 어찌할꼬! 틀림없이 우리 강호한테 무신 일이 생깄는 갑는데 제발 전사만 아니기를! 아니다! 죽기는 왜 죽어? 내가 이렇게 살아 있는데 애비보다 먼저 가면 그거는 천하의 불효지! 절대로 우리 강호는 죽지는 않았을 끼다.'

힘없이 걸어가는 강호 아버지의 신발에서 황토 먼지가 일어난다.

육십 평생을 살아오며 산전수전을 다 겪은 노장이지만 불길한 예감을 떨칠 수가 없다. 또 불행히도 그것이 거의 맞아떨어졌기 때문이다. 다리에 힘이 빠져 걸음걸이가 자꾸만 후들거린다.

'만약에! 만약에! 우리 강호가……'

생각조차 하기 싫다. 갑자기 주변의 산에서는 쌀쌀한 솔바람이 음산한 소리를 내는가 하면, 대나무끼리 부딪는 소리가 마치 사십구재를 지내는 스님의 목탁 소리같이 들려왔다……

강호 아버지는 만 가지 생각을 하면서 어떻게 왔는지도 모를 정도로 머릿속이 혼미하다. 어느덧 면사무소 입구에 다다랐다. 안에서 면 직원이 먼저 보고 잽싸게 달려 나와 인사를 공손히 하며 면장실로 안내하였다.

"아이구! 장 중사 아버님! 쌀쌀한 날씨에 이곳까지 오시라 캐서 미안합니더."

오십이 넘은 면장이 강호 아버지를 정중히 맞아들인다. 그러나 반갑게 맞이하는 면장의 얼굴에는 웃음기가 전혀 없다.

'장 중사? 면장이 장 중사라고 하는 걸 보니 틀림없이 우리 강호와 관련된 일이다. 아이고!'

강호 아버지는 주위의 엄숙한 분위기에 벌써 무언가를 감지한다.

"면장님! 공사 다망하실 낀데 우찌 이리 저를 보자 캤십니꺼?"

강호 아버지는 애써 태연한 척하면서 면장에게 의례적으로 인사한다.

"우선 여기 좀 앉으이소! 김 양아! 여기 따뜻한 차 좀 가져오이라."

면장은 우선 강호 아버지를 진정시키기 위해 차를 가져오게 한다.

"면장님! 강원도에는 전투가 치열하다고 소문을 들었는데 혹시 우리 강호한테 무신 일이 생긴 거 아입니꺼?"

강호 아버지는 의자에 앉으면서 면장의 책상 위에 놓인 누런 봉투를 얼핏 바라본다. 겉봉에 '육군 9사단장'이란 글씨가 보인다. 가슴이 철렁 내려앉는다. '아! 올 것이 오고야 말았구나! 이 일을 우짜면 좋노!'

차가 나왔지만 강호 아버지는 손발이 떨려 차를 마실 수가 없다.

"저~ 어르신! 말씀드리기가 참으로 죄송한데, 아드님 장강호 중사가 강원도 전투에서 장렬히 전사하였다는 통지서가 우리 면에 배달되었십니더. 이런 슬픈 소식을 전하게 되어 저도 몸 둘 바를 모르겠십니더. 참으로 안타깝고 무어라 위로의 말씀을 드려야 할지 언행이 조심스럽기만 합니더."

면장은 강호의 전사 소식을 전하면서 누런 봉투의'전사 통지서'를 강호 아버지에게 건넨다. 강호 아버지는 벼락을 맞은 듯 손이 부들부들 떨리고 있다.

'이 일을 우찌 해야 되노! 이 일을! 아!~ 이 무슨 날벼락이고!'

"저~ 어르신! 마음을 조금 진정하시고 따뜻한 차라도 한잔 하이소!"

면장이 사색이 된 강호 아버지에게 위로차 차를 건넨다.

"어르신! 지금 우리나라는 전쟁으로 무수한 사람들이 목숨을 잃고 있십니더! 그래도 어르신 아드님은 우리 조국을 위해 싸우다 장렬하게 전사하였으니 결코 헛된 죽음이 아닙니더! 그라고 우리 국민은 나라를 위해 목숨을 바친 애국 청년들을 절대 잊지 않을 낍니더! 아무쪼록 아드님이 죽었다 생각 마시고 호국의 별이 되었다고 생각하이소! 우리 아들도 지금 전쟁터에 있십니더! 우짜든지 마음을 추스리고 이 어려운 시기를 극복해야 안 되것십니꺼!"

# 전사 통지서

본적: 경남 산청군 금서면 오봉리

주소: 경남 산청군 생초면 계남리

소속: 육군 9사단 28연대 3대대 2중대

계급: 일등중사    군번: 979●●●

성명: 장강호

상기자는 단기 4285년 10월 15일 중부전선 철원지구
전투에서 장렬하게 전사하였음을 통지함.

단기 4285년 11월 10일

9사단 28연대장 대령 이주일

면장은 슬픔에 젖어 있는 강호 아버지를 진심으로 위로하고자
성의를 다했다.

"면장님! 나~ 이제 가 볼랍니더. 수고하이소."

"저~ 어르신! 쌀쌀한 날씨에도 불구하고 여기까지 오셨는데 마음도
달랠 겸 따뜻한 국밥이라도 한 그릇 하고 가이소."

"아입니더! 말씀은 고마운데 가족들이 걱정을 하고 있을 낍니더.
고마 이대로 갈랍니더."

"어르신! 참으로 안되었십니더! 그러나 훌륭한 아드님을 두셨다는
사실은 잊지 마이소! 그라모 살펴서 조심해서 가이소."

면장과 직원들이 면사무소 정문까지 따라 나와 정중히 배웅을

하였다. 면사무소를 나온 강호 아버지는 갑자기 하늘이 노래지며 아무 생각도 나지 않았다. 그저 멍한 기분으로 경호강가로 향했다.

'전장에서 죽었으면 시체도 못 찾을 끼고, 중부 전선 어디에서 죽었는지, 유품은 왜 안 보내주었는지, 진짜 죽었는지, 포로가 되었는지, 행방불명인지, 내 눈으로 보지 않고선 도저히 믿을 수가 없지 않은가.'

눈앞의 경호강은 예전처럼 유유히 흐르고, 오늘따라 물소리는 가야금의 슬픈 가락처럼 들린다. 하얀 백사장의 모래바람은 혼백의 춤인 양 그 자리에서 맴돌다 물속으로 사라져버린다. 강호 아버지는 흐르는 눈물을 옷소매로 훔치며 찬 바람 부는 강가에 하염없이 앉아 있다. 아무리 생각해도 아들의 전사가 믿어지지 않는다.

'휴전회담 이후로 전선은 소강상태에서 큰 싸움은 없었다는데 이 무슨 청천벽력이란 말인고! 앞날이 구만리 같은 내 아들 강호가 이름 없는 산속에서 적탄에 죽다니! 시신도 없고 유품도 없고 도대체 어디에서 어떻게 죽었단 말이냐! 이제 우리 집안의 운명은 우찌 되는 기고! 인제 나는 늙어서 앞날이 흐릿한데 참말로 낭패로구나.'

육순의 강호 아버지는 연신 곰방대에 담배를 재워 피며 가슴을 쓸어내린다. 오늘따라 담배 연기가 십 리를 날아간다.

'인생사 새옹지마라더니 거짓말이다. 나쁜 일이 있으면 좋은 일도 있어야 될 꺼 아이가!'

'집에 가서 식구들한테 뭐라고 말할꼬! 우리 늙은이야 살 만큼 살았지만, 앞날이 구만리 같은 며느리와 손자는 불쌍해서 우짜노.'

'더군다나 며늘아기는 삼십도 안 되었는데 한평생을 청상과부로 살아갈 판이니 이 파국을 우찌 넘어야 되노.'

'아~ 나라도 정치하는 놈들도 다 싫다. 36년 동안 왜놈들에게 그렇게 당했시몬 이제 정신을 똑바로 채리고 정치를 해야 될 낀데 맨날 서로 싸우고 지가 애국자니 뭐니 지랄들 하다가 해방된 지 5년도 못 넘기고 또 누란의 위기에 빠졌으니 정치하는 놈들은 이 난리 통에 확 뒤져 버려야 될 끼다. 아이고, 우리 불쌍한 강호야! 으흐흑……'

'음~ 우리 강호는 죽은 기 아이다. 이 나라 대한민국을 지키다 별이 됐삔기라! 그러니까 시신도 없고 유품마저 없다 아이가! 장하다! 강호야! 니가 바로 이 나라의 진정한 애국자니라! 나는 니가 자랑스럽 다. 참말로 자랑스럽다. 이제부터 우리 식구들은 이 애비가 뼈가 부서지는 한이 있더라도 니 죽음을 헛되이 하지 않을 끼다. 너는 나라를 위해 몸을 바쳤지만 나는 가족을 위해 죽을 끼다. 그러니 강호야! 너무 걱정하지 마라! 그 모진 일제시대도 살아남았다 아이가! 너는 영원히 죽지 않았다. 암! 그리고 말고! 니는 이 대한민국에 영원한 별이 되었는기라.'

강호 아버지는 경호강을 바라보며 마음을 추스린다. 황혼이 깃든 강가에 주인 없는 나룻배만 덩그러니 떠 있다.

'이제 강호는 다시는 저 배를 탈 수 없게 되었구나! 장가 갈 때 저 배를 탔던 모습이 엊그제 같은데! 불쌍한 내 아들!'

어느덧 석양에 비친 왕산의 필봉은 해와 함께 사라지고 경호강에 어둠이 내려앉기 시작한다. 강호 아버지는 비틀거리는 몸을 일으켜 강물 가까이 갔다. 그리고 품속에서 누런 봉투를 꺼낸다.

'잘 가라, 강호야! 너는 죽지 않았느니라! 이 나라에 호국의 별이 되었느니라! 그리고 지금도 이 땅을 비추고 있다 아이가! 으흐흑.'

강호의 영혼은 경호강을 따라 유유히 흘러간다. 사방에 어둠이 짙게 깔리고 있다. 강호 아버지는 두루마기를 털고 강둑을 넘어온다. 그리고 면사무소 옆 골목길 주막으로 들어간다.

"아이고, 영감님! 지금 오시면 집에 온제 갈라꼬예?"

장날 가끔 들렀던 술집의 늙은 주모가 반색인지 걱정인지 의자를 건넨다.

"오늘은 와 혼자 오셨어예."

"우리 친구들이 대동아전쟁 때 죽고 6.25사변으로 죽고 누가 있어야지! 술이나 좀 주소! 그리고 담배부터 먼저 주소."

"아이고! 오늘은 영 기분이 안 좋은가 베예."

"사람이 살다 보면 기분이 좋을 때도 있고 안 좋을 때도 있고 그렇지. 만날 같을 수가 있소."

"그거는 맞는 말씀이라예."

강호 아버지는 오늘따라 막걸리를 쉬지 않고 사발째로 들이마신다. 그러나 술맛은 예전 같지 않다. 안주도 별로 먹고 싶지 않다. 연거푸 몇 잔을 마셨는지 모른다. 옆에서 주모가 술을 권하든지 말리든지 관심도 두지 않는다.

"오늘 영감님 참 별일이네예! 집에 할매하고 싸웠십니꺼? 술을 조금 천천히 드이소! 집도 먼데 우찌 갈라 쿱니꺼?"

"뭐? 집! 맞다. 집에 가야지. 그리운 가족이 기다리는 집에 가야지. 우리 아들이, 아니 할매가, 아니지, 며느리와 손자가 기다리는 집으로 가야지."

"아이구! 이리 마이 취해가지고 우찌 갈라 쿱니꺼! 날도 저문데 참말로 큰일이네예! 차도 없고 혼자서 갈 수 있겠십니꺼! 아니, 내가 처음부터 좀 찬찬히 드시라 캐도 영감님 이리 마이 취하신 거 오늘 처음 보네예! 아이고! 우짜고!"

"그래도 나는 가야 한다. '오~늘~도오 걷는다~ 마~는 정처없~는 이 ~발~길~ 지~나온 자구~욱 마아~다 눈물 고~오였~네~"

강호 아버지는 차가운 밤바람에 하얀 무명 두루마기의 옷고름을 휘날리며 노래를 부르다가 울다가 정처 없이 계남리를 향해 걸었다. 초겨울이라지만 산마을의 밤바람은 더욱 차갑게 느껴진다. 강호 아버지는 걷다가 하늘을 쳐다본다. 차가운 밤하늘에 별이 총총 빛나고 달은 반달이 되어 서쪽으로 기울고 있다. 다시 하늘을 쳐다보니 찌그러진 반달은 아들 강호의 얼굴이 되었다가 갑자기 사라진다.

'참! 불쌍한 내 아들! 시대를 잘못 만나 삼십을 못 살고 애비보다 먼저 가다니! 이 원통함을 우찌 할꼬! 아파서 죽었다면 약이라도 써 볼 텐데 낯선 산골짜기에서 적탄에 쓰러지다니! 나라고 민족이고 다 필요 없다. 집안이 풍비박산인데 다 무신 소용이 있나! 아~ 이 원한을 어찌할꼬! 으흐흑……'

정처 없이 걸어가는 노인의 발길 따라 그림자조차 쓸쓸하게 따라가고 있다. 오늘따라 부엉이 우는 소리가 청승맞게 들려온다. 아까부터 뒤따라오던 여우가 언제 앞으로 갔는지 저만치서 요상하게 울고 있다. 아마도 사람의 혼을 빼려는 모양이다. 그러나 지리산에서 산전수전을 다 겪은 강호 아버지에게는 여우 따윈 가소로운 존재에 불과하다. 밤이 되니 주위의 산들이 마치 시커먼 괴물처럼 보인다. 산자락 숲에서는 바람에 부딪히는 대나무 소리가 마치 귀신이 이빨 가는 소리처럼 소름이 끼친다. 이때 산모퉁이를 돌아서니 갑자기 흙들이 강호 아버지에게로 날아온다.

"이 여시 새끼들 잡히기만 해봐라! 확 밟아 쥑이 삤기다. 와? 가만히 가는 사람한테 돌을 퍼붓노!"

오소리인지 너구리인지 산짐승이 자기방어 차원에서 인간에게 먼저 공격을 가한 것이다. 평소에 강호 아버지는 산짐승들을 어여삐 여겼으나, 오늘은 마음을 도저히 다스릴 수가 없다. 돌을 들어 산속으로 냅다 던지고 또 던진다. 고함도 질러 본다. 고요한 산골짜기가 쩌렁쩌렁 울린다.

"아~이고 행님! 우짠다고 이리 늦었십니꺼? 집에서 식구들이 올매나 걱정을 하는지 아십니꺼? 날이 저물어도 안 온다고 행수가 내보고 얼른 가보라 캐서 이리 왔다 아입니꺼."

"누고? 아! 동생이가! 와? 내가 죽었시까이! 그나저나 마중 나와서 고맙네."

"오늘 행님 마이 취했네요! 이리 늦게 다니다가 산짐승 만나면 큰일납니더."

"산짐승! 내 오늘 무서운 기 없는 사람이다. 무엇이든지 걸리기만 걸리 봐라! 뼈를 확 추리 삐끼다. 이 인민군 놈의 새끼들! 나도 군대 가서 기관총으로 이 새끼들을 확 갈기고 나도 죽어 삤끼다. 에이~ 인생이고 지랄이고 다 소용없다~~"

"허허! 행님 오늘 와 이랍니꺼? 평소 행님답지가 않네예! 오늘 무신 일이 있어십니꺼?"

"아이다! 내가 이때까지 세상을 너무 순하게 살았다 아이가! 인자부 터는 좀 독하게 살아야 되것다."

"그나저나 행님 오늘 면에 갔다쿠던데 무신 일로 오라카데예?"

"아~ 그거! 나라에서 오봉리 우리 집을 불태웠다고 면장이 대통령을 대신해서 사과한다 캐서 갔다 온다 아이가."

"아~ 그런 일이 있어십니꺼? 그라모 새로 집을 한 채 지어 줘야지 말로 사과한다 캐서 그걸로 끝나는 기 아이다 아닙니꺼?"

"그래서 내가 썽도 나고 해서 한잔 했삔기라."

"그래도 다믄 올매라도 보상을 받아야 집을 짓든지 할 낀데 행님이 썽낼 만도 하네예."

"그래! 면장은 뭐라 카데예?"

"공비를 잡기 위해 군사작전상 부득이하게 됐다고 하면서 국밥이라도 먹고 가라 카기에 내 그냥 면에서 나와삤다 아이가."

"잘했십니더! 행님! 쥐 잡을라 쿠다가 장독 깬다는 말은 있지만 이 일은 너무 크게 벌어졌다 아입니꺼? 집은 둘째 문제고 사람을 많이 쥑잇으니 전쟁 끝나몬 나라가 시끄러울 낍니더."

"이놈의 김일성이 때문에 죄 없는 목숨이 얼매나 더 죽어야 되는지 모르것다."

"밤이 되니 날씨가 제법 춥십니더! 행님! 얼른 집으로 가입시더!"

"그래! 내가 우찌 여기까지 왔는지 모르것다. 동생! 이리 나와 줘서 고맙데이."

"행수! 행님 왔십니더."

"아이구! 영복이 할배! 우짠다고 이리 술을 마이 묵고 집에는 우찌 찾아왔시고! 시상에!"

"아~ 할매요? 내 그래도 지리산에서 다람쥐같이 뛰던 사람인데 이런 데는 눈 감고도 오요."

"아버님! 술을 마이 드셨네예! 날씨가 춥십니더! 어서 방으로 드이소."

"오냐! 에미야! 이 못난 시애비 때문에 잠도 못 잤제? 미안하구나! 우리 손자 영복이는 자나?"

"아이구! 그래도 며느리한테는 참 얌전하네요! 영복이는 초저녁에 할배를 찾다가 아까부터 눈~자요."

"동생! 오늘 욕봤다. 내 때문에 이런 고생을 시키서 미안하네! 인제 걱정 말고 집에 가서 쉬게나."

"예! 행님! 그라모 나는 갈랍니더! 한숨 푹 자이소."

"용배 아버지! 오늘 욕봐십니더! 살피서 가입시더."

영복이 할아버지는 말없이 방으로 들어가 무거운 마음과 몸을 눕힌다.

이튿날 날이 새기도 전에 영복이 할아버지는 세수를 마치고 몸단장을 하였다. 그리고 조반도 일찍 들었다.

"영복이 할배! 어제 무신 일로 면에서 오라 쿠데요?"

영복이 할머니가 어제 일을 밤새 참았다가 급하지도 않게 차분히 묻는다.

"아~ 그거? 아무 일도 아니요! 작년에 공비 소탕한다며 우리 동네와 집에 군인들이 불 질렀다고 나라에서 사과하기 위해 면으로 오라 켄기요."

"아니! 그라모 저들이 찾아와서 잘못했다 캐야지 피해자 보고 오라 가라 쿠는 거는 경우가 아이지예."

"그 말도 틀린 말은 아닌데 워낙 피해자가 많고 몇 명 안 되는 공무원들이 일일이 찾아가는 것도 전쟁통에 그리 쉬운 일은 아니라고 면장이 사과하기는 하더라마는."

"그라모 불에 탄 집은 새집으로 지어 준다 카던가요?"

"그 말은 없고 공비 때문에 부득이 그리됐다고 이해만 하라쿠데."

"참! 기가 맥히네! 결과적으로 아무것도 아이네요! 괜히 추운 날씨에 십 리나 넘는 길을 오라! 가라! 사람 고생만 시키고! 그나저나 나는 우리 강호가 무신 일이 났는가 싶어 살이 벌벌 떨려서 밤새도록 잠 한숨 못 잤다 아입니꺼?"

"미안하게 됐소! 내가 어제 술이 너무 취해 면에 갔던 일을 이야기해야 되는데……"

"아버님! 그라모 영복이 아버지는 별 탈 없는 기네예?"

"하모! 무소식이 희소식이라 안 쿠더나! 어제 마이 놀랬제?"

"그런데 영감! 와 오늘 아침 옷을 갈아입고 일찍 오데 갈라쿠요?"

"아! 이제 농사도 다 끝났고 뒷산에 사돈 묘소에 좀 다녀올라고 하요."

"그라모 나중에 햇살이 좀 퍼지면 가도 될 낀데 와 이리 아침부터 서둘러 쌌소?"

"그래도 우리나라는 동방예의지국인데 집이 먼 곳도 아니고 오다가다 들리는 곳도 아닌데 사돈한테 문안 인사 가면서 한낮에 한가히 갈 수 있소."

"그 말도 맞긴 맞는데 평소에는 안 그라다가 오늘따라 좀 이상하게 보이네요"

"어허! 아침부터 별소리를! 아가야! 그 막걸리 한 병 갖고 오이라."

"아버님! 아침 일찍 뒷산 산소에 가실라고예?"

"하모! 이제 추수도 끝나고 좀 한가하다 보니 너 부모님 생각이 나서 오늘은 좀 예의를 갖춰 찾아볼려고 한다. 날씨도 추운데 걱정하지 마라."

"예! 아버님! 잘 다녀오이소! 그라고 고맙십니더."

강호 아버지는 술 한 병을 들고 사돈의 묘소가 있는 뒷산으로 올랐다. 아직 햇살이 퍼지지 않아 쌀쌀하면서 입에서 하얀 입김이 나온다. 산으로 오르는 발걸음이 천근같이 무거웠다. 가족들에게는 아들의 사망소식을 적당히 둘러대었지만 언젠가는 밝혀질 진실에 가슴이 터질 것만 같다. 묘소에 다다르니 오롯한 봉분 두 개가 바깥사돈을 반기는 듯 아침 햇살에 하얀 서리가 서서히 사라지고 있다. 파란만장한 한평생을 한 평도 안 되는 황토흙을 덮고 시들어가는 잔디를 이불 삼아 경호강을 굽어보는 사돈의 무덤이 오늘따라 슬프게만 보인다. '인생여조로'(人生如朝露)라! 인간도 저 이슬같이 언젠가는 아침 햇살에 사라져가리라! 사오 년 전 전국에 콜레라가 만연하여 사돈 간에 우애는 고사하고 하루아침에 사돈 내외가 황망히 세상을 떠났으니 인생사 참으로 아침 이슬보다 더 짧은 것 같다. 그런데 오늘 또 사위의 죽음을 알려야 하니 강호 아버지의 가슴은 찢어지는 듯하다.

강호 아버지는 들고 온 술을 잔에 따르고 밤과 대추, 감, 그리고 배 하나를 상석에 올려놓았다. 연이어 아침 햇살을 받으며 강호 아버지는 묘소에 엎드렸다.

"사돈! 그동안 자주 찾아뵙지 못해 죄송합니더! 그런데! 그런데 말입니더! 오늘 슬픈 소식을 전해야 되것십니더! 우리 강호가 저 머나먼 강원도 산골짜기에서 전사를 했답니더! 이 일을 우찌 해야 되것십니꺼? 시신도 없고 유품도 없답니더! 이 소식은 아무도 모릅니더! 내 어제 마이 울었십니더! 그런데 사돈 앞에서는 안 울라 캤십니더! 사돈을 볼 면목이 없십니더! 귀한 딸을 주셨는데 청상과부로 만든 이 죄를 우찌 사해야 되것십니꺼? 앞날이 캄캄합니더! 사돈! 저에게 길을 가리켜 주이소 아무리 생각해도 이 충격을 이길 자신이 없십니더, 사돈."

강호의 아버지는 차가운 황토 바닥에 머리를 숙이고 하염없이 울고 있다. 산새도 따라 우는지 가냘픈 소리가 바람결에 들려온다. 여름날 무성했던 방초는 찬 서리에 시들고 적막이 감도는 산에는 억새꽃만 휘날린다. 강호 아버지는 술을 봉분 주위에 뿌리고 담뱃대에 불을 붙였다. 그리고 남쪽 하늘을 바라본다. 저 멀리 왕산의 필봉이 하늘을 찌를 듯 솟아 있다.

'음! 나도 저 왕산처럼 꿋꿋하게 살아야지! 내가 무너지면 우리

319

집안은 물론 모든 것이 무너져 버리겠지!'

"사돈! 나 이제 내려갈랍니더! 너무 걱정하지 마이소! 우리 강호는 죽지 않았십니더! 이 대한민국을 지키다 영원한 별이 된 기라예! 그러니 이제부터는 우리 머리 위에서 항상 빛을 내고 있을 낍니더! 그러니 너무 슬퍼하지 마이소! 나중에 저승 가면 다 만날 낍니더! 안녕히 계시이소."

강호 아버지는 묘소를 한번 둘러보고 산을 내려온다. 오늘따라 산새 소리가 강호 아버지의 애간장을 더욱 슬프게 한다.

# 26
# 휴전은 되었건만!

해주 예술학교에서 성악을 공부하던 송복희(宋福熙)는 6.25동란을 잠시 피하고자 LST(landing ship tank: 군대·전차 등의 상륙에 쓰이는 함정)에 몸을 싣고 고향인 황해도 재령을 떠났다. 하얀 무명옷 옷고름이 바람에 휘날리는 어머니의 모습이 꿈속에 아른거리는가 싶더니 어느덧 피난선은 며칠 만에 부산에 도착했다. 그러나 부두에 내린 복희는 일가친척 하나 없는 낯선 타향에서 갈 곳이 없었다. 차가운 비바람이 몰아치는 부둣가를 헤매 돌던 복희 청년은 궁여지책 끝에 국군에 입대하기로 마음먹는다. 송해(宋海)로 개명한 그는 육군 대전통신학교를 수료한 후, 육군본부 통신병으로 배치되었다. 3년이 다 되어 가는 어느 날 갑자기 무전실에 긴장감이 감돌기 시작했다. 전군에 하달되는 긴급전문이 있단다.

고참병 송해 통신병은 무전기 송신 키에 손가락을 얹고 떨리는 마음으로 전군에 숫자로 조립된 암호문을 타전하기 시작한다.

— • — • — — • — — • • • • • • • • — • • • •

— — • • • — — • • — — • • • — — • — • — — • — —
— • — • — — — • • • • • — — • — — • • • —

CQ DE 5678 UR QTC 1 HR BT
각 군 여기는 육군본부 긴급전문임
'전군은 1953년 7월 27일 22：00를 기해 일체의 전투행위를
중단하라!'

본인도 모르게 전군에 타전한 암호는 바로 휴전 전문이었다. 이렇게
되다 보니 송해는 한국동란의 종식을 알리는 최초의 통신병으로
6.25전쟁사에 이름을 남기게 되었다.

1950년 6월 25일 새벽에 남침을 시작한 북한 공산군은 3년이
지나도록 전쟁의 승산이 없자 드디어 휴전협정에 서명한 것이다.
3년이란 미친 전쟁으로 이 아름다운 조국강산은 피바다가 되고 수많은
백성들의 목숨을 앗아간 망나니들의 놀음이 아무런 이득도 없이
이제야 막을 내린다니! 참으로 통탄할 일이 아닐 수 없었다. 이 비참한
동족상잔에 죄 없는 백성들은 가족을 잃고 굶주린 배를 움켜쥔 채
그 얼마나 울었던가! 이제 저 불쌍한 영혼들을 무슨 말로 달래고
위로해 줄 것이며, 또 쪼개진 한반도는 어떻게 할 것인가! 거기다가
사라져간 문화재와 산업시설은 무슨 수로 되돌려 놓는단 말인가!
이승만 대통령은 실의에 빠진 국민들에게 그래도 다시 일어나서
살아야 한다면서 달래도 보고 위로도 해보았다. 하지만 넋 잃은 백성의
가슴을 달래기에는 그저 마이동풍(馬耳東風)으로 들릴 뿐 치료제는
되지 못했다. 다만 오랜 세월만이 망각의 약이 될지는 모르지만……

죄 많은 정치인들은 들어라!
이 나라 오천 년 역사 이래 북방 오랑캐의 끝없는 침입과 왜적의

침입으로 나라의 운명이 풍전등화에 몰린 적인 한두 번이었던가? 고려시대 몽고의 침입을 비롯하여 임진왜란, 병자호란, 일본의 국권 찬탈, 그리고 6.25사변이 모두가 무엇 때문에 일어났는가?

힘의 균형이 무너졌기 때문이다. 외교는 전략이고, 국방은 균형이다. 따라서 균형이 무너지면 약한 쪽이 당하는 것은 당연한 이치다. 6. 25전쟁도 역사 인식이 부족한 데서 일어났다. 아무리 부자라도 재산을 강도에게 빼앗기면 거지가 된다. 오로지 튼튼한 국방만이 조국의 미래를 보장한다. 물론 여기에는 국가 경제력이 뒷받침되어야 한다는 것은 말할 필요도 없다. 그런데 우리나라 정치인은 아무래도 역사 인식을 등한시하는 것 같다. 당리당략에 정신을 못 차리니 그 누구를 원망하랴!

정치인들이여! 나라가 이 꼴이 되어도 또 서로 싸우고 굿판을 벌일 것이냐?

조국을 지키기 위해 이름 없는 산하에서 피를 토하며 쓰러져간 호국 용사들에게 엎드려 사죄하라! 그리고 역사에 죄인이 되지 말지어다!


이렇게 국민들은 정부와 정치인을 원망하였으나, 제발 마이동풍(馬耳東風)이 되지 않기를 빌어볼 뿐이다. 지루한 3년간의 전쟁이 끝나니 전선의 군인들은 오랜만에 고향으로 돌아갔다. 남쪽은 그나마 적의 수중에서 빨리 해방되어 다른 지방에 비해 그다지 피해가 크지 않았다.

"행님! 전쟁이 끝났답니다! 7월 27일 저녁부로 완전히 끝났다고 합니다."

"그래! 동생! 그거 반가운 소식이네."

용배 아버지는 강호 아버지에게 휴전 소식을 전했다.

용배 아버지는 이미 강호의 전사소식을 오래전에 면사무소의 아는 사람으로부터 전해 들어 알고 있었다. 그 사실을 모른 척하고 있었을 뿐이었다. 그래서 휴전 소식도 너무 감격스럽게 말하지 않고 대수롭지 않게 이야기했다.

복자도 전쟁이 끝났다는 소식을 들었다. 기분이 미칠 듯이 좋았다. 이제 머지않아 사랑하는 남편의 늠름한 모습을 볼 것을 생각하니 콧노래가 절로 나온다. 강호 어머니도 바깥에서 이 소식을 듣고 가벼운 발걸음으로 대문 안에 들어선다.

"어머님! 전쟁이 끝났다 쿠네예! 이 올매나 기쁜 소식입니꺼."

"그래! 나도 동네 사람들한테 들었다. 아이구! 신령님 감사합니더."

강호 어머니와 복자는 우선 얼굴과 손발을 씻고 장독대에 정안수를 올린 후, 손바닥을 비비면서 허리를 연신 굽신거린다.

"천지 신령님! 참말로 고맙고 감사합니더! 전쟁통에 우리 아들을 다치지 않게 보살펴주시고 또 전쟁이 끝나게 해주셔서 이 은혜 무엇으로 갚아야 할지 백골난망(白骨難忘)입니더."

"부처님! 신령님! 우리 남편을 무사하게 보살펴 주셔서 참말로 고맙고 감사합니더! 감사합니더! 고맙십니더! 감사합니더."

고부간에 두 사람은 허리가 아픈 줄도 모르고 손이 닳도록 신령님께 빌고 또 빌었다. 전쟁이 끝났다는 소식은 온 동네를 들뜨게 하였다. 특히 복자네 집은 며칠간 들떠 있었다. 그러나 하루가 가고 이틀이 지나도 강호의 발자욱 소리는 들리지를 않았다.

"영복이 할배요! 전쟁이 끝났다 쿠는데 와! 우리 강호가 소식이 없소?"

"아버님! 면에라도 가셔서 한번 알아보이소! 우리 영복이 아빠한테 무슨 일이 있는지 참말로 마음이 불안해 죽겟십니더."

복자는 매일 마을 입구에서 오가는 사람들을 바라보며 남편을 기다렸으나, 그리운 낭군의 모습은커녕 그림자도 보이지 않는다. 복자는 날이 갈수록 근심과 걱정이 쌓여 정신마저 희미해져 간다. 먼 곳에 군복 입은 사람만 보이면 정신없이 달려갔으나 힘없이 발길을 돌릴 수밖에 없다. 강호 아버지도 날마다 정신적인 고통에 밥이 제대로 넘어가질 않는다. 온 집안이 초상집같이 침울하고 가족 간에도 말이 없다. 마을 아낙네들은 둘만 모이면 강호 이야기를 했다.

"전쟁이 끝난 지가 언젠데 복자 신랑이 아직도 오지 않노."

"혹시 북으로 간 거 아이가."

"북으로 간 기 아이라 전쟁에 마이 다쳐 갖고 기억력을 잃어버려서 집을 못 찾아오는지도 모른다 아이가."

"그런데 말이다. 한창 젊은 나이에 각시하고 몇 년을 떨어져 있다 보니 강원도 처녀하고 눈이 맞아서 그기에 눌러앉았는지도 모르지."

"지금까지 소식이 없으면 틀림없이 무신 일이 생긴 기 확실하다고 나는 생각되는 기라."

"까딱하면 복자는 청상과부 되는 거 아이가! 쯔쯔."

"아이구! 복자 신랑은 식구들이 저렇게 기다리는데 와 아직 소식이 없을꼬."

마을에는 강호를 두고 별 희한한 소문이 매일 다르게 퍼지고 있다. 강호 어머니도, 복자도 동네를 떠도는 소문들을 다 듣고 있다. 용배 엄마가 전해주기 때문이다.

휴전된 지 달포가 지났다. 이젠 더위도 한풀 꺾이고 매미 소리도 잦아들었다. 조석으로 풀벌레 소리가 들렸지만, 복자네 식구들에겐 계절을 감상할 여유가 없다. 영복이 할아버지가 장죽에 담배를 빨아들이면서 긴 한숨과 함께 힘없이 입을 뗀다.

"음! 아가야! 오늘 저녁에 내가 식구들에게 할 말이 있다. 저녁을 조금 일찍 먹도록 하자.”

그동안 영복이 할아버지는 강호의 소식을 알아본다며 집을 나갔다가 경호강가에서 그냥 시간을 보내다 저녁이면 집으로 돌아오곤 하였다. 그런데 시간이 갈수록 동네 소문은 이상한 방향으로 흐르고 있다. 강호가 포로가 되어 이북으로 갔다는 것이다. 영복이 할아버지는 이제 가족들에게 말문을 열어야겠다고 생각한다. 사람들이 삶을 지탱하는 데는 잘살든 못살든 희망이란 빛이 있다. 그런데 이것이 없다면 삶의 의욕은 고사하고 인생의 존재마저 상실할 위기를 맞을 수 있음을 간과해서는 안 된다. 만일 강호의 전사를 사실대로 밝혔을 때, 집안이 초상집으로 변하리라는 것은 뻔한 일이다. 하지만 그럴 것은 차치하고, 젊은 며느리의 앞날을 자신있게 보장할 명분도 없다는 현실을 강호 아버지는 너무도 잘 알고 있다.

“음~ 모두들 내 말을 잘 듣거라! 전쟁이 끝났는데 우리 강호가 와 집에 오지 않는지 내가 면사무소와 다른 기관에 백방으로 알아봤는데, 영복이 애비가 강원도 철원 전투에서 행방불명이 되었다고 하더라! 전사를 했는지 포로가 되었는지 확인이 안 된다고 하니 우리 식구들은 강호가 절대로 죽지 않았다고 믿어야 된다. 그리고 끈질기게 기다리면 언젠가는 우리 강호가 살아서 집으로 올 것이라는 희망을 버려서는 안 될 끼다. 설령 포로가 되었더라도 반드시 살아서 고향에 오리라는 확신을 가져야 한다. 내 말 무슨 말인지 잘 알것제! 우리 강호는 절대로 죽지 않고 반드시 집에 온다는 희망을 버려서는 아니 된다, 이 말이다.”

“아이구! 이기 무슨 소리요! 우리 아들이 죽었는지 살았는지 모른다니 이 무신 청천 하늘 날벼락이냐! 아이구! 내 아들 강호야! 강호야! 죽었는지 살았는지 말 좀 해다오~~!”

"아이구! 영복이 아부지! 이기 무신 일입니꺼! 남들은 전쟁이 끝났다고 집으로 다~ 오는데 낯설고 물선 강원도 땅에서 행방불명이라니요! 아이구, 나는 못산다. 이 험한 세상을 우찌 저 어린 것을 키우면서 청상과부로 살아야 된답니꺼~ ~ 영복이 아부지~ 친구들은 다 죽고 다치고 당신마저 생사를 모른다니 이년의 팔자가 와~ 이리도 기구합니꺼~ 아~ 이~구우~"

영복이 할아버지의 비장한 말이 끝나기도 전에 온 집안은 울음바다가 되었다. 달래줄 사람도 없고 말릴 사람도 없다. 영복이도 할머니와 엄마가 우니 따라 울고 있다. 영복이 할아버지는 마루로 나와 담배연기를 십 리나 내뿜었다. 이때 울음소리를 듣고 이웃의 용배 아버지와 어머니가 달려온다.

용배 어머니는 방안으로 뛰어 들어가고, 용배 아버지는 영복이 할아버지의 어깨를 끌어안았다.

"행님! 그동안 이 사실을 숨기느라 올매나 가슴 아팠심니꺼! 그래도 지금이라도 가족들한테 알린 거는 참 잘했심니더! 이 사실을 영원히 숨기고 갈 수는 없는 거 아입니꺼? 나도 진작 알고 있었지만 행님 마음을 알기 때문에 말을 못했심니더."

"그런데 행님! 가족들한테는 강호가 전사했다는 사실보다는 차라리 행방불명되었다고 말했으면 희망이라도 있을 낀데예?"

"그렇게 말했단다."

"참! 잘했심니더! 죽은 사람은 죽었지만 식구들에겐 살아서 꼭 온다는 희망을 버린다 카는 것은 절대로 안 됩니더! 더군다나 며느리는 아직 삼십도 안 되었는데 우짜든지 신랑이 살아서 올 것이라는 희망을 가지게 해야 됩니더."

"고맙다! 동생! 니는 알고 있었구나! 그래서 요새 나를 대하는 태도가 뭔가 어색했구나! 고맙다."

"행님! 이 모든 비극이 시대를 잘못 타고난 우리의 운명 아입니꺼! 지금 와서 누구를 원망할 낍니꺼! 앞으로 우리의 후대에는 이런 가슴 아픈 전쟁이 절대로 일어나서는 안 될낍니더."

"그래! 동생 말이 맞다. 백년도 못 사는 인생이 천년의 한을 안고 사는구나!"

"그리고 동생."

"예! 행님, 말씀 하이소."

"내 말이다. 이번 가을 농사가 끝나면 오봉리로 들어가련다. 그래서 말인데, 우리 시간 나는 대로 오봉리에 들어가서 집 짓는 데 좀 도와주면 안 되것나?"

"행님의 심정 이해가 갑니더! 동네에는 온갖 소문이 꼬리를 물고, 특히 젊은 며느리는 앞으로 어떤 소문이 날지 모르니 차라리 오봉리로 가시는 기 좋을 낍니더! 행님 집 짓는 데 내가 도와드려야지요."

"참으로 고맙네! 우리 죽을 때까지 형제같이 지내게나!"

"어허! 행님도 죽을 때까지 쿤깨네 이상하네요."

# 27
# 처량한 기러기 울음소리

슬픔도 그리움도 기다림도 무심한 세월 따라 흘러가고, 산야는 어느덧 늦가을에 접어들어 단풍들이 하나둘 낙엽 되어 떨어진다. 구슬픈 산새 소리는 오늘따라 가냘프게 들리고, 파란 하늘에 기러기 떼가 울면서 날아간다. 가을 추수가 끝난 황량한 들녘에는 억새풀만이 논둑에서 바람에 흔들거린다.

영복이 할아버지는 이번 농사를 끝으로 계남리에서의 모든 생활을 정리하고 전답도 처분했다. 오봉리 집도 다시 지어, 이사 갈 날만을 기다리고 있었다. 담뱃대를 물고 있던 영복이 할아버지는 용배 아버지와 이별을 생각하니 그 또한 마음이 편치 않았다. 몇 년 동안 좋은 일, 궂은일을 다 하고 또 오봉리 집을 새로 짓는 데 그 얼마나 수고를 하였던가!

'내 비록 이곳을 떠나지만 산청면에 갈 때 자주 들러야지⋯⋯'

하늘에는 흰 구름이 덧없이 흘러간다.

"영복이 할아버지! 큰일났십니더! 우리 용배 아버지가 다 죽어 갑니더! 좀 살려주이소."

저녁이 다 되어 용배 어머니가 버선발로 뛰어오며 고함을 친다.

"무신 일인데 이리 다급하게 뛰어오십니꺼?"

"우리 용배 아버지가 지금 배를 붙잡고 방안에서 구르고 있심니더! 어서 좀 살려주이소."

"얼른 가 보입시더."

영복이 할아버지는 용배 아버지가 아프다는 소식을 듣고 부리나케 용배네 집으로 뛰어간다.

"와 이라노! 이 사람아! 오데가 아프노?"

"아이고! 행님, 오른쪽 배가 창으로 쑤씨는 것 같습니더! 아이구~~"

용배 아버지는 배를 움켜쥐고 고통에 몸을 뒤틀고 있다.

"아~ 이래서는 될 일이 아니다. 어서 리어카를 끌고 오이소! 그리고 이불도 준비하이소! 늘비에 있는 의원한테 얼른 가보자!"

영복이 할아버지는 정신없이 구루마를 끌고 생초를 향하여 있는 힘을 다하여 달린다. 용배 아버지와는 해방 이후 인연을 맺었지만, 형제보다 더 우애가 깊었다. 불과 칠팔 년의 세월이지만 격동기에 온갖 풍상을 같이 겪었고, 동고동락하였으며, 복자네 궂은일을 마다하지 않고 도와준 은인 같은 이웃사촌이었다.

얼마나 빨리 달렸는지 한 시간도 못 되어 생초에 도달했다. 곧이어 의원을 찾았다. 의원의 진단 결과, 진주의 큰 병원으로 가란다. 용배 아버지는 아까보다 더 고통을 호소한다. 용배 어머니와 따라온 이웃들의 얼굴은 근심으로 가득 찬다.

영복이 할아버지는 생초 지서로 뛰어갔다. 그리고 차량을 부탁했다.

마침 함양 방면에서 오는 트럭이 있어 순경이 차를 세웠다. 그리고 빠르게 환자를 옮겨 실었다. 차는 자갈길에 먼지를 뿜으며 속도를 내었다. 산청을 지나고 원지를 통과했다. 환자는 아까보다 고통이 덜 하는지 신음이 잦아든다.

"여보게! 조금 어때? 조금만 참아라! 지금 원지를 지났으니 얼마 안 가서 진주에 도착한다."

늦가을의 해는 이미 웅석봉을 넘어가고 어둠이 깔리면서 쌀쌀한 추위가 엄습한다.

"여보게 동생! 동생! 조금만 참아라! 거의 다 와 간다. 여기는 진양군 명석면이다. 어이 동생! 어! 이상하다~ 동생! 동생! 아~ 이거 큰일났구나! 어서 바늘 좀 주소! 그리고 용배 엄마는 손발을 좀 주물러 주이소! 어서요."

"동생! 와 이라노! 말 좀 해봐라! 그리고 눈을 좀 떠봐라."

"용배 아버지! 여보! 운전수 양반! 차 좀 빨리 가입시더."

차는 흙먼지를 일으키며 전속으로 달려 진주의 의원에 도착했다. 영복이 할아버지는 노구에도 불구하고 정신없이 뛰었다. 그리고 환자를 빠르게 병원으로 옮겼다.

의사는 환자를 보자 당황하기 시작했다. 청진기를 가슴에 대어보고 눈까풀도 뒤집어보고 손을 만지더니 스르르 흰 천을 얼굴로 끌어올리는 게 아닌가.

"와 이랍니꺼! 선생님! 우선 주사라도 좀 놔야 되는 것 아닙니꺼?"

"아~ 안타깝습니다. 한 삼십 분 전에 돌아가신 것 같습니다. 조금만 일찍 왔더라면 수술을 했실낀데…… 맹장이 터져 복막염으로 변해삐렀십니더."

"아이고! 용배 아버지! 아이고! 용배 아버지! 불쌍한 용배 아버지! 올매나 아팠시믄 말이 없십니꺼! 아이구! 내 죄를 우찌 해야 됩니꺼! 어~ 어~ 나는 이제 우찌 살라고 혼자 갔삐렀십니꺼? 아이구우~"

영복이 할아버지도 밖에 나와 한참을 울었다. 그리고 가슴 한쪽에 큰 구멍이 뚫리는 아픔을 느꼈다.

'도대체 내가 살아있는 동안 내 주위의 사람들이 올매나 죽어야 이놈의 저승굿이 끝난단 말인가!'

"살릴 수 있는 사람을 병원이 멀어서 죽이다니! 참으로 가슴 아픈 일이로다. 아이고~ 오~"

메마른 병원 마당에는 음산한 흙바람이 불고 기러기는 슬피 울며 밤하늘을 날아간다.

# 28

# 오봉리에 봄은 왔건만!

## 1954년 4월

　복자의 가족들은 지난해 늦가을 오봉리로 돌아왔다. 전쟁 전에는 정붙여 살았던 마을인데 옛날의 정취는 간 곳이 없고, 불에 탄 서까래는 봄비에 하염없이 젖고 있다. 그나마 살아남은 이웃들은 군데군데 새집을 지었건만 흙담 속에 갇혀 지내는지 인기척은 미동조차 없다. 아마도 그날의 악몽을 떨치기에 아직은 이른가 보다. 복자의 집 아래 태산이의 집은 타다 남은 서까래 위에 까치 한 마리가 멍하니 앉았다가 서럽게 울다 가기를 반복하고 있다. 오지 않는 주인을 기다리는 것처럼……. 마치 복자가 오지 않는 남편을 기다리듯이…….

　복자는 요즈음 만사가 귀찮고 의욕도 없다. 아침에 일어나면 시어머니와 장독대에 정안수를 떠놓고 남편의 무사귀환을 빌고 나면 멍~하니 앉았다 일어났다가 마을 아래 오솔길을 바라보는 것이 일상이 되어버렸다. 시부모도 별말이 없다. 그냥 날이 새면 뒷산으로 일하러 가고 해가 저물면 집으로 오기를 반복한다. 영복이 할아버지는 날이 갈수록 술을 마시는 횟수가 늘어가고 또 많이 마시기도 한다. 영복이는

333

계남리에서 데리고 온 누렁이와 레슬링이 끝나면 먹을 것을 찾고 배가 부르면 잠을 자는 천진난만의 세월 속에 무럭무럭 자라고 있다.

'저 어린것을 앞으로 우찌 키울꼬…… 아니야! 우리 영복이 아버지는 반드시 살아서 집으로 올 것이다. 절대로 이북으로 가지 않았다. 죽었다면 전사 통지가 올 낀데 행방불명은 어디 있는지 모른다는 뜻이다. 언젠가는 살아서 생초에 갔다가 여기로 올 것이다. 오늘 아침에는 신령님께서 무언가 계시를 하는 것 같았어. 그래! 우리 영복이 아버지는 절대로 죽지 않았다. 반드시 집으로 올 끼다. 그때까지 나는 우리 영복이와 아무 데도 가지 않고 여기서 살 끼다……'

복자는 새로 지은 집의 마루에 앉아 먼 산을 바라본다. 비가 그치자 왕등재 산마루에는 산벚꽃이 화사하게 피어 있다. 군데군데 집들은 불에 타버렸지만 빈 마당에는 노란 개나리들이 봄볕에 눈이 부시다. 그러나 복자는 아무리 춘풍이 불어도 별 감흥이 일어나지 않는다.

이래저래 세월만 흘러간다. 일어나면 아침이고 해가 지면 밤이 온다. 봄이 가면 여름이 오고 가을이 가면 겨울이 온다. 참으로 자연의 섭리는 매정하기만 하다.

# 29

# 왕등재에 까마귀 울음소리가!

## 1955년 10월

　산청군 금서면 오봉리 산마루에 서리가 하얗게 내렸다. 서리가 내리고 나니 낙엽도 우수수 떨어진다.

　복자의 가족은 예나 지금이나 기다림의 세월을 보내고 있다. 영복이 할아버지는 요즈음 들어 기침을 심하게 한다. 그러나 술과 담배를 줄이려고도 하지 않는다. 영복이는 무럭무럭 자라 금년에 화계리에 있는 금서초등학교에 입학했다. 인생사 새옹지마라고 그나마 영복이의 성장은 집안의 희망이다. 학교까지 십 리가 넘어 아침 일찍 복자가 데려다주고 하교 때는 친구들과 놀면서 집으로 돌아온다.

　이제 마을에도 떠났던 사람들이 돌아오고, 이웃 마을 가현 부락에도 가구 수가 불어나 영복이의 학교 친구가 네댓 명은 된다. 영복이는 오다가다 눈에 보이는 것은 다 건드려 보는 호기심 많은 아이다. 오늘은 알밤과 도토리를 가방이 터지도록 주워 왔다.

　그나마 영복이의 재롱 덕분에 집안에는 웃음꽃이 피어나기 시작한다. 도토리만한 녀석이 책 보따리를 어깨에 메고 졸망졸망 걷는 모습이 대견하다기보다 앙증스럽다. 영복이 할아버지는 기침을 하면서도 손자 사랑은 지극하다. 그런데 오늘은 영복이가 할아버지한테 혼이 나고 있다. 아마도 애들이랑 독사를 잡은 모양이다. 가을 독사는 아주 위험하기 때문이다.

처연한 가을 햇살이 마루 깊숙이 내려앉았다. 오늘은 일요일이라 복자는 마루에 앉아 저 아래쪽 마을로 들어서는 오솔길을 습관처럼 바라보고 있다. 그런데 멀리서 국방색 옷을 입은 사람이 양팔에 목발을 짚고 마을을 향해 오르고 있는 것이 아닌가!

복자는 기절할 듯한 목소리로 외친다.

"아버님! 어머님! 저기 누가 오고 있어예! 목발을 짚고 군복을 입은 것 같아예!"

"뭣이라! 군복을 입었다고?"

그러나 복자는 이미 산 아래로 정신없이 뛰어 내려가고 있다.

'혹시 영복이 아버지인지도 모른다. 상이군인이 되어 집으로 오는 모양이다. 그래, 우리 영복이 아버지가 죽을 리가 없지.'

허겁지겁 뛰어 내려가던 복자의 눈에 들어온 사람은 남편과는 사뭇 달라 보인다. 그러나 낯선 사람은 아닌 것 같다.

"아이고! 이게 누구시라예! 준식이 아저씨 아입니꺼? 아이구! 세상에! 이 몸으로 여기까지! 참말로 반갑네예! 어서 올라가입시더! 우리 아버님이랑 어머님이 보시면 올매나 반갑다고 할낍니더. 눈물이 다 나네예."

"아~! 제수씨! 살아 있어서 참말로 고맙십니더! 이게 올매 만입니꺼."

"아버님, 어머님, 잘 계시지요?"

"예! 우리는 그냥 이럭저럭 산다 아입니꺼?"

"땅에 돌이 많십니더! 살살 가입시더! 우짠다고 이리 마이 다칬십니꺼? 그라고 얼매나 고생이 많았십니꺼?"

"내보다 제수씨가 얼마나 마음고생이 심합니꺼?"

준식이는 한쪽 다리를 절단하고 목발을 짚고 가현 부락에서 이곳까지 걸어서 온 것이다. 그리고 술이 많이 취해 있다.

"아이구! 준식이 아이가? 이게 얼마 만이고? 어서 오이라."

"어머님! 아버님! 그간 무고하십니꺼? 일찍 찾아뵙는다는 것이 몸이 이리 돼서 차일피일 미루다 이제야 왔십니더! 용서해 주이소."

"용서라니! 내 니를 보니 우리 강호를 본 것같이 반갑다. 그래도 그 정도 다친 것이 불행 중 천만다행이다."

"저기 올라오다 태산이 집을 보았십니더! 제가 태산이를 죽인 거라예! 으흐흑."

"울지 마라! 누구의 잘못도 아니다. 다 때를 잘못 타고난 운명이란다."

복자는 시원한 샘물에 꿀을 타서 준식이에게 갖다주었다.

준식이는 울다 그치다 말을 이어가지 못한다.

"강호는 아직도 소식이 없십니꺼?"

"그래! 벌써 전쟁이 끝난 지가 2년이 넘었는데 아무런 기별이 없단다."

"아버님! 어머님! 강호는 절대로 죽을 아이가 아닙니다! 저도 이리 살아 있는데 강호는 저보다 더 강한 사람입니더! 꼭~ 살아서 집에 올낍니더."

"그래, 고맙다! 그런데 자당도 돌아가시고 우찌 살고 있네?"

"저는예 살아도 사는 기 아입니더! 다리병신이 무엇을 할 낍니꺼? 나라에서 나오는 연금 가지고는 열흘도 못 삽니더! 시집 올라쿠는 처니도 없고 집이 산골짜기에 있다 보니 어디 마음대로 다닐 수도

없고 참말로 살고 싶은 마음이 하나도 없십니더! 그라고 태산이 생각만
하몬 미치것어예! 그때 내가 총을 먼저 쏘지 말고 손 들엇! 했으면
안 죽었을지도 모릅니더!"

"준식아! 너무 자책하지 마라! 이기 다 시대적인 운명인기라."

"그라고예! 정태는 남도부(南到釜) 사령관이라고 하는 하준수를
따라 지리산을 거쳐 태백산 일대에서 게릴라가 되었다는 소문까진
들었는데, 남도부는 작년 1월에 대구에서 체포되어 금년 8월에 사형을
당했다 아입니꺼! 그런데 정태는 우찌 되었는지 아는 사람이 아무도
없는 기라예! 또 그 유명한 남부군 사령관 이현상도 재작년인 53년
9월 18일에 하동군 화계면 대성리 의신마을 빗점골에서 우리 토벌대에
사살되어 이제 빨갱이들은 씨가 말라 버렸십니더! 이제 전쟁도 끝났고
빨치산도 토벌되었는데, 우리 친구들은 다 어디로 갔는지 저만 한쪽
다리를 잃고 고향으로 돌아왔으니 참말로 기가 막힙니더!"

"준식아! 니라도 이리 살아 있으니 얼매나 다행이고! 참으로 반갑다.
절대로 다른 마음 묵지 말고 이를 악물고 친구들 몫까지 살아다오!
내 강호 아비로서 진심으로 부탁한데이."

준식이는 마당에 놀고 있는 영복이를 바라본다.

"영복아! 이리 와봐라."

영복이는 멀뚱거리다 엄마가 눈짓을 보내자 준식이한테 슬며시
다가간다.

"이놈, 참 잘생겼다. 청성시리 저 아버지 닮았구나! 영복아! 공부
잘하나? 너의 아버지는 정말 훌륭한 분이란다. 전쟁터에서 적군을
엄청나게 무찔렀단다. 너도 커서 나라를 위하여 큰일을 하거라! 알것
나?"

"예~"

영복이는 생전 처음 보는 낯선 아저씨로부터 훈육을 듣자 마지못해 어정쩡한 대답을 한다.

"제수씨! 강호는 꼭 살아서 집에 올낍니더! 그때까지 영복이를 훌륭하게 키워 주이소!"

준식이는 울다가 그쳤다를 반복하면서 두어 시간 머물다 해가 저물기 전에 집에 가야 한다며 마을을 내려갔다. 가면서도 자꾸 뒤를 돌아보았다. 목발을 짚고 비틀거리며 떠나간 오솔길에는 계곡의 물소리만 처량하게 들려온다.

복자네 식구들은 갑자기 찾아온 준식이에게 밥 한 끼도 제대로 대접하지 못한 아쉬움과 함께 초라하게 변해 버린 준식이의 뒷모습이 자꾸만 눈에 아른거렸다.


준식이가 내려가고 다음 날 아침 해가 떴다. 그런데 오늘따라 싸락눈이 내린 왕등재에 까마귀 떼들이 새카맣게 맴돌며 울고 있다.

"음~ 왕등재에 짐승이 죽었나~ 와 저리 까마귀 떼들이 난리고."

영복이 할아버지는 아침 일찍 일어나 시끄럽게 울고 있는 까마귀들을 바라보며 혼잣말을 한다.

반나절이 지났다. 복자는 점심을 먹고 마당에 낙엽들을 쓸고 있다. 그런데 오봉계곡을 따라 순경과 사람들이 왕등재 방향으로 가고 있는 것이 눈에 띈다.

"아버님! 아무래도 왕등재에 무신 일이 일어났는가 봅니더."

"순경이 가는 걸 보니 빨치산이 잡혔나! 거참 이상하네! 내가 한번 내려가 봐야 되것다."

영복이 할아버지는 기침을 심하게 하면서도 산 아래로 내려갔다. 마침 거적과 지게를 진 방실동네 청년이 몇 명 가고 있다.

"여보게! 왕등재에 무신 일이 일어났는가?"

"아~ 약초 캐는 사람이 왕등재에 갔다가 상이군인이 소나무에 목을 매어 죽었다 캐서 지금 시신을 거두러 갑니더!"

"뭣이라! 상이군인이? 아이구! 준식이 이놈이 기어이 귀한 목숨을 끊었구나! 아이구! 불쌍한 놈! 내가 아무래도 어제 낌새가 이상하여 모질게 살라고 그렇게 신신당부를 했는데! 아이구우~! 지보다 더한 사람도 살고 있는데…… 참 아까운 청춘이 또 한 사람 떠나갔구나! 그리고 보니 이놈이 어제 우리한테 마지막 인사하러 왔구나! 아~이~ 구! 불쌍한 놈~."

준식이는 빨치산 토벌에서 친구인 태산이를 사살한 죄책감과 부모에게 못한 불효, 그리고 전투에서 한쪽 다리를 잃은 데다 장가는 고사하고 생계마저 어려워지자, 삶의 의욕을 상실하고 좌절과 우울증에 시달리다 급기야 지리산 왕등재에서 한 많은 인생을 마감하고 말았다.

# 30
# 오봉리의 겨울은 너무 추웠다

6. 25전쟁이 발발하자 복자네는 친정이자 고향인 산청군 생초면 계남리로 피난을 갔으나, 3년간의 전쟁이 끝났는데도 복자의 남편이 돌아오지 않자 동네 아낙들은 복자의 앞날을 걱정하는 것인지 비아냥거리는 것인지 모를 희한한 말들을 쏟아냈다. 근거 없는 소문에 견디다 못한 복자는 친정 동네를 떠나 산청군 금서면 오봉리 시댁으로 돌아온 지 벌써 2년이 다 되었다. 그동안 남편의 소식은 감감하였으나 아들 영복이는 초등학생이 되었다. 시아버지는 무엇을 숨기는지 통 말씀이 없으신 데다 술과 담배로 하루를 보내기 일쑤였다.

영복이 할머니와 복자는 그래도 살아야겠다며 산등성이의 밭에 나가 고구마도 캐고 옥수수도 거두어들였다. 또 틈틈이 약초도 캐러 다녔다. 그런데 금년 겨울은 예년에 비해 빨리 다가왔다. 동지를 앞두고 오봉천은 벌써 꽁꽁 얼어붙어 물소리조차 들리지 않는다. 눈이 사흘 동안 쏟아지더니 온 산야가 백색의 천국으로 변하고, 소나무는 설해를 입어 부러지거나 찢어져서 여기저기 널브러져 있다. 그런가 하면, 대나무는 눈에 못 이겨 하얀 무지개처럼 휘어져 있다.

식구들은 싸리비로 마당의 눈을 쓸어 보았지만, 쏟아지는 눈이 감당이 안 된다. 밤새도록 문풍지 우는 소리에 잠을 설친 복자는 일찍이 시아버지 미음을 쑤어 방으로 들어갔다. 그동안 복자는 시아버지의 병환에 좋다는 온갖 조약과 민간요법 등 극진한 정성을 다했으나, 병세가 호전되기는커녕 이제는 식음도 어려운 지경에 이르렀다. 영복이 할머니도 영복이 할아버지의 쾌유를 위해 사방천지 신들에게 손발이 닳도록 빌었지만, 병세는 날로 깊어만 간다.

그런데 오늘 아침에는 정신을 차린 영복이 할아버지가 물을 조금 마시더니 식구들을 방으로 들어오라 한다.

"아가! 가까이 앉아라! 그리고 할멈도 이리 오소."

영복이도 할아버지 머리맡에 앉는다. 영복이 할아버지는 피골이 상접한 얼굴이었지만 정신만은 아직 또렷하다.

"내~ 이제 살날이 어~르마 남지 않은 것 같다. 내 나이 육십이 넘었으니 그래도 이~ 난리통에 오래 살았다고 보~온다. 구한말에 태어나서 왜놈에게 나라가 뺏기는 것도 보았고, 또 큰 전쟁을 두 번이나 겪었다 아이가! 우찌 보면 참 기구한 시대에 살았다고 볼 수 있단다. 그런데 내가 참말로 가슴이 아픈 거는 우리 강호가 없다는 것이다. 이놈이 부모가 살아 있는데 지가 먼저…… 오데로 갔단 말이고! 아가야! 니를 볼 때마다 불쌍해서 할 말이 없다. 또 이 깊은 산골짜기에 와서 지금까지 살아주니 참말로 고맙구나! 그렇지만 사람이 산다는 것은 희망이 있기 때문이란다. 이제는 그 희망을 영복이한테 걸어라! 반드시 좋은 날이 있을 끼다. 마음을 그리 묵으면 만사가 편해질 끼다. 한 가지 미안한 거는 우리 영복이한테 물려줄 재산이 별로 없다는 기다. 이것이 마음에 걸리지만 어쩔 수가 없구나! 그리고 영복이가 커서 도시로 나가면 아가 니도 이 산속을 벗어나거라! 오~지 않는 사람 기다리지 마~알고~~ 이~제 말할 히~ㅁ이 없~ 구~ 나."

"아버님 말씀 가슴속 깊이 들었십니더! 그리고 어머님하고 저는 여기서 죽을 때까지 살 낍니더! 그라이 너무 걱정하지 마이소."

"고~오 맙다~! 그리고 영복이 할~매! 지난 세~에월 참 고생 많이 했소! 그저 고마운 마음 뿐~이~요! 미안하오~."

"영복이 할배요! 어서 훨~훨 털고 일어나이소 와~ 이리 떠날 사람같이 말을 하는기요!"

영복이 할아버지는 숨을 내뱉다가 더 이상 말이 없다.

그리고 이틀 후, 삭풍이 몰아치는 소한 추위에 이 세상을 영원히 하직하고 말았다. 참으로 추운 날이었다.

# 31

# 꽃은 피고 지고

## 1960년 5월

　영복이는 벌써 초등학교 6학년이다. 이제 제법 쫄랑쫄랑 혼자서 학교도 잘 다녔다. 공부도 반에서 지난 학년까지 계속 우등상을 타왔다. 오늘은 친구들이랑 삐리(삘기)를 뽑아 먹고 오디를 따먹었는지 입 주변이 보라색으로 물들어 집으로 돌아왔다. 집에 오자마자 가방을 마루에 집어 던지고 누렁이와 함께 조그만 막대기를 들고 집 앞 풀숲으로 뛰어간다. 그리고 싸리나무 밑에 쭈그리고 앉더니 막대기 끝을 땅바닥에 탁! 탁! 치는 게 아닌가! 누렁이는 영복이를 친구로 착각하는지 앞발로 영복이의 등을 한번 툭! 치더니 숲속으로 쏜살같이 달려 나갔다 되돌아오는 진풍경을 연출하고 있다. 참 가관이다.

　복자는 친정을 떠나올 때 복돌이 새끼 한 마리를 가져왔는데, 이놈의 자손들이 클수록 물건 행세를 하니 짐승인지 사람인지 분간이 안 되었다. 그런데 영복이가 작대기를 땅에 툭툭 치자 순식간에 풀숲에서 개구리 몇 마리가 튀어나왔다. 이때 영복이가 막대기를 높이 들어 개구리의 엉덩이를 탁! 때리니 갑자기 개구리가 입을 쫘~악 벌리는가 싶더니 엉덩이를 높이 쳐들고 앞다리 뒷다리를 쭉 뻗어 버리는 게 아닌가! 벌써 여러 마리가 같은 동작으로 뻗어 있다. 거기다가 누렁이마저 이 개구리들을 앞발로 이리저리 굴리니 그야말로 개구리의 수난이 말이 아니다. 그러나 영복이는 히죽히죽 웃으며 더욱 재미있게 개구리들을 꼬여 낸다. 세게 맞은 개구리는 영~ 회복이 더디다.

"영복아~ 어서 저녁 먹어라아~"

영복이 할머니가 사랑스런 손자를 정겹게 부른다.

"할매! 지금 개구리 기합 주고 있어예."

"개구리가 말을 못해서 그렇지 올매나 아픈지 아나! 고만하고 밥 묵어러 오이라."

"누렁아! 가자! 할매가 밥 묵어로 오라쿤다! 히히."

영복이가 가고 난 뒤에도 개구리들은 한참 동안 엎드려 뻗쳐를 하고 있었다.

복자네 세 식구는 텃밭에서 농사를 짓고 약초 등을 내다팔아 그럭저럭 평범한 일상을 영위하고 있다. 작년 추석 때 몰아닥친 사라호의 태풍 피해도 이제 거의 아물고, 복자는 인생의 나약함을 털고 세 식구가 굳세게 살자고 다짐하였다.


전쟁이 끝난 지 벌써 7년이 지났다. 온 산야에는 봄이 한참 무르익어 간다. 계곡 옆의 버드나무는 봄바람에 잎들이 하얗게 팔랑거리고 오리나무는 진한 향기를 물씬 내뿜었다. 뱁새들은 떼를 지어 이 나무 저 나무 사이를 정신없이 날아다니고, 이슬 맺힌 거미줄에는 이상한 곤충 한 마리가 오도 가도 하지 못하고 거미의 집중 공격을 받고 있다. 자연의 섭리란 천년이 가도 변함이 없다.

12년 동안 장기 집권을 한 이승만 대통령은 3월 15일 제4대 정·

부통령 선거에서 부정투표를 자행했다. 그리하여 이를 규탄하는 학생들의 시위가 전국에서 일어났다. 그런데 마산에서 4월 11일 실종되었던 김주열이 눈에 최루탄이 박힌 채 바다에서 떠오르자, 이에 분노한 시민과 학생들의 시위가 극에 달했다. 바로 4.19 학생 혁명이 일어난 것이다. 이에 위기감을 느낀 이승만 대통령은 미국령 하와이로 망명길에 오르고, 4월 28일에는 이기붕 부통령 일가가 양아들인 이강석 육군 장교에게 모두 피살되는 참극이 벌어졌다.

# 32
## 5.16 군사혁명

영복이는 이제 어엿한 중학생이 되었다. 산청군 금서면 화계리에 있는 경호 중학교에 당당히 입학하였다. 영복이 할머니와 어머니는 교복을 입은 늠름한 손자와 아들을 보고 기분이 한없이 좋았다. 키도 크고 얼굴 생김새는 지 아버지의 판박이다. 복자는 아들의 자라는 모습을 보고 차츰 남편의 그림자에서 벗어나기 시작하였다.

오늘은 산청면 장날이다. 새벽 네 시경에 출발해야 오전 시장에 도착할 수 있기 때문에 복자는 마을 사람들과 일찌감치 마을을 떠났다. 머리에는 지난 가을 산에서 채취하여 말린 석이버섯, 능이버섯, 영지 그리고 고목나무에서 채취한 목청 한 되를 자루에 넣어 단단히 묶은 후, 똬리를 얹은 머리에 이고 빠른 걸음으로 산속을 빠져나왔다. 아직도 이산 저산에는 작년 사라호 태풍의 상처가 벌겋게 남아 있다.

복자는 오전 여덟 시경 산청면의 장에 도착했다. 가져온 물품이 일반 농산물보다 희귀한 버섯과 토종꿀이라 거래도 수월하고 값도 제법 받았다. 장에 오니 옛날에 꽃댕기 휘날리며 어머니를 따라 경호강 변을 걸었던 생각이 난다. 그리고 친구인 길녀도 생각난다. 참으로 그리운 얼굴들이다.

'그런데 길녀는 지금쯤 살아 있을까? 살아 있다면 어디에서 무얼 하고 있을까! 보고 싶다.'

그때나 지금이나 경호강은 말이 없고 유유히 흘러만 가고 있다. 복자는 장거리를 팔고 시어머니의 여름옷 한 벌과 영복이 공책과 운동화도 샀다. 그리고 복자 자신의 고무신도 한 켤레 샀다.

오후 두 시경이면 집으로 가야 한다. 그래서 점심을 먹으러 국숫집으로 들어갔다.

"아~ 이번에는 서울에서 군인들이 들고 일어났단다."

"뭣이라! 군인들이 일어나면 전쟁 아이가?"

"그기 아이고 아까 조금 전에 방송에는 군사혁명이라 카드라."

"지난번에는 4.19혁명이라 쿠더마는 이번에는 군사혁명?"

"맞다. 정치가 하도 썩어서 이번에는 군인들이 참다못해 일어났단다."

"그~참! 군인들이 혁명을 일으키면 나라는 누가 지키노?"

"나라를 지킬라고 일어났단다."

"그라모 현재 장면 총리는 우찌되는 기고?"

"내가 아나! 아마도 쫓겨났것지 뭐."

"온제 일어났다 쿠데?"

"몰라! 아까 방송에 오늘 새벽이라 쿠더라."

"작년에는 학생들이 정부를 무너뜨리고, 또 이승만 대통령은 하와이로 도망가고, 새로 들어선 정부는 데모에 휩싸이고, 거기다가 지난 추석에는 사라호 태풍이 남쪽을 싹 쓸어버리더니, 이번에는 군인들이 확 쓸어 버렸는가베?"

복자는 국수를 주문해 놓고 기다리다 희한한 소식을 듣고 있다.

복자가 사는 마을에는 전기도 없고 라디오도 없어 나라의 소식은 장에 와야 들을 수 있다. 그런데 오늘 소식은 무엇인지 잘 이해가 되질 않는다. 그저 막연히 군인들이 정권을 잡았다, 이 정도만 이해가 된다. 복자는 마을 사람들과 부지런히 집으로 왔다. 마을 사람들도 서울에 변고가 일어났다는 소식을 들었단다.

"어머님! 장에 갔다 왔심니더."

"오냐! 고생했다. 다리 아프제? 내 저녁 해났다. 영복이도 집에 왔다, 같이 묵자."

"영복아! 니 공책 사왔다. 이리 오이라."

복자는 시어머니의 옷과 영복이 공책 그리고 거리빵(국화빵)도 꺼낸다.

"아이구! 색깔 곱다. 요새 새로 나온 옷감이가! 참 부드럽네! 이거 안 비싸더냐?"

"꿀값을 많이 받았어예."

"그래, 고맙다. 그런데 동네 할매들이 부러워하것다."

영복이 할머니는 새 옷을 보자 즐거운 표정을 감추질 못한다.

"엄마! 오늘 학교에서 서울에 군사혁명이 났다 쿠더라."

"니도 들었나! 나도 오늘 산청 장에서 들었다."

"그기 무신 소리고?"

영복이 할머니가 군사혁명 소리에 또 전쟁이 난 줄 알고 깜짝 놀라는 모습이다.

"할매! 그기 아이고 날마다 학생들이 데모하고 나라가 시끌시끌 한께네 군인들이 참다못해 정권을 잡았단다."

"그라모 국민들은 우찌 되는 긴데?"

"그건 나도 모른다."

1960년 4.19혁명 이후 정부는 의원 내각제 중심으로 대통령에 윤보선, 국무총리에는 장면이 제2공화국을 이끌어 가고 있었다. 그런데 집권 민주당은 9개월 동안 신·구파로 양분되다가 급기야는 분당의 파국에 이르렀다. 그리고 사회에는 용공적 통일론이 확산하는가 하면, 연일 계속되는 데모는 그칠 줄을 모르고 세 차례나 내각 개편이 단행되었다. 그래도 정국은 좀처럼 안정을 되찾지 못하는 혼돈의 시대를 헤매고 있었다.

이때 이 불안한 정국을 보지 못한 군은 1961년 5월 16일 새벽을 기하여 박정희 소장을 필두로 군사혁명을 일으키고 말았다.

혁명정부는 1962년 6월 10일 통화개혁을 실시하여 화폐가 10:1 비율로 단위는 환(圜)에서 원으로 바뀌었다. 그리고 1963년 10월 15일 실시된 제3대 대통령에 박정희 국가재건최고회의 의장이 당선되었다.

영복이는 벌써 중 2를 거쳐 머지않아 고등학교에 진학할 시기가 도래하였다. 담임선생은 실업계 고등학교로 진학을 권유했다. 5.16군사혁명 이후 제3대 대통령에 당선된 박정희는 조국 근대화란 미명 아래 국토건설, 경제발전, 새마을 사업, 수출만이 살길이라고 주장했다. 또 '싸우면서 건설하자!' 등, 날마다 새로운 구호를 제창하며 온 국민을 숨 가쁘게 일깨웠다. 특히 실업계 교육기관에는 대폭적인 교육 예산을 지원하여 장차 이 나라의 기능인력 양산에 치중하였다. 영복이도 고민에 빠졌다. 본인은 공부를 더하여 대학에 진학하고 싶었기 때문이다.

# 33

# 새소리 물소리 바람소리

여름 방학을 맞은 영복이는 아침 일찍 일어나 뒷산의 염소들을 풀이 많은 다른 장소로 이동시키고 참깨밭에서 해충인 노린재를 잡았다. 중복을 넘긴 한여름 뙤약볕은 소금 땀으로 변하여 온몸에 비 오듯 흘러내린다. 더위에 지친 영복이는 밭에서 집으로 내려왔다. 우선 물 한 바가지를 퍼마신다. 감나무 아래 돌샘에서 솟는 석간수는 오장이 시원하다 못해 이가 시리다.

그리고 토끼장으로 가서 친칠라 한 쌍에게 싱싱한 풀을 한 움큼 들이밀고는 청마루에 등을 눕힌다. 시원한 마룻바닥의 감촉이 등으로 전해져 온다. 팔베개를 한 채 마루 천정을 보니 벽에 걸려 있는 부모님의 결혼사진이 눈에 들어온다. 매일 보는 사진이지만 오늘따라 새로운 모습으로 보인다. 어머니의 얼굴은 지금과 비슷하다지만 아버지는 꼭 영복이 자신을 보는 것만 같다. 자기와 너무나 닮았다.

아버지는 살아 계실까! 어머니는 아버지가 죽지 않았다면 언젠가는 돌아오실 거라고 말씀하시지만 영복이는 날이 갈수록 아버지의 생존에 희망을 걸지 않았다. 요즈음 영복이는 아버지 생각이 자꾸만 난다.

머지않아 고등학교 진학을 앞두고 누구와 딱히 의논할 상대도 없고 유능한 친척도 없다. 선생님은 국가의 정책이 기술입국을 주창하니 공업계 고등학교가 전망이 밝다고 하신다. 그러나 영복이는 실업계보다 인문계를 지망하고 싶다. 그러나 지금의 집안 형편은 대학 진학이란 꿈에서나 실현 가능할 것이다. 뒷산 중턱의 한 마지기 밭뙈기는 식구들 식량 해결도 하지 못한다. 그저 철 따라 채소나 고구마, 감자를 심어 겨우 반찬과 구황 작물을 경작할 뿐, 큰돈을 생산하는 터전은 못 되었다. 거기다가 어머니는 농사일이 익숙지 못해 다른 농가에 비해 수확도 적고, 정정하던 할머니는 작년 겨울부터 갑자기 치매 증상이 나타나 지금은 가족도 분간하지 못할 정도로 병세가 악화일로에 있다.

다행히도 지금은 방학이라 어머니는 영복이에게 할머니의 간병을 맡기고 짬짬이 마을 사람들과 약초 캐러 다니는 중이다. 산청군 금서면의 왕산(王山) 일대에는 지리산의 정기를 이어받아서 그런지 예부터 약초의 보고로 소문이 나 있다. 심장병에 좋다는 천삼, 간장에 특효라는 신선초, 소변을 원활히 한다는 구찌뽕, 대장염에 좋다는 고삼, 또 항암작용이 탁월하다는 상황버섯, 흰머리를 검게 한다는 하수오 등, 그야말로 귀한 약초가 수두룩하다.

오늘 영복이 어머니는 가까운 금서면 화계장에 약초를 팔러 갔다. 판매 가격은 약간 싸지만, 외지에서 약초 수집꾼이 오기 때문에 판매가 수월하다. 이것이 집안의 유일한 수입원이다. 나라에서 지급하는 원호금은 큰 도움이 되질 못한다. 집안 형편이 이렇다 보니 영복이는 앞으로의 진로에 고민이 깊어만 간다. '이럴 때 아버지만 계셨더라면!' 하는 생각을 수없이 하곤 한다. 뙤약볕에 달구어진 마당의 후끈한 열기가 마루까지 올라온다.

산 위에서 칡꽃 향기를 물씬 품은 시원한 바람이 돌담을 돌아 마당으로 불어온다. 어디선가 호랑나비 한 마리가 담장 너머에서 날아와 봉숭아꽃에 살며시 앉았다가 참나리꽃으로 옮겨 간다. 연이어 새까만 제비나비 두 마리가 이 꽃 저 꽃을 춤추듯 날아다닌다. 그런데 나비를 따라왔는지 똥파리 한 마리가 끈적끈적한 영복이의 얼굴에 앉았다 날았다를 반복하며 집요하게 약을 올린다. 거기다가 윙~ 윙~ 소리마저 귀를 거슬리며 영복이의 신경을 곤두세우게 한다. 빵! 참다못한 영복이의 손바닥이 일격을 가했으나, 파리의 행방은 묘연한 채 얼굴에 열기만 더해 간다. 기분이 상한 영복이는 마루에서 일어나 주위를 둘러본다. 누렁이는 어디를 쏘다니다 들어왔는지 사지를 뻗고 감나무 밑에서 팔자 좋게 자고 있다. 개 팔자 상팔자라더니 이럴 때 쓰는 말인가 싶다.

풀숲에서는 여치 소리가 잔잔하게 들리면서 그나마 영복이의 마음을 차분하게 달래준다. 영복이는 다시 마루에 드러눕는다. 그런데 먼 산에서 참매미 한 마리가 슬슬 선창을 하는가 싶더니 갑자기 부근 매미들이 순식간에 따라 울어 온 산이 매미의 합창으로 변한다. 사이렌 소리는 비교도 안 될 만큼 요란하다. 영복이는 매미 소리에 짜증이 극에 달한다. 거기다가 대숲의 비둘기마저 매미 소리 중간중간에 박자를 맞춰 울어대니 영복이는 무덥고 습한 여름이 정말 싫다. 밤이 되면 매미 대신 모기가 극성을 부린다. 하루종일 땀에 젖은 러닝셔츠는 갈아입을 여유조차 없다. 게다가 방에서는 아까부터 노래도 아니고 염불도 아닌 할머니의 중얼거림이 영복이의 마음을 더욱 심란하게 하고 있다.

"영복아! 이것 좀 받아라! 무거워 죽것다."

아침 일찍 금서면 화계장에 갔던 어머니가 점심때가 되어 집으로 돌아왔다. 누렁이가 주인의 목소리에 번개같이 일어나 꼬리부터 흔들어 댄다.

"할매는 방에 계시나?"

"예."

"내 화계장에서 갈치 사왔다. 점심때 갈치국 묵자. 어머이! 장에 갔다 왔심니더."

"누고! 우리 강호가 왔다고."

이제 영복이 할머니는 영복이를 보고 강호라고 하고, 며느리는 아지매라고 부른다. 그리고 계속 두 손을 비비며 무어라고 중얼거린다. 오랜 세월 아들이 살아 돌아오라고 신령님께 빌다 보니 습관이 되어 버린 모양이다. 음식도 제대로 섭취하지 못하고, 정신마저 온전치를 못하니, 아마도 할머니의 여생이 멀지 않았음을 느끼게 된다.

영복이 엄마는 장에서 국수와 미숫가루 그리고 영복이의 검정 고무신과 러닝셔츠를 사 왔다. 할머니의 기저귀 감으로 광목도 두 마 정도 사 왔다.

"영복아! 니 요새 고민이 있나? 엄마가 본께네 좀 이상하데이."

"고민은 무신 고민, 더워서 그렇지."

점심을 먹은 복자는 마루에 앉아 먼 산을 보고 있는 아들의 행동에 무언가를 느끼고 있다.

"와? 고민이 있으면 엄마한테 말해 봐라."

"엄마한테 말해서 될 일이 아이다."

"무신 일인데 그리 심각하노?"

"선생님이 방학이 끝나면 자기 진로에 대해서 결정을 하여 오라 쿠더라."

"무슨 진로? 고등학교 말이가?"

"그렇다."

"니는 어떤 생각을 하고 있노?"

"내 생각이야 인문계 고등학교를 가서 대학에 가는 기 꿈인데 우리 집 형편에 진짜 꿈같은 이야기지 뭐."

"선생님은 뭐라카데?"

"선생님은 앞으로 우리나라가 발전하려면 기술자가 많이 나와야 한다며 공고를 가는 기 좋다 쿠더라. ……공고를 가든 인문계를 가든 일단은 객지에 가야 하는데 우리 집 형편에 학비랑 하숙비가 오데서 나올 끼고?"

"너희 반에서 고등학교에 몇이나 간다쿠데?"

"세 명밖에 안 된다."

"그들은 다 어디로 가는데?"

"인문계 둘, 한 명은 실업계로 간다 쿠더라."

"아직 영복이 니는 고등학교 갈려면 일 년 정도 남았으니 그리 급한 거는 아니다. 엄마가 좀 생각을 해볼 테니 니는 어디를 가든 우선 공부만 열심히 해라! 현재로선 이 방법이 제일 좋을 것 같다. 알것제?"

"알았다."

복자는 아들 영복이를 다독거리고 헛간에서 호미를 들고 뒷산으로 올라간다. 오늘따라 발걸음이 천근같이 무겁다. 복자는 산마루에 앉아 앞산의 왕등재를 바라본다. 한숨이 절로 나온다. 아들을 무슨 수가 있는 양 달래긴 하였지만, 지금 형편은 영복이 생각과 별반 다를 바 없다. 오늘따라 남편 강호가 너무나 그립다. 눈물이 자꾸 흘러내린다. 하나밖에 없는 아들의 진학을 어떻게 해결해야 좋을지 왕등재도 부근의 산들도 답을 주지 못한다.

# 34

# 길고도 무서웠던 오봉리의 밤

유난히도 무덥고 지루했던 여름은 벌써 깊은 겨울 속으로 들어갔다. 얼어붙은 경호강은 물소리도 멈춘 채 청둥오리 몇 마리만 모래톱에 앉아 날개를 말리고 있다. 강변의 누런 갈대는 찬바람에 칼소리를 내고, 무성했던 아카시아 잎들은 어디로 갔는지 그나마 몇 남지 않은 잎들은 말라비틀어진 채 가지 끝에서 위태로이 달랑거리고 있다. 복자는 아들의 학자금 마련을 위해 오늘 산청장에 갔다 오는 길이다. 염소 한 마리를 팔러 갔는데, 해가 저물어서야 겨우 팔았다. 급히 시장을 본 후, 함양행 막차를 겨우 타고 오다가 생초에서 내려 나룻배로 경호강을 막 건넜다.

그러나 오봉리 집까지는 서너 시간을 더 가야 한다. 해가 지니 찬바람이 목덜미 속으로 파고든다. 무명 치마저고리에 해진 고무신은 발바닥을 아리고 시리게 한다. 거기다가 차가운 모래바람이 허기진 얼굴을 후려치며 지나간다. 복자는 무명 수건으로 얼굴을 감싼다. 살얼음이 언 경호강엔 뿌연 흙먼지가 연기처럼 피었다 사라지고 하늘에는 기러기 떼가 슬피 울며 날아간다.

지금 복자는 석양을 등에 지고 고향 생초의 피안을 지나가는 중이다. 강 건너 언덕을 바라보니 그 옛날 나룻배를 향해 시집가는 딸에게 손을 흔들어 주던 어머니의 모습이 선명히 떠오른다. 하얀 무명옷이 바람에 날리는 옷고름도 눈에 아른거린다. 그러나 잠시의 환영에 지나지 않는다. 그때나 지금이나 경호강은 변함없이 흐르건만 지금 어머니가 서 있던 저곳에는 쌀쌀한 바람에 스치우는 갈대 소리만 서걱거린다. 복자는 석양에 물든 고향 하늘을 바라보며 흐르는 눈물을 옷소매로 닦는다.

어디서인지 들려오는 동박새 울음소리마저 복자의 마음을 더욱 슬프게 한다. 어둠이 내려오는 지리산 천왕봉에는 아까부터 시커먼 구름이 삿갓처럼 앉아 있다. 아마도 저곳에는 눈이 오고 있는 모양이다. 복자는 발걸음을 재촉한다. 어두운 산길을 가자면 눈이 쌓이기 전에 집으로 가야 한다.

복자는 아들의 진로 문제로 지난 여름부터 하루도 마음 편할 날이 없었다. 어찌 되었든 이제는 결론을 내릴 때가 되었다고 생각했다. 모든 일은 경제적인 뒷받침이 되어야만 가능하지만, 지금 형편으론 아들의 대학진학은 사실상 불가능하다. 처음에는 진주로 나가 장사라도 하면서 아들 학비를 조달해 볼까도 생각하였지만, 장사는 고사하고 밑천도 없다. 또 치매에 걸린 영복이 할머니의 병 수발은 답이 나오질 않는다. 그것보다 혹시나 남편 강호가 살아서 오봉리로 올지도 모른다는 일말의 희망도 잠재해 있다.

지난날 한쪽 다리를 잃고 목발로 찾아온 준식이 아저씨의 모습이 어른거려 자기 남편도 그렇게 찾아올 수 있으리라는 꿈같은 생각을 한시라도 저버린 적이 없다. 그나마 여기서는 염소와 약초라도 팔면 생계 걱정은 덜 되지만, 만약 타지에 나간다면 이마저도 단절되고 말 것이다. 그렇다고 아들을 고학시킬 생각은 꿈에라도 생각지 않았다. 그렇다면 위험이 수반되는 공업계보다 상고로 보내 은행이나 사무직으로 취직하는 것이 순탄하리라는 결론에 도달했다. 그러나 아무리 아들이지만 엄마의 생각을 따라주지 아니하면 보통 일이 아니다. 진주에는 공립인 진주고등학교와 진주농고, 그리고 진주공업고등학교가 있다. 진주고는 인문계라 대학을 보내야 할 것이고, 공고와 농고는 외아들이 위험직종에 종사하는 것이 내키지 않는다. 그렇다면 상고가 있는 부산으로 보내야 한다. 문제는 시골 중학교에서 부산으로 갈 학업성적이 되는가가 문제다. 과연 가능할까? 만약 부산에 간다면 한 달 하숙비가 삼천 원 정도는 될 것이다. 하숙비는 매달 염소를 한 마리씩 팔면 가능할 것 같다. 갑자기 복자의 마음이 가벼워지고 걸음걸이가 빨라진다.

아까부터 찌푸렸던 하늘에서 드디어 눈발이 휘날리기 시작한다. 처음에는 진눈깨비가 슬금슬금 오더니 갑자기 함박눈으로 변한다. 경호강을 벗어나니 엄천강이 흐릿하게 보인다. 하얀 눈은 가야금 선율을 타는 듯이 이리저리 바람에 쏠리다가 이제는 선녀의 치마를 휘감듯이 소용돌이친다. 산이고 강이고 밀가루를 뿌리듯이 하얗게 쏟아진다. 복자는 뒤를 돌아본다. 어두운 밤하늘에 하얀 눈이 목화꽃처럼 떨어지니 어린 시절 눈에 덮인 고향집이 생각난다.

머리에 이고 있는 함지에는 시어머니가 좋아하는 눈깔사탕과 영복이가 제일 좋아하는 찐빵, 그리고 소금, 밀가루, 보리쌀, 간고등어 두 마리가 함박눈으로 하얗게 덮여갔다.

복자의 걸음걸이가 더욱 빨라진다. 사방은 어둡고 눈 오는 소리만 사방사방 들릴 뿐이다. 이제 막 방실 마을로 접어들었다. 군데군데 희미한 호롱불이 켜진 초가집들이 눈에 들어온다. 다른 때 같으면 아들 영복이가 마중을 나왔을 텐데 시험 중이라 나오지 말라고 하였다. 그런데도 은근히 마음 한구석에는 기다려지는 기대감이 전혀 없지는 않다. 그때다! 복자가 마을을 막 벗어나려는 찰나, 외딴집에서 커다란 불이 하늘로 치솟는다. 바로 혼불이다. 불은 공개바위 쪽으로 스르르 날아가 버린다.

"엄마! 저기 바로 혼불인데 누가 세상을 떠났나 보네."

"이 추운 밤에 누가 죽었을까."

복자는 어릴 때 고향 마을에서 혼불을 본 이후 오늘 두 번째 불을 보게 되는 셈이다. 아버지께서도 두어 번 혼불을 봤다는 얘기를 들은 적이 있다. 혼불이 나가고 나면 반드시 그 집에는 초상이 난다는데……

복자는 어째 좀 으스스한 기운이 온몸에 솟는다. 그래도 집에는 가야만 한다. 이제 가현마을 갈림길을 지나 한 시간만 더 올라가면 오봉마을이다. 오늘따라 부엉이의 울음소리가 너무 크다. 산이 쩌렁쩌렁 울린다. 그리고 누런 담비 한 마리가 위에서 아래로 쏜살같이 내려오더니 금방 사라지고 만다. 연이어 고라니인지 노루인지 돼지 멱따는 울음소리가 산골짜기 아래로 퍼져간다. 여우도 낑낑거리며 산죽 속으로 사라졌다.

눈이 오니 산 짐승들이 발작하는 모양이다. 그런데 멀지 않은 산 위쪽에서 인기척이 전해져 온다. 복자는 순간 걸음을 멈추고 주위를 살펴본다. 틀림없이 사람의 움직임이다. 복자는 갑자기 모골이 송연해진다. 이 적막한 야밤에 더군다나 함박눈이 쏟아지는 깊은 산골에 누가 내려온단 말인가.

'도둑인가! 아니면 빨치산 잔당인가! 귀신인가.'

복자는 두려움과 무서움에 떨며 고목나무 옆으로 살며시 몸을 숨긴다. 가슴의 맥박이 뛰는지 요동을 치는지 숨조차 쉬기 어려울

지경이다. 태어나서 이렇게 무서움을 느껴본 적은 처음이다. 정신도 혼미하다. 허리에 차고 있는 복자의 쌈지에는 염소 판 돈이 들어 있고, 머리에 이고 있는 함지에는 식구들의 먹거리가 눈 속에 파묻혀 있다. 만일 도둑이라면 이 모든 것을 다 빼앗기고 또 몸까지 욕을 보게 될지도 모른다는 생각에 복자는 제정신이 아니다. 아니 죽을지도 모른다는 데 생각이 미친다.

'이 일을 우찌 할꼬! 이왕 당하는 거 내가 먼저 고함을 지르고 돌멩이를 던지면 저놈이 질겁을 해서 도망갈지도 모른다. 아니 저놈이 처음에는 놀랬다가 내가 여자라는 것을 알면 다시 공격할지도 모른다. 그리되면 나는 끝장이다. 그런데 저놈이 나를 아직 못 보았으니까 쥐 죽은 듯이 숨어 있다가 지나가고 나면 그때 도망치는 기 나을 상 싶다.'

하여간 복자는 이판사판의 경각(頃刻)에서 큰 돌멩이 하나를 움켜쥐고 나무 뒤에 숨어 벌벌 떨고 있다. 눈은 아까보다 더 많이 내리고 있다.

"퀙! 콜록! 콜록!"

얼마 지나지 않아 어떤 사나이가 구부정한 자세로 기침을 심하게 하며 내려오고 있다. 사나이는 주위에 누가 있다는 것을 아직 눈치채지 못한 것 같다. 사나이는 점점 복자가 숨어 있는 길 가까이로 내려온다. 기침을 아까보다 더 심하게 하며 계속 다가온다.

그런데 저 사람은 주위는 아랑곳하지 않고 복자가 숨어 있는 나무 앞을 지나 곧장 아래로 내려가는 것이 아닌가! 복자는 사나이의 얼굴을 보았다. 눈빛에 반사된 얼굴이 웃골에 사는 갑식이 아저씨다. 한 손에는 비닐 부대 같은 것을 들고 한 손에는 괭이를 잡고 있다. 복자는 멀어지는 사나이를 살펴본다. 그런데 그자가 가는 곳은 며칠 전에 생긴 아기의 돌무덤이 아닌가!

'저 아저씨가 심한 폐병을 앓는다 쿠더마는 이 밤중에 약 구하러 가는구나.'

복자는 기가 찼다. 그러나 한편으론 이해도 된다. 오죽하면 저런 짓을 할까! 병든 육신을 살리기 위해 벼랑 끝에서 처절한 몸부림을 쳐야 하는 갑식이 아저씨의 처지가 가엾기만 하다.

복자는 한동안 혼이 나갔다가 다시 정신을 차려 집을 향해 발걸음을 내디딘다. 오늘따라 집이 너무도 멀다. 그런데 공포의 지옥에서 벗어나기도 전에 또 희한한 일이 벌어진다. 6. 25전쟁으로 불에 탄 화림사 터를 지나려는 찰나, 무엇인가가 분명히 앞을 지나가는 인기척이 느껴진다. 틀림없이 사람인데 바람같이 사라졌다. 복자는 꿈인지 생시인지 멍하니 제자리에 멈춰버린다. 얼굴은 창백하고 비명도 나오지 않는다. 그냥 오금이 저려 다리가 움직이지 않는다. 무정한 함박눈이 정신을 잃은 복자의 얼굴을 사정없이 후려갈긴다. 그런데 얼마 지나지 않아 위쪽에서 사람을 부르는 소리가 들린다.

"둘례야~! 둘례야~아~ 이놈의 가시나가 분명히 이리로 갔는데 귀신보다도 빠르구나! 오데로 갔있고! 둘~울~례야~아!"

복자는 또 놀랐다. 둘례라는 처녀는 복자의 집과 별로 멀지 않은 곳에 사는 이웃이다. 복자는 정신을 차리고 길 가운데 섰다.

"아이구! 영복이 오메요! 우리 둘례 못 봤소?"

"금방 내 앞으로 퍼뜩 지나갔는데 저 밑으로 간 거 같십니더."

"내가 전생에 무신 죄가 많아 우리 아가 저런 병에 걸렸시꼬! 아이고, 불쌍한 우리 둘례야."

밤이 꽤 깊었는데도 산골에서 만난 둘례네 가족은 서로의 안부는 둘째치고 호롱불을 들고 오솔길 아래로 정신없이 뛰어 내려갔다.

361

복자는 아무래도 오늘밤 지옥을 헤매는 것 같다. 오봉리로 들어온 지 십 년이 지났건만 오늘같이 무섭고 긴 밤은 처음이다. 둘례라는 아이는 올해 열네 살인데, 가끔 몽유병을 앓다가 밖으로 뛰쳐나가는 바람에 한시라도 식구들이 마음을 놓을 수가 없단다. 너무나 착하고 순박한 아이인데, 하늘을 원망하는 수밖에 별도리가 없다.

복자는 드디어 오봉리에 다다랐다. 개울을 건너 언덕을 오르면 집이다. 이제야 무서움과 긴장에서 벗어났다고 생각하니 그때서야 식은땀이 등줄기에서 차갑게 느껴진다. 그리고 긴 한숨을 토해낸다. 지친 몸으로 징검다리를 건너 지은대(智隱臺) 바위 곁을 지나자 갑자기 무엇이 이상한 소리를 내며 몸을 덮치는 것이 아닌가! 복자는 소스라치게 놀라 비명을 지르면서 쓰러졌다. 함지 안에 있던 물건들이 나동그라졌다. 그런데 이게 웬일인가! 복자가 쓰러지자 누런 물체가 배 위에 올라타더니 씩씩 소리를 내며 복자의 얼굴을 마구 핥는 게 아닌가! 복자는 공포에 질려 본능적으로 물체를 밀어낸다. 그런데 손바닥에 털의 감촉이 느껴진다. 알고 보니 누렁이다. 누렁이는 하루도 빠짐없이 밥을 주던 주인의 행방이 묘연하자 오늘 낮부터 마을 입구의 차가운 바위 위에서 함박눈을 맞으며 하염없이 복자를 기다리고 있었던 것이다. 아무리 말 못하는 짐승이지만 참으로 기특하기 그지없다. 주인을 기다린 짐승을 때릴 수도 없고 욕도 할 수 없다. 참으로 무섭고 긴 밤이다.

"영복아! 니 엄마 오늘 여러 번 죽을 뻔했다."

"내가 엄마 마중 나갈라고 열두 번도 궁디를 들었다 났다 했다 아이가! 그런데 오늘따라 와 이리 늦었노."

"밤이 깊었다. 나중에 이야기해 줄게! 할매는 주무시나?"

"내가 저녁에 죽을 드렸더니 조금 잡숫고 지금은 주무신다."

복자는 아들을 보자 반갑고 여태까지 무서웠던 마음이 순식간에 사라진다. 영복이는 집에 있는 날에는 꼭 마중을 나오는 효자였으나 오늘은 예외였다.

앞으로 복자는 밤길을 절대로 다니지 않으리라 다짐하며 지친 몸을 따뜻한 구들막에 뉜다.

누렁이는 눈이 내리자 정신을 잃고 천지를 뛰고 굴리며 생난리를 치고 있다.

# 35

# 부산 사나이 영복이

## 1965년 8월

영복이는 여름 방학을 맞아 고향집에 와 있었다. 작년에 부산에 있는 명문 상고에 무난히 입학하여 방학만 되면 집으로 온다. 도시 물을 먹어서인지 하얀 얼굴에 제법 사내 티가 난다. 그리고 훤칠한 키와 외모가 날이 갈수록 아버지 강호를 닮아 간다. 그런 아들을 바라보는 복자는 너무나 흐뭇하고 또 사랑스럽다.

"아이구! 할매가 살아 계셨더라몬 올매나 좋아하시겠노."

"집에 온께네 할매가 꼭 살아 계시는 것 같더라."

영복이 할머니는 지난봄에 잠시 정신이 들어 손자가 고등학생이 되었다는 말을 듣고 감격의 눈물을 하염없이 흘렸다. 그리고 연신 허리를 굽히고 두 손을 비비며 '고맙십니더! 감사합니더!'를 사방의 신에게 고하는 것 같았다. 그리고 며느리에게도 몇 번이나 고맙다고 되뇌이다 혼절한 후 며칠 만에 세상을 떠나고 말았다. 겨우 환갑을 넘긴 나이였다. 영복이는 상주로서 할머니를 마을 사람들과 함께 뒷산 할아버지의 무덤 옆에 고이 모셨다. 또 방학이 되어 집에 오면 반드시 조부모의 산소를 둘러보는 효손이다.

이즈음 나라에서는 제1차 경제개발 5개년 계획에 박차를 가하여 2차 산업 성장에 중점을 두고 전력, 석탄 등 에너지 확보에 여념이 없었다. 또 64년 11월 30일에는 사상 처음 1억 달러의 수출을 달성하였다. 그리고 지난 6월 22일에는 1951년부터 14년간 끌어온 한·일협정이 타결되어 양국 외무장관이 7개 조의 기본 조약에 서명을 하였다. 이 과정에서 전국적인 반대 운동이 일어났으나, 정부에서는 시급한 외부 자금 확보만이 경제개발의 원동력이 된다면서 국민들을 다독였다. 그리고 월남파병 문제도 정치권의 격렬한 찬·반 속에 진통을 거듭하다가 마침내 1965년 2월 25일 비전투부대 1진이 월남으로 떠났다.

영복이도 파월 장병 환송식에 참가하려고 부산 3부두에 다녀왔다. 짙은 회색빛의 거대한 미군 수송선이 서서히 기적을 울리며 부두를 떠나가자, 보내는 자와 떠나는 자의 울음이 파도를 타고 넘나들었다. 어쩌면 이 순간이 이승에서 가족들과의 마지막이 될지도 모른다는 단장의 슬픔을, 하늘도 아는지 차가운 겨울비가 3부두를 적신다. 하얀 칼라에 검은 교복을 입은 여고생들이 태극기를 흔들며 부르는 환송곡은 빗속에 더욱 애절하게 들려온다.

'자유 통~일♪ 위~해~서♪♪~ 님~들은 뽑~혔으니♪~'

이때 수송선의 선수가 남쪽 바다를 향하자 이역만리 전장으로 떠나는 장병들이 목에 걸었던 꽃다발과 오색 테이프 뭉치를 가족들을 향해 던진다. 이별의 아쉬움이 절정에 다다른 순간이다. 영복이도 자기 아버지가 저렇게 제주 훈련소로 떠나갔으리라 생각하니 가슴이 뭉클하다.

영복이는 마을에서 유일한 고등학생이다. 그리고 부산이란 대도시로 유학을 갔기에 친구들의 부러움과 마을 사람들의 칭찬이 자자했다. 밤이 되면 영복이는 고향 친구들에게 그동안 보고 들었던 도회지 생활상을 흥미있게 들려주곤 하였다. 특히 월남파병 장면과 남포동 야시장 이야기는 친구들이 눈도 깜빡이지 않고 진지하게 듣곤 했다. 영도다리가 치켜 들려진다고 하니 친구들은 영복이가 반 사기꾼이 되었다고 놀려댔다. 그럴 때마다 영복이가 아주 신이 나서 배가 산보다 크다고 하면 친구들은 진짜 사기꾼이라고 하였다. 그래도 친구들은 방학이 끝날 때까지 밤마다 하루도 빠지지 않고 놀러 왔다. 복자는 꼭 옛날 자기 남편을 보는 것 같았다. 그리고 작은 행복감을 느꼈다.

# 36

# 복자의 고생은 헛되지 않았다

### 1966년 가을

복자는 쇠스랑을 들고 뒷산 고구마밭으로 올라갔다. 은은한 들깨 향기가 코끝을 스친다. 곶감을 만드는 고종시의 색깔은 연붉게 변해 가고, 사방의 산들은 단풍으로 물들어 있다. 어디서 우는지 수꿩의 우렁찬 울음소리는 오봉리 골짜기를 쩌렁쩌렁하게 울리고, 누렇게 살이 오른 메뚜기는 뛰는 모습조차 둔하게 보인다. 어제까지 싱싱하던 고구마 잎은 간밤의 서리에 시커멓게 변하여 마치 뜨거운 물에 데친 듯 시커멓게 늘어져 있다. 그런데 고구마밭 한가운데가 이상하게 훤하게 보인다.

"고구마밭이 와 저렇노! 뭣이 왔다 갔나."

"아이고! 이놈의 산돼지가 밭을 엉망으로 맨들어 버렸구나! 내사 이놈의 돼지 때문에 못 살것다. 일 년 농사를 하룻밤새 마당을 닦아 삐렸구나! 이 짐승들을 우째야 되노."

"이놈의 돼지를 밤마다 지킬 수도 없고 해마다 이 짓을 하니 우찌 농사를 짓것노! 아이구."

수확기 때마다 야생동물에 의한 농작물 피해는 어제오늘 일이 아니다. 복자네뿐만 아니라 다른 농가도 피해가 막심하다.

6.25 전쟁이 끝난 후 몇 년간은 산짐승이 흔적도 없다가 요즈음은 밤이 되면 삵이 내려와서 닭을 잡아먹고, 여우가 땅콩밭을 헤집는가 하면, 어떤 날은 곰의 울음소리도 들리곤 한다. 그런데 유독 멧돼지는 시기에 관계 없이 농작물에 많은 피해를 입혔다. 산간마을에서는 이들 산짐승 때문에 농사짓기가 자식 키우는 것보다 더 어렵다고 한다. 봄에 씨앗을 뿌려 놓으면 비둘기와 꿩이 파먹고, 새싹이 올라오면 고라니와 노루가 뜯어 먹는가 하면, 가을 수확기에는 아예 모든 농작물이 멧돼지의 밥으로 변해 버린다. 특히 멧돼지는 옥수수와 고구마를 보면 얼굴에 웃음기가 흐른단다.

복자는 한숨을 쉬며 그나마 남아 있는 고구마 줄기를 낫으로 걷어 내고 쇠스랑으로 땅을 판다. 황토밭의 고구마는 붉은 색깔을 띠며 아주 탐스럽고 튼실하게 보인다. 고구마는 구덩이를 파고 땅속에 저장해야만 겨울 동안 얼지 않고 오래 간다. 고구마 수확이 끝나면 콩과 수수도 거두어들여야 하고, 들깨도 떨어야 한다. 보리갈이도 해야 하고, 김장과 메주를 쑤어야 한 해의 마무리가 끝난다. 이때가 되면 복자의 허리는 하루도 쉴 날이 없다. 그래도 복자는 아들을 위해 억척스럽게 일을 하였다. 아침에 일어나려고 하면 몸이 천근같이 무겁기만 하다. 다행히도 염소들은 새끼를 잘 낳고 탈 없이 자라 영복이 학비와 하숙비 조달에 큰 보탬이 되었다. 이제 영복이는 금년을 끝으로 내년 초에 졸업을 하게 된다.

복자가 고달픈 허리를 펴고 파란 하늘에 정처없이 흘러가는 한 조각의 구름을 물끄러미 보고 있을 때다.

"옴마~"

"어! 영복아! 니가 우짠 일이고! 오늘 학교에 안 갔나?"

"옴마~ 내 부산에 있는 지방 은행에 취직하기로 했다."

"그기 무신 소리고? 아직 졸업도 안 했는데."

"졸업하기 전에 시험을 보고 면접도 마쳤는데 합격이 되었다."

"아이구! 이 무신 반가운 소리고! 그라모 온제부터 출근 하는데?"

"겨울 방학 끝나고 졸업과 동시에 출근하라 쿠더라."

"아이구! 부처님! 신령님! 칠성님! 조상님! 우리 영복이가 드디어 취직을 했답니더! 참으로 고맙십니더! 감사합니더!"

복자는 갑자기 일어나 사방을 향해 두 손을 모으고 수십 번 절을 하였다. 그리고 연방 웃음이 터진다.

"옴마! 우리 이제 고생 끝났다. 그라고 외동이라 군대도 안 간다 쿠더라."

"아이구! 그래! 그래! 우리 영복이 장하다. 할배, 할매, 너 아부지가 살아계시믄 춤이라도 출 낀데! 아이고."

복자는 반갑고 기뻐서 얼굴에 눈물이 주르륵 흘러내린다.

"그래, 여기 올라온 김에 저기 할배 뫼에 가서 인사 올리라."

"그래야지예."

복자와 영복이는 고구마 한 자루를 어깨에 메고 콧노래를 부르며 집으로 내려온다. 누렁이는 이제 능구렁이가 다 되었는지 마당에 드러누운 채, 영복이를 본체만체 꼬리만 까딱까딱 움직이고 있다.

"누렁아! 이놈의 자석! 주인이 오면 일어나서 인사를 해야지 뭐 이런 기 다 있노."

이제 영복이의 호령은 누렁이에게 통하지 않는다.

밤이 되니 영복이 친구들이 몰려온다. 또 무슨 이야기를 하는지 웃고 난리다. 복자는 그 옛날 남편이 친구들과 어울려 노는 광경을 떠올리면서, 고구마를 삶아서 아이들 방에 넣어 준다.

영복이는 친구들에게 부산에는 앞뒤가 없는 희한한 전차가 다니며, 요금은 2원 50전이고, 용두산 공원과 남포동 야시장 밤거리에 네온사인이라는 불빛이 왔다 갔다 한다고 들려주었다. 그리고 국수 말린 것과 비슷한 라면이란 것이 있는데, 한 봉지에 16원이며 맛이 기가 막히다고 말해주었다. 또 송도와 해운대에는 해수욕장이 있는데 남녀가 거의 벌거벗고 다닌다고 하니 친구들이 숨을 멈춘 채 침들을 삼켰다. 나중에는 귀신 이야기로 밤을 지새웠다.


이렇게 영복이가 부산에서 집으로 몇 번 왕래하는 사이 어느덧 오봉리에 겨울이 가고 봄이 왔다.

산촌의 봄은 아름답기 그지없다. 그야말로 꽃 대궐 속에 새소리도 맑고 청아하다. 겨울 내내 얼었던 오봉천도 살아 숨을 쉬는 듯 물소리조차 요란하다. 복자는 따스한 봄볕이 스며드는 마루에 앉아 살구꽃 향기를 맡으며 콧노래를 부른다.

'연분홍♪~ 치마가♪~♪봄바아~람에♪~휘이~날리더~어라~♪'

"고 복자 씨이~"

"예~ 제가 복자인데예~."

"아~ 부산에서 소포 왔십니더~"

"소포예? 누구한테서 왔십니꺼?"

"장영복이라는 사람이 부쳤네예."

"아이구! 우리 아들이 보냈네예! 고맙십니더."

집배원이 저 아래에서 제법 큼직한 상자를 하나 가지고 올라왔다. 복자는 고맙다고 인사를 하고 마루에서 소포를 뜯는다. 종이상자 안에는 빨강 내복 한 벌과 아들의 편지, 그리고 트랜지스터 라디오와 손전등이 들어 있다. 또 귀한 설탕과 라면, 세수용 벌꿀 비누와 치약 몇 개도 가지런하게 들어 있다. 모두 귀한 것들이다. 편지에는 아들이 첫 월급을 받아 산 것인데 지금은 회사 일이 바빠 우선 소포로 보낸단다. 그리고 전기가 들어오지 않는 지역이라 트랜지스터 라디오를 보내니 잘 들으라고 하였다. 밤에 화장실 갈 때 전등도 유용하게 쓰란다. 라면을 끓여 먹는 방법도 상세히 적어 놓았다. 복자는 좋아서 어쩔 줄을 몰라 한다. 이제야 자식 키운 보람이 있다고 생각한다. 또 대견스럽기 그지없다. 다음에는 돈도 조금 부친단다. 복자는 아까 부르다 중단한 노래를 더 크게 불렀다.

'연분~~홍♪ 치이~마~아가~ ♪ 봄~ 바라~ㅁ에~~~♪ ♪ ♪~'

이번 겨울은 유난히도 춥고 길었다. 또 눈도 많이 왔다. 감나무고 소나무고 앞산이고 뒷산이고 온 천지가 설국으로 변해 버렸다. 마을에는 오는 사람도 없고 가는 사람도 없이 눈 내리는 소리만 사각사각 들려온다. 복자는 따뜻한 구들막에 앉아 등잔불을 가까이 놓고 바느질을 하면서 연속극을 듣고 있다. 그런데 갑자기 방송이 중단되면서 뉴스가 방송된다.

"임시 뉴스를 말씀드리겠습니다. 오늘 밤 열 시경에 수십 명의 무장공비가 청와대 앞 세검정 검문소를 통과하려다 우리 검문 경찰에 발각되어 총을 난사하고 도주하였습니다. 아직 피해 상황은 파악되지 않았으며 국민 여러분께서는 수상한 자를 발견하면 즉시 경찰서나 인근 군부대에 신고하여 주시기 바랍니다. 지금 우리 군과 경찰은 도주한 공비들을 추격 중에 있습니다. 이상 방금 들어온 소식이었습니다."

복자는 가슴이 철렁 내려앉는다. 전쟁이 끝난 지 15년이 지났는데도 북에서 수십 명의 무장 게릴라가 내려왔다니 갑자기 소름이 끼친다.

복자는 자기 남편을 앗아간 저놈들 말만 나와도 몸서리를 쳤다.

1968년 1월 21일. 북한 민족 보위성 정찰국 소속 특수부대인 124군 부대 31명의 무장공비가 휴전선을 넘어 청와대를 습격하려다 발각되어 28명이 사살되고 일당 중 김신조는 체포되었으며, 두 명은 북으로 도주해 버렸다. 이 교전에서 종로 경찰서장이 전사하고 민간인 다섯 명 등 많은 사상자가 발생하였다. 이로 인해 국민들의 분노가 하늘을 찔렀다. 이 사건으로 정부에서는 향토예비군을 창설하는 등, 대 비정규전 대비에 만전을 기하는 계기가 되었다.

국민들의 분노가 채 가라앉기도 전인 이 해의 가을, 북한은 또다시 울진, 삼척지역에 120여 명의 무장공비를 침투시켜 한반도 동부를 피로 물들이는 만행을 저질렀다. 대간첩 대책본부 발표에 의하면 68년 10월 30일부터 11월 2일 사이에 세 차례에 걸쳐 울진, 삼척지구에 120명의 무장공비가 침투하여 113명이 사살되고 7명이 생포되었으며, 우리 측도 40명이 넘는 사망자와 30명이 넘는 부상자가 발생했다. 1968년은 그야말로 온 나라가 북한의 도발로 국민들의 분노를 촉발시킨 한 해였다.

# 37
# 기지개를 켜는 대한민국

전쟁이 끝나고 십수 년이 지났건만 이 나라는 아직도 빈곤의 굴레에서 벗어나지 못하고 불안한 정국 속에 경제적 사회적 기반은 요원하기만 했다. 이때 정부는 1962년부터 시작한 제1차 경제개발이라는 원대한 계획을 세워 마침내 울산에 거대한 중화학 공업단지가 탄생하게 되었다. 이곳에서는 정유공장을 비롯한 석유화학과 비료 등 제2차 산업과 관련된 공장이 들어서면서 이 나라는 서서히 웅비의 나래를 펴기 시작하였다. 또 1967년 마산에 있는 한국 대표 섬유회사인 '한일합섬'이 본격적인 공장 가동과 함께 남부지방의 많은 여성들이 마산으로 몰려갔다. 그리고 여성들의 패션이 서서히 나일론으로 변해 갔다. 대구에 있는 '제일 모직'이라는 섬유회사도 중동부 지역의 많은 여성 인력을 채용함으로써 대한민국 경제 활성화에 훈풍이 불기 시작했다.

거기다가 대한민국 최초로 서울·부산 간 고속도로 건설이 1968년에 착공되면서 그야말로 온 나라가 조국 근대화의 액셀러레이터 밟는 소리가 천지를 진동했다. 학교나 관공서 건물에는 '싸우면서 건설하자!' 또는 '수출만이 살길이다!'라는 원대한 구호가 붙어 있는가 하면, 어디선가 새마을 사업이라는 소박한 외침이 일어나기도 했다. 그러다가 갑자기 국민들로 하여금 '근면, 자조, 협동'이라는 지역사회 발전 운동이 봇물 터지듯 전국으로 확산하기 시작했다.

복자가 살고 있는 오봉리도 새마을 바람이 불어 좁은 마을 진입로를 우마차가 들어올 수 있도록 넓히고 콘크리트로 포장했다. 또 지붕개량 사업의 일환으로 초가지붕은 슬레이트로 바뀌었다. 또 아궁이를 개량 하는가 하면 마루 밑의 공간도 방풍 차원에서 막아버렸다. 절미 운동의 차원에서 부뚜막에 놓인 빈 도가니에 매 끼니마다 쌀 한 숟갈씩을 떠넣어 티끌 모아 태산이란 교훈도 주지시켰다.

명절 때가 되면 공장에 돈 벌러 갔던 여성들이 고향에 돌아와 마을의 친구 또는 친지들을 대동하고 떠나는 진풍경도 일어났다. 그야말로 온 백성이 돈을 벌기 위해 공장이나 일터로 떠나가니 시골 마을에는 젊은이 보기가 쉽지 않았다.

군인들은 자유를 지키기 위해 월남(베트남)으로 파병되고, 광부와 간호사는 외화를 벌기 위해 이역만리 서독으로 떠나갔다.

대한민국은 폭풍 속을 달리는 마차와도 같았다. 1970년이 저물어 가는 12월 15일 새벽 제주에서 부산으로 가던 360톤급 페리 여객선(남 영호)이 여수 동남쪽 해상에서 침몰하여 승선원 338명 중 326명이 사망 또는 실종되는 끔찍한 해난사고가 발생하는 등, 한 해도 그냥 조용히 지나가지 않았다. 그럼에도 폭풍이 몰아쳐도 새벽은 오는 법인가. 복잡한 국내외의 정세에도 불구하고 대한민국은 부단한 용트 림을 시작하고 있었다.

월남파병 장병과 광부, 간호사들이 벌어들이는 외화는 이 나라 경제발전에 큰 마중물이 되었다. 이제는 한층 더 나아가 열사(熱沙)의 나라 중동지역까지 우리의 건설회사가 진출하게 되었다. 그런데 호사다마(好事多魔)라고 이 조그마한 반도 조선에 또 사건이 터졌다.

1971년 8월 23일, 인천 서쪽 실미도라는 섬에서 북파 훈련을 받던 684부대원이 기간병을 사살하고 섬을 탈출하여 육지에서 버스를 탈취, 서울 대방동 유한양행 앞까지 진입하다 자폭한 사건이 터졌다. 아무리 세상사 요지경이라 하지만 조그마한 나라에 하루도 바람 잘 날이 없었다. 또 일 년이 지나갔다. 이번에는 나라가 분단된 지 28년 만에 한반도 평화 정착을 위한 '7.4 남북공동 성명'이 발표되어 그나마 긴장되었던 국면이 숨을 좀 쉬는 것같이 보였다.

한편 영복이는 회사에서 대리로 승진하여 이젠 중견 사원의 위치를 굳혔다. 이젠 복자의 시골 생활도 고달픈 시기가 지난 것 같았다. 매달 아들로부터 생활비가 부쳐오지만 별로 쓸 데도 없다. 웬만한 생활필수품은 아들이 부산에서 소포로 부쳐 주기 때문이다. 영복이는 보기 드문 효자였다. 복자의 하루일과는 마을 사람들에게 아들 자랑으로부터 시작되었다. 그래도 농사와 가축을 돌보는 데는 게을리하지 않았다. 아들이 있는 부산에 한 번 다녀와야 하겠다는 생각을 수없이 하였지만, 가축들 때문에 쉽게 집을 비울 수가 없는 처지라 객지에 외동아들을 보낸 어미의 마음은 편하지 않았다.

# 38

# 영복이의 결혼

### 1974년 12월

1972년 7월 4일, 남북 간에 평화를 위한 공동성명이 발표된 후 한동안 양국 간에 표면상으론 화해 분위기가 조성되는 듯하였다. 그런데 74년 11월 15일 경기도 연천군 백학면 고랑포 부근에서 북한군이 파 내려온 땅굴이 발견되었다. 이 땅굴은 남방한계선을 1.2km까지 뚫고 내려와 한동안 잠잠하던 남북 관계가 또 긴장의 도가니 속으로 빠져들었다.

북의 전술은 그야말로 구밀복검(口蜜腹劍)이라 미래 예측을 불허했다. 이 지구상에서 알 수 없는 존재가 바로 북한이다. 잊을 만하면 무언가 일을 저지르니 말이다.

그런데 인생사 새옹지마라고 온 나라가 들끓는 가운데 영복이의 결혼식이 12월 12일로 다가왔다. 신부는 밀양 아가씨로 사내 커플이란다. 복자는 아들 결혼 날짜를 잡아놓고 요즈음 정신없는 나날을 보내고 있었다. 신부의 집안이나 인품도 마음에 들었으며 편모슬하의 외동아들한테 시집을 온다 하니 복자는 그저 감지덕지할 뿐이었다.

그리고 복자는 엄마로서 마음만 바빴지, 실제로는 할 일이 별로 없었다. 모든 결혼 준비를 아들 내외가 다 해놓았다는 연락을 받았기 때문이다. 복자는 설레는 마음으로 결혼식 전날 진주에서 부산행 열차에 몸을 실었다.

# 39

# 광풍 속의 대한민국

## 1979년 10월

1955년부터 20여 년간 끌어오던 베트남 전쟁은 75년 4월 사이공이 함락됨으로써 막을 내렸다. 자유월남은 사회주의 베트남 공화국으로 국가 체제가 전환되었다. 우리나라는 십여 년간 전쟁에 참전하여 오천여 명의 사망자와 만여 명의 부상자가 발생하였다. 그리고 벌써 4년이란 세월이 지나갔다. 월남은 패망하였지만, 자유 수호를 위해 흘린 참전 용사의 피는 결코 헛되이 평가되어서는 아니 될 것이다.

복자의 나이 이제 오십대 중반을 넘어섰다. 슬하에 손자가 벌써 다섯 살이고, 그 아래 손주가 두 살이다. 요즈음 복자에게는 별 근심 없는 행복한 나날이 계속되고 있다. 가을이 되면 수확한 농작물을 한아름씩 자식에게 부치니 기분이 더 이상 좋을 수 없었다. 며느리도 심성이 곱다. 아들 내외는 부산에서 함께 살자고 하지만 복자는 정든 오봉리를 떠나고 싶지 않다. 또 이곳이 마음이 편하다. 그러다 보니 아들 가족들이 자주 오봉리를 찾아오곤 한다.

이제 복자는 그저 세월의 흐름에 맞춰 살기로 작정했다. 시집와서 지금까지 겪은 온갖 풍상은 자기에게 주어진 운명이라고 생각하고, 아침에 일어나면 신령님께 가족의 행복을 빈다. 그리고 가축들에게 먹이를 주고 나면, 밭에서 운동 삼아 호미질을 한다. 복자가 살고 있는 지리산 산간 오지에도 새마을운동의 바람이 불어 마을 안까지 차량도 들어올 수 있게 되었다. 또 전기시설도 추진 중이라 늦어도 80년 초반까지는 가설될 예정이란다. 전기가 들어오면 아들이 텔레비전을 사준다고 하니 요즈음 복자의 마음은 유쾌하기 그지없다.

늦가을 따뜻한 구들막에서 잠을 깬 10월 27일 아침, 복자는 습관처럼 트랜지스터 라디오를 켰다. 부산에 아들 가족이 있는 복자는 며칠 전 부산과 마산에서 일어난 큰 데모가 심히 염려스러웠다. 그런데 라디오에서 충격적인 뉴스가 흘러나왔다. 박정희 대통령이 어제저녁 충남 삽교천 방파제 준공식을 마치고 측근들과 만찬 중 김재규 중앙정보부장이 쏜 권총에 대통령이 피살되었다는 것이다. 참으로 경천동지(驚天動地)할 방송이 긴급뉴스로 반복되는 게 아닌가! 적군도 아니고 대한민국 최고 요직의 중정부장이 국가 원수에게 총질을 하였다니, 이 무슨 청천벽력이란 말인가!

지난 74년 8월 5일 영부인이 적(북한 지령을 받은 재일교포 문세광)의 흉탄에 쓰러지더니 이번에는 대통령마저 서거하다니! 아, 대한민국 제3공화국은 비운의 정부인가, 슬픔의 나라인가! 참으로 기가 막힐 뿐이었다.

반만년 역사를 이어온 대한민국이 조상으로부터 물려받은 가난의 대물림을 극복하고 세계 최빈국이라는 굴레를 벗어야 한다며 전 국토에 부흥의 망치 소리를 울려놓고 이제 그 꽃봉오리가 필 무렵인데, 대통령은 기다려 주지 않았다. 온 산하에 늦가을 단풍이 금수강산을 물들일 때 10월 26일의 총성은 국민들의 가슴을 사정없이 뚫고 지나가

버렸다.

해가 지고 나면 새벽이 오듯이 박정희호의 열차가 멈추고 나니 전국에서 정치 야인들이 자기가 더 유능한 기관사라며 고개를 드는 진풍경이 일어났다. 80년의 봄이니 뭐니 하며 온갖 미사여구가 난무하더니, 결국에는 12월 12일 육군 참모총장을 연행하려던 양대 세력 간에 무력 충돌이 야기되었다. 그리고 급기야 80년 5월 18일 광주에서 걷잡을 수 없는 사태가 일어나고 말았다. 시발은 계엄군과 학생들 간에 작은 충돌이라고 하지만, 광주시민의 분노는 쉽게 가라앉지 않았다. 이토록 국민의 우려가 심각해지자 결국 정부에서는 비상사태를 선포하고 무력을 동원하여 상황을 진압하였으나, 이 과정에서 수많은 생명이 희생되었고, 대한민국 역사에 또 하나의 민족적 비극으로 기록에 남게 되었다.

# 40
# 그리움은 가슴마다!

1983년 10월

한동안 대한민국에 일진광풍이 몰아치더니 이젠 단임제로 변한 임기 7년의 전두환 정부가 제5공화국을 이끌게 되었다. 그러나 4.19 학생의거 이후부터 시작된 학생들의 데모는 좀처럼 수그러들지 않았다. 인간들이 사는 사바세계는 마치 파도와 같아 끊임없이 큰 물결과 작은 물결이 밀려왔다 쓸려갔다 한다. 그러나 아무리 거센 폭풍우가 몰아쳐도 자연의 섭리는 변함이 없다. 봄이 오면 산에 들에 꽃들이 피고 여름에는 뜨거운 햇볕 아래 오곡백과가 무럭무럭 자란다. 가을이 되면 알차게 익은 곡식들이 인간의 배를 불리기 위해 푸짐하게 곳간으로 들어간다.

복자의 집에도 넉넉지는 않지만 두 식구의 일 년 양식은 걱정하지 않아도 되었다. 복자는 추수가 끝나고 가을의 끝자락인 어느 날, 따뜻한 햇살이 내리쬐는 마루에 걸터앉았다. 복자의 나이도 벌써 육십을 넘었다. 옆집의 수탉은 졸리는지 긴 울음을 토하고 앞산의 고운 단풍은 마을 앞까지 내려와 있다. 오늘따라 복자의 마음속에는 지난날들이 사무치게 그리워진다. 친정 부모님과 신랑 강호, 그리고 시부모님, 또 일가친척들의 얼굴이 흘러가는 구름 속에 피었다가 사그라지곤 한다. 이곳에 시집온 지도 40여 년의 세월이 흘렀다. 돌담을 넘어 풍겨오는 그윽한 국화 향기는 복자의 마음을 더욱 수심에 잠기게 한다. 복자의 눈은 파란 하늘을 휘젓는 푸른 대밭으로 향한다. 스산한 가을바람에 댓잎이 스치며 울어댄다. 요즈음 들어 복자는 자꾸 지난날들이 떠오른다. 또 그리워진다. 아마도 나이 탓이리라.

8. 15해방, 결혼, 친정 부모 사별, 영복이 탄생, 6.25전쟁, 남편의 참전 및 실종, 시부모 사망, 영복이의 유학 및 취직과 결혼 등 모두가 꿈만 같았다. 복자에게는 길고도 모진 세월이었다. 복자는 집 아래로 나 있는 마을로 들어오는 진입로를 바라본다. 그 옛날 시집올 때 걸어오던 저 산비탈 오솔길이 이제는 새마을 사업의 일환으로 시멘트 길로 바뀌었다.


그리고 또 수년의 세월이 흘러갔다. 오봉리에 새봄이 왔다. 복자는 요즈음 참 기분이 좋다. 마을에는 전기가 가설되어 이제 산간 오지에도 밤이 어둡지 않았다. 집집마다 유선 방송이 시설되었고, 매일 낮 12시 55분부터 5분간 성우 구민의 음성으로 '김삿갓 북한 방랑기'가 7방송되고 '눈물 젖은 두만강' 경음악이 마그네틱 스피커에서 흘러나왔다. 그것이 시골 사람들에겐 점심때가 되었다는 신호였다.

복자는 한창 유행하는 이미자의 '동백 아가씨'를 능숙하게 불렀다. 오늘 아침에도 며느리가 사다 준 전기다리미로 포플린 치마를 다리면서 동백 아가씨를 흥얼거렸다. 또 얼마전에 아들이 흑백 텔레비전을 사주어 드라마 시청에 정신이 푹 빠져 있다. 저녁을 먹고 나면 마을 사람들이 복자네 마당으로 몰려든다. 오봉리에서 유일하게 복자네 집에 텔레비전이 있기 때문이다. 특히 문화방송에서 '전원일기'를 방영하는 날에는 아예 마당에 멍석을 미리 깔아놓는다. 그날은 온 마을 사람들이 거의 다 몰려오기 때문이다.

산골짜기라 전파 상태가 고르지 못하였지만, 뒷산 꼭대기에 안테나를 설치하였더니 그런대로 볼 만하였다. 마을에 전기가 들어오니 사람들 얼굴에 생기가 돌았다. 또 머지않아 전화도 가설된단다. 사람 참 오래 살고 볼 일이다. 복자는 자기에게 늦복이 왔다고 생각되었다.

영복이는 과장으로 진급하여 사내에서 중견직으로 발돋움하였고, 손자도 벌써 초등학교 2학년이란다. 별걱정 없는 복자는 요즈음 텔레비전에 푹 빠져버렸다. 하루의 프로그램을 줄줄 다 외울 정도다. 특히 KBS에서 방영하는 이산가족 찾기 프로그램은 복자의 가슴을 만 갈래로 찢어 놓는다.

6.25 전쟁으로 헤어진 일천만의 이산가족에게 이 소식은 크리스마스 선물보다 더 큰 뉴스가 되었다. 복자도 텔레비전 앞에서 얼마나 울었는지 모른다. 비록 피난민은 아니지만, 전쟁으로 인하여 남편의 생사를 모르니 이 또한 이산가족이 아니겠는가!

83년 6월 30일부터 시작한 방송은 4개월이 넘도록 계속되었다. 그동안 복자는 헤어진 혈육들이 피 울음을 토하며 만날 때마다 자신도 가슴을 찢는 아픔과 감동을 느꼈다. 행여나 남편이 자기를 찾지나 않을까 부질없는 생각도 해보았다. 헤어졌던 가족들의 울부짖음에 복자의 가슴도 만 갈래로 찢어졌다.

# 41

# 새천년을 맞은 대한민국

세월은 강물같이 흘러갔다. 그동안 인간이 사는 이 지구에는 수많은 변고가 파도처럼 밀려왔다 사라지곤 하였다. 극동에 자리 잡은 대한민국도 예외는 아니었다.

1983년 5월 5일에는 백여 명을 태운 중국 민항기가 공중 납치되어 우리나라 서울 공항에 불시착한 사건이 발생했다. 그때까지도 서로를 적대시하던 한·중이 이번 일을 계기로 양국에 좋은 기류가 감지되기 시작했다. 그런데 같은 해 9월 1일 미국 케네디 국제공항을 출발, 앵커리지를 경유하여 김포 국제공항으로 오던 대한항공 007편 여객기가 사할린 부근 모네론섬 상공에서 소련 전투기의 공격을 받아 탑승자 269명 전원이 사망하는 사건이 터졌다.

국내에서는 6.25 전쟁이 끝난 지 30년 만에 이산가족을 찾는 KBS 방송이 전국을 메아리칠 때, 저 포악무도한 공산 집단들은 인간의 존엄성을 무시한 채 무지막지한 만행을 스스럼없이 저질렀다. 거기다가 10월 9일 미얀마(버마)를 순방 중인 전두환 대통령 일행을 노려 아웅산 국립묘지에서 폭발물이 터지는 사건이 발생했다. 이 사고로

서석준 부총리를 포함하여 17명의 각료가 사망하고, 이기백 합참의장 등 수십 명이 큰 부상을 당하였다. 이 폭발은 북한 공작원들의 소행으로 밝혀졌고, 미얀마 정부는 범인 3명 중 1명은 현장에서 사살하고 2명은 생포하여 사건 전모를 온 세계에 알렸다. 국민들의 분노는 하늘을 찔렀고 만행을 규탄하는 목소리가 천하를 진동시켰다. 이제는 한반도를 벗어나 해외에까지 마수를 뻗치니 저놈들은 같은 민족이라고는 하지만 한 하늘 아래 도저히 같이 살 수 없는 불구대천의 원수들이라고 표현할 수밖에 없었다. 휴전 이후 수십 년간 바다면 바다, 육지면 육지, 하늘과 땅속에서 저질러 온 만행을 어찌 다 헤아릴 수 있으랴! 또 앞으로 어떤 일을 저지를지 가늠조차 어려웠다. 이때 박정희 대통령의 어록이 생각났다. '미친개는 몽둥이가 필요할 뿐이다.'라는. 특히 복자는 저놈들이 일으킨 전쟁으로 남편을 잃었으니 치를 떨 수밖에 없었다.

그래도 세월은 상처 입은 민족을 어루만져 주는 온정을 베풀었다. 1986년 9월 20일부터 10월 5일까지 27개국 4,800여 명의 선수가 참가하는 아시아경기대회가 우리나라에서 개최되었기 때문이다. 특히 지난번 중국 민항기 납치 사건이 원만히 해결됨으로써 중국도 기꺼이 참가하여 아시아 스포츠 축제가 한층 더 빛을 발했다.

그런데 일 년이 조금 지나 북의 집단이 또 큰일을 저질렀다. 87년 11월 29일 미얀마 안다만 상공을 지나던 대한항공 여객기가 공중 폭발하는 사고가 발생했다. 이 사고로 탑승객 115명 전원이 몰살하고 말았다.

뒤에 범인을 잡고 보니 폭파범은 북의 공작원으로 밝혀졌으며, 미리 비행기 안에 시한폭탄을 설치해 놓았단다. 저놈들은 인간이기를 포기한 악마의 집단으로 볼 수밖에 없었다. 당시 범인 중 한 명은 아직도 생존하여 그날의 참상을 생생히 증언하며 참회하고 있다.

1987년 12월, 노태우 정부는 5년 단임제 6공화국을 출범시켰다. 정부 시책은 서해안 시대를 외치며 영종도 공항 건설을 추진하고 북방 정책에 박차를 가하였다. 과거에 적대시하던 중국과 러시아 등 공산국가와 수교하여 정국을 평화의 무드로 이끌었다. 그리고 사회적 민주화도 서서히 시동을 걸기 시작하였다. 인생사 새옹지마라지만 역사도 파도와 같이 밀려왔다 썰물같이 빠져나가는 조류 현상을 되풀이하는 모양이다.

이번에는 멍들었던 민족의 가슴을 어루만지는 양, 세계적인 경사가 우리나라에서 벌어졌다. 88올림픽이 서울에서 개최된 것이다. 88년 9월 17일부터 10월 2일까지 세계 157개국에서 8,391명의 선수가 참가하는 지구 최대의 축제가 대한민국 서울에서 개최되었다. 한국전쟁이 끝난 지 40년도 못 되어 대한민국은 전쟁의 참화 속에서 산업화, 민주화, 선진화의 발자국을 내딛는 모범국가의 이미지를 세계에 각인시키게 되었다. 각국의 언론들은 연일 한국의 발전상을 보도하며 위대한 민족이라고 찬양을 아끼지 않았다.

또 세월이 흘렀다. 이번에는 김영삼 정부가 들어섰다. 그동안 꽉 막혔던 사회의 걸림돌이 하나둘씩 제거되기 시작했다. 그리고 민주화의 속도도 빨라지기 시작했다. 일명 문민정부의 기치가 빛을 발하기 시작했다.

그러나 속도가 너무 빨랐을까! 북한의 김일성이 남북 정상회담을 얼마 앞두고 1994년 7월 8일 돌연 사망하고 말았다. 과거야 어찌했던 남북 간에 두 정상이 서로 만나 쌓였던 산재들을 풀려나 하고 기대하였건만 고령의 김일성이 돌연사하는 바람에 역사적 만남은 무산되어 버렸다. 그런데 잘 나가던 김영삼 정부는 호사다마(好事多魔)라고나 할까! 집권 초창기와는 달리 나라의 경제가 불안하더니 급기야 건국 이래 최대의 환란인 외환위기를 맞고 말았다. 예부터 집안이 아무리 엉망이라도 식구들이 배가 부르면 큰일은 일어나지 않는다고 하였다. 그런데 지금 대한민국은 배가 고픈데 돈은 없고 꾸어줄 사람도 없었다. 오히려 빌려준 나라에서 빨리 빚을 갚으라고 하니 아무리 설상가상이라고 하지만 재정적 파탄의 위기를 모면하기란 쉬운 일이 아니었다. 기업들은 줄도산하고 노동자들은 구조조정이란 미명 아래 거리로 내몰렸다. 서울의 지하철역에는 갑자기 노숙자가 늘어나고 사회의 민심은 흉흉하기 그지없었다.

위정자들은 니 탓이니 내 탓이니 입씨름을 하다가 궁여지책으로 국제통화기금(IMF)에 구제 금융을 신청하기로 하였다. 그러나 가혹한 양해각서(MOU)는 국가적 수모를 요구했다. 그리고 급성장한 산업경제는 국제사회에 조롱거리가 되고 말았다.

그러나 한민족은 강했다. 이 어려운 국가적 환란을 수년 안에 극복하는 기적을 발휘했다. 김영삼 정부에서 넘겨받은 외채를 김대중 정부가 단합된 국민의 힘으로 상환 또는 연기하는 극약 처방에 성공하였던 것이다. 이때 외환위기를 극복하기 위해 보여준 국민들의 노력과 성원은 대한민국 역사에 길이길이 빛날 것이다. 특히 금 모으기 행사 등은 세계가 감탄사를 연발했다.

이에 힘을 얻은 김대중 정부는 남북문제에도 '햇볕정책'이란 슬로건을 내걸고 남북 화해 무드에 적극적인 정책을 펼쳤다. 북에는 재정적인 지원도 아끼지 않았으며 금강산 관광의 길도 열었다. 그리고 남북 간에 끊어진 철길도 복구하는 등 전후 남북 간에 평화 무드가 한동안 점점 발전을 거듭하였다.

거기다가 개성공단을 통해 남쪽 기업이 북의 노동자를 고용하여 양국 간에 상생의 관계가 순탄하게 유지되는 듯했다. 그러나 젊은이들과는 달리, 나라의 원로들과 보수파에서는 과거 북한의 소행으로 볼 때 자칫하면 우리 기업이 볼모로 잡힐 염려가 있다며 우려하는 목소리도 적지 않았다. 거기다가 북은 핵개발을 멈추지 않고 오히려 남한에게 통 큰 원조를 바란다며 무리한 요구가 다반사였다. 또 서해의 NLL를 다시 정하자는 등, 날로 위태위태한 요구가 도를 넘어서고 있었다. 급기야 2002년 6월 29일 세계적인 축구 축제인 한·일 월드컵이 온 지구를 뜨겁게 달구고 열광할 때, 느닷없이 저 무도한 북한 정권은 서해 연평도 근해에서 우리 해군에 총격을 가하다가 오히려 큰 피해를 입고 도주하는 상황까지 발생하였다. 아무래도 북한 집단은 겉옷은 얼음으로 덮여 있고 속옷은 돌로 만들어져 아무리 강한 햇볕을 쬐어도 좀처럼 속옷은 녹을 기미가 보이지 않는 인면수심(人面獸心)의 양면성을 가진 집단에 불과했다.

# 42

# 아이구! 세상에 길녀야!

2006년 10월

　복자 나이가 팔십을 넘었다. 젊은 시절 �꿋꿋한 허리는 어느새 지팡이 신세를 면치 못하고 왕년에 곱고 맑은 눈은 백내장 수술까지 받았지만 시원치가 않았다.

　오늘도 복자는 마을 회관에서 이웃 노인들과 옛날이야기에 여념이 없다. 한동안 남북 간에는 금강산과 개성을 오고 가는 관광이 활성화되어 제법 평화 무드가 조성되는가 싶더니, 갑자기 금강산에 관광 갔던 우리 측 여성이 북의 접경을 넘었다며 사살되는 사건이 터지고 말았다. 노인 회관에 모인 할머니들은 이 사건으로 또다시 냉각되는 정국을 걱정하고 있었다. 어제는 오봉리 할머니들이 6.25 당시 불탔던 화림사에 다녀왔다. 서서히 중창되는 화림사는 거의 옛 모습을 되찾아 가고 있었다. 내일은 마을 청장년회에서 우리나라 예술제의 효시인 진주개천 예술제 구경을 시켜 준단다. 할머니들은 모두 들뜬 마음으로 내일을 기다리고 있었다.

　"진주의 예술제가 옛날에는 '영남 예술제'라 켔는데, 요새는 개천 예술제로 바뀌었다 쿠더라."

"나는 진주 예술제를 옛날에 딱 한 번 봤는데 우리나라에서 제일 오래된 예술제라 카더라."

"진주 예술제는 첫날 가장행렬이 볼 만한데 제일 앞에는 칼을 찬 장군이 말 위에 앉아 있고, 그 뒤로 논개가 꽃가마를 타고 손을 흔들며 따라가는데 참 이쁘더라."

"나는 그것보다 천 원짜리 물건 파는 데가 더 볼 끼 많더라."

"아이다. 밤에 불꽃놀이는 올매나 좋은데! 그리고 물에 유등이 둥둥 떠가는 모습은 마치 물속에 연꽃이 핀 것같이 보인단다."

"진주 예술제는 옛날에 왜놈들이 진주에 쳐들어왔을 때 우리 군사와 진주성에서 싸움하는 모습을 본떴다 쿠더라."


날이 밝았다. 오봉리 할머니들은 모두들 옷을 곱게 단장하고 자식들이 사다 준 핸드백 하나씩을 들고 버스가 있는 곳까지 한참을 걸어 내려갔다. 복자도 앞장을 섰다. 버스는 진주를 향해 가을빛을 받으며 경호강변을 달린다. 차창에 비친 경호강은 지금도 유유히 흘러가건만 주변 산야는 너무도 많이 변해 있다. 어릴 적 친정이 있는 생초를 지나가려니 그 옛날 가마 타고 나룻배를 타던 시절부터 온갖 생각들이 주마등처럼 스친다. 참으로 서러운 시절이었다. 눈비를 맞으며 머리에 함지를 이고 산청면 장터까지 걸어서 다니던 생각을 하니 지난날들이 꿈이었던가 싶다.

진주에 도착한 버스는 촉석루 북쪽인 공북문(拱北門)에 주차하였다. 모두들 들뜬 마음으로 진주성으로 들어갔다. 성 안팎에는 웬 사람들이 이리도 많은지 청년회장은 할머니들 인솔에 진땀을 빼고 있었다. 먼저 진주 검무를 보고 박물관으로 들어갔다. 또 성돌 밑에 진열된 시커먼 화승총통은 불에 탄 나무덩굴 같이 보였다. 성곽에서 남강을 굽어보니 도시를 가로지르며 흘러가는 강물이 참으로 아름다웠다. 강 건너 대나무 숲은 가을바람에 하늘거리고 수십 개의 애드벌룬은 바람 따라 누웠다 일어났다를 반복하니 마치 고전 무용을 추는 모습과 흡사하다. 강 건너 고수부지에는 몽골의 게르 같은 천막이 수없이 설치되어 있고, 오색단풍으로 물든 남강변 뒤벼리 절벽은 마치 병풍을 두른 듯 아름답기 그지없다. 6.25 전쟁 때 불에 탄 촉석루는 장엄하게 옛 모습을 되찾아 절벽 위에서 유유히 흐르는 남강을 굽어보고 있다. 복자의 머리에는 그 옛날 남편 강호도 이 자리에서 저 강물을 내려다보았으리라는 생각이 떠오른다.

진주는 축제 분위기에 휩싸여 사방에서 흥겨운 음악소리가 울려 퍼지지만, 복자는 나이 탓인지 모든 것이 그립고 서럽기만 하다. 일행은 성안에서 관람을 마치고 진주성이 가까운 부근 식당에서 비빔밥을 먹었다. 그리고 남강에 설치된 부교를 건너가 전국에서 모여든 풍물과 희한한 공산품들을 구경하고 사기도 하였다. 어느덧 구경을 마친 할머니들은 서너 시경 집으로 가기 위해 버스가 있는 곳까지 왔다. 복자는 화장실에 잠깐 들렀다가 버스로 향하는 도중, 갑자기 발걸음을 멈춘다.

'가만있자! 저 앞에 서 있는 할머니가 어디서 많이 보던 얼굴인데……. 누구더라! 누구더라! 아이고! 세상에! 길녀와 너무 닮았다. 내가 잘못 봤나! 사람이 늙으면 전부 얼굴이 비슷해진다 쿠던데, 저 할매는 너무 닮았다.'

"길녀야."

복자는 혹시나 하는 바람에 먼 산을 보고 크게 "길녀야!" 하고 부른 후 슬며시 곁눈으로 앞에 있는 할머니의 동태를 살핀다. 그러자

앞의 할머니가 갑자기 걸음을 멈추고 사방을 두리번거리는 것이
아닌가!

"맞다! 맞다! 길녀가 틀림없다. 길녀야! 나다. 복자다! 복자란 말이
다."

"옴매! 복자야! 세상에 이 사람이 누고! 진짜 복자 맞나! 살아 있었구
나! 아이구! 이기 우찌된 일이고! 세상에! 이런 데서 니를 만날 줄이야!
꿈이가 생시가."

"그런데 와 이리 늙었노."

"길녀, 니도 이제 많이 늙었구나."

"우리 이제 나이가 팔십인데 늙지 않을 수가 있나."

"그런데 복자야! 아직도 금서면 오봉리에 살고 있나?"

"하모! 전쟁통에 친정에서 한 삼 년 살다가 바로 오봉리로 들어갔다
아이가! 그런데 니는 덕산으로 시집갔다는 이야기는 들었는데 우찌
그리 연락이 안 됐노."

"나는 니 시집가고 두 달 만에 덕산으로 시집갔다 아이가! 그런데
한 달 후에 우리 엄마 죽고 또 할머니 돌아가시고 아버지는 진주에서
폭격 맞아 돌아가시니 내 팔자가 올매나 기구하것노."

"응! 나도 계남리에서 너희 집안 소식은 들었다. 그래, 지금은 우찌
사노?"

"나는 이제는 살 만하단다. 하나 있는 아들이 면사무소에 다니고
딸은 진주로 시집갔는데 자주 왔다 갔다 한단다. 오늘은 손자가 예술제
구경시켜 준다케서 따라왔다 아이가. 복자 니는 아가 몇이고?"

"응! 아들 하나 있는데 부산에서 은행에 다닌단다. 손자 손주도
둘이다. 그런데 니 영감은 오데 갔노?"

"우리 영감은 일찍 세상 떠났다 아이가! 복자 니 남편은 전쟁 끝나고

집에 왔나?"

"아이구! 지나온 내 과거를 이야기하자면 날이 샐 끼다. 길녀 니나 내나 팔자가 비슷하구나! 그래, 우리 버스 떠날 시간이 다 됐다. 우리 서로 전화번호부터 먼저 알고 조만간에 한번 만나자! 응."

"그래! 복자야! 참말로 반갑데이! 우짜든지 아프지 말고 건강하래이! 내 집에 가거든 꼭 전화할게."

"오냐! 길녀야! 우리 다시 한번 꼭 만나자! 같은 지리산 골짜기인데 별로 멀지 않으니 내가 찾아가든지 할게."

"그래, 잘 가라! 복자야."

"또 보자 길녀야! 흑흑~"

복자와 길녀가 헤어진 지 60여 년 만에 뜻하지 않은 곳에서 우연히 만났으니 그 얼마나 반가웠으랴!

두 사람은 꼭 잡았던 손을 놓고 눈시울을 적시며 발길을 돌렸다. 복자는 집으로 오는 중에 길녀의 전화번호를 잘 챙겼다. 그리고 이산가족을 만난 듯이 기분이 너무나 좋았다. 그런데 늙어버린 길녀의 얼굴을 보니 무상한 세월에 인생의 허무함을 느끼지 않을 수가 없었다.

# 오봉리 밤하늘에 솟은 혼불, 어디로 가는가?

영복이는 정년퇴직을 한 후 부산에서 여생을 보내기로 하였다. 고향에 홀로 계시는 어머니를 부산으로 모시고자 하였으나 당신께서 오봉리를 떠나지 않겠다고 하여 서로가 좋은 방향으로 살자고 합의를 보았다. 그러나 효자 영복이는 마음이 편치 않았다. 요즈음 영복이는 한국전쟁 때 행방불명된 아버지의 당시 행적을 다시 찾아보기로 마음먹었다. 주위 사람들에게 절차를 수소문하여 군번과 인적사항을 기록한 질의서를 육군본부에 발송하였더니 열흘 후에 육군 참모총장 명의로 회신이 왔다.

'아! 이게 웬일인가! 지금까지 아버지는 전쟁 중 행방불명이라고 알고 있었는데 1952년 10월 15일 백마고지에서 장렬히 전사하셨다니! 전사하신 날이 백마고지 전투가 승리로 끝나는 10월 15일이 아닌가! 1950년 한국전쟁이 발발하여 3년간의 전투 중에 가장 치열했던 전장이 백마고지 전투가 아니었던가! 1952년 10월 6일부터 15일까지 10일간 전투에서 고지의 주인공이 무려 24회나 뒤바뀌는 접전 끝에 중공군은 무려 1개 사단병력이 전사하고, 아군도 3,400여 명이나 사상자가 발생한, 6.25 전쟁사에서 가장 치열한 그 전투에서 아버지가 전사하셨다니! 그것도 고지를 탈환 직전에! 아~ 우리 아버지는 정말로 용감하고 훌륭한 분이셨구나! 난 그것도 모르고 아버지가 포로가 되었거나 아니면 탈영하였을지도 모른다는 부끄러운 생각을 하였다니.'

"여보! 이리 좀 와보소! 이 편지 좀 보소."

"뭔데 그리 감격하요! 어마! 아버님이 행방불명이 아니라 전사하셨네요! 그런데 와 어머님은 행방불명으로 알고 계실까."

"글쎄! 가만히 생각해 보니까 할아버지가 전사통지를 받고 집안 식구들에게는 차마 말을 못하신 것 같소."

"그리고 위패가 대전 국립묘지에 모셔져 있다네요! 당신 이제 퇴직도 하였으니 날 받아서 어머니 모시고 대전 국립묘지에 한 번 다녀오도록 하세요."

"그라고 이번 일요일 날 고향에 한 번 다녀와야겠소! 이 소식을 어머니에게 직접 전해드려야겠소."

"그라모 반찬 좀 해가지고 나하고 같이 가입시더."


한편 복자는 길녀와 막 전화 통화를 끝내고 가을 햇살이 따스한 청마루에 앉아 단풍이 물든 앞산을 바라보고 있었다. 파란 하늘 아래 오색 단풍이 온 산을 물들이고 있었지만 어쩐지 복자의 마음은 공허하고 감흥도 없다. 이 산중에 시집와서 저 산을 바라본 지가 어언 몇 해련가! 산천은 그때나 지금이나 변함이 없건만 마음은 해가 갈수록 석양처럼 허무하고 쓸쓸해지기만 한다.

장에 갔다 오면 반갑다고 꼬리치던 누렁이는 집 나간 지 달포가 지났건만 어디를 갔는지 텅 빈 마당에는 낙엽만 뒹굴 뿐 누렁이의 흔적은커녕 그림자도 보이지 않는다. 6.25 동란 후 계남리에서 데려온 누렁이의 6대손이지만 옛 이름대로 그냥 누렁이로 불렸다. 날만 새면 온 마을과 산을 주름잡던 누렁이는 산짐승과 싸우다 어디서 장렬히 전사하였는지, 아니면 사바나의 코끼리처럼 죽을 곳을 찾아 떠나갔는지, 밤이 되면 고요한 마당에 하얀 달빛만 처량하게 내려앉는다. 복자는 마루에 짚었던 손을 들어 본다. 손등은 갈라져 윤기 하나 없고 피부는 거칠어 보기조차 싫다. 손톱은 닳아서 깨진 돌조각처럼 보이고, 손마디는 좌우로 틀어져 마치 오소리 발가락 같다. 지나간 세월 모진 인생의 몸부림이 이 손에 다 묻어 있으니 누굴 탓할 일도 아니다.

이번 일요일에는 아들 내외가 온다고 하니 그나마 우울했던 복자의 기분이 한결 가벼워진다. 그리고 뒤를 돌아본다. 새파란 청년이 앳된 처녀를 보고 웃고 있는 모습이 눈에 들어온다. 복자는 빛바랜 결혼사진 액자를 한참 들여다본다.

"죽었는지 살았는지 모르는 사람이 뭐가 좋아서 저리 웃어 쌌노!"

복자는 혼자서 중얼거리다 마을 앞 대나무숲으로 눈을 돌린다. 푸른 대나무가 바람결에 이리저리 쏠리다가 갑자기 한쪽으로 정신없이 휘어졌다 사방으로 휘감기는 모습이 마치 저승사자의 살풀이 춤을 보는 것 같다. 그런데 그 옛날 시집오던 저 아래 오솔길에 누군가가 꽃가마를 타고 마을을 떠나는 환상이 뿌옇게 보인다. 뒤에는 친정 엄마, 아버지! 남편 강호! 시부모님! 그리고 고모와 당숙, 이모가 줄줄이 따라가는 모습도 보인다.

'요즈음 몸이 자주 피곤하구나! 오늘 저녁에는 일찍 자야겠다.'

복자는 내일모레 찾아올 아들네를 기다리며 따뜻한 구들짝에 몸을 누인다.

달빛마저 처량한 오봉리 밤하늘에 혼불 하나가 왕등재를 넘어 산청군 생초면 계남리를 향해 날아갔다. 고요한 산간마을의 초가삼간에는 늦가을 찬바람에 문풍지만 서럽게 울었다.